本书系教育部人文社会科学研究青年基金西部和边疆地区项目

"清前期宗室诗学研究"（项目编号：18XJC751001）成果

清前期宗室诗歌研究

黄斌 著

QINGQIANQI ZONGSHI
SHIGE YANJIU

云南大学出版社
YUNNAN UNIVERSITY PRESS

图书在版编目（CIP）数据

清前期宗室诗歌研究 / 黄斌著. -- 昆明：云南大
学出版社，2022
ISBN 978-7-5482-4683-1

Ⅰ.①清… Ⅱ.①黄… Ⅲ.①古典诗歌—诗歌评论—
中国—清前期 Ⅳ.①I207.227.49

中国版本图书馆CIP数据核字(2022)第103297号

策划编辑：王翌沣
责任编辑：陈　涵
封面设计：王娲一

黄斌 著

清前期宗室
诗歌研究

QINGQIANQI ZONGSHI
SHIGE YANJIU

出版发行：云南大学出版社
印　装：廊坊市海涛印刷有限公司
开　本：787mm×1092mm 1/16
印　张：16.25
字　数：286千
版　次：2023年1月第1版
印　次：2023年1月第1次印刷
书　号：ISBN 978-7-5482-4683-1
定　价：68.00元

社　址：昆明市一二一大街182号（云南大学东陆校区英华园内）
邮　编：650091
发行电话：0871-65033244 65031071
网　址：http://www.ynup.com
E - mail：market@ynup.com

若发现本书有印装质量问题，请与印厂联系调换，联系电话：0316-2516002。

目　录

绪论：缘起与对象

在以往历朝历代的宗室中，以诗取胜者虽不乏其人，但相较于清代宗室而言，却难以匹敌。就影响力而言，清代宗室诗人群体庞大，创作繁盛，存世诗作（集）数量众多，天潢贵胄的特殊身份让他们对清代诗坛产生了特殊的影响。就价值性而言，清代宗室诗歌不仅有丰富的文学艺术价值，更有着民族、文化、政治、历史等多方面的独特认知价值。可惜受篇幅与体例之限，于此不能对整个清代宗室诗歌的情况展开全面的讨论，仅能就清前期宗室诗歌的总体情况进行有针对性的剖析。为了更好地展开研究，于此绪论部分先简要说明本书的缘起，并对研究对象进行必要的界定。

一、写作缘起

张嘉秀《诗话总龟序》云："昔河间以礼乐名，东平以乐善著。咸垂光汗青，馨香帝胄。至求述作，概乎未之前闻。"① 姜宸英《玉池生稿序》云："唐以诗取士，振风雅于六季，淫靡之后，哲匠代起。四百年间，而宗室有属籍者，其文词反不少概见。"② 沈景澜在为弘晓《侍萱斋诗》所作序文中云："古天潢贵胄嗜典籍耽吟咏者，两汉为盛，唐宋而下，指不多屈。我朝稽古右文，列圣天章云涌倡率于上，振振麟趾，文采炳焉。"③ 借助这三段论述，我们大体可知：清代宗室诗文创作之盛，远非前代可比。姜宸英与沈景澜皆是活跃于清前期的文人，

---

① （宋）阮阅编：《增修诗话总龟》，载《四部丛刊初编》（集部第 435 册），中央编译出版社，2015 年，第 3 页。

② （清）岳端著，陈桂英校：《玉池生稿》，天津古籍出版社，1990 年，第 100 页。

③ （清）弘晓：《明善堂诗文集》，《续修四库全书》（1444 册），上海古籍出版社，2002 年，第 536 页。

由此可知：早在清前期，宗室诗人群体的崛起就已经被清人明晰地认识到了。

如果说以上清人的表述过于笼统且因师友关系的存在而带有一定溢美之词的话，那么今人的统计数据就能较为客观地说明问题了。据王菲统计，在嘉庆朝初年，铁保与法式善共同编成了《熙朝雅颂集》，该集收录了 49 位宗室诗人的1481 首诗作。① 据严佳统计，在清末民初，恩华《八旗艺文编目》所胪列的宗室凡 107 人，且在该书"别集"之下，又单设了"王公宗室"一类，收录 86 位宗室共 121 种著作。② 即便如此，这些统计仍有遗漏。如若将那些有诗散见于世但未结集的宗室诗人计入，将那些可确考有诗歌创作实践但无诗存世的宗室诗人统计，那么整个清代宗室诗人的数量将大量增加。据笔者目前的统计，清代这样的宗室诗人将近 300 人。总之，清代宗室诗人数量之多，群体之大，成就之高，超迈往代，这是毋庸置疑的，清代宗室诗歌的考察价值和研究意义也是不言而喻的。

由于有清一代的时间跨度较长，宗室诗人、诗集、诗作的数量甚多，一时间难以展开全面的研究，因而就方法论层面而言，以分期的方式切入考察，这是较为可行之法。另外，清代宗室诗歌的繁盛，并不是平铺式与均衡性地存在于整个清代的，而是呈现出较为鲜明的阶段性特征，因而就事实层面而言，分期论述也是必取之途。事实上，在此之前，已经有一些学者采用过分期论述的方法，对清代宗室诗歌进行了研究。例如，鲁渝生将清代宗室诗歌划分为四个时段（入关前、康雍、乾嘉、嘉庆末年至清末），通过各阶段的代表性宗室诗人的枚举分析，粗线条地巡检了清代宗室诗歌的发展脉络，简要地总结了清代宗室诗歌的总体成就。③ 又如，关纪新指出，清代宗室诗人人数颇多，约占满族诗人总数的 1/3，由顺治年间至康熙初期，是清宗室诗的兴起草创阶段，由高塞、岳端、博尔都、文昭、塞尔赫等人协力开辟的宗室诗坛，称得上清代满族文学发展中一支业绩斐然的生力军。④ 再如，严迪昌指出，清代宗室诗人的出现，有两个高峰期：以康

① 王菲：《清代宗室诗人群体研究》，辽宁大学 2017 届硕士论文。
② 严佳：《顺康雍时期的八旗诗人研究》，上海师范大学 2013 届硕士论文。
③ 鲁渝生：《清代满族宗室诗坛的发展与成就》，《满族研究》1997 年第 2 期。
④ 关纪新：《清代宗室诗掠影》，《民族文学研究》1984 年第 4 期。

熙期为核心的清前期，以乾隆朝为核心的清中期。① 虽然以上各家的分期表述与相关总结描述各有不同，但他们都认为：以康熙朝为核心时段的清前期，宗室诗人的成就巨大，是一个值得重点关注的时期。不过可惜的是，限于篇幅与体例，这些学者的论述基本都是以枚举的方式来展开，不够深入和全面，具体体现在如下方面。

其一，"点"的缺失。当前，对清前期重要的宗室诗人所进行的个体性研究已较为深入，但对边缘性宗室诗人的研究则有待加强。博尔都、岳端、文昭、塞尔赫、恒仁等人存诗数量较多，地位较为重要，诗集也较易寓目，故研究较为深入。而德普、吞珠等人虽有诗集存世，且诗歌数量也不算少，但他们的诗集深藏于山东师范大学图书馆，不易寓目，故研究并不充分。另外，福存、福喜、达麟图等人只有少量诗作见存于法式善所辑《熙朝雅颂集》中，学界关注则更少。而与博尔都唱和的唯亭，与文昭唱和的廉泉、东峰，与恒仁唱和的薰之等宗室诗人，由于无诗存世，迄今未曾有人对他们及作品进行过考订。虽然这些宗室诗人因无诗存世而谈不上有什么创作成就，但是这并不意味着他们没有讨论的价值。因为只有当他们羽翼和追随在博尔都、文昭、恒仁等重要宗室诗人身边唱和交游时，才能表明清前期的宗室诗人并非一种个人性的、松散式的存在，而是形成了一个有紧密联系的、较为活跃的、具有独立性的文学群体。因而，以重要的宗室诗人为支点，推及更多的边缘宗室诗人，我们的研究视野才能获得更广泛的拓展，研究领域才能获得更深入的推进。否则，我们难以明晰描述清前期宗室诗人群体内部的文学活动，难以准确地把握清前期宗室诗歌的发展脉络。

其二，"面"的不足。当前，关于博尔都、岳端、塞尔赫、文昭、恒仁等重要的宗室诗人与汉族文士交游唱和的研究已经进行得较为详尽深入，但现今尚鲜有论者将宗室诗人作为一个特殊的独立的群体，整体性地考察他们与清前期诗坛之间的互动情况，对清前期宗室诗人之间交游唱和、相互延誉与提携的讨论也较少，对清前期宗室诗人理解与接受以汉诗为代表的汉族文艺与文化的探究也不多。因而，我们需要加强对清前期宗室诗人的整体性研究。唯有如此，我们才能真正弄明白清前期的宗室诗人在清代宗室诗歌发展历程中的独特作用，才能揭示

---

① 严迪昌：《八旗诗史案》，《西北师范大学学报》2004 年第 3 期。

清前期的宗室诗歌在清诗发展史中的独特价值。

其三，价值的不彰。在关于清诗的研究中，以严迪昌《清诗史》为代表的著作，对清代宗室诗歌有一定篇幅的讨论。在关于满族文学与八旗文学的一些研究成果中，例如张菊玲的《清代满族文学概论》、朱眉叔的《满族文学精华》、董文成的《清代满族文学史论》、王佑夫《清代满族诗学的基本特征》、赵志辉的《满族文学史》等，对宗室诗歌有所论及。除此之外，学界也出现了一些综论宗室诗歌的研究成果，例如关纪新的《清代宗室诗掠影》、鲁渝生的《清代满族宗室诗坛的发展与成就》、张佳生的《独入佳境：清代满族宗室文学》等。以上这三类成果各有功绩，但存在的不足也是明显的。一方面，这些成果大多将笔墨侧重于清中期，对前期涉笔较少。另一方面，这些成果在行文上偏于枚举描述，在关注点上聚焦于诗歌创作层面（文学艺术的层面），关于宗室诗学（学的层面）与宗室诗史（史的层面）的讨论则较为欠缺。事实上，宗室诗歌（学）与八旗文学、满族文学、清代诗歌（学）有着密切的关联；而且当我们讨论八旗文学史、满族文学史、清诗史的同时，也应有宗室诗史的史论意识。惟其如此，我们才能深入分析宗室诗歌（学）与作为"一代文学"的清诗之间的内在关联，才能揭示它们之间的互动性，才能彰显清代宗室诗歌、宗室诗学、宗室诗史的独特价值所在。

基于以上三方面的缘由，本书拟从诗人（群）、诗歌（学）、诗史这三个角度不同但又相互关联的维度来展开讨论。首先，就诗人（群）的维度而言，本书将加强对宗室诗人（群）的研究，具体包括：进一步揭示清前期重要的宗室诗人在宗室诗人群体中的核心地位与引领作用；加强对清前期边缘宗室诗人的考订，更为关注清前期宗室诗人（群）与清前期诗坛的交流关系。其次，就诗歌（学）的维度而言，借助清前期宗室诗人诗歌（集）的考订与分析，总结他们的诗歌旨趣、诗风宗向、诗学思想，揭示它们与清代诗歌（学）之间的互动关系。再次，就诗史的维度而言，从宗室诗史、八旗诗史、满族文学史、清诗史等多个层面，考察清前期宗室诗歌的独特价值与诗史地位。在这三个维度中，本书将以清前期的宗室诗歌作为讨论的中心，力争做到既见"人"，又见"学"，更见"史"。

总之，本书将清代宗室诗歌发展的第一个高峰期——清前期拈举出来，以宗室诗歌风雅的倡起为问题核心，结合宗室诗人的唱和交游、诗歌创作实践、诗风宗向等方面的考察，细致地勾勒清前期宗室诗歌风雅倡起的外在发展轨迹与丰富的内涵。

二、对象的界定

本书的两大关键词是"清前期"与"宗室诗歌"，由于宗室诗歌乃是由宗室诗人所创作的，故"宗室诗歌"这个关键词又可细分为"宗室"与"宗室诗人"这两个子关键词。为了更好地明确本书讨论的范围与内容，于此先对这些关键词稍加说明。

1. 关于"宗室"的含义

虽然顾炎武在《日知录·上下通称》中，以"今人以皇族称为宗室，考之于古不尽然，凡人之同宗者即相谓曰宗室"① 之言，指出了"宗室"一词作为皇族的通称并非自古而然，但不可否认的是，"宗室"一词借助封建王权文化的影响，已经与"与王同宗"这一特殊的含义建立了稳固的关联。因而，就特指层面而言，"宗室"就是皇族的别称。本书所言之"宗室"，所取的也正是"皇族"这一特指的含义。作为皇族的宗室，通常又被人称为"天潢贵胄"。"天潢"者，血缘也；"贵胄"者，政治也。这意味着，"宗室"这个词，有着血缘与政治这两个层面上的特殊含义。这两个特殊含义对宗室诗人身份的界定有着重要的影响，因而需要于此稍加辨析。

首先，血缘层面的含义。在清代皇族的族谱——《爱新觉罗宗谱》② 中，所记载的第一人是追尊兴祖直皇帝福满。福满有六子，分别为：德世库、刘阐、索长阿、觉昌安、包朗阿、宝实。由于生齿日繁，皇族成员增多，故清太宗皇太极于崇德元年（1636）下诏规定：以清显祖塔克世的直系子孙为"宗室"，其余伯叔兄弟旁支子孙为"觉罗"。由此，清代皇族按血缘的远近，分为宗室与觉罗两

---

① （清）顾炎武著，（清）黄汝成集释，秦克诚点校：《日知录集释》，岳麓书社，1994 年，第869 页。

② 爱新觉罗宗谱编辑处：《爱新觉罗宗谱》，收入徐丽华主编《中国少数民族古籍集成》（汉文版），四川民族出版社，2002 年版。按：为避赘疣，后文将《爱新觉罗宗谱》简称为《宗谱》，所引《宗谱》材料皆只标注页码，不再详录出版信息。

大系统，宗室是近支，觉罗是远支。对此，《钦定大清会典事例》卷一"宗人府·天潢宗派"云："凡玉牒所载，以显祖宣皇帝本支为宗室，伯叔兄弟之支为觉罗。"[①] 显祖塔克世既是追尊景祖翼皇帝觉昌安的第四子，又是清太祖努尔哈赤之父，故塔克世的伯叔是指：在福满所生六子中，除觉昌安以外的其余五子；塔克世的兄弟是指：在觉昌安所生五子中，除塔克世以外的其他四子。换言之，血缘层面上的清代宗室就是指塔克世这一支系的子孙，而觉罗则是指除塔克世这一支以外，福满的其他子孙。

其次，政治层面的含义。作为皇族成员，天然地享受了诸多政治特权。这些政治特权体现在多个方面，我们仅从服饰颜色的区分这一细节便可充分窥见。《八旗通志·初集》卷五十九"典礼志十"云："凡带色，崇德间定：亲王以下，宗室以上，俱系金黄带，觉罗系红带。"[②] 民众据此通常将宗室称为"黄带子"，将觉罗称为"红带子"。这种鲜明的识别性区分，实际上就是对宗室这一特殊政治身份的一种独特体认。如果说血缘上的宗室身份是一出生就定下了的，是无可更改的，那么政治上的宗室身份则是可变的，有可能会因过失而被黜出宗籍，丧失宗室身份，也有可能因时过境迁而获得宽宥，重入宗籍，重获宗室身份。考虑到政治因素具有诡谲多变性，不适合作为一个稳定的标准来界定"宗室"的外延，故本书主要以血缘作为标准来界定"宗室"的外延。换言之，无论是否因为政治的原因而被黜出宗籍，只要是塔克世的子孙，本书一概视为宗室。关于这一点，一个典型的案例便是岳端之弟吴尔占。一方面，吴尔占因在康熙末年卷入储嗣之争，故于雍正初年获罪遣戍，并与其诸子一同被黜出宗籍，子孙被降为"红带子"，失去了政治意义上的"宗室"（黄带子）身份，但他在血缘上是宗室，这是无可更改的；另一方面，虽然目前未见他有诗存世，但从相关载录来看，他与博尔都、岳端等人有诗歌唱和，有过学习与创作汉诗的实践经历，而且他的儿子永年现有残句见存于文昭的唱和诗作中，因而本书仍将吴尔占及其子永年视为宗室诗人，列入考察范围进行讨论。

----

① （清）托津等奉敕撰：《钦定大清会典事例》，文海出版社，1991 年，第 1 页。

② （清）鄂尔泰等修，李洵等校点：《八旗通志·初集》（第 1 册），东北师范大学出版社，1985 年，第 1143 页。

此外，与"宗室"这一表述相近者，还有"皇族"和"皇室"等表述。皇族指的是皇帝的家族，他们包括宗室和觉罗等亲族，他们散居北京城内外，甚至有的移徙到盛京。皇室指在君主制国家运用皇权进行统治的家族集团，他们与皇权密切相关，居住在具有皇权象征的紫禁城中。在清朝制度中，掌管皇族的机构称为宗人府，掌管皇室的机构为内务府。所以皇子从宫中分府后，即属宗人府管辖，为皇族成员，不再是狭义的皇室成员。① 因此，在这三个相近的概念中，"宗室"是一个外延与"皇族"相近，但又比"皇室"的外延要大的概念，比较契合本书的讨论限定。所以，这是本书使用"宗室"这个概念，而不使用"皇族"和"皇室"这两个概念的主要原因。

2. 关于"宗室诗人"的外延

顾名思义，"宗室诗人"就是宗室中会写诗的人，就本书而言，亦即塔克世子孙中的能诗者。这样的理解虽然是正确的，但也是宽泛的，只能视为是广义的"宗室诗人"的解释。因为受宗族文化、政治风云、避讳传统、古今差异等方面的影响，"宗室诗人"这个关键词在清代有着更为复杂的意涵与更为丰富的类型，因而"宗室诗人"还有狭义之说。总体说来，狭义的宗室诗人不包括帝王诗人与女性宗室诗人，具体如下：

首先，关于帝王诗人。清前期的顺治帝、康熙帝、雍正帝都有诗（集）传世，因而今人在论及宗室诗歌时，有不少学者是将这些帝王诗人纳入考察范围的。例如，鲁渝生将康、雍时期的宗室诗人分为"皇室直系成员"与"皇室旁系成员"两个部分，其中前者就包括了康熙帝以及允礽、允祉、胤禛等有诗传世的十余位皇子；② 严佳将宗室诗人分为"帝王""皇族贵胄""闲散宗室"三类；③ 张佳生将清代宗室诗人分为皇室成员、有爵位的宗室、无爵位的宗室、宗室妇女四类。④ 可需要指出的是，在清代，出于避讳等方面的原因，清人在论及宗室诗歌时，大多不将帝王列入。例如，麟魁在为成哲亲王永瑆《诒晋斋集》

----

① 赖惠敏：《天潢贵胄——清皇族的阶层结构与经济生活》，《中央研究院近代史研究所专刊》，1997年，第12页。

② 鲁渝生：《清代满族宗室诗坛的发展与成就》，《满族研究》1997年第2期。

③ 严佳：《顺康雍时期的八旗诗人研究》，上海师范大学2013届硕士论文。

④ 张佳生：《独入佳境：满族宗室文学》，辽宁人民出版社，1997年，第5页。

作序时云："宗潢人文尤迈往古，自红兰贝子首倡风雅，问亭将军、紫幢居士、晓亭侍郎、月山上公先后继起，提唱宗风，代有闻人，未易更仆。"在其所罗列的"宗潢"之中，并不包括帝王。本书一方面考虑到帝王诗人的特殊性，另一方面为了更切近清人关于"宗室诗人"身份的理解，故不将帝王诗人的诗歌创作列入考察范围。当然，特殊的权力身份决定了帝王的诗歌创作与诗学思想对清诗（包括宗室诗歌）发展产生的重要影响，因而在考察宗室诗歌的发展背景与推动力量时，帝王诗人的特殊作用与独特影响力自然无法回避，需要加以提及。基于此，本书既重视清初帝王在文学（诗歌）上的影响力，但又不将帝王作为宗室诗人中的普通一员来考察其诗歌创作的情况。情况较为特殊的是胤禛与弘历二人。胤禛处于潜邸时期，以皇子雍亲王的身份创作的诗歌结集为《雍邸集》，弘历于雍正八年（1730 年）也以皇子的身份刊行了《乐善堂文钞》，其中包含若干首诗作。在胤禛与弘历登基后，他们以帝王的身份创作的诗（文）集是《四宜堂集》和《御制诗》。因而，本书将雍亲王胤禛的《雍邸集》与宝亲王弘历的《乐善堂文钞》纳入考察范围，但不将雍正帝胤禛的《四宜堂集》与乾隆帝弘历的《御制诗》纳入，只是在必要的时候做旁及性的交代。

其次，关于女性宗室诗人。在中国传统文化中，"宗"这个词语在用来界定亲属关系时，本身就排除了女系，只限定男系。与之相应，"宗室"一词也特指王权体制下"与王同族"的父系一族，在《宗谱》中并无皇族女性后裔的载录，这便是极好的明证。因而，虽然岳端的六姐以及岳端之女都能写诗，属于广义上的宗室诗人，但由于本书取的是狭义的"宗室"，故不将这些女性宗室诗人列入考察范围。

总之，广义的"宗室诗人"是指有宗室血缘的诗人，即塔克世子孙中的能诗者；狭义的"宗室诗人"则是指塔克世子孙中除了帝王诗人与女性宗室诗人以外的能诗者，本书取的是狭义。这些狭义的宗室诗人所组成的群体，便是本书所谓的"宗室诗人群"；这些狭义的宗室诗人所创作的诗歌，便是本书所谓的"宗室诗歌"；这些狭义的宗室诗人的旨趣、宗向、思想，便是本书所谓的"宗室诗学"；以上这些方方面面的变化与发展历程，便是本书所谓的"宗室诗史"。

3. 关于诗学意义上的"宗室"与"觉罗"

就政治与血缘关系而言，宗室与觉罗的区分是分明的，宗人府对此有着严格的管理制度，以避免混淆，但诗学意义上的"宗室"与"觉罗"就显得较为含混了。例如，毛奇龄在《奉送觉罗博问亭归满洲和其留别原韵》中称宗室博尔都为"觉罗"；梅庚在《觉罗子晋曩从红兰主人饯别海棠院新城先生以春草碧色春水绿波分韵见送子晋得绿字己丑冬来都下始蒙惠示大篇荏苒十有一年红兰久捐馆新城亦投劾归田矣奉次来韵时悼往情见乎辞》中，称宗室文昭为"觉罗"；文昭在《有卖炊饼者里中儿负其值不与比其来索反殴之几毙觉罗子闻之慨而有作》《余少酷嗜琴学阒颇夥岁久积渐失记惟良宵引一曲不忘昔范文正止弹履霜一操因呼为范履霜后之人亦应有呼余为觉罗良宵者矣戏作一首》等诗中，都以"觉罗"自称。"宗室"与"觉罗"本应是判然的两个概念，为何会出现这样的混淆呢？想来有两方面的原因。

其一，取"觉罗"的姓氏之意。《皇朝通志》卷一"氏族略"有"国姓，爱新觉罗氏"之言，史臣曹虎臣等按曰："国语以金为爱新，觉罗乃姓也。"[1]"博尔都"与"文昭"分别是两位宗室诗人之名，其姓氏乃"爱新觉罗"，毛奇龄与梅庚都在诗中将他们的姓简称为"觉罗"，因而毛、梅二人所言之"觉罗"并非政治层面的含义，而是姓氏层面的含义。文昭以"觉罗"自谓，也有这方面的原因。不过这种称谓方式还是容易混淆，因而在宗室诗人与汉族文人交游唱和的诗作中并不占主流，大部分还是直接以"宗室"相谓。

其二，取生平际遇上的困顿之意。正如前文所言，"觉罗"在血缘与政治上都比"宗室"要更边缘，以"觉罗"来指谓宗室诗人，在情感上便含有同情与惋惜之意义。博尔都因受其伯父班布尔善谄事鳌拜的牵连而被削爵，后虽恢复辅国将军之爵，但在政治功业上一直困顿不遇。毛奇龄是博尔都登上诗坛之初便结识并保持终身友谊的亲密诗友，博尔都晚年重订其十四卷钞本《问亭诗集》时，唯一新增的诗序便是由毛奇龄所作。这种交谊让毛奇龄对博尔都的生平际遇有所感慨，故将这些感慨寄寓于"觉罗"一词的使用中。文昭因受其父失爵的影响而无爵可承，这对他也是一种巨大的打击。后来他虽然参加了科举考试，但却因失误而被放，个人际遇并不通达，其以"觉罗"自谓，在某种程度上便寓含了这种失意。梅庚少年成名却久困科场，当年博尔都、岳端、王士禛等人在海棠

---

① （清）嵇璜等撰：《皇朝通志》(1)，浙江书局，光绪十一年（1885），第2页。

院送他出都的事由就是梅庚落第归乡，十一年后的己丑（康熙四十八年，1709）冬，梅庚再次入都又是为科考之事，直至康熙四十九年，梅庚才终于获隽成进士。① 也就是说，梅庚写此诗时，就是为科考而来，结合其蹭蹬科场多年尚未解脱的失意不遇来看，与文昭有相似之处，其对文昭"觉罗"之言自然也就含有惺惺相惜的特殊情感。

本书所谓的"宗室"与"觉罗"主要是以血缘的远近来区分的，因而即便一些宗室诗人偶以"觉罗"自称或被他人称为"觉罗"，但只要其在血缘上属于宗室，本书都将之视为宗室诗人，而非觉罗诗人。

4. 关于清前期上、下限的厘定

不同的学者根据讨论对象与切入角度的不同，会对清代进行不同的分期，而且他们在分期的表述以及各期上、下限的设置上也会各有不同。就清前期这个特定的时期而言，大部分学者都将顺、康、雍三朝视为清前期的主要时段。例如：蔡镇楚《中国诗话史》将清代诗话分为三个历史阶段，其中顺、康、雍三朝为初期。张菊玲《清代满族作家文学概论》认为："从1644—1735年，即清顺治、康熙、雍正三朝，将近一个世纪，是满族作家文学兴起和发展期。"② 有部分学者基于对"清代"持有更宽泛的理解，会在顺、康、雍三朝这一主要时段之上，增补一些特殊的时段，以使其讨论的命题更为完整。例如，赵志辉主编的《满族文学史》更注重从民族文学发展而不是清王朝政权建立的层面去理解清代的"前期"，故而该书将清前期的起讫定为"从爱新觉罗·努尔哈赤崛起，进入辽沈地区，步入封建社会的初期开始，到顺治、康熙、雍正三朝，满族社会全面走向封建化为止，即1621年至1735年"③。王菲《清代宗室诗人群体研究》基于皇太极称帝时将国号由"金"改为"大清"，并改元"崇德"的考虑，将崇德元

---

① （清）博尔都著，黄斌校点：《清代宗室诗人博尔都〈问亭诗集〉校注与研究》，云南大学出版社，2017年，第82页。

② 张菊玲：《清代满族作家文学概论》，中央民族学院出版社，1990年，第14页。

③ 赵志辉：《满族文学史》（第1卷），辽宁大学出版社，2012年，第15页。按：努尔哈赤在此年借辽沈大捷之势，占领辽阳（今沈阳），定其为新都城，名为"东京"。对后金而言，这是一件较为重大的政治事件，故赵志辉的《满族文学史》将之视为清前期的起点。

年（1636）设为清代（前期）的上限。^①蒋寅《清代诗学史》将顺、康、雍三朝视为一期，并将乾隆九年（1744）赵执信下世这一重要的诗学事件作为标志，视为第一期的结束。^②这些论者所增补的时段虽各有不同，但都各有其理由，各有其功用。

本书所讨论的对象是清代的宗室诗人，考虑到清代第一位宗室诗人高塞生于崇德二年（1637），出于对宗室诗歌年表编制完整性的考虑，故本书将清前期的上限设为后金改国号为"大清"的崇德元年。至于下限的设置，为了确保问题讨论的完全性，本书借鉴蒋寅的分期方法，不拘泥于帝序的更迭，而是更关注宗室诗人群的更迭情况，将之定于乾隆十二年（1747）。如此设定的主要理由有二。其一，就"继往"的层面而言，清前期两位成就较高的宗室诗人——塞尔赫与恒仁都卒于此年。其二，就"开来"的层面而言，宗室诗人需要一定时间的学习与成长，才能登上诗坛，形成影响力，成为真正的诗人。由于雍正帝在位时间只有 13 年，这意味着雍正元年以后出生的宗室，至乾隆元年时，年纪最长者也只不过 13 岁而已，尚不足以成长为一位真正的诗人，如果拘泥于帝序更迭，以乾隆元年为下限的话，与事实显然不符。若后推至乾隆十二年以后的话，这些宗室基本上已经做足了成为诗人的准备，开始陆续登上以乾隆朝为主要时段的清盛期的诗坛。基于以上两方面的原因，本书将乾隆十二年视为清前期的分段下限。

总之，本书所言之清前期，自崇德元年（1636）始，迄乾隆十二年（1747）终，时间跨度总共为 112 年，这是清代宗室诗歌（学）孕育与兴起的时期。考虑到这个时期的时间跨度较长，故本书又以孤军崛起于关外的高塞的卒年（康熙九年，1670）为界，细分为孕育与兴起这两个阶段。在孕育阶段中，只有高塞这一位宗室诗人，情况较为零落；在兴起阶段，出现了 60 余位宗室诗人，已经形成较好的发展态势。在兴起阶段中，博尔都借助康熙十七年（1678）诏举博学鸿辞这一文化事件，与入京应博学鸿辞的汪琬、陈维崧、毛奇龄、施润章等人唱和，在诗坛形成了一定的影响力。此后，吞珠、福存、岳端等宗室诗人陆续登上诗坛，清代宗室诗人作为一股独特且独立的新兴力量赢得了清人的关注。因而我们

---

① 王菲：《清代宗室诗人群体研究》，辽宁大学 2017 届硕士论文。

② 蒋寅：《清代诗学史》，中国社会科学出版社，2012 年，第 55 页。

可以认为：清代宗室诗人作为一个群体整体登上并融入清代诗坛的时间，大抵始于康熙十七年。

另外，关于同样卒于乾隆十二年（1747）的塞尔赫与恒仁的情况，于此先简要交代一下。塞尔赫是第五代宗室（与康熙帝同辈），生于康熙十六年（1677），享年71岁①，年寿较高；恒仁是第七代宗室（与乾隆帝同辈），生于康熙五十二年（1713），享年35岁，年寿较短。代际与年龄差别较大的两人，因年寿长短不同而卒于同一年，这提醒本书在处理乾隆十二年这一下限时，不可过于拘泥地进行"一刀切"，应当有一定的弹性。这种弹性具体包括以下两个方面：

一方面，那些生年早于恒仁，但因年寿较长而卒年略晚于恒仁的宗室诗人，理应归入清前期宗室诗人之列。例如，穆禧生于康熙十五年（1676），卒于乾隆十四年（1749），享年74岁；允祹生于康熙二十四年（1685），卒于乾隆二十八年（1763），享年79岁。他们的卒年虽然超过了乾隆十二年这一时间节点，但他们的诗学活动以及在诗坛的影响力都集中在清前期，自然属于清前期的宗室诗人。

另一方面，对于那些与恒仁生年大体相近，但因年寿较长而活跃至清盛期的宗室诗人，则应将之视为跨期的宗室诗人。例如，德沐生于康熙五十年（1711），卒于乾隆四十七年（1782），享年72岁；永瑢生于康熙五十五年（1716），卒于乾隆五十二年（1787），享年72岁。他们是典型的横跨前期与盛期的宗室诗人。其中，德沐与恒仁有唱和，恒仁对德沐以兄相称，若因德沐的卒年在乾隆朝中期而将之排除在前期宗室诗人之外，有失妥当。因此，对这些跨期的宗室诗人而言，应当以更为通达的方法来处理。在统计清前期宗室诗人的数量时，可以将之列入统计范围；在讨论其诗歌创作与诗学活动时，可以根据诗歌创作与交游活动发生的具体时间来确定应置于清前期来考察，还是应置于清盛期来讨论。

为了更好地解决这两方面的问题，本书在具体处理清前期的时间下限时，除了将乾隆十二年（即塞尔赫与恒仁的卒年）作为主要标准之外，会再引入两个具有参考性的时间节点：其一，恒仁的生年（康熙五十二年，1713）；其二，康熙朝的结束（康熙六十一年，1722）。引入这两个辅助参考的时间节点之后，本

---

① 按：本书在计算清代宗室诗人的享年时，遵从《宗谱》以虚岁计之法，特此说明。

书对待不同时间节点的宗室诗人与宗室诗歌，有三种不同的处理方式。

首先，对于那些生年早于恒仁，但卒年晚于恒仁的诗人，他们在清前期已经登上诗坛，形成一定的影响力，本书将之视为清前期的宗室诗人。

其次，对于那些生年晚于恒仁，但又是在康熙朝出生的宗室诗人，本书将之视为清代前期与盛期的跨期诗人，在统计数据与总体考察时会纳入讨论范围，但论及具体的诗歌创作与诗学活动时，则按乾隆十二年这个主要的时间节点进行区分对待。例如，弘晓生于康熙六十一年（1722），是一个典型的跨期诗人，他有部分诗作和创作实践可明晰确定地系于乾隆十三年以前，因而本书将弘晓的这些诗作与创作实践纳入考察范围，至于弘晓在乾隆十三年以后的诗作与创作实践则不予置喙。

最后，雍正元年以后出生的宗室诗人，大抵至乾隆朝才开始登上诗坛，属于清盛期的宗室诗人，故完全不纳入考察范围。

以上是关于本书研究对象"清前期宗室诗歌"的界定与说明。

第一章　清前期宗室诗人群的崛起

关于清前期宗室诗歌之兴，学界早有学者进行过总结性的描述。例如，鲁渝生指出："康、雍两朝是满族文学崛起的阶段，在此期间满族文学队伍甚为壮观，并且出现了一些很有成就的文学家，打破了汉人在文坛上一统天下的局面。他们在文学上所表现出的特有眼光和写作风格，为清代文学增添了以往所没有的景观，同时也为满族文学在乾嘉年间出现鼎盛局面奠定了基础。清代宗室文学在满族文学中占有重要位置，其全面崛起是在康雍时期。"① 又如，严迪昌指出，"在康、雍、乾三朝间即已建构成庞大的朝阙庙堂诗歌集群网络"，其中就包括皇子贝勒组成的"朱邸诗群"。② 这些概括性的描述，揭示了清前期宗室诗歌之兴。然而，当我们沿着这些描述进一步追索的时候，我们很快就陷入一种新的困境中：这种兴盛的形成，必然以一定数量的宗室诗人的出现为前提，否则难以形成群体性的影响力，可一直以来，学界对清前期宗室诗人的数量缺乏较为准确的统计，因而我们很难对这种兴盛态势与总体影响力作出较为客观的判断。基于此，本章的主要任务是：通过文献的爬疏，统计宗室诗人的数量并考索各位宗室诗人的身份、世系、行实等各方面的情况，尤其是加强对边缘性宗室诗人生平情况的考订，对横跨清代前期与盛期的宗室诗人进行区分性的说明，希冀以此对清前期宗室诗歌的兴盛态势作出较为清晰地描述与较为客观的总结。

---

① 鲁渝生：《清代满族宗室诗坛的发展与成就》，《满族研究》1997 年第 2 期。
② 严迪昌：《清诗史》，浙江古籍出版社出版，2002 年，第 25 页。

第一节　清前期宗室诗人的数量统计与归类分析

为了确保统计的准确性与合理性，在进行统计与描述之前，有两点需要先稍作说明。

其一，舍弃无法确考的宗室诗人。在清前期的宗室诗人群体中，有一些宗室诗人只能简单了解其字号，无法确考其姓名、生平、谱系代际关系等。例如，在博尔都《问亭诗集》中有一首《咏行斋和唯亭弟韵》，从诗题可知此唯亭乃是一位宗室诗人。根据《宗谱》的载录，博尔都唯一的亲弟赖善年仅六岁而夭，故我们虽能确知此唯亭乃是博尔都的从弟，但却难以确考其具体身份。此外，在鲍鉁《紫幢王孙五十寿宴诗二首》第一首的"桓圭藻火夸斑彩"中，有注释提及一位名号为"潜斋上公"的宗室诗人。① 这位潜斋上公与金埴《不下带编》卷五所言的"潜室主人（辅国公）"② 有可能是同一人，可惜二人所言甚为简略，无法考出其具体身份。另外，在赛尔登《绿云堂诗集》卷五有一首《和宗室尊五中秋原韵》③，也难以确考这位名号为尊五的宗室诗人的具体身份。由于本书在统计清前期宗室诗人的数量时，以能够确考身份为前提，故不将这些无法确考者纳入统计和考察范围。

其二，关于统计时间节点的区别处理。结合本书"绪论"部分的相关界定，于此采用康熙五十二年（恒仁生年）、雍正元年、乾隆十二年（塞尔赫与恒仁的卒年）这三个不同的时间点进行区分统计。经统计，包括登基前的雍亲王胤禛与宝亲王弘历在内，在雍正元年之前出生者有 66 人，其中生年早于恒仁者有 56 人，卒年早于塞尔赫者有 33 人，具体见下表。

----

① （清）鲍鉁：《道腴堂诗编》，《清代诗文集汇编》（第 267 册），上海古籍出版社，2010 年，第 144 页。

② （清）金埴：《不下带编》，《笔记小说大观》（第四十四编·第 10 册），新兴书局，1987 年，第 410 页。

③ （清）赛尔登：《绿云堂诗集》，《清代诗文集汇编》（第 269 册），上海古籍出版社，2010 年，第 483 页。

帝序	诗人	谱系脉络	生卒年	备注
1. 显祖塔克世	无			
2. 太祖努尔哈赤	无			
3. 太宗皇太极	无			
4. 顺治帝福临	(1) 镇国公高塞	1. 塔克世→2. 努尔哈赤（长子）→3. 皇太极（第八子）→4. 高塞（第六子）	崇德二年（1637）生，康熙九年（1670）卒，年34岁①	有《恭寿堂诗》存世
5. 康熙帝玄烨	(2) 辅国将军博尔都	1. 塔克世→2. 努尔哈赤（长子）→3. 塔拜（第六子）→4. 拔都海（第六子）→5. 博尔都（第三子）	顺治十二年（1655）生，康熙四十六年（1707）卒，年53岁	有《问亭诗集》存世
	(3) 安恪郡王玛尔浑	1. 塔克世→2. 努尔哈赤（长子）→3. 阿巴泰（第七子）→4. 岳乐（第四子）→5. 玛尔浑（第十五子）	康熙二年（1663）生，康熙四十八年（1709）卒，年47岁	有《敦和堂集》，未存世
	(4) 追封简亲王福存	1. 塔克世→2. 舒尔哈齐（第三子）→3. 费扬武（第八子）→4. 傅喇塔（第四子）→5. 福存（第五子）	康熙四年（1665）生，康熙三十九年（1700）卒，年36岁	有《云尔吟诗集》，佚。《熙朝雅颂集》收其诗4首
	(5) 僖郡王经希	1. 塔克世→2. 努尔哈赤（长子）→3. 阿巴泰（第七子）→4. 岳乐（第四子）→5. 经希（第十七子）	康熙七年（1668）生，康熙五十六年（1717）卒，年50岁	室名留云轩，与博尔都、岳端等唱和，无诗存世

---

① 按：《宗谱》在载录宗室的享年时采用虚岁的计算方式，本书遵从《宗谱》的做法，特此说明。

续　表

帝序	诗人	谱系脉络	生卒年	备注
5. 康熙帝玄烨	（6）已革固山贝子岳端	1. 塔克世→2. 努尔哈赤（长子）→3. 阿巴泰（第七子）→4. 岳乐（第四子）→5. 岳端（第十八子）	康熙九年（1670）生，康熙四十三年（1704）卒，年35岁	有《玉池生稿》存世
	（7）已革固山贝子吴尔占	1. 塔克世→2. 努尔哈赤（长子）→3. 阿巴泰（第七子）→4. 岳乐（第四子）→5. 吴尔占（第十九子）	康熙十一年（1672）生，雍正二年（1724）卒，年53岁	号雪斋，与博尔都、岳端、庞垲等唱和，无诗存世
	（8）奉国将军塞尔赫	1. 塔克世→2. 穆尔哈齐（次子）→3. 塔海（第七子）→4. 泰穆布禄（次子）→5. 塞尔赫（第四子）	康熙十六年（1677）生，乾隆十二年（1747）卒，年71岁	有《晓亭诗抄》存世
6. 雍正帝胤禛	（9）恪敏贝子吞珠	1. 塔克世→2. 努尔哈赤（长子）→3. 阿巴泰（第七子）→4. 博和讬（次子）→5. 彰泰（第四子）→6. 吞珠（第三子）	顺治十五年（1658）生，康熙五十七年（1718）卒，年61岁	有《花屿读书堂小稿》存世
	（10）成寿（受）	1. 塔克世→2. 努尔哈赤（长子）→3. 塔拜（第六子）→→4. 拔都海（第六子）→5. 博尔都（第三子）→6. 成受（长子）①	康熙八年（1669）生，康熙十九年（1680）卒，年12岁	有《修凤楼遗稿》，佚。有残句为博尔都引用而存世
	（11）理密亲王允礽	1. 塔克世→2. 努尔哈赤（长子）→3. 皇太极（第八子）→4. 福临（第九子）→5. 玄烨（第三子）→6. 允礽（第七子）	康熙十三年（1674）生，雍正二年（1724）卒，年51岁	《熙朝雅颂集》收其诗24首

---

① 按：《宗谱》写作"成受"。

续　表

帝序	诗人	谱系脉络	生卒年	备注
6. 雍正帝 胤禛	（12）穆禧	1. 塔克世→2. 舒尔哈齐（第三子）→3. 扎萨克图（第三子）→4. 扎喀纳（次子）→5. 玛喀纳（第五子）→6. 穆禧（第六子）	康熙十五年（1676）生，乾隆十四年（1749）卒，年74岁	字柳泉，号熙庵，恒仁以诗向其问学，无诗存世
	（13）成隐郡王允祉	1. 塔克世→2. 努尔哈赤（长子）→3. 皇太极（第八子）→4. 福临（第九子）→5. 玄烨（第三子）→6. 允祉（第十子）	康熙十六年（1677）生，雍正十年（1732）卒，年56岁	有《课余稿》，佚。《熙朝雅颂集》收其诗8首
	（14）雍亲王胤禛	1. 塔克世→2. 努尔哈赤（长子）→3. 皇太极（第八子）→4. 福临（第九子）→5. 玄烨（第三子）→6. 胤禛（第十一子）①	康熙十七年（1678）生，雍正十三年（1735）卒，年58岁	未登基前以雍亲王身份作有《雍邸集》
	（15）恒温亲王允祺	1. 塔克世→2. 努尔哈赤（长子）→3. 皇太极（第八子）→4. 福临（第九子）→5. 玄烨（第三子）→6. 允祺（第十三子）	康熙十八年（1679）生，雍正十年（1732）卒，年54岁	《熙朝雅颂集》收其诗15首
	（16）淳度亲王允祐	1. 塔克世→2. 努尔哈赤（长子）→3. 皇太极（第八子）→4. 福临（第九子）→5. 玄烨（第三子）→6. 允祐（第十五子）	康熙十九年（1680）生，雍正八年（1730）卒，年51岁	《熙朝雅颂集》收其诗8首

----

① 按：胤禛俗称"四阿哥"或"皇四子"，这是指其在康熙帝成年诸子中排行第四，而《宗谱》则将天殇之子也一并计入排序中，故胤禛的排序为第十一子。本书遵循《宗谱》的载录方法，特此说明。

续　表

帝序	诗人	谱系脉络	生卒年	备注
6. 雍正帝胤禛	(17) 允祺	1. 塔克世→2. 努尔哈赤（长子）→3. 皇太极（第八子）→4. 福临（第九子）→5. 玄烨（第三子）→6. 允祺（第十六子）	康熙二十年（1681）生，雍正四年（1726）卒，年46岁	《万寿盛典初集》收其诗3首
	(18) 允禑	1. 塔克世→2. 努尔哈赤（长子）→3. 皇太极（第八子）→4. 福临（第九子）→5. 玄烨（第三子）→6. 允禑（第十八子）	康熙二十二年（1683）生，雍正四年（1726）卒，年44岁	《万寿盛典初集》收其诗3首
	(19) 敦郡王允䄉	1. 塔克世→2. 努尔哈赤（长子）→3. 皇太极（第八子）→4. 福临（第九子）→5. 玄烨（第三子）→6. 允䄉（第十九子）	康熙二十二年（1683）生，乾隆六年（1741）卒，年59岁	《万寿盛典初集》收其诗3首
	(20) 镇国公德普	1. 塔克世→2. 舒尔哈齐（第三子）→3. 费扬武（第八子）→4. 傅喇塔（第四子）→5. 福存（第五子）→6. 德普（第二子）	康熙二十二年（1683）生，雍正七年（1729）卒，年47岁	有《修庵诗抄》存世
	(21) 履懿亲王允祹	1. 塔克世→2. 努尔哈赤（长子）→3. 皇太极（第八子）→4. 福临（第九子）→5. 玄烨（第三子）→6. 允祹（第二十一子）	康熙二十四年（1685）生，乾隆二十八年（1763）卒，年79岁	《晚晴簃诗汇》收其诗1首
	(22) 怡贤亲王允祥	1. 塔克世→2. 努尔哈赤（长子）→3. 皇太极（第八子）→4. 福临（第九子）→5. 玄烨（第三子）→6. 允祥（第二十二子）	康熙二十五年（1686）生，雍正八年（1730）卒，年45岁	有《怡仁堂诗稿》，佚。有《交辉园遗稿》，存世

续　表

帝序	诗人	谱系脉络	生卒年	备注
6. 雍正帝胤禛	（23）追封简仪亲王德沛	1. 塔克世→2. 舒尔哈齐（第三子）→3. 费扬武（第八子）→4. 傅喇塔（第四子）→5. 福存（第五子）→6. 德沛（第八子）	康熙二十七年（1688）生，乾隆十七年（1752）卒，年65岁	《词林典故》收其与乾隆帝瀛台赐宴柏梁体联吟之句
	（24）恂勤郡王允禵	1. 塔克世→2. 努尔哈赤（长子）→3. 皇太极（第八子）→4. 福临（第九子）→5. 玄烨（第三子）→6. 允禵（第二十三子）	康熙二十七年（1688）生，乾隆二十年（1755）卒，年68岁	其诗阑入其孙永忠《延芬室集》之中①
	（25）追封辅国公兴绶	1. 塔克世→2. 努尔哈赤（长子）→3. 阿济格（第十二子）→4. 傅勒赫（次子）→5. 绰克都（第三子）→6. 兴绶（第七子）	康熙二十八年（1689）生，雍正二年（1724）卒，年36岁	有《孟晋斋稿》，未存世
	（26）已革辅国公普照	1. 塔克世→2. 努尔哈赤（长子）→3. 阿济格（第十二子）→4. 傅勒赫（次子）→5. 绰克都（第三子）→6. 普照（第八子）	康熙三十年（1691）生，雍正二年（1724）卒，年34岁	有《乐轩集》，未存世
	（27）豫恪郡王允祵	1. 塔克世→2. 努尔哈赤（长子）→3. 皇太极（第八子）→4. 福临（第九子）→5. 玄烨（第三子）→6. 允祵（第二十五子）	康熙三十二年（1693）生，雍正九年（1731）卒，年39岁	《晚晴簃诗汇》收其诗1首

----

① 齐心苑：《允禵诗作新发现——永忠〈延芬室集〉无编年诗实为其祖父允禵作品》，《红楼梦学刊》2015年第1期。

续 表

帝序	诗人	谱系脉络	生卒年	备注
6. 雍正帝胤禛	(28)庄恪亲王允禄	1. 塔克世→2. 努尔哈赤（长子）→3. 皇太极（第八子）→4. 福临（第九子）→5. 玄烨（第三子）→6. 允禄（第二十六子）	康熙三十四年（1695）生，乾隆三十二年（1767）卒，年73岁	《熙朝雅颂集》收其诗5首
	(29)伊都礼	1. 塔克世→2. 穆尔哈齐（第二子）→3. 塔海（第七子）→4. 泰穆布禄（次子）→5. 塞尔赫（第四子）→6. 伊都礼（长子）	康熙三十四年（1695）生，雍正三年（1725）卒，年31岁	有《鹤鸣集》存世
	(30)果毅亲王允礼	1. 塔克世→2. 努尔哈赤（长子）→3. 皇太极（第八子）→4. 福临（第九子）→5. 玄烨（第三子）→6. 允礼（第二十七子）	康熙三十六年（1697）生，乾隆三年（1738）卒，年42岁	有《春和堂纪恩诗》《奉使纪行诗》等集存世
	(31)永年	1. 塔克世→2. 努尔哈赤（长子）→3. 阿巴泰（第七子）→4. 岳乐（第四子）→5. 吴尔占（第十九子）→6. 永年（长子）	康熙三十六年（1697）生，乾隆二年（1737）卒，年41岁	《熙朝雅颂集》收其诗二首，但小传误为弘曙之子①
	(32)已革辅国公经照	1. 塔克世→2. 努尔哈赤（长子）→3. 阿济格（第十二子）→4. 傅勒赫（次子）→5. 绰克都（第三子）→6. 经照（第九子）	康熙三十七年（1698）生，乾隆九年（1744）卒，年47岁	有《西园诗钞》，佚。有残句为恒仁引用而存世

----

① （清）铁保辑，赵志辉校：《熙朝雅颂集》，辽宁大学出版社，1992年，第259页。

21

续 表

帝序	诗人	谱系脉络	生卒年	备注
6. 雍正帝胤禛	（33）慎靖郡王允禧	1. 塔克世→2. 努尔哈赤（长子）→3. 皇太极（第八子）→4. 福临（第九子）→5. 玄烨（第三子）→6. 允禧（第三十一子）	康熙五十年（1711）生，乾隆二十三年（1758）卒，年48岁	有《花间堂诗钞》《紫琼岩诗钞》等集存世
	（34）诚贝勒允祁	1. 塔克世→2. 努尔哈赤（长子）→3. 皇太极（第八子）→4. 福临（第九子）→5. 玄烨（第三子）→6. 允祁（第三十三子）	康熙五十二年（1713）生，乾隆五十年（1785）卒，年73岁	号宝啬(斋)主人，与塞尔赫等人唱和，无诗存世
	（35）奉恩将军鄂洛顺	1. 塔克世→2. 穆尔哈齐（第二子）→3. 塔海（第七子）→4. 泰穆布禄（次子）→5. 塞尔赫（第四子）→6. 鄂洛顺（第四子）	康熙五十三年（1714）生，乾隆三十三年（1768）卒，年55岁	有《樊雁书屋集》，未存世
	（36）诚恪亲王允祕	1. 塔克世→2. 努尔哈赤（长子）→3. 皇太极（第八子）→4. 福临（第九子）→5. 玄烨（第三子）→6. 允祕（第三十四子）	康熙五十五年（1716）生，乾隆三十八年（1773）卒，年58岁	《熙朝雅颂集》收其诗5首
	（37）奉恩将军福喜	1. 塔克世→2. 努尔哈赤（长子）→3. 皇太极（第八子）→4. 常舒（第七子）→5. 海林（第十子）→6. 福喜（长子）	康熙五十五年（1716）乾隆二十三年（1758）卒，年43岁	字损亭，有《学画堂集》《存旧集》，皆不存世

续 表

帝序	诗人	谱系脉络	生卒年	备注
7. 乾隆帝弘历	（38）文昭	1. 塔克世→2. 努尔哈赤（长子）→3. 阿巴泰（第七子）→4. 博和讬（次子）→5. 彰泰（第四子）→6. 百绶（长子）→7. 文昭（长子）	康熙十九年（1680）生，雍正十年（1732）卒，年53岁	有《紫幢轩集》存世
	（39）承顺郡王锡保	1. 塔克世→2. 努尔哈赤（长子）→3. 代善（次子）→4. 萨哈璘（第三子）→5. 勒克德浑（次子）→6. 诺罗布（第三子）→7. 锡保（第四子）	康熙二十七年（1688）生，乾隆七年（1742）卒，年55岁	《词林典故》收录其与雍正帝等人的唱和联句
	（40）弘晋	1. 塔克世→2. 努尔哈赤（长子）→3. 皇太极（第八子）→4. 福临（第九子）→5. 玄烨（第三子）→6. 允礽（第七子）→7. 弘晋（第三子）	康熙三十五年（1696）生，康熙五十六年（1717）卒，年22岁	有《钦训堂文存稿》存世
	（41）显谨亲王衍潢	1. 塔克世→2. 努尔哈赤（长子）→3. 皇太极（第八子）→4. 豪格（长子）→5. 富绶（第四子）→6. 丹臻（第四子）→7. 衍潢（第六子）	康熙三十年（1691）生，乾隆三十六年（1771）卒，年81岁	《词林典故》收其参与乾隆四年的柏梁联句
	（42）兴岱	1. 塔克世→2. 努尔哈赤（长子）→3. 阿巴泰（第七子）→4. 博和讬（次子）→5. 彰泰（第四子）→6. 明瑞（第五子）→7. 兴岱（次子）	康熙三十六年（1697）生，乾隆十七年（1752）卒，年56岁	号东峰，室名望庐，与文昭唱和，无诗存世

续　表

帝序	诗人	谱系脉络	生卒年	备注
7. 乾隆帝弘历	（43）肃勤亲王蕴著	1. 塔克世→2. 努尔哈赤（长子）→3. 皇太极（第八子）→4. 豪格（长子）→5. 富绶（第四子）→6. 拜察礼（第五子）→7. 蕴著（第三子）	康熙三十八年（1699）生，乾隆四十三年（1778）卒，年80岁	有《悼亡诗存》，未存世
	（44）贝子弘景（璟）	1. 塔克世→2. 努尔哈赤（长子）→3. 皇太极（第八子）→4. 福临（第九子）→5. 玄烨（第三子）→6. 允祉（第十子）→7. 弘璟（第七子）①	康熙四十二年（1703）生，乾隆四十二年（1777）卒，年75岁	《词林典故》收其参与乾隆四年的柏梁联句
	（45）弘时	1. 塔克世→2. 努尔哈赤（长子）→3. 皇太极（第八子）→4. 福临（第九子）→5. 玄烨（第三子）→6. 胤禛（第十一子）→7. 弘时（第四子）	康熙四十三年（1704）生，雍正五年（1727）卒，年24岁	《词林典故》收录其与雍正帝等人的唱和联句
	（46）兴让（尚）	1. 塔克世→2. 努尔哈赤（长子）→3. 阿巴泰（第七子）→4. 博和讬（第二子）→5. 彰泰（第四子）→6. 明瑞（第五子）→7. 兴尚（第四子）②	康熙四十四年（1705）生，乾隆十三年（1748）卒，年44岁	号廉泉，室名篑山书屋，与文昭唱和，无诗存世

---

① 按：《宗谱》写作"弘璟"。
② 按：《宗谱》写作"兴尚"。

续　表

帝序	诗人	谱系脉络	生卒年	备注
7. 乾隆帝弘历	（47）康修亲王崇安	1. 塔克世→2. 努尔哈赤（长子）→3. 代善（次子）→4. 祜塞（第八子）→5. 杰书（第三子）→6. 椿泰（第五子）→7. 崇安（独子）	康熙四十四年（1705）生，雍正十一年（1733）卒，年29岁	有《友竹轩遗稿》存世
	（48）勤贝勒弘明	1. 塔克世→2. 努尔哈赤（长子）→3. 皇太极（第八子）→4. 福临（第九子）→5. 玄烨（第三子）→6. 允禵（第二十三子）→7. 弘明（次子）	康熙四十四年（1705）生，乾隆三十二年（1767）卒，年63岁	《词林典故》收其参与乾隆四年的柏梁联句
	（49）裕庄亲王广禄	1. 塔克世→2. 努尔哈赤（长子）→3. 皇太极（第八子）→4. 福临（第九子）→5. 福全（次子）→6. 保绶（第五子）→7. 广禄（第三子）	康熙四十五年（1706）生，乾隆五十年（1785）卒，年80岁	《词林典故》收其参与乾隆四年的柏梁联句
	（50）已革贝勒弘昌	1. 塔克世→2. 努尔哈赤（长子）→3. 皇太极（第八子）→4. 福临（第九子）→5. 玄烨（第三子）→6. 允祥（第二十二子）→7. 弘昌（长子）	康熙四十五年（1706）生，乾隆三十六年（1771）卒，年66岁	字九思，与弘晓有唱和，无诗存世
	（51）弘旿	1. 塔克世→2. 努尔哈赤（长子）→3. 皇太极（第八子）→4. 福临（第九子）→5. 玄烨（第三子）→6. 允祕（第十九子）→7. 弘旿（第六子）	康熙四十九年（1710）生，乾隆三十六年（1771）卒，年62岁	有《冷吟集》，未存世

续 表

帝序	诗人	谱系脉络	生卒年	备注
7. 乾隆帝弘历	（52）已革辅国公九如（成）	1. 塔克世→2. 努尔哈赤（长子）→3. 阿济格（第十二子）→4. 傅勒赫（次子）→5. 绰克都（第三子）→6. 兴绶（第七子）→7. 九成（长子）①	康熙四十九年（1710）生，乾隆三十一年（1766）卒，年57岁	字锡畴，号拙庵，与恒仁、敦敏等有唱和，无诗存世
	（53）宝亲王弘历	1. 塔克世→2. 努尔哈赤（长子）→3. 皇太极（第八子）→4. 福临（第九子）→5. 玄烨（第三子）→6. 胤禛（第十一子）→7. 弘历（第五子）	康熙五十年（1711）生，嘉庆四年（1799）卒，年89岁	未登基前有《乐善堂集》存世
	（54）和恭亲王弘昼	1. 塔克世→2. 努尔哈赤（长子）→3. 皇太极（第八子）→4. 福临（第九子）→5. 玄烨（第三子）→6. 胤禛（第十一子）→7. 弘昼（第六子）	康熙五十年（1711）生，乾隆三十五年（1770）卒，年60岁	有《稽古斋集》存世
	（55）宗学总管德沐（穆）	1. 塔克世→2. 舒尔哈齐（第三子）→3. 济尔哈朗（六子）→4. 济度（次子）→5. 雅布（第五子）→6. 阿扎兰（第三子）→7. 德穆（第六子）②	康熙五十年（1711）生，乾隆四十七年（1782）卒，年72岁	字薰之，与恒仁有唱和，无诗存世

----

① 按：《宗谱》写作"九成"。

② 按：《宗谱》写作"德穆"。

续　表

帝序	诗人	谱系脉络	生卒年	备注
7. 乾隆帝弘历	(56) 辅国公弘曤	1. 塔克世→2. 努尔哈赤（长子）→3. 皇太极（第八子）→4. 福临（第九子）→5. 玄烨（第三子）→6. 允礽（第七子）→7. 弘曤（第六子）	康熙五十一年（1712）生，乾隆十五年（1750）卒，年39岁	字思敬，号石琴道人，有《石琴草堂集》，佚
	(57) 庄恭勤亲王弘普	1. 塔克世→2. 努尔哈赤（长子）→3. 皇太极（第八子）→4. 福临（第九子）→5. 玄烨（第三子）→6. 允禄（第二十六子）→7. 弘普（次子）	康熙五十二年（1713）生，乾隆八年（1743）卒，年31岁	《熙朝雅颂集》收其诗2首
	(58) 宁良郡王弘晈	1. 塔克世→2. 努尔哈赤（长子）→3. 皇太极（第八子）→4. 福临（第九子）→5. 玄烨（第三子）→6. 允祥（第二十二子）→7. 弘晈（第四子）	康熙五十二年（1713）生，乾隆二十九年（1764）卒，年52岁	号芝轩、药园、秋明等，《熙朝雅颂集》收其诗1首
	(59) 已革辅国公恒仁（新）	1. 塔克世→2. 努尔哈赤（长子）→3. 阿济格（第十二子）→4. 傅勒赫（次子）→5. 绰克都（第三子）→6. 普照（第八子）→7. 恒新（长子）①	康熙五十二年（1713）生，乾隆十二年（1747）卒，年35岁	有《月山诗集》《月山诗话》存世

----

①　按:《宗谱》写作"恒新"。

续 表

帝序	诗人	谱系脉络	生卒年	备注
7. 乾隆帝弘历	（60）副理事官达麟图	1. 塔克世→2. 努尔哈赤（长子）→3. 阿拜（第三子）→4. 灏善（第七子）→5. 保格（次子）→6. 赫摄纳（长子）→7. 达麟图（第五子）	康熙五十五年（1716）生，乾隆三十八年（1773）卒，年58岁	《熙朝雅颂集》收其诗1首
	（61）怡僖亲王弘晓	1. 塔克世→2. 努尔哈赤（长子）→3. 皇太极（第八子）→4. 福临（第九子）→5. 玄烨（第三子）→6. 允祥（第二十二子）→7. 弘晓（第七子）	康熙六十一年（1722）生，乾隆四十三年（1778）卒，年57岁	有《明善堂诗集》存世
8. 嘉庆帝颙琰	（62）辅国公永璥	1. 塔克世→2. 努尔哈赤（长子）→3. 皇太极（第八子）→4. 福临（第九子）→5. 玄烨（第三子）→6. 允礽（第七子）→7. 弘晋（第三子）→8. 永璥	康熙五十五年（1716）生，乾隆五十二年（1787）卒，年72岁	字文玉，号益斋，别号素菊道人、钦训堂主人，有《益斋诗稿》存世
	（63）奉国将军永珫（玒）	1. 塔克世→2. 努尔哈赤（长子）→3. 皇太极（第八子）→4. 福临（第九子）→5. 玄烨（第三子）→6. 允祐（第十五子）→7. 弘暐（第三子）→8. 永玒（次子）①	康熙五十七年（1718）生，乾隆十七年（1752）卒，年35岁	字崑亭，号松月主人，能诗善书，与永璥有唱和，无诗存世

----

① 按：《宗谱》写作"永玒"，永璥《益斋稿》卷三《索书松月主人》之题注写作"永恭"，卷四《挽宗弟崑亭》之题注则写作"永珫"。

续　表

帝序	诗人	谱系脉络	生卒年	备注
8. 嘉庆帝 颙琰	（64）辅国将军阿敏图	1. 塔克世→2. 努尔哈赤（长子）→3. 褚英（长子）→4. 尼堪（第三子）→5. 兰布（长子）→6. 务友（第五子）→7. 富宏（第七子）→8. 阿敏图（次子）	康熙五十八年（1719）生，乾隆三十九年（1774）卒，年56岁	字觉斋，号五峰，与永忠有唱和，无诗存世
9. 道光帝 旻宁	（65）平敏郡王福彭	1. 塔克世→2. 努尔哈赤（长子）→3. 代善（次子）→4. 岳讬（长子）→5. 罗洛浑（次子）→6. 罗科铎（长子）→7. 纳尔福（第六子）→8. 纳尔苏（长子）→9. 福彭（次子）	康熙四十七年（1708）生，乾隆十三年（1748）卒，年41岁	号葵心主人，《熙朝雅颂集》收其诗10首
	（66）奉国将军福静（靖）	1. 塔克世→2. 努尔哈赤（长子）→3. 代善（次子）→4. 岳讬（长子）→5. 罗洛浑（次子）→6. 罗科铎（长子）→7. 纳尔福（第六子）→8. 纳尔苏（长子）→9. 福靖（第六子）①	康熙五十四年（1715）生，乾隆二十四年（1759）卒，年45岁	字乐山，《熙朝雅颂集》收其诗1首

　　结合上表所列66位宗室诗人的信息，我们对清前期宗室诗人的整体情况，可以作如下总结：

　　其一，关于代际与辈分关系。清前期66位宗室诗人横跨六个代际，其中清代第一位宗室诗人高塞属于第四代宗室，而福彭与福静则已是第九代宗室，与道光帝同辈了。这意味着：在同时代的宗室诗人中，会出现年纪虽长但辈分却小的

----

　　① 按：《宗谱》写作"福靖"。

情况。例如，吞珠年纪长于岳端，但辈分却小岳端一辈。这一特殊情况在宗室诗人的交游唱和中会有所反映，并且这一情况越到后期会越发突出。在清人文献以及今人论著中，不时会出现搞错宗室诗人辈分关系的情况，例如以《清史稿》为代表的诸多文献都将博尔都误为岳端从弟。① 这是我们在展开研究时必须要注意的。

其二，关于诗集的存世情况与诗坛的影响力。在 66 人中，经希、吴尔占、穆禧、兴岱、兴尚、德沐等人皆有可确考的诗歌创作与唱和活动，但至多也只是能够确知其所作诗题而已，未见有诗作（句）留存于世，故诸人在诗坛上几无影响力。在 66 人中，有诗独立成集者凡 32 人，诗集存世者为 19 人。在这 19 人中，有的诗集虽存世，但收诗数量较少，例如：崇安《友竹轩遗稿》收诗仅 4 首；弘晋《钦训堂文存稿》不是专门的诗集，而是诗文合集，收诗数量为 14 题 20 首；伊都礼《鹤鸣集》附收于塞尔赫《晓亭诗抄》之后，收诗总共 39 题 50 首。存世数量较少自然会影响他们在宗室诗史上的价值与地位。当然，也有些例外，例如，虽然高塞《恭寿堂集》收诗仅 15 首，成就不如博尔都、岳端、文昭等人，但作为清代第一位宗室诗人，其诗史意义较为独特，是值得重点关注的。另外，玛尔浑虽然无诗存世，但他的地位较高，与康熙朝的文人交游较广，还编选过宗室诗歌选集《宸襟集》，也有较为重要的宗室诗史考察价值。总体来看，存诗数量较多的宗室诗人有：博尔都、岳端、德普、吞珠、塞尔赫、文昭、允礼、允禧、永瑢、弘晓等人。由于永瑢与弘晓等人年寿较高，活动至清盛期，故清前期的代表性宗室人主要有如下几位：高塞、博尔都、岳端、文昭、塞尔赫、恒仁、允礼、吞珠、德普。

其三，关于皇子诗人群体。在清前期，皇太极有福临与高塞 2 子能诗，但顺治帝福临依狭义的"宗室诗人"之例不纳入考察，只有高塞 1 人符合皇子与狭义宗室诗人的统计标准。另外，康熙帝有 15 子能诗（含未登基前的胤禛）；雍正帝有 3 子（含未登基前的弘历）能诗。如此统计，则总共有 19 位皇子诗人。这在清前期的宗室诗人群体中，占比逾 1/4，因而皇子诗群是清前期宗室诗人群中较

---

① （清）博尔都著，黄斌校点：《清代宗室诗人博尔都〈问亭诗集〉校注与研究》，云南大学出版社，2017 年，第 331 页。

为重要的子群体。可惜受政治等方面的影响，这些皇子诗人大多存诗不多，成就也不太高。

其四，关于清前期宗室诗人的封爵情况。前期宗室诗人的封爵大抵有三种情况：有爵、无爵、失（革）爵。

在有爵的宗室诗人中，成就较高的是博尔都、塞尔赫、德普、吞珠。当然，这些有爵的宗室诗人有一部分曾有过失爵与复爵的复杂经历。例如，博尔都于康熙八年（1669）受其伯父班布尔善诌事鳌拜的牵连而被削去辅国将军之爵，至十九年方才复爵，而且复爵之后博尔都的仕途也并不通达，这是他将精力倾注于诗歌创作的重要原因，因而虽然他大部分时间都是有爵宗室，但却给人一种较为强烈的闲散宗室之感。

在无爵的宗室诗人中，除成寿与弘昂因早夭而无封爵外，大多是受父辈的影响而失去袭爵资格。例如：文昭之父百绥于康熙二十七年（1688）二月缘事革去三等镇国将军①，所以文昭无爵；兴岱与兴尚之父明瑞于康熙三十七年（1698）四月，因为"为人庸劣懒惰"②而被革去镇国公，所以他们兄弟二人无爵。穆禧之父玛喀纳在康熙四十三年（1704）因校射不娴而被革去镇国将军品级③，所以穆禧无爵。在无爵的诗人中，以文昭的成就最高。

在失爵的宗室中，岳端与恒仁的诗歌成就较高。岳端是值得特别考察的个案。康熙二十三年（1684）正月，岳端封多罗勤郡王；二十八年，其父安亲王岳乐薨时，原拟袭封郡王爵，但在二十九年二月，又以"俱照岳乐亲王之爵受封似属太过"而降为贝子；三十七年四月，他又因为"各处俱不行走，但与在外汉人交往饮酒，妄恣乱行，着黜革"④。也就是说，岳端是清前期宗室诗人中唯一因与汉族文人唱和交游而被黜爵的宗室。

总体来看，一方面，清前期有爵宗室诗人的数量比无爵或失爵宗室诗人的数量要多，这表明政治地位与经济优势有助于天潢贵胄吟咏风雅，利于他们成为诗

---

① 《宗谱》，第5205页。

② 戴逸、李文海主编：《清通鉴》（第10册），山西人民出版社，2000年，第2068页。

③ （清）鄂尔泰等修，李洵等校点：《钦定八旗通志》（第4册），吉林文史出版社，2002年，第2241页。

④ 戴逸、李文海主编：《清通鉴》（第10册），山西人民出版社，2000年，第2068页。

人；另一方面，失爵或无爵宗室诗人的诗歌成就要比有爵宗室诗人高。这是因为清前期不少有爵的宗室诗人都怀有"以余事作诗人"的态度，故而成就不高。反而是那些遭遇过政治风波的宗室诗人，能寄情于诗歌，所以成就较高。这表明"穷而后工"的创作规律，在清前期宗室诗人的成长之旅中同样有效。

其五，在清前期的宗室诗人中，有些宗室诗人的情况较为特殊，需要区别对待。首先是胤禛与弘历。雍亲王胤禛的《雍邸集》与宝亲王弘历的《乐善堂集》虽都成于潜邸时期，但毕竟后来他们皆登基为帝，这导致他们的诗歌创作需要区别对待；其次是弘晓、永璥等人的卒年都在乾隆十二年之后，属于横跨清前期和盛期的诗人，而且他们在清盛期的影响力要大于前期。

综上所述，高塞、博尔都、岳端、德普、吞珠、塞尔赫、文昭、允礼是影响力较大且较为纯粹的清前期的宗室诗人，本书将他们视为重点对象进行考察。

第二节　清前期边缘宗室诗人的考订补充

在清前期的宗室诗人中，博尔都、岳端、文昭、塞尔赫、恒仁等人成就较高者，其家世、生平、行实等方面，皆已有较为充分的考订。康熙诸位皇子的诗歌成就虽不高，但基于他们皇子身份的特殊性，文献载录也较为详尽，只有高塞、东峰、廉泉、经照、普照等边缘性宗室诗人的考订不够详尽，故于此节对这些边缘性宗室诗人进行详细考订。

一、清代第一位宗室诗人高塞的考订

作为清代第一位宗室诗人，高塞在宗室诗史与八旗诗史上，都有重要考察价值，可惜高塞存诗不多，生平材料又少，故学界论者寥寥。在近年的研究中，李芳《清抄本〈恭寿堂诗〉与清初满族诗人高塞》①考索精勤，推进了高塞生平与诗集的研究，但仍遗漏了一些文献材料，尚需进一步深入考察。

---

① 李芳：《清抄本〈恭寿堂诗〉与清初满族诗人高塞》，《文献》2015 年第 1 期。

（一）高塞家世生平的补充考订

高塞乃清太宗皇太极第六子，顺治帝福临之庶兄，昭梿《啸亭杂录》卷九将之误为第七子。[①] 高塞生于崇德二年（1637）二月十六日子时，顺治九年（1652）九月封奉恩辅国公，康熙八年（1669）九月晋镇国公，九年七月二十二日子时薨，谥曰悫厚。高塞有五子，依次为：靖恒、朝丹、云升、元智、成孚。[②] 康熙九年（1670）十二月，《康熙实录》卷三十四云："丙申封故镇国公高色[③]子牛钮为辅国公。"[④] 牛钮乃顺治帝福临长子，年二岁而夭，[⑤] 此年九月封为辅国公乃靖恒，[⑥] 非牛钮。康熙二十二年（1683）正月，《康熙实录》卷一〇七云："封高色之子贞泰为辅国公。"[⑦] 贞泰乃云升长子僧泰的同名异写，僧泰因夭亡而未曾袭爵，此年正月封为辅国公者实乃成孚。[⑧]

（二）高塞诗集的补充考辨

关于高塞的诗集，昭梿《啸亭杂录》卷九云："有《寿祺堂集》行世，渔洋《池北偶谈》中曾采其诗句焉。"[⑨] 事实上，《池北偶谈》所载乃是《恭寿堂诗》，故昭梿"寿祺堂集"之言乃是误记。此外，《池北偶谈》选录高塞诗作时，特地以"虞山孙旸录其诗传之"之言交代了选诗的来源。孙旸乃顺治十四年（1657）举人，因卷入顺天科场案而于十六年被遣戍尚阳堡。康熙二十年（1681）冬，兵部尚书宋德宜等人捐金方得赎还。[⑩] 孙旸敕还时，将其在关外录存的部分高塞诗作抄录带入京中，经王士祯择取后载入《池北偶谈》。由于现存孙旸所著《孙蔗

----

① （清）昭梿撰，冬青校点：《啸亭杂录》，上海古籍出版社，2012 年，第 206 页。

② 《宗谱》，第 2012 页。

③ 按：因满汉音译等方面的原因，高塞之名在清人文献中有"高色""国则""郭子"等多种写法，详见本书第六章第一节。

④ （清）马齐、朱轼等撰：《清实录》（第 4 册），中华书局，2008 年，第 467 页。

⑤ 《宗谱》，第 1188 - 1189 页。

⑥ 《宗谱》，第 2012 页。

⑦ （清）马齐、朱轼等撰：《清实录》（第 5 册），中华书局，2008 年，第 3952 页。

⑧ 《宗谱》，第 2065 - 2066 页。

⑨ （清）昭梿撰，冬青校点：《啸亭杂录》，上海古籍出版社，2012 年，第 206 页。

⑩ 李兴盛：《吴兆骞年谱》，黑龙江大学出版社，2014 年，第 264 页。

庵先生诗选》① 未附收高塞诗作，故《池北偶谈》所抄十五首便是《恭寿堂诗》最早的版本。

此外，在山东师范大学图书馆藏有一本由怡亲王弘晓组织抄写的《恭寿堂诗》（以下简称"山本"），附收于德普《修庵诗抄》之后。② 李芳将"山本"与《池北偶谈》本（以下简称"池本"）以及《熙朝雅颂集》本（以下简称"熙本"）进行比较，得出的结论是："山本"与"池本"所录诗作"从诗题、内容到次序，全然一致"，属同一版本系统；而"山本"比"熙本"多出一首，且二本诗作编排顺序差异较大，属于不同的版本系统。笔者认同李芳的第一个结论，但对第二个结论持有异议。因为《熙朝雅颂集》在收诗时，经常出现改动原诗文字与序次的情况，以下举三例加以说明。

其一，与法式善同时期而略晚的舒坤在批点《随园诗话》时云："其人（即法式善，笔者按）诗学甚佳，而人品却不佳。铁冶亭辑八旗人诗为《熙朝雅颂集》，使时帆董其事。其前半部，全是《白山诗选》，后半部则竟当作买卖做。凡我旗中人有势力者，其子孙为其祖父要求，或为改作，或为代作，皆得入选，竟有目不识丁以及小儿、女子，莫不滥厕其间。"③ 舒坤的"改作"云云，说明了《熙朝雅颂集》在文字上有不尊原作的特点。

其二，侯坷将《熙朝雅颂集》所选永忠诗作与《延芬室稿》的原作进行比对后，得出"全非本集原来之旧"④ 的结论，这也印证了《熙朝雅颂集》在收诗序次与文字抄录上有不尊原本的特点。

其三，笔者在校注博尔都《问亭诗集》时也发现：《熙朝雅颂集》所选博尔都诗作，无论是文字还是序次，皆与康熙丙子刻本以及康熙乙酉抄本这两个版本系统的《问亭诗集》有出入。

以上三例表明：文字与序次的差异，不足以证明"熙本"属于另外的版本系统。当然，法式善的"改作"之举，并非像舒坤所言那样全是过失或恶意，

---

① （清）孙旸：《孙蕉庵先生诗选》，国家图书馆藏清抄本。

② 黄斌：《清代宗室诗学经典之选——兼论山师藏本〈白燕栖诗草〉的文献价值》，《民族文学研究》2011 年第5 期。

③ （清）袁枚著，顾学颉校：《随园诗话》，人民文学出版社，1979 年，第582 页。

④ （清）永忠：《延芬室集》，上海古籍出版社，1990 年，第12 页。

也有一定的妥当之处。例如，"池本"中的《戊申春日行次蓟门登独乐寺》一诗，在"熙本"中写作《戊申春日行次蓟门登独乐寺阁》，增多了一个"阁"字。这一增改有一定的合理性，理由有二。

其一，就语法逻辑而言，独乐寺是一个大寺庙，空间广，其与诗题的"登"字在语义上搭配不当。由于在独乐寺中有一座三层高的观音阁，该阁之额相传乃李白所题，故此阁亦名"太白楼"，题诗者历来甚众。在这些题诗中，不少诗题都写作"独乐寺阁"，例如：徐元文《含经堂集》卷八的《登蓟州独乐寺阁同郭侍御》、魏元枢《与我周旋集》卷一的《和高丽使臣登蓟州独乐寺阁》、翁同龢《瓶庐诗稿》卷三的《过蓟州登独乐寺阁观太白题扁字》等。法式善认为高塞所登当是此阁，故在有意无意间加了一个"阁"字。

其二，就内容来看，全诗共二十四句，除了前五句分别用"春雨""落日""遂寄"等词交代他来到独乐寺的背景外，从第六句"高楼倚空筑"开始，全部是登楼望远的所见所感，加一"阁"字正好与第六句总领的"高楼"二字相呼应，更扣住了全诗的内容。

总之，舒坤将《熙朝雅颂集》在文字上有意无意地改动上升到对人品的攻击，固然不妥，但他也指出了"改作"是《熙朝雅颂集》较为突出的问题。李芳据此判定"熙本"属于别的版本系统，理由并不充分。另外，即便"熙本"比"池本"少了一首诗，也不能证明它们二者分属不同的版本系统，理由如下：

关于《恭寿堂诗》的收诗数量，法式善曾两次明确提及。其一是在《八旗诗话》中，其云："仅钞渔洋所采古近体十六章。"① 王士祯《池北偶谈》所抄为十五首，怎么会凭空多出一首呢？其二是在嘉庆七年（1802）所作《壬戌奉校八旗人诗集意有所属辄为题咏不专论诗也得诗五十首》（以下简称"壬戌论诗"）中，该组诗的第一首云："寥寥十五篇，元气浑中天。"②《熙朝雅颂集》的挂名主编是铁保，但主要执行人却是法式善，"熙本"选高塞诗十四首，选诗完毕之后，法式善因"意有所属"而作的"壬戌论诗"则说是十五首，在《八旗诗话》中却又说是十六首，前后矛盾。为何会出现这样的情况呢？韩丽霞认为：法式善

① （清）法式善著，张寅彭、强迪艺编校：《梧门诗话合校》，凤凰出版社，2005 年，第 466 页。
② （清）法式善著，刘青山校：《法式善诗文集》（上册），人民文学出版社，2015 年，第 349 页。

是为了"凑一个近似的数字"①。这个解释很草率。因为除了明确提及"十五篇"外，法式善还详细考证了高塞之名，并对王士禛进行了批评，非常重视，也非常细致认真，不可能是随便凑数。另外，《熙朝雅颂集》经嘉庆帝审阅并御敕开雕的时间是嘉庆九年（1804）九月，而"壬戌论诗"作于书稿初成的嘉庆七年冬，意义重大，不可能是凑数之举。更何况"池本"收诗本来就是十五首，其论是符合事实的。因此，问题并不出在"十五篇"的表述上，而出在"熙本"为何只选了十四首上，韩丽霞颠倒了问题所在。那么，是否存在着这样一种可能：法式善看到了另一种收诗为十四首的《恭寿堂诗》的版本，而"熙本"又恰恰是以这个版本为底本，致使其选诗只有十四首呢？

从以下两个方面来看，这种可能性微乎其微。首先，从文献载录来看，无论是"壬戌论诗"，还是《八旗诗话》，法式善不但都论及了"池本"，而且还以"今所录亦散佚"之言特地指出高塞诗集（作）之稀见，如果真的另有别本，以喜好存录档案史料而著称的法式善不可能连一言都不曾提及。其次，就底本的选择而言，即便真有收诗为十四首的别本，那么"弥增宝异"的价值立场，也会使法式善放弃收诗数量少的别本，选取收诗数量多的"池本"作为底本。因而，"熙本"所据仍是"池本"，并无别本。由此，另一个问题又接踵而至：既然"熙本"的底本是"池本"，那么为何少了一首呢？这个问题很难正面回答，但如果换一个角度提问——为何偏偏失收《丙午七夕立秋》这一首呢？那么我们会获得新的启示。

一般来说，选家摒弃相关诗作不选，主要有四方面的原因。其一，政治原因：文字有违碍，不便入选。《丙午七夕立秋》全文为："寂寞天孙驻七襄，殷勤乌鹊驾河梁。相逢预恨离筵促，别后应知清漏长。玉露初含丹桂冷，金风时动碧罗香。宵残归路迟环佩，机杼经年罢晚妆。"该诗并无违禁文字，不是因政治原因而被摒弃。其二，艺术原因：诗作成就不高，不值得入选。一方面，高塞十五首诗先后经孙旸与王士禛甄选与抄录才得以幸存，艺术水准是有保证的；另一方面，"片羽一枝，弥增宝异"之语也表明法式善认为这十五首诗都很有价值，因而该诗也不是因为艺术价值不高的原因而失收。其三，选诗标准的原因：不合

---

① 韩丽霞：《论宗室诗人高塞诗歌中的达观与苦闷》，《语文学刊》2015 年第 4 期。

选家的诗学旨趣与选录标准而被弃选。《熙朝雅颂集·凡例》云："其有诣犹未卓，而凤望可风，则以人而存诗，亦有品或未醇，而文名尚著，则以诗存人。节取所长，不敢偏废"；又云："选家每执己见以为去取，其诗与选人趋向不同者，虽工不录。是编意在兼收，宁宽毋隘。"① 从这两条凡例所凸显的"因人存诗""因诗存人""宁宽毋隘"的编选原则来看，《丙午七夕立秋》也不应摒弃不收。其四，数量太多，篇幅有限，只能忍痛割爱。高塞存世只有十五首，数量并不多，该诗显然也不是因这个原因而失收。

既然以上四种主要情况都不会导致该诗失收，那么我们不得不考虑另一种特殊的情形——不慎漏抄的可能性。《池北偶谈》的体例是诗话，不是诗选，载录诗作时，不是每首单列，而是一叙到底，没有标点、句读、分行等隔断方式。《丙午七夕立秋》与《丙午中秋》这两首诗的诗题相似度高，位置相邻，很容易因为跳行或错行而导致漏抄。需要特别指出的是，在《四库全书》本的《池北偶谈》中，这两首诗的诗题虽隔了两行（竖排之行），但位置恰好都居于一行的中间，阅读时很容易错行。笔者在阅读《四库全书》本的《池北偶谈》时，便曾因不慎错行漏读了《丙午七夕立秋》。这一特殊的阅读体验，使笔者更加确信：法式善不是因为有别的版本系统而不收该诗，而是因错行漏抄而失收该诗。综上所述，笔者认为："池本"是高塞《恭寿堂诗》现存最早的版本，也是"山本"与"熙本"的底本，三本皆属于同一版本系统。

二、与博尔都及岳端相唱和的玛尔浑、经希、吴尔占等宗室诗人的补充考订

博尔都与岳端是康熙中期宗室诗人群的核心，围绕在他们周围交游唱和的宗室诗人有玛尔浑、经希、吴尔占等人。这些宗室诗人，学界讨论较少，故于此稍作考订。

1. 玛尔浑

受满汉音译的影响，玛尔浑之名有多种写法。《圣祖仁皇帝实录》《亲征朔漠方略》等文献写作"马尔浑"，《爱新觉罗宗谱》《清藩部要略》等文献写作

----

① （清）铁保辑，赵志辉校：《熙朝雅颂集》，辽宁大学出版社，1992 年，第 13 页。

"玛尔珲",《郎潜纪闻二笔》《阎潜丘先生年谱》《啸亭杂录》《钦定八旗通志》写作"玛尔浑"。总体来看,"玛尔浑"最为通行,故本书从之。

玛尔浑乃岳乐第十五子,生于康熙二年(1663)十一月二十九日丑时,生母为岳乐三继福晋赫舍里氏,辅政大臣公索尼之女、权臣索额图之妹。十六年正月封为世子。二十九年二月封为郡王。三十五年正月随康熙帝进剿葛尔丹,五月奉康熙帝之命往爱必罕西喇穆伦汛界,对厄鲁特逃窜者进行驻防。据《东华录·康熙·六十六》所载,康熙三十九年十二月,宗人府认为:已故安亲王岳乐管理宗人府时,听信毕喇什之妻县主之言,徇情将贝勒诺尼母子枉法,拟罪殊属不合,应将岳乐追革亲王爵,岳乐之子安郡王玛尔浑、僖郡王岳希、固山贝子吴尔占、辅国将军副都统塞布礼、孙奉国将军色痕图等,尽革爵为闲散宗室。对此,康熙帝的谕旨是:岳乐着追革亲王为郡王,玛尔浑着从宽免革郡王,岳希革去郡王,吴尔占革去贝子,俱授为镇国公,其塞布礼之辅国将军、副都统,色痕图之奉国将军悉从宽免革。① 四十年正月,玛尔浑掌宗人府事务,四十五年二月任纂修玉牒总裁官。后来,安王家族卷入了康熙储嗣之争,厄运不断。康熙四十七年十月,允禩被康熙帝斥责为"素受制于妻,其妻系安郡王岳乐之女所出,安郡王因谄媚辅政大臣遂得亲王,其妃系索额图之妹,世祖皇帝时记名之女子,其子马尔浑、景熙、吴尔占等,俱系允禩妻之母舅,并不教训允禩之妻,任其嫉妒行恶,是以允禩迄今尚未生子"。② 康熙四十八年十一月十一日子时,玛尔浑薨,谥曰"悫"。《清稗类钞》之"安王选宗室王公诗"条将玛尔浑之谥号写作"节",乃是与玛尔浑之子华玘的谥号混淆了。"悫",乃为诚实、谨慎之意。玛尔浑虽然被动地卷入了储嗣之争的政治风波,但在立身上还是能谨慎,因而据《雍正实录》卷十四所载,在雍正元年(1723)十二月,玛尔浑得到了雍正帝"安郡王诸子之中,马尔浑系应袭封王爵之人,似属安分"③ 的评价,可见"悫"之谥号是贴切的。此外,姜宸英《古香主人寿宴诗十二韵》以"功能臣敢有,谦慎节终操"之言表达了相同的意思。④ 玛尔浑薨时,康熙帝辍朝二日,予祭二次,造

① (清)王先谦:《东华录》,光绪间撷华书局刻本,第23页。

② 戴逸、李文海主编:《清通鉴》(第6册),山西人民出版社,2000年,第2278页。

③ (清)马齐、朱轼等撰:《清实录》(第7册),中华书局,2008年,第244-245页。

④ (清)姜宸英著,杜广学辑校:《姜宸英集》(上),人民文学出版社,2018年,第230页。

坟立碑，这在某种程度上也是对其持身处事谨慎的一种认可。

玛尔浑有古香阁（斋）主人、古香道人、谷园荷锄等别号。从博尔都《冬夜集古香斋分韵》可知"古香斋"乃玛尔浑之书斋名。从陈奕禧《春蔼堂集》卷七《古香主人招赴东郊谷园金子仰亭先至以待有诗即次原韵》可知，谷园乃玛尔浑位于京都东郊的别业。博尔都《冬夜集红兰室小饮分韵》末句有"古香主人先成"之注，可知玛尔浑诗才较为敏捷。

关于玛尔浑的诗集，姜宸英《古香斋集序》云："古香主人手辑其近诗，自出居庸关至边外忆友诸什为《出塞诗》，附以还京后诸作，合之共为一卷。丙子春，皇上亲征漠北，命主人驻守归化城，防寇奔逸路。"可知该集大约成于康熙三十五年（1696），收诗并不多，只有一卷，主要包括出塞与京中咏怀两大题材。姜宸英评玛尔浑出塞之作云："与客登临怀古，风干草枯之际，极目萧条，思从中来，每一诗成，辄令壮士歌之，其音调激昂悲壮，闻者无不扼臂增气志，逐伊吾之北者。"姜宸英评玛尔浑京中咏怀之作云："卧朱邸，良夜桂苑，清啸孤吟，萧然若不知有戎马之事，其自号谷园荷锄，而诗之闲旷恬适，亦如之矣。"① 可见两类诗作的风格差异较大。除了擅长写诗外，玛尔浑还长于绘画，对此姜宸英在《古香主人寿宴诗十二韵》中以"论诗莹冰雪，泼墨洒烟涛"② 来评价玛尔浑的诗画造诣。

除姜宸英外，毛奇龄亦曾为玛尔浑诗集作过序，其《安郡王诗集序》云："丁丑嘉平某医痹杭州，僦居仁和羲同里，忽有客从长安来，叩门而入，出所携书授之曰'此古香主人教今也，主人以近所为诗抄誉一卷，令校次而叙论之'。"③ 丁丑嘉平即康熙三十六年（1697）十二月，从时间来看，毛奇龄所序集与姜宸英所序之集应当是同一本诗集，题名之所以不同，或许是因为当时尚未正式定下集名，故二人只是照例以玛尔浑的书斋名和身份爵位来为玛尔浑的诗集暂定了一个诗集名。这是非常常见的现象，吞珠的《承荨轩集》与《花屿读书堂小稿》大抵也是如此。在《啸亭杂录·续录》卷六"安王好文学"条，有"毛

---

① （清）姜宸英著，陈雪军、孙欣点校：《姜宸英文集》，浙江大学出版社，2015 年，第 22 页。

② （清）姜宸英著，杜广学辑校：《姜宸英集》（上），人民文学出版社，2018 年，第 230 页。

③ （清）毛奇龄著：《西河文集》，收入《清代诗文集汇编》，第 87 册，第 388 页。

西河、尤西堂诸前辈皆游宴其邸中"[1] 之言，但从毛奇龄序中"不敢越典例一登其门"以及"曾与王孙博公者唱酬"之言来看，毛奇龄在京中只与博尔都有交游，并未与玛尔浑有交游，昭梿所言有误。另外，在"安王好文学"条的载录中，言及玛尔浑著有《敦和堂集》。综合各方面来看，《敦和堂集》应当是玛尔浑的《古香斋集》（《安郡王诗集》）经过补充修订后所取的定名。可惜的是，玛尔浑的诗集未存世，故不得其详。嘉庆朝初年，以收录八旗诗作为务的《熙朝雅颂集》未收玛尔浑诗作，由此可知玛尔浑的诗集早在乾嘉年间就已亡佚了。

关于玛尔浑之诗，毛奇龄《安郡王诗集序》云："客有书安亲王世子一诗，登之障面（其题为《秋江夜月用十四寒韵》），某爱而和之，其诗至今存集中。"毛奇龄的和诗收于《西河集》卷一百四十二，题为《恭诵应安亲王世子秋江夜月绝句依韵奉和》，可惜未见附收玛尔浑原诗。关于玛尔浑的诗风，毛奇龄《安郡王诗集序》评云："诗本之温厚而出入风泽，辞辑而气怿，一辟长安俗好、南宋俚慢之习，似与景运有重系者。"从"辞辑而气怿"的评价来看，确与《敦和堂集》中的"敦和"之意同，也与玛尔浑谦慎的持身信条相契合。

2. 经希

经希生于康熙七年（1668）三月二十一日子时，生母赫舍里氏乃辅政大臣公索尼之女。二十一年正月封多罗僖郡王，三十九年八月因伊父之罪而降为镇国公，五十四年十月授都统，五十五年十一月授宗人府右宗正，五十六年八月初五日巳时卒。[2] 据岳端《蓼汀集》之《秋日过留云阁十七兄命赋》以及博尔都《问亭诗集》卷五之《中秋集留云轩》，可知经希的斋室名为"留云阁（轩）"。目前虽未见经希有诗存世，但借助博尔都与岳端的诗作可知其不时参与宴集唱和。另外，岳端《玉池生稿》的子集《题画绝句》之《四时杂花》中有"呈省斋四兄"[3] 的注释。按：岳乐第四子阿裕锡生于顺治十四年（1657）十一月十七日午时，十六年己亥三月初五日申时卒，[4] 时岳端尚未出生，故岳端所言之四兄并非齿序之四兄，而是按成年排行的四兄。在岳乐诸子中，夭亡者甚多，岳端成年的

① （清）昭梿撰，冬青校点：《啸亭杂录》，上海古籍出版社，2012 年，第 128 页。
② 《宗谱》，第 5368 页。
③ （清）岳端著，陈桂英校：《玉池生稿》，天津古籍出版社，1990 年，第 85 页。
④ 《宗谱》，第 5267 页。

兄长正好只有四人，依次是塞楞额、玛尔浑、塞布礼、经希，因而此"省斋四兄"实际上就是经希。

3. 吴尔占

在安王府中，还有一位名号为雪斋的宗室诗人经常参与唱和。关于雪斋的身份，学界一直有异说。张佳生主编的《满族文化史》认为是经希①，李治亭所著《爱新觉罗家族全书》认为是吴尔占②。笔者认为应是吴尔占，理由有三。其一，文昭《飞腾集》卷上有《夜宿雪斋公海淀别业与二三同人茶话分韵》，《飞腾集》编成于康熙六十年（1721），经希卒于康熙五十六年八月，不可能与文昭茶话。其二，庞垲《立夏后一日过红兰室留同顾尔立朱赞皇小饮得灰字》之"传呼家弟来"一句有"谓王弟雪斋也"的注释，经希乃岳端之兄，吴尔占乃岳端之弟，此"王弟"之言表明雪斋乃吴尔占。其三，在《雪桥诗话三集》卷三，载录了康熙戊寅年（1698）辇下诸名人为徐兰合写《芷仙书屋图》的盛事，在言及参与者时，有"文昭、博尔都、雪斋（占）、拙斋（珠）、兼山（端）"③云云，"雪斋（占）"之言显然就是吴尔占。吴尔占除了与文昭、岳端等宗室诗人有唱和外，还与庞垲等汉族文士有唱和。例如，庞垲《丛碧山房诗》卷九就有《和雪斋主人散步之作》，可惜未见吴尔占有诗流存于世。据《宗谱》所载，吴尔占生于康熙十一年（1672）九月二十三日巳时。在康熙末年的储嗣之争中，吴尔占因党附八阿哥允禩而受到牵连。雍正元年（1723）三月，因罪并伊子孙被黜去宗室，遣往盛京，卒于雍正二年正月十七日巳时。

三、与文昭相唱和的吞珠、德普、兴尚、兴岱等宗室诗人的补充考订

随着岳端与博尔都的相继亡故，文昭接棒成为康熙朝后期与雍正朝前期宗室诗人群体的核心，在他身边也围绕着若干不太为学界所关注的宗室诗人，具体如下。

----

① 张佳生主编：《满族文化史》，辽宁民族出版社，2013 年，第 382 页。

② 李治亭：《爱新觉罗家族全书》，吉林人民出版社，1997 年，第 241 页。

③ （清）杨钟羲：《雪桥诗话三集》，《丛书集成续编》（第 203 册），上海书店出版社，1994 年，第 725 页。

1. 吞珠

《熙朝雅颂集》的吞珠小传言其乃固山温良贝子博和托子，[①] 误，他实际上是明瑞的第三子，即博和托之孙、文昭的亲三叔。吞珠生于顺治十五年（1658）四月初九日子时，康熙十一年（1672）正月封镇国公。二十七年二月以为人庸懦，革去公爵，降为镇国将军。二十九年六月袭为镇国公。五十二年十月授宗人府左宗人。五十六年十月授礼部尚书，十一月为纂修玉牒副总裁官。五十七年闰八月十三日巳时卒，追封固山贝子品级，谥曰恪敏。吞珠只有安詹一子，康熙三十三年（1694）八月初九日午时生，三十五年十二月初二日巳时卒，年三岁而夭。[②] 五十七年（1718）十二月，以文昭的第三子逢信过继为嗣并袭封辅国公之爵。

吞珠字拙斋，晚号髯翁，又号菉园主人。从岳端《松间草堂集》之《题侄珠阮堂》可知，吞珠还有斋号为"阮堂"。吞珠有别业名为水南庄，庄中有专用于演剧的菉园。对此，岳端《松间草堂集》卷二《秋日菉园宴集》有"主人歌部以园名"[③] 之句，文昭《三叔父六袠初度称觞诗六首》有"菉园御道旁，南庄古水滨……有时度新声，小�🜧敷红雯。有时排艳段，玉管翻花巾"[④] 之句，所言便是园中演剧的盛况。吞珠的斋室名为承萼轩。《雪桥诗话三集》言海宁邹直夫（鲁斋），"镇国公某又尝延馆于承萼轩"[⑤]，"镇国公某"即吞珠。吞珠《花屿读书堂小稿》有《冬夜访邹山人》诗，应当就是与邹直夫唱和之作。在山东师范大学图书馆，藏有一本题为"髯翁"所作的《花屿读书堂小稿》，该集收有张英与岳端所作诗序。张英诗序云："岁壬戌，英游京师，获谒亲藩镇国公拙斋主人，风仪言论蔼然可亲，遂出其《承萼轩稿》以示。讽咏……根柢忠孝，准则风骚……康熙二十五年如月东海张英拜首谨撰。"[⑥] 岁壬戌，即康熙二十一年

---

① （清）铁保辑，赵志辉校：《熙朝雅颂集》，辽宁大学出版社，1992年，第167页。

② 《宗谱》，第5208页。

③ （清）岳端著，陈桂英校：《玉池生稿》，天津古籍出版社，1990年，第82页。

④ （清）文昭：《紫幢轩诗》，《清代诗文集汇编》（第246册），上海古籍出版社，2010年，第438页。

⑤ （清）杨钟羲撰，刘承干参校：《雪桥诗话三集》，北京古籍出版社，1991年，第127页。

⑥ （清）吞珠：《花屿读书堂小稿》，山东师范大学图书馆藏。

（1682），结合张英生平来看，此年正月，张英正好离京归乡为父营葬，不在京中，不可能"获谒亲藩镇国公拙斋主人"，综合各方面来看，应当是康熙十一年壬子之误①。这意味着吞珠学习汉诗创作的时间大抵是在康熙十一年之后，此后逐渐在清诗坛小有声名，并于康熙二十五年左右将诗作结集。结合清代宗室诗歌的发展历程来看，清代第一位宗室诗人高塞卒于康熙九年，博尔都在康熙八年因为削爵的缘故而闭门读书，学习汉诗创作；吞珠于康熙十一年封镇国公后开始学习汉诗创作，博尔都于康熙十七年左右借博学鸿辞的诏举而成为诗坛名家，吞珠在康熙二十五年左右借诗集的结集而小有诗名。这意味着：以博尔都和吞珠为代表的宗室诗人，接过了由高塞开启的宗室诗歌发展进程的接力棒，成为康熙朝宗室诗歌发展的先声力量，是清前期宗室诗歌的发展由孕育阶段进入兴起阶段的重要代表。

除了张英之序外，该集还收录了岳端之序，该序云：

> 拙斋予之从子也，长于予数岁。予幼时，拙斋即有能诗声。昨岁始出其所为《承萼轩诗》请予删定……今复录存若干篇，请曰："愿赐以序。"拙斋之诗，清旷闲肆，读之令人神远……康熙丁丑夏五月玉池生岳端书于红兰室。②

岳端生于康熙九年（1670），吞珠登上诗坛并小有声名时，岳端年纪尚幼，故其有"予幼时，拙斋即有能诗声"之言。丁丑岁，即康熙三十六年（1697）。从"昨岁始出……请予删定……今复录存若干篇"之言来看，吞珠对诗事较为用心，已经有较为明晰的结集意识。

除山东师范大学图书馆藏本《花屿读书堂小稿》所收张英之序与岳端之序之外，在庞垲《丛碧山房文集》卷一中，也收录有一篇《承萼轩诗序》，其云：

> 丁丑夏，门人顾卓过寓，数称亲藩镇国公拙斋主人有东平乐善之

---

① 按：详见本书附录《清代宗室诗歌年表》康熙二十五年条的相关考证。
② （清）吞珠：《花屿读书堂小稿》，山东师范大学图书馆藏。

风，善书法，工诗，与时之所为诗不同。余重慕之欲往见而未暇也。冬尽，卓再过相约，乃晋接于书室，体貌谦和，一见如故，谈论之下，出所为初集示之，红兰主人序首志。由中发言，无外假，不规规于汉、魏、陶、杜之辞，而雅合于汉、魏、陶、杜之旨者也。尚不屑步趋唐人，况宋人之足浼哉。余已喜得未曾有，而公复出次集命序，因述其始末源流，以志相得之雅如此。①

以上三篇序文皆言吞珠之诗集名为《承萼轩稿（诗）》，并不冠以"花屿读书堂小稿"之名，张英序最早，岳端与庞垲之序皆作于丁丑夏，而且庞垲之序提及《承萼轩诗》有初集与次集之分，故可知"花屿读书堂小稿"之名是最后汇总时才使用的。"花屿读书堂"乃杜甫《乌麻》中的诗句，以之为书斋名和诗集名，可见吞珠受杜甫之影响，这与庞垲"雅合于汉、魏、陶、杜之旨"的评价是相合的。另，《天咫偶闻》卷五言蕴端（岳端）有《花屿读书堂稿》②，显然是误记。

关于吞珠的诗作，文昭《编次先三叔恪敏公遗稿泫然有作五首》之五云："笔墨淋漓尚宛然，镌摹帝子与流传（谓皇十二子）。犹余百首遗诗在，掩泪寒窗手自编。"③ 皇十二子应当是指允祹。由此可知，除了吞珠在早年曾手订其诗作并结集外，在康熙五十七年（1718 年）吞珠薨逝后，文昭也曾着手编订过吞珠的诗集，该集后来交由允祹着手刻行，可惜不知何故，最终并未刻成。文昭言此集"犹余百首遗诗在"与现存山东师范大学图书馆所藏《花屿读书堂小稿》的数量大体相当，因而弘晓组织抄录的这本《花屿读书堂小稿》，或许就是经文昭手订后由允祹刻行而未果的诗集。

2. 德普

德普乃福存次子，生于康熙二十二年（1683）五月十一日子时，三十九年十

---

① （清）庞垲：《丛碧山房文集》，《清代诗文集汇编》（第 155 册），上海古籍出版社，2010 年，第 385 页。

② （清）震钧：《天咫偶闻》，北京古籍出版社，1982 年，第 116 页。

③ （清）文昭：《紫幢轩诗》，《清代诗文集汇编》（第 246 册），上海古籍出版社，2010 年，第 445 页。

二月袭奉恩镇国公，雍正元年（1723）四月授宗人府右宗人，本月转左宗人，七月授右宗正，九月授都统擢任议政，七年五月十六日申时卒，年47岁。①

在山东师范大学图书馆藏有一本题为香松室主人所著的《修庵诗抄》，凡三卷。该集有德普自序云：

> 余少未读书，足迹所及不出畿辅数百里间，目见耳闻尤为寡略，安得滉漾之观而发其瓌越之思哉？以故偶有微吟，辄随手散去。袭封以来，始获扈从奉使，由是山川登陟，触景增情，发而为诗，渐次脱草。然亦藏诸箧衍，未尝敢出以示人也。癸巳四月，蒙恩召诸王公至畅春园之露华楼看花，命题赋诗，普以菲材获与。圣训谆切，钦觉往时怠气，贾勇振发，日吟月咏，吟稿遂多。去其芜薉尤不足观者，录存如干首，聊以见草木向荣，不甘自弃于雨露化育之外，绝非为要誉衔名计也。若以不文志言，妄请序于名公哲匠，希盖其陋，余则何敢？康熙五十五年中秋前三日镇国公德普自题。②

结合序文之言可知，德普学习汉诗创作的时间大约始于康熙三十九年（1700）袭封镇国公之后，关注诗事的时间大约是在康熙五十二年，即癸巳年（1713）之后，因此该集所收诗作大抵作于康熙三十九年至五十五年之间。需要指出的是，在该集卷三之末，有若干首诗作与事实明显不和，很有可能是阑入了其父福存的诗作，具体体现在以下三处。

其一，《阅拙斋集中春日过海慧寺诗原韵》《拙斋侄以诗见投因作志喜》二诗与事实明显不合。拙斋即吞珠。德普与吞珠皆为第六代宗室，而且吞珠比德普还大25岁，德普应称吞珠为宗兄才是，第一首直接以拙斋相称，于礼不合；第二首将吞珠称为"侄"就错得更加离谱了。另外，以诗见投之举，通常出现在晚辈拜见长辈，或是成就较低者向成就较高者问学的场合。结合前文所言可知，吞珠早在康熙二十五年（1686）左右便已经有诗结集并请名臣张英作序，而德普

---

① 《宗谱》，第8744页。

② （清）德普：《修庵诗抄》，山东师范大学图书馆藏。

迟至三十九年（1700）才开始学习作诗，着意为诗的时间更是晚至五十二年之后，吞珠以诗见投德普的话，这显然颠倒了事实，不合常理。换言之，这两首诗应该不是德普的诗作。

其二，《题兼山弟无题诗》《秋日登慈仁寺阁遇兼山弟登高》二诗也与事实不合。兼山即岳端。岳端是第五代宗室，生于康熙九年（1670），就辈分而言，岳端乃德普之宗叔；就年纪而言，岳端年长德普 13 岁，这两首诗称岳端为弟与事实也不合。另外，《无题诗》是岳端《玉池生稿》的子集，林凤冈、方正瑞、周彝等人都曾为岳端《无题诗》作序，其中林凤冈之序署为"康熙乙亥首夏"，即康熙三十四年（1695 年），由此推考，《题兼山弟无题诗》也应当作于乙亥年前后，德普当时年仅十二岁，尚处于"少未读书"与无意为诗的阶段，没有为岳端题诗的可能性。还有，在《修庵诗抄》卷二中存有一首《侄子晋写寒斋秋江晚棹图》，他既然称文昭为侄，而文昭在诗中又称岳端为叔祖，照理德普应该明确他与岳端的辈分关系，不太可能搞错辈分关系，毕竟他们三人之间有着较为密切的交游唱和。即便德普不慎搞错辈分关系，称岳端为弟了，那么岳端与文昭二人也会指出其错误并让其改正。从岳端《题画菊竹赠侄普》诗以及《题画绝句·荷》的第三首有"赠侄普"①的注释来看，岳端明确知道他与德普乃叔侄关系。在《修庵诗抄》卷三前半部分有《漫成三绝》一诗，该诗"记得蓼汀亭子上"之句有"蓼汀，余叔红兰主人园名"的注释，②这表明德普也是明确无误地知道岳端与他是叔侄关系的。这意味着：收入《修庵诗抄》的《题兼山弟无题诗》《秋日登慈仁寺阁遇兼山弟登高》这两首诗与事实明显不合，肯定不是德普的诗作。

其三，《初冬过先兄别业》一诗与事实不合。德普为福存次子，其"先兄"即福存长子佛诚。佛诚生于康熙十九年（1680）九月三十日卯时，二十一年十二月初九日申时卒，年 3 岁。③佛诚夭亡时，德普尚未出生，二人没有交集，德普没有"过先兄别业"的可能性。因而，此诗肯定也不是德普所作。

----

① （清）岳端著，陈桂英校：《玉池生稿》，天津古籍出版社，1990 年，第 85 页。

② （清）德普：《修庵诗抄》，山东师范大学图书馆藏。

③ 《宗谱》，第 8743 页。

综合以上不合事实之处，我们可知：这五首诗作并非德普所作。那么这些诗作是谁的呢？笔者认为：最有可能的便是德普之父福存。理由有三条。

其一，福存乃傅喇塔第五子，乃第五代宗室，与岳端同辈。福存生于康熙四年（1665）四月十六日亥时，十七年七月封镇国公，三十年正月袭固山贝子，三十九年九月初三日申时薨，年36岁。① 乾隆十五年（1750）七月，以其子德沛之故，追封和硕简亲王。换言之，福存与岳端同辈且年长岳端5岁，故能称岳端为弟。

其二，福存年长吞珠一辈，可称吞珠为侄。需要指出的是，辈分虽长的福存却在年龄上小吞珠7岁，故在另一首诗中不再称吞珠为侄，而是径称为"拙斋"，这是一种两相兼顾的称呼方法。

其三，福存乃德普之父，其散落于家中的诗作，阑入德普诗集的可能性最大。虽然德普曾在于康熙五十五年（1716）自己编订过诗集并作自序，但他毕竟至雍正七年（1729）才亡故，晚年尚有不少诗作散佚于诗集之外，需要整理编订。承担此任者，乃是文昭。对此，文昭《故宗人府右宗正入八分镇国公修庵公挽诗二首》之二有"遗诗悉与编"② 之言。此后，该集又经由弘晓组织抄录才得以存世。在德普亡故后的这两次诗集整理与抄录的过程中，都存在着将福存诗作阑入《修庵诗抄》的可能性。从收录的情况来看，这些与事实明显不合的诗作，并非散见于该集的三卷之中，而是集中见于卷三之末，后补加入的特征较为明显，这进一步印证了整理时阑入的可能性。无独有偶，据齐心苑考证，永忠《延芬室集》中的无编年诗，实乃其祖父允禵的作品，后人整理时不慎阑入，混为一编。③

总之，《修庵诗抄》所收这五首与事实明显不符合的诗作，应当是德普之父福存的诗作。这五首诗作之所以会阑入《修庵诗抄》，乃是后人整理时候不慎所致，这与《延芬室集》阑入允禵无编年诗的错讹基本一样。

----

① 《宗谱》，第8743页。

② （清）文昭：《紫幢轩诗》，《清代诗文集汇编》（第246册），上海古籍出版社，2010年，第557页。

③ 齐心苑：《允禵诗作新发现——永忠〈延芬室集〉无编年诗实为其祖父允禵作品》，《红楼梦学刊》2015年第1期。

3. 永年

在文昭《紫幢轩诗》中，有《腊月廿二日同纯斋叔逛西山夜宿法海寺》《寄家纯斋》《长至后二日饮鱼庵中陪纯斋君夜话继出藏酒对饮谈谐至醉以围炉两字为韵各赋一首》等诗，据诗题可知此纯斋君也是一位宗室诗人。在《题纯斋君画》中，文昭有"诗名白燕红兰共，宗伯挥毫莫与俦。信王马射纯君画，尽是吾家第一流"① 之言，可知纯斋不但小有诗名，而且绘画功力也很深厚。在《八旗诗话》中，法式善云："永年字羡门，一字纯斋，号饮鱼子，诗多缘情之作。《闺情》云：'莲心抱苦思成藕，梅子舍酸隔影仁。'以'藕'字、'仁'字谐声借用，殊伤大雅，而言有寄托者，庶几合玉溪微旨。'"② "纯斋"与"饮鱼子"这两个字号与文昭诗中所言皆能对应上，故可知与文昭唱和的这位宗室诗人乃永年无疑。在岳端《题十九弟课子图二首》的第一首中，描绘了吴尔占"闲把诗书课永年"的情景；第二首岳端以伯父的身份，对侄子永年有"永年莫负阿翁心，课子图中用意深。他日五车须尽读，圣贤犹惜寸光阴"的殷殷教诲。③ 岳端乃文昭的叔祖，永年乃吴尔占之子、岳端之侄，故永年在辈分上乃文昭之叔，他们皆是阿巴泰的子孙，故文昭诗中有"纯斋叔"与"家纯斋"之言，这进一步印证了与文昭唱和的永年（纯斋）乃吴尔占之子。据《宗谱》所载，永年乃吴尔占长子，康熙三十六年（1697）六月初八日子时生，乾隆二年（1737）三月二十五日未时卒，年41岁。在《熙朝雅颂集》中，收录了永年诗二首，其诗人小传云："永年字羡门，一字纯斋，号饮鱼子，辅国恪僖公曦弘子。"④ 此条生平小传的前半部分与《八旗诗话》所言一致，最后一句乃新增补的内容，但新增补的最后一句却存在着两处错误。其一，将"弘曦"误写为"曦弘"。其二，弘曦的第六子永年生于乾隆九年正月十二日丑时，卒于乾隆四十五年七月十一日戌时卒，年37岁。⑤ 弘曦之子永年出生时，文昭早已亡故，他们不可能有交游，故

---

① （清）文昭：《紫幢轩诗》，《清代诗文集汇编》（第246册），上海古籍出版社，2010年，第462页。

② （清）法式善著，张寅彭、强迪艺编校：《梧门诗话合校》，凤凰出版社，2005年，第470页。

③ （清）岳端著，陈桂英校：《玉池生稿》，天津古籍出版社，1990年，第64页。

④ （清）铁保辑，赵志辉校：《熙朝雅颂集》，辽宁大学出版社，1992年，第259页。

⑤ 《宗谱》，第438页。

《熙朝雅颂集》"辅国恪僖公曦弘子"之言有误，不可取。

4. 兴岱

在文昭《紫幢轩诗》中，经常与一位名号为"东峰"的诗人相唱和，相关唱和诗作有《首夏次东峰韵》《寄东峰即次其韵》《重阳后七日潘道士至留宿适东峰偕王叔方过访同饮分韵》等，而且文昭对这位东峰诗人以弟相称，例如《三月晦日与东峰舍弟及一二同人小饮剧谈即席漫赋》《岁寒东峰弟舍中与群弟辈观剧》《题东峰二弟春郊步射小照》等。由此可知，东峰也是一位宗室诗人。文昭乃独子，没有亲弟弟，故此二弟乃其堂弟。在文昭的诸位叔叔中，二叔百富、四叔全德、六叔哲尔布、七叔尊保皆因早夭而无嗣；三叔吞珠无亲嗣，继嗣安詹于康熙三十五年（1696）十二月初二日巳时卒，年仅三岁；① 因而，此二弟应是文昭五叔明瑞之子。那么东峰究竟是明瑞的哪一个儿子呢？文昭在《雍正集》卷下《饮次》中，有"明旦为东峰生日"② 的注释，在此诗之前，有《消寒集以来大率秉烛邀宾闻更拈韵今十一月二十日值予主会晚雷以诘朝试事请卜其昼申刻集茶声馆次十八夜晚雷廉泉浴罢归饮唱和二首韵》。在明瑞诸子中，兴岱生于康熙三十六年（1697）十一月二十一日寅时，与《饮次》诗中"明旦为东峰生日"的注释以及前一首诗所言的"十一月二十日"这两点相契合。另外，兴岱名字中的"岱"字，指的是东岳泰山，其字号为"东峰"，二者相契合。因而此东峰乃兴岱无疑。从《集东峰望庐分赋斋中诸物得月几》可知兴岱的斋室名为"望庐"。结合《宗谱》所载，可知兴岱于乾隆二年（1737）十二月授宗学总管，十七年二月二十一日申时卒，年 56 岁。③

5. 兴让（尚）

在文昭诗集中，另一位与其有唱和的宗室诗人是名号为"廉泉"的兴让。在《十八夜晚雷简至云廉泉置酒约同玉生过其斋即席赋诗同限用四字六韵》中，

---

① 《宗谱》，第 5208 页。

② （清）文昭：《紫幢轩诗》，《清代诗文集汇编》（第 246 册），上海古籍出版社，2010 年，第 481 页。

③ 《宗谱》，第 5219 页。

文昭有"廉泉名兴让"① 之注，但在《宗谱》中却未见文昭从弟中有名为兴让者。另外，在《四月三日廉泉二十初度与诸同人会饮其家其仆龚士标亦有诗予即次其韵》中，文昭有"平头二十方强富"② 之言，该诗收于《松风支集》卷一，结合该集成集的时间，可知该诗作于雍正二年（1724）。据《宗谱》所载，在文昭诸位从第中，兴尚生于康熙四十四年（1705）四月初三日午时，③ 雍正二年恰好虚岁二十，生辰与年龄完全相符，因而《宗谱》所载之"兴尚"，实际上便是文昭所言之"兴让"。之所以出现这样的差异，乃是由于满语音译所致。从《廉泉簣山书屋茸成小集》可知，兴让的斋室名为"簣山书屋"。

四、敦诚诸位祖、父辈宗室诗人的补充考订

敦诚《鹪鹩庵笔麈》云："先伯祖裕庵公（此诚大父，因诚出继，故称伯祖）有《手批通鉴》，叔祖尧年公有《乐轩集》，静庵公有《孟晋斋稿》，大父定庵公（乃诚叔祖，因诚继嗣，故云）有《西园诗钞》，先大人有《点定庄老》，惟月山叔著作最富，有《月山诗集》《杂志》《诗话》等数十卷。"④ 敦诚是乾隆朝诗人，其祖、父辈诗人大抵都属于清前期的宗室诗人，故敦诚有"久矣吾家诗是事"⑤ 之言。可惜这些诗人的情况学界一直知之不详，因而值得我们加以详细考订。

由于敦诚《鹪鹩庵笔麈》所言诸公以祖辈为主，故需追溯至其曾祖绰克都才能确考诸公的身份。绰克都生于顺治八年（1651）三月初七日子时，康熙四年（1665）十二月封辅国公，二十二年十月授盛京将军，三十七年十一月缘事革退，五十年七月二十七日丑时卒，年 61 岁。绰克都有十子，依次为：素严、法灿、隆德、融舒、德舒、瑚图礼、兴绥、普照、经照、华封。⑥

----

① （清）文昭：《紫幢轩诗》，《清代诗文集汇编》（第 246 册），上海古籍出版社，2010 年，第 482 页。

② （清）文昭：《紫幢轩诗》，《清代诗文集汇编》（第 246 册），上海古籍出版社，2010 年，第 486 页。

③ 《宗谱》，第 5240 页。

④ （清）敦诚：《四松堂集》，上海古籍出版社，1984 年，第 406－407 页。

⑤ 吴恩裕：《四松堂集外诗辑》，收入《有关曹雪芹十种》，中华书局，1963 年，第 177 页。

⑥ 《宗谱》，第 5564 页。

关于裕庵公，刘德鸿认为乃是普照①，而李广柏则认为是瑚玠之父，即敦诚之亲生祖父，不过他并未明确指出裕庵公的具体名字。②结合"此诚大父，因诚出继，故称伯祖"之注，可知裕庵公确实乃敦诚的亲祖父，即绰克都第六子瑚图礼，非普照，因而《手批通鉴》乃瑚图礼所作。另，恒仁《月山诗话》有"六伯父星亦公命对"③之言，可知瑚图礼又有"星亦"之字号。瑚图礼生于康熙二十七年（1688）三月十一日丑时，四十八年十一月授头等侍卫，雍正十六年（1738）六月缘事革退，乾隆十一年（1746）三月初八日酉时卒，年 59 岁。瑚图礼生有四子，依次为：祜玠、阿岱、额尔赫宜、英新。④

关于定庵公，结合"乃诚叔祖，因诚继嗣，故云"之注，可知乃是敦诚过继后的祖父经照（原为敦诚九叔祖）。在恒仁《上定斋叔父集太白句》中，恒仁之子宜兴有"讳经照，行九"⑤的注释，可确证定庵公乃经照。因经照的居所署为"西园"，故其诗集取名为《西园诗钞》。恒仁《滦河渔隐予族叔也有草堂在偏凉汀定斋叔父永平之行往访之遂观打鱼留数日有诗纪事命予和之用西堂集中韵》中有"西堂集"云云，可知《西堂集》乃《西园诗钞》的别名。经照生于康熙三十七年（1698）十一月初三日午时，嫡妻瓜尔佳氏乃笔帖式穆赫林（笔者按：敦诚《先祖妣瓜尔佳氏太夫人行述》写作"主事穆公和琳"⑥）之女。五十二年十二月袭辅国公。雍正十年（1732）六月缘事革退公爵。对此，恒仁《古诗为叔父寿（甲寅）》有"谁知萧墙变，飞冤起逆囚"之语，宜兴注云："雍正壬子（笔者按：雍正九年），家人班达尔什状讼，先叔祖坐废，公爵从伯璐公讳达承袭。"⑦此后，经照以诗酒词曲、山水畋猎为乐。对此，敦诚《鹪鹩庵笔麈》云："先定庵公有数癖，一田猎，一昆山歌舞，一养花，一酿酒，一白香山

---

①　刘德鸿：《纳兰学探幽三题》，《承德民族师专学报》，1993 年第 4 期。

②　李广柏：《敦诚的西园与曹雪芹》，《红楼梦学刊》（第 5 辑），2018 年，第 26 页。

③　（清）恒仁：《月山诗话》，中华书局，1985 年，第 10 页。

④　《宗谱》，第 5568 页。

⑤　（清）恒仁：《月山诗集》，《清代诗文集汇编》（第 333 册），上海古籍出版社，2010 年，第 217 页。

⑥　（清）敦诚：《四松堂集》，上海古籍出版社，1984 年，第 260 页。

⑦　（清）恒仁：《月山诗集》，《清代诗文集汇编》（第 333 册），上海古籍出版社，2010 年，第 222 页。

诗。废爵后，昼则行围，夜则征歌，花前对酒则以白香山诗下之。"① 乾隆九年（1744）正月十四日子时，经照卒，年 47 岁。②

由于华封夭折，故在绰克都成年诸子中，经照年纪最幼，若就经照一脉来看的话，敦诚并无叔祖，只有伯祖，因而其"叔祖尧年公"与"静庵公"云云，乃是从其亲祖父瑚图礼这一脉来讲述的。而瑚图礼除了经照外，只有兴绥与普照这两个弟弟，正好与尧年公及静庵公对应。那么谁是尧年公，谁是静庵公呢？众所周知，古人的名、字、号以及书斋室名之间，有着特殊的意义关联，我们可以借此来进行推考。

"兴"者，升也；"绥"者，绂维也，通常用来系佩宝玉、官印等贵重器物，故"兴绥"含有晋升之意。因而"孟晋斋"当是兴绥的室名斋号，《孟晋斋稿》当是兴绥所著，静庵当是兴绥的字号。兴绥生于康熙二十八年（1689）二月初二日卯时，雍正二年（1724）三月十八日丑时卒，年 36 岁，乾隆十五年（1750）七月追封为奉恩辅国公。③

尧年即丰饶之年，离不开阳光普照。另外，尧与舜乃历史上的贤明之君，"尧年"与"尧年舜日"通常用来譬喻圣恩普照的吉祥喜乐盛世。因此，"尧年"当是普照的字号，《乐轩集》当是普照所著。普照生于康熙三十年（1691）十月初七日寅时，三十七年十二月袭奉恩辅国公，五十二年十二月缘事革退公爵，雍正元年（1723）三月因军前效力又获封奉恩辅国公，本年五月署西安将军事，七月授宗人府右宗人。二年九月十三日戌时卒，年 34 岁。三年十月缘事追夺公爵。④

"先大人"云云，即敦诚的亡父。敦诚承继之父宁仁原为瑚图礼第四子英新，生于乾隆十一年（1746）二月十七日戌时，十二年二月过继经照为嗣，十三年二月初七日申时卒，年仅 3 岁，⑤ 不可能撰写《点定庄老》之著，故该书应是敦诚生父祜玖所著。祜玖生于康熙四十九年（1710）八月二十七日寅时，雍正十

---

① （清）敦诚：《四松堂集》，上海古籍出版社，1984 年，第 335 页。
② 《宗谱》，第 5514 页。
③ 《宗谱》，第 5597 页。
④ 《宗谱》，第 5606 页。
⑤ 《宗谱》，第 5613 页。

年（1732）十二月授七品笔帖式，乾隆十年（1745）十二月授主事，十五年七月授副理事官，十八年八月授理事官，二十四年四月京察革退理事官，二十五年四月二十七日酉时卒，年61岁。① 在恒仁《人日即事有怀叔父八兄》中，宜兴注云："先八伯父讳瑚八，先六伯祖子。"② 恒仁之所以称祜玑为八兄（即宜兴所注的八伯父），是因为绰克都的长子素严生有三子（素美、素兰、素拜），次子法灿生有一子（法哈），三子隆德生有三子（璐巴、璐达、宜礼图），四子融舒与五子德舒皆夭亡无子，六子瑚图礼的长子祜玑正好排行第八，故云。

"月山叔"云云，即普照长子恒仁，③ 字育万，又字月山。恒仁生于康熙五十二年（1713）九月二十四日丑时，雍正二年（1724）十一月袭奉恩辅国公，三年十月因伊父罪而被革公爵，承爵不足一年。对此，恒仁《古诗为叔父寿（甲寅）》有"帝命世其爵，坐废岁未周"之语，宜兴注云："雍正甲辰（笔者按：雍正二年），先君年十有二，承袭公爵，阅十一月，坐废。"④ 废爵之后的恒仁虽闭门勤学，但因受"无人广见闻"之苦而生发"吾过在离群"（《题书斋壁》)⑤ 之叹，故于乾隆三年（1738）正月具状于有司，请入宗学就读，并于同年三月得入宗学。恒仁非常珍惜这次得入宗学的机会，非常勤勉，"朝向学中去，暮从学中归。直以读书故，饮膳与亲违"（《读书》)。⑥ 在宗学中，他与宗兄德沐（薰之）以及铁石相公、山斗先生两位宗侄成为相互唱和的挚友。可惜的是，由于恒仁曾袭封辅国公爵，按"故例不得留学"，因而入宗学才二十五日的恒仁只能"垂涕而出"[沈廷芳《（恒月山）墓志铭》]。⑦ 失学后的恒仁以诗为寄托，

---

① 《宗谱》，第5568页。

② （清）恒仁：《月山诗集》，《清代诗文集汇编》（第333册），上海古籍出版社，2010年，第222页。

③ 按：《宗谱》写作"恒新"。

④ （清）恒仁：《月山诗集》，《清代诗文集汇编》（第333册），上海古籍出版社，2010年，第222页。

⑤ （清）恒仁：《月山诗集》，《清代诗文集汇编》（第333册），上海古籍出版社，2010年，第218页。

⑥ （清）恒仁：《月山诗集》，《清代诗文集汇编》（第333册），上海古籍出版社，2010年，第226页。

⑦ （清）恒仁：《月山诗集》，《清代诗文集汇编》（第333册），上海古籍出版社，2010年，第215页。

先后拜谒宗室前辈诗人穆禧以及坛坫领袖沈德潜学诗。乾隆九年甲子（1744），恒仁以《上沈归愚先生二首》拜谒沈德潜。其中一首有"应似渔洋叟，从游有紫幢"①之语，表明了他欲追仿当年文昭向王士禛学诗之举而向归愚先生学诗的心迹。对此，沈德潜云："乾隆甲子岁，月山以韵语来学。"在得知恒仁谒见沈德潜归来之后，德沐有诗见赠，恒仁有答诗《谒归愚先生归薰之有诗见示依韵和之》，该诗的后半云："势未凌云秀，气已冲斗牛。相期傲雪霜，青青岁寒后。时雨日以滋，春风若相诱。有时清籁发，不异虚窾叩。沧波起微涓，崇山始培塿。他年根柢深，会见龙蛇走。"这些字句不仅表达了恒仁内心的喜悦，也揭示了恒仁努力奋发之心与学必有成之志。关于恒仁的从学，沈德潜云："授以《唐诗正声》，造诣日进，吐属皆山水清音，北方之诗人也。丙寅（按：乾隆十一年）冬，予请假归里，送至江干。"②从沈德潜的评语来看，恒仁的诗歌造诣已有所精进，但可惜的是，天不假年，在沈德潜返京前，恒仁已于乾隆十二年（1747）五月十一日申时病卒，年35岁，③不能再继续向其学诗了。

除了敦诚《鹪鹩庵笔麈》所言的诸位先辈诗人外，敦氏兄弟之叔九如④也是一位宗室诗人。虽然现今未见九如有诗存世，但结合恒仁《月出九兄见过》有"九兄有诗"之注，可知九如曾与恒仁诗歌唱和。[笔者按：九如在《宗谱》中写作"九成"，乃兴绥长子，生于康熙四十九年（1710）五月初六日酉时，乾隆十一年（1746）四月袭奉恩辅国公，十二年三月授散秩大臣，二十六年五月因事革爵，三十一年八月二十四日酉时卒，年57岁]。⑤在恒仁《过九兄书屋》中，宜兴注云："先九伯九如，字锡畴。"⑥另据敦诚《慧云寺移情泉石堂（在西山）拙庵伯父（讳九如）命为小诗走笔却呈》之题，可知九如号拙庵。九如的卒年虽然晚于恒仁，但生年却早于恒仁，因而属于横跨清前期与盛期的宗室诗人。

----

① （清）恒仁：《月山诗集》，《清代诗文集汇编》（第333册），上海古籍出版社，2010年，第234页。

② （清）沈德潜：《清诗别裁集》（下），上海古籍出版社2013年版，第1253页。

③ 《宗谱》，第5606页。

④ 按：《宗谱》写作"九成"。

⑤ 《宗谱》，第5596页。

⑥ （清）恒仁：《月山诗集》，《清代诗文集汇编》（第333册），上海古籍出版社，2010年，第220页。

五、与恒仁交游的宗室诗人穆禧和德沐

恒仁年寿虽短，但却有志于诗，与宗室诗人和文人交游的意识较强，其中可考的宗室诗人主要有穆禧与德沐二人。

1. 穆禧

穆禧，因满汉音译之故，又写作"穆熙""马熙"等，字柳泉，号熙庵，室名晚闻（问）堂。王文清《锄经余草》卷七有《题宗室穆熙庵素位书屋》①，可知其斋室名为"素位书屋"。穆禧乃玛喀纳第六子，生于康熙十五年（1676）二月十七日亥时，乾隆十四年（1749）九月十二日寅时卒，年74岁。② 恒仁曾以《吾宗室柳泉先生工诗善画未获侍教先寄是诗》向穆禧受学。虽然恒仁诗题言"柳泉先生工诗"，但穆禧在画坛的名声更胜于诗坛。《雪桥诗话余集》卷五转述乾隆间张看云《古今论画诗》夸赞穆禧的画学造诣云："穆熙与唐岱，格法受之王麓台，晚年时有出蓝誉，不得远骋空低徊（穆熙与唐岱皆系宗室，不得在外游骋）。"③ 唐岱乃汉军旗人，并非宗室，《雪桥诗话》所言有误。除恒仁外，敦诚也曾向穆禧受学，敦诚《为松溪跋金明吉画册》云："记二十年前，谒柳翁先生于晚闻堂，是时余方总角，而翁已七十矣……赖翁之贤孙松溪又以泼墨法继翁家声。"④ 结合敦诚《九日宜闲馆置酒松溪恩昭宗兄臞仙懋斋即子明兄贻谋见过以香山诗歌笑随情发分韵得歌字兼有感怀》之诗，可知"松溪"乃恩昭字号。恩昭乃穆禧次子德秀之子，故敦诚有"贤孙"云云。恩昭生于雍正七年（1729）十月初十日丑时，嘉庆二年（1797）正月二十一日巳时卒。⑤ 结合敦诚之诗可知，恩昭、永忠、敦敏、敦诚等宗室诗人有诗歌唱和交游，由于他们乃是清盛期的宗室诗人，故于此从略。

2. 德沐（穆）

恒仁《月山诗集》卷二《赠熏之兄讳德沐》云："弟兄兼友谊，坐对别愚

---

① （清）王文清撰，黄守红校点：《王文清集》，岳麓书社，2013年，第210页。

② 《宗谱》，第7733页。

③ （清）杨钟羲撰，刘承干参校：《雪桥诗话余集》，北京古籍出版社，1992年，第272页。

④ （清）敦诚：《四松堂集》，上海古籍出版社，1984年，第303页。

⑤ 《宗谱》，第7732－7733页。

贤。我苦从师晚，君应闻道先。抽毫高艺苑，探箧足诗篇。锐气旌麾抱，相期日勉旃。"① 由此可知，德沐与恒仁皆是第七代宗室且德沐年长于恒仁。二人在宗学中关系甚为亲密，相互勉励进学。经查《宗谱》，阿扎兰第六子德穆恰好能满足这两个条件，故他应当便是恒仁所言之"德沐"。之所以有两种不同写法，乃是受到了满汉音译转写的影响。德沐生于康熙五十年（1711）八月十九日寅时，乾隆四十七年（1782）四月二十日戌时卒，年72岁。② 虽然德沐诗作不存，但在恒仁诗集中存有一些与德沐唱和的诗作，例如：《松涛次熏之韵》《感悟次熏之韵》《芳草次熏之韵》《谒归愚先生归熏之有诗见示依韵和之》等。另外，恒仁的《古镜》诗也是应德沐之请，为其家传古镜所题。在《寄学中诸子》中，恒仁云："熏之边幅颇修整，作诗爱与西昆骋"③，可知德沐诗风受宋初西昆体的影响。

第三节　跨期宗室诗人在清前期的诗歌创作活动的考订

对于横跨清前期与盛期的宗室诗人而言，他们在清前期的创作活动在本书讨论范围之内。不过，限于篇幅与体例，于此只能重点关注前文没有提及的且较为重要的跨期诗人，具体如下。

1. 允礼

允礼生于康熙三十六年（1697）三月初二日寅时。六十年十二月管理中正殿事务。雍正元年（1723）四月封多罗果郡王，五月管理武英殿御书处事务，七月掌管前锋统领护军统领擢任议政。二年正月授镶蓝旗汉军都统，五月授镶红旗满洲都统。三年八月管理藩院尚书事务，八月照亲王级别给与俸禄以及护卫员额。四年七月管理国子监事务。六年二月晋封和硕果亲王，九月管理上谕处事务。七

---

① （清）恒仁：《月山诗集》，《清代诗文集汇编》（第333册），上海古籍出版社，2010年，第226页。

② 《宗谱》，第8173页。

③ （清）恒仁：《月山诗集》，《清代诗文集汇编》（第333册），上海古籍出版社，2010年，第227页。

年七月总理工部事务。八年五月总理圆明园八旗兵丁事务，八月总理户部三库事务。十二年八月总理宗人府事务，十月总理户部事务兼管旗务。乾隆三年（1738）二月初二日丑时薨，年42岁，谥曰毅。① 允礼号"自得居士"，其诗集有《春和堂诗集》《静远斋诗集》《奉使纪行诗》等。这些诗集的情况大抵如下。

《静远斋诗集》十卷，收诗560首，主要收录允礼封多罗果郡王之前的诗作。该集的体例乃是以年系诗，收录了总共九个年份的诗作，具体包括：甲午诗集（康熙五十三年）、乙未诗集（康熙五十四年）、戊戌诗集（康熙五十七年）、己亥诗集（康熙五十八年）、庚子诗集（康熙五十九年）、辛丑诗集（康熙六十年）、壬寅诗集（康熙六十一年）、癸巳诗集（康熙五十二年）、辛卯诗集（康熙五十年）。由此看来，《静远斋诗集》至少有两个特殊之处值得我们关注。首先，虽然时间总跨度为十二年，但缺漏了康熙五十一年、五十五年、五十六年这中间三年的诗作。其次，该集虽大体上以年份先后为序排列，但又不完全遵从，而是将最早的辛卯诗集至于卷末，颇令人费解。

《春和堂诗集》一卷，乃是允礼自编而成，收诗252首，大抵是雍正四年（1726）至十三年（1735）的诗作。允礼的《春和堂诗集序》署为"雍正十一年季夏六月吉旦"，但在集中题款之下却有"丙午至乙卯"的说明，丙午即雍正四年（1726），乙卯即雍正十三年（1735），这个起始止时间与允礼自序所署时间有龃龉。

《奉使纪行诗》分为上、下二卷，收诗121首。雍正十二年（1734）七月，允礼奉旨赴四川泰宁会见七世达赖喇嘛格桑嘉措并将之送回西藏，同时沿途巡阅诸省驻防及绿营兵。归来后，允礼于十三年五月将沿途诗作结集刻行并作自序。

2. 允禧

允禧生于康熙五十年（1711）正月十一日戌时，雍正八年（1730）二月封固山贝子，五月晋封多罗贝勒，十一年八月授镶黄旗满洲都统，十三年十月授宗人府左宗正，是月又授正黄旗汉军都统，十一月晋封多罗慎郡王。乾隆三年（1738）七月擢任议政，五年二月授正白旗满洲都统，七年三月充玉牒馆总裁，

---

① 《宗谱》，第1062页。

二十一年六月解宗人府左宗正，二十三年五月二十一日亥时薨，年 48 岁，谥曰靖。①

允禧字谦斋，号紫琼道人、春浮居士等。允禧曾自编其诗作，结集为《花间堂诗抄》刻行，不过刻行的具体时间无法确考。该集既不分体，也不分卷，收诗数量较少，故在允禧薨殁的当年，弘曕与永城就对允禧诗集进行选录增补，结集为《紫琼岩诗抄》刻行。此集大体将《花间堂诗抄》的诗作都收录了，不过由于该集在体例上是分体系诗，故诗作的序次与《花间堂诗抄》迥异，而且在一些诗作文字的表述上，二书也有所不同。乾隆四十八年（1783），奉旨过继允禧为嗣的永瑢在披寻遗稿之后，又辑成《紫琼岩诗抄续刻》。《花间堂诗抄》《紫琼岩诗抄》《紫琼岩诗抄续刻》三个集子所收诗作皆有重出者，剔除重出诗作，允禧存诗约为二百余首。

3. 弘昼

弘昼生于康熙五十年（1711）十一月二十七日未时。雍正十一年（1733）正月封和硕和亲王。十三年十月管理内务府事务，本月管理御书处事务。乾隆四年（1739）二月管理雍和宫事务，八月授正白旗满洲都统，十二月管理武英殿事务。五年二月授镶黄旗满洲都统，三月办理勘定八旗佐领世职应袭则例事务。十一年十二月充玉牒馆总裁。十六年闰五月管理奉宸苑事务。十七年四月解管内务府、奉宸苑事务。十八年正月擢任议政，五月解管武英殿、御书处事务。二十八年八月管理正黄旗觉罗学事务。三十五年七月十三日申时薨，年 60 岁。②

雍正八年（1730），弘昼与弘历同时编选了各自的诗文集，弘昼之集为《稽古斋文抄》，弘历之集为《乐善堂文抄》，而且二人还互相为对方的诗文集作序。此外，庄亲王允禄（爱月居士）、果亲王允礼（自德居士）、諴亲王允祕以及鄂尔泰、朱轼、蔡世远、邵基、胡煦等人皆曾为《稽古斋文抄》作序，故弘昼在后来补作的《稽古斋全集自序》中有"诸叔父与诸师亦皆有序"云云。由于种种原因，此集编成后并未刻行，直到乾隆十一年（1746）夏，经施炳炎、常卫都改订后，方以《稽古斋全集》之名刻行。关于其中原委，弘昼《稽古斋全集自

---

① 《宗谱》，第1085页。

② 《宗谱》，第200页。

序》云：

> 蒙皇上差委公务，兢兢敬慎，无敢怠忽。而书史于以渐广，翰墨因
> 以久疏，间有操觚一二，或鼓吹休明，或咏吟寄兴，皆散漫不成卷帙，
> 何敢上登梨枣。爰录送大学士毅庵鄂先生分别瑕瑜，先生缘燮理无暇，
> 复尔溘逝，以故未得成书。乃取回原集，嘱余诸子师江宁施生炳炎、常
> 生卫都同为校对，复命严加删削其不必录者，外将新旧所作合订为一，
> 厘为八卷，于今夏初告竣。①

这本新刻的诗文集除了保留原序外，又新增了乾隆帝御制《新刻稽古斋文集
序》以及施炳炎、常卫都等人之序。该集前六卷是文集，后两卷所收才是诗歌，
收诗方式是分体系诗。就清前期的宗室诗人而言，弘昼的诗歌成就并不算高，但
就清前期的皇子诗人而言，弘昼是存诗数量较多者，是值得重视的一家。

4. 达麟图

达麟图生于康熙五十五年（1716）四月十一日申时。乾隆八年（1743）三
月，宗人府议请合试左右翼宗学生，拔取佳卷，准作进士。得旨："考取之宗室
玉鼎柱、达麟图、福喜，俱准作进士，与乙丑科会试中式之人一体殿试引见。"②
此次乃是由宗人府组织的对宗室学生进行的考试，不经乡举，故而只是"准进
士"，或称为"特赐进士"。乾隆九年，又议准："嗣后五年一次，钦命大臣合试
左右翼学生，凡年考试列一二等，及往年考取一等，并在家肄业愿观光者，咸准
与考，拔取佳卷，进呈御览，钦定名次，由宗人府引见，以会试中式注册。俟礼
部会试之年，习翻译者与八旗翻译贡士同引见，赐进士，以府属额外主事用；习
汉文者，与天下贡士同殿试，赐进士甲第有差。"③ 根据这一规定，乾隆十年达
麟图正式参加了乙丑科考试，考中三甲第90名进士④，成为第一位科举中式的宗

---

① （清）弘昼：《稽古斋全集》，《清代诗文集汇编》（第332册），上海古籍出版社，2010年，第83页。

② 王炜编校：《〈清实录〉科举史料汇编》，武汉大学出版社，2009年，第269—270页。

③ （清）素尔讷等纂修，霍有明、郭海文校注：《钦定学政全书校注》，武汉大学出版社，2009年，第272—273页。

④ 朱保炯：《明清进士题名碑录索引》，上海古籍出版社，1980年，第2717页。

室。同年六月，达麟图授庶吉士。十三年五月授检讨。十五年八月授侍讲学士充日讲起居注官。据《乾隆实录》卷四百五所载，乾隆十七年正月，乾隆帝斥云："宗室达麟图，所学平常，人殊可厌，着革去侍讲，在宗人府章京上行走。"因此，达麟图改授宗人府额外主事。二十一年十一月授主事，二十六年十一月授副理事官，三十八年十月二十八日午时卒。①

达麟图字玉书，号羲文、毓川，正蓝旗宗室，无诗集存世，目前仅见其有两首诗存世。其一乃是《熙朝雅颂集》首集卷二十所收《恭祝圣母皇太后六旬万寿诗》；其二乃是《皇清文颖续编》卷七十九所收《恭和御制题临漪亭元韵》。总体来看，达麟图诗歌成就不高，不过他开宗室经科举考入翰林②为庶常之先③，有一定的文化史考察价值。

5. 福喜

福喜生于康熙五十五年（1716）十一月十九日未时。乾隆八年（1743）三月宗学考试，他与达麟图等人一同钦赐进士。九年四月袭奉恩将军。二十三年五月二十六日子时卒。④据蔡显刊于乾隆三十二年三月的《闲渔闲闲录》卷一所言，福喜有《存旧集》一卷，乃是其殁后由友人赵天馥（鹤野）选录而成，⑤现已不存，唯见《熙朝雅颂集》选录其诗共六首。另外，法式善《八旗诗话》言福喜有《学圃堂集》，惜也已不存，具体情况不详。关于福喜之诗，法式善评云："取径南宋，时得隽永之致，与嘉善曹庭栋唱和甚多，宗尚可知。"⑥

6. 永璥

永璥，弘晋第三子，康熙五十五年（1716）七月十五日未时生，乾隆元年（1736）二月封奉恩辅国公，二十年七月授散秩大臣，二十二年十一月授镶蓝旗满洲副都统，二十四年六月授宗人府右宗人，二十五年十一月调补左宗人，二十七年八月解副都统任，三十四年十二月派守泰陵。五十二年三月初九日巳时卒，

---

① 《宗谱》，第4163页。

② （清）鄂尔泰等编：《词林典故》，辽宁教育出版社，2003年，第32页。

③ 邸永君：《清代翰林院制度》，社会科学文献出版社，2007年，第77页。

④ 《宗谱》，第2172页。

⑤ （清）蔡显：《闲渔闲闲录》，北京文物出版社，1982年，第9页。

⑥ （清）法式善著，张寅彭、强迪艺编校：《梧门诗话合校》，凤凰出版社，2005年，第470页。

年 72 岁。①

永瑢字文玉，号益斋，别号素菊道人，有《益斋诗稿》七卷存世。该集各卷大体按年份先后系诗，其中：卷一为乾隆四年己未至九年甲子，卷二为乾隆十年乙丑至十一年丙寅，卷三为乾隆十二年丁卯至十三年戊辰，卷四为乾隆十四年己巳至十九年甲戌，卷五为乾隆二十年乙亥至二十七年壬午，卷六为乾隆二十九年甲申至四十四年己亥，卷七为乾隆四十五年庚子至五十一年丙午。乾隆十一年，三十岁的永瑢首次编辑其旧日诗稿，并作《编旧稿因成短章》。乾隆四十四年，永瑢作《编订四十年来近稿》，诗有"己未春和戊戌冬"之言，这与《益斋诗稿》收诗始于乾隆四年，即己未年的（1739）己未是相对应的。这意味着永瑢有一部分诗歌创作活动是在乾隆十三年以前发生的，《益斋诗稿》的前三卷属于本书考察的范围。

7. 弘晓

弘晓生于康熙六十一年（1722）四月初九日丑时，雍正八年（1730）十二月袭和硕怡亲王。乾隆四年（1739）十一月管理理藩院事务。五年九月管理正白旗汉军都统事务。七年三月解正白旗汉军都统事务。八年八月解理藩院事务。四十三年四月十五日未时薨，年 57 岁，谥曰僖。②

弘晓学诗始于雍正八年（1730）庚戌八岁之时，但真正步上作诗之途，则始于雍正十年。对此《明善堂诗集初刻自序》云："雍正庚戌秋，蒙世宗宪皇帝恩命，俾晴江林师教之以诗书，并与讲论通鉴、古文、唐诗等，余自此心中稍有所明。十岁以后，偶与左右谈及吟咏，余因私自学为之，林师闻而指示焉，平仄音调余乃渐渐领会，时有所作。"乾隆元年（1736）丙辰夏，年仅十五岁的弘晓首次汇集其诗作。因弘晓早年丧父，由母亲抚养长大，其斋室名为侍萱斋，故其诗集取名为《侍萱斋诗集》。弘晓之师林令旭曾为该集作序云：

> 侍萱斋诗为龆年初学之作，而时有隽语，思致清颖，正复不同凡响，从此潜心六籍，考订风雅，不自恃其所已能，而日求进于所未能，

① 《宗谱》，第 413 页。
② 《宗谱》，第 878 页。

则造诣岂可限量哉。古人有言曰：学然后知不足。又有曰：熟极能生巧。是知为学之道，惟在积累精进而已，盖不独诗为然也。请以是为侍萱斋诗序。乾隆元年丙辰夏日林令旭谨稿。①

弘晓另一位业师沈景澜之序则云：

侍萱主人年方舞象，占毕之暇，学为歌诗，下笔辄得佳句，盖沐皇上行苇之爱，薰陶涵育以成其材，故得专意缥缃，从事于翰墨间也。抑又闻之书曰：诗言志，雅颂所歌，美盛德之形容，其旨趣不离忠爱之意。自兹以往，其益进于学，日新不已，笃其忠爱以辅日月之光，作为雅颂以志太平之叶，于三百篇之旨庶有合也，宁第争一字之工拙，号为诗人之诗也欤。澜其拭止俟之。乾隆元年丙辰夏日沈景澜谨稿。②

该集虽并未刻行，但弘晓作有自序，该序后来收录时题目被改为《明善堂诗原序》。序云："年来从师讲贯，每于诵读之暇，间习韵学，所有因物成咏汇而录之，虽风雅之道全然未究，以一时之心思所用不欲弃去，且验将来之功力与时俱进与否，是亦自勉之一助也，乾隆元年季夏下浣书。"③

乾隆四年（1739）秋，弘晓又审视往日诗作，有《观旧作戏成六韵》诗，抒写雍正八年（1730）学诗迄今六年来的感慨，故诗有"六年如过隙"④之言。另外，据弘晓《恩赐御书明善堂匾额恭纪》可知，乾隆五年正月上旬，乾隆帝御书"明善堂"匾额赐予弘晓。这两个因素的叠加，促成了弘晓整理其诗作，命之为《明善堂诗集》，首次刊行。对于此集，弘晓也作有自序，该序在后来收

----

① （清）弘晓：《明善堂诗集》，《续修四库全书》（第1444册），上海古籍出版社，2002年，第536页。

② （清）弘晓：《明善堂诗集》，《续修四库全书》（第1444册），上海古籍出版社，2002年，第537页。

③ （清）弘晓：《明善堂诗集》，《续修四库全书》（第1444册），上海古籍出版社，2002年，第533页。

④ （清）弘晓：《明善堂诗集》，《清代诗文集汇编》（第350册），上海古籍出版社，2010年，第25页。

录时题目被改为《明善堂诗集初刻自序》。序云：

> 十岁以后，偶与左右谈及吟咏，余因私自学为之，林师闻而指示
> 焉，平仄音调余乃渐渐领会，时有所作，师为之改润以存。至乾隆丙
> 辰，余年十有五，蒙皇上赐翰林溶溪，沈师与林师协同课读，日为余讲
> 解，余遂日有所作，四五年来，积成卷帙，何敢自附风雅之林，稍存夸
> 诩之意，惟是朝夕之心思系焉，师友之讲习存焉，实有不忍自弃者，时
> 陈几案以自观览，即以自验其学问之进否。近者蒙恩管理诸务，于笔墨
> 渐疏，回念从前，尤深日月易迈之感，因汇刻十之四五，以庶几自勉，
> 非以示于人也，乾隆五年庚申二月下浣冰玉主人自序。①

不过遗憾的是，目前未见有弘晓乾隆五年的初刻本《明善堂诗集》单独存
世，弘晓雍正八年至乾隆五年的诗作目前乃是以收入《明善堂全集》的方式存
世的。

乾隆九年，弘晓又再次整理其诗作，补入《明善堂诗集》。对此，弘晓照例
有自序云：

> 业将少作就两师订定刊成小集，今又四五年，齿日益长，于学业未
> 克精进，然凤习未除，候鸣时响，检箧中又得如干首，汇而镌之，前后
> 参观，可以考镜历时进退。杜老云：文章千古事，得失寸心知。聊用自
> 娱，宁堪持赠。况予上荷国恩，下承先泽，夙夜兢兢，周敢自懈，词章
> 乃职守余事，特以歌咏太平，讴吟帝力，若谓妄希作者之林，欲以行世
> 而传后，是乌知予之心也。夫时乾隆九年四月上浣，秀亭冰玉主人
> 自序。②

----

① （清）弘晓：《明善堂诗集》，《续修四库全书》（第 1444 册），上海古籍出版社，2002 年，第
534 页。

② （清）弘晓：《明善堂诗集》，《续修四库全书》（第 1444 册），上海古籍出版社，2002 年，第
539 页。

　　该集的体例为以年系诗，所收诗作起自乾隆三年戊午，迄于乾隆八年癸亥。对此，范槭士之序有"冰玉主人辑未刻诗，起戊午，迄癸亥"① 之言。关于此集的成集经过，张纯熙之序云："癸亥秋，王以亲藩扈从出塞……塞外山川佳丽，民物恬熙，王目之所寓意之所欣，辄托诸诗以写忠爱，即旋邸，乃哀其平日所作，手自删节，录其尤者若干篇，将付诸梓。"② 该集目前有单独行世的本子，是为抄本《冰玉山庄诗集》（八卷），藏于辽宁省图书馆。该集收录由沈景澜、张纯熙、伊都立、张衡等人之序以及弘晓自序。其中，沈景澜是第二次为弘晓诗集作序，故沈景澜序有"曾序《侍萱斋集》"③ 之言。

　　乾隆十四年，弘晓又整理其诗作，并请陈孝泳与允禧作序。允禧之序云：

　　　　兄子冰玉主人少颖悟，既长，好学不倦，其言语文章自能发挥所得，彬彬乎皆有法度可观，其为诗歌敏而能工，盖学之博，取之精，故发之茂而言之文……主人有明善堂诗，已行于时，己巳春复哀集所作，自甲子至丁卯，得若干首，将续刻之，而问叙于余……时乾隆十四年己巳春三月朔书于西园之修竹堂。④

　　陈孝泳之序署为"乾隆十四年岁次己巳嘉平上浣"⑤。此集所收诗作始于乾隆三年戊午，终于乾隆十四年己巳，共十二卷。（笔者按：丁仁所编《八千卷楼书目》卷十七载录有一本十卷本的《明善堂诗集》，并有"国朝怡亲王冰雪道人撰，原刊本"⑥ 的说明。）在前所言弘晓所编的诗集中，未见有十卷本者，因载

---

　　① （清）弘晓：《明善堂诗集》，《清代诗文集汇编》（第350册），上海古籍出版社，2010年，第8页。

　　② （清）弘晓：《明善堂诗集》，《清代诗文集汇编》（第350册），上海古籍出版社，2010年，第7页。

　　③ （清）弘晓：《明善堂诗集》，《清代诗文集汇编》（第350册），上海古籍出版社，2010年，第6页。

　　④ （清）弘晓：《明善堂诗集》，《续修四库全书》（第1444册），上海古籍出版社，2002年，第541页。

　　⑤ （清）弘晓：《明善堂诗集》，《清代诗文集汇编》（第350册），上海古籍出版社，2010年，第10页。

　　⑥ （清）丁立中编：《八千卷楼书目》（中），国家图书馆出版社，2009年，第468页。

录简略，故不得其详。

　　乾隆四十二年三月左右，弘晓又整理其诗作，增补成为四十二卷本的《明善堂诗集》，并附有《明善堂文集》四卷，同时新收录了蒋德容、耿觐光此年所作之序。该集在体例上按年系诗，卷一起自雍正十二年甲寅，卷四十二终于乙未（乾隆四十年），横跨四十二年。该集是弘晓收诗最全的集子，加之耿觐光之序有"今年春，出以《明善堂全集》"之言，为区别于前集，故该集通常又称为《明善堂全集》。

　　总体来看，弘晓的诗歌成就主要在清盛期，但在清前期，弘晓已经三次整理其诗集，并刻行了两次，显示出较为自觉的诗学意识。因而在清前期中，他也是值得关注的一位诗人。

小　结

　　通过本章的考述，我们大抵可知：在雍正元年之前出生的、可确考家世生平的清前期的宗室诗人共有 66 位，就数量而言已经不少。他们与汉族文人、满族文人、宗室诗人等文人群体交游唱和，与清前期的诗坛有较多的互动。清前期的宗室诗人不只是活跃在康熙与雍正诗坛而已，一部分横跨清前期与清盛期的宗室诗人一直活跃至乾隆朝中后期，具有承前启后的重要作用。在清前期的宗室诗人中，有诗独立成集者凡 32 人，诗集存世者为 19 人，就诗歌成就而言，也是颇为值得关注的。总之，清前期的宗室诗人积极参与诗坛的互动，在诗坛上形成了一定的影响力，在创作上取得了一定的影响力，是清诗发展进程中一股新生力量，这表明了宗室诗人群体在清前期的强势崛起。

第二章　清前期"天潢风雅盛"的诗歌创作自觉

　　清前期宗室诗人辈出，风雅极盛，这一态势早就被当时的清人所指出。例如，康熙四十九年（1710），文昭在《自题宸蕚集后五首》的第一首有"天潢风雅盛"[①]之言；乾隆元年，林令旭在为弘晓所作《侍萱斋诗序》中有"银潢贵胄，英才辈出，率能雅志诗书，留心翰墨，洵天家之盛事也"之言；乾隆间，永忠在《读宗室香婴居士紫幢轩诗集》中有"银潢风雅百余年，艺苑驰驱几辈贤"[②]之言。这些表述指出了清前期宗室诗人辈出、宗室诗歌创作兴盛且持久的总体态势。如果说在前章中，我们借助宗室诗人数量的统计与宗室诗人群体崛起的描述，已经能够较为客观地描述清前期宗室诗歌兴盛的外在表现的话，那么接下来我们需要进一步思考的问题是：这种兴盛态势为何能如此持久而广泛地存在呢？假若只是靠单个宗室诗人自发地进行汉诗创作的话，那是绝不可能出现"天潢风雅盛"的创作态势的。这意味着：在清前期，宗室诗人已经在整体上形成了诗歌创作的自觉，这便是形成"天潢风雅盛"创作态势的重要内在原因。为了揭示这一点，本章将主要从以下三个方面展开论述：其一，耽于吟咏与以诗歌为性命的创作自觉；其二，相互延誉与评价的唱和自觉；其三，编选与刻行诗集的文献整理自觉。

----

①（清）文昭：《紫幢轩诗》，《清代诗文集汇编》（第246册），上海古籍出版社，2010年，第395页。

②（清）永忠：《延芬室集》，上海古籍出版社，第743页。

第一节　耽于吟咏与以诗歌为性命的创作自觉

满族原先是长于骑射与渔猎的民族，对汉诗创作并不在意。入关定鼎之后，习汉诗之风在宗室中渐兴，但在当时，大多数的满族人还是认为进行汉诗创作是沽名钓誉之事，并非壮夫立身的正途。康熙三十五年（1696）左右，在博尔都刻行其《问亭诗集》时，"有客"就以"词赋之学，壮夫不为"① 来诘难他。大约与此同时，沈季友在《红兰集序》有"翻墨庄之目次，错呼北地词人"② 之言，他借助"翻墨庄"与"错呼"之言赞誉岳端勤学的同时，也揭示出了"北人"的不学。此外，文昭在《自题诗集后》中有"雕虫深愧壮夫为"之言，在《戏赠马千里》中有"任渠浮议鄙书生"之言，在《少年行》之二有"应是男儿志弧矢，凭君嘲作蠹书虫"之言。这些材料说明"壮夫尚武"在当时还是满族人主要的立身之道，因而大部分"北人"尚骑射之道，志在弧矢，不喜读"墨庄"之书，不尚词赋之学。在这样的大环境下，从事汉诗创作就需要更大的勇气与更深的热爱了。这些勇气与热爱又源自何处呢？归根结底，还是源自清前期宗室诗人在诗歌创作上所形成的自觉追求。对此，我们可以拈举若干位较为重要的宗室诗人为例加以说明。

就博尔都而言，"生涯余梦枕，岁月有诗瓢"（《秋日园居》）、"闲居忘岁月，吟咏是生涯"（《东皋》）、"廿载耽吟咏，伊谁识我心"（《和季伟公过访留别原韵·再和前韵》）等诗句，都可视为博尔都耽于吟咏、乐于诗事的真实写照。作为继高塞之后第二位登上诗坛的宗室诗人，他可稽考的存世诗作有 1062 首之多，③ 如果对吟诗缺乏热爱与创作自觉的话，难以有这样的成就。

就岳端而言，他借"诗债一生偿不尽"（《春日招余宾硕查升胡介祉刘德方

---

① （清）博尔都著，黄斌校点：《清代宗室诗人博尔都〈问亭诗集〉校注与研究》，云南大学出版社，2017 年，第 7 页。

② （清）岳端著，陈桂英校：《玉池生稿》，天津古籍出版社，1990 年，第 105 页。

③ （清）博尔都著，黄斌校点：《清代宗室诗人博尔都〈问亭诗集〉校注与研究》，云南大学出版社，2017 年，第 370 页。

徐兰陈世泰顾卓游朴园分韵二首》)、"诗酒场高名利场"(《春日喜问亭兄过访偕侄孙昭及同人分韵》)、"何妨我辈尽诗人"(《赠陈于王兼呈东皋主人》)、"诗文为业酒为乡"(《首夏漫兴》之一)等诗句,表达了他对诗歌创作的重视。陶煊在《蓼汀集序》中称赞岳端对诗歌的用心时云:"常丹铅汉、魏、三唐之诗,多所点定。逾年,观之未甚惬意,以为前此所见尚不抉古人之奥,复购置别本,另出手眼,细加评阅。凡至再、至三而后已。"① 后来,岳端因为与汉族文士交游宴饮、诗歌唱和而被革除固山贝子之爵,但即便如此,他也不曾废弃作诗之好。由此可见,他真的是以诗文为业,耽于吟咏。

关于塞尔赫的好诗之举,李锴在《塞晓亭》中有注云:"官署如水,晨夕呫毕,作儒生咏。"② 文昭《喜晓亭将军过访》云:"将军幸遇太平时,除却吟诗百不为。"③ 诚贝勒允祁《晓亭诗抄序》云:"余幼耽吟咏而无所师承,若铸金无范,曾不能以就形,又何能器之与有?……嗣闻宗室有晓亭其人者,习于诗而老焉,犹饿渴之于饮食,不可旦暮离也。"④ 沈德潜《清诗别裁集》卷三十"塞尔赫条"则云:"遇能诗人,虽樵夫、牧竖,必屈己下之,固以诗为性命者也。"⑤ 从以上这些载录,我们已经能充分地看到一个喜好吟诗的塞尔赫的形象。因而,塞尔赫在《咄咄》诗中"只索爱诗兼爱酒"之句,并非虚言。

就文昭而言,其《夏日闲居十首》之六有"只有吟诗癖,年来习未除"之句,《露坐》有"吟诗欲忘眠,天街传夜柝"之句,《夏日编排诗稿成示同志》有"瘦岛寒郊拟结邻"之句,《自题诗集后》有"呕出心肝也不辞"之句,这些诗句都书写了他以诗歌创作来怡养性情和寄托平生的自觉追求。在文昭病后,医生劝其勿劳神作诗。他于是作《近病惟仲医者劝勿作诗口占答之》云:"坡道安心即是药,我知炼意即安心。得来快句生欢喜,功倍丹方灼与针。"⑥ 连病症都

---

① (清)岳端著,陈桂英点校:《玉池生稿》,天津古籍出版社,1990年,第108页。
② (清)李锴著,柴福善校注:《李锴诗文集》,民族出版社,2017年,第237页。
③ (清)文昭:《紫幢轩诗》,《清代诗文集汇编》(第246册),上海古籍出版社,2010年,第435页。
④ (清)盛昱辑选,马甫生等标校:《八旗文经》,辽宁古籍出版社,1988年,第150页。
⑤ (清)沈德潜编:《清诗别裁集》(下),吉林出版集团股份有限公司,2017年,第1063页。
⑥ (清)文昭:《紫幢轩诗》,《清代诗文集汇编》(第246册),上海古籍出版社,2010年,第620页。

不能移除其作诗之好,可见爱诗之甚。在清前期的宗室诗人中,文昭《紫幢轩诗集》凡三十二卷,存诗 2400 多首,而且众体兼备,[①] 在清前期宗室诗人中乃是数量最丰、价值最高者。若缺少诗歌创作自觉的话,是难以取得如此成就的。

就恒仁而言,他在《九日用少陵寄岑参韵》云:"每见辄入诗,苦吟身为瘦";在《感物次熏之韵》中云:"长日不停吟,短夕犹勤读";在《偶吟》中云:"苦吟拈一笑,故纸毕生忙。"借助这些关于苦吟与长吟的自我书写,我们已然可知恒仁喜好吟咏。在《次答育万同学即题其集端以正》中,沈廷芳以"手诗频请业,流派与深研"[②] 之语夸赞恒仁勤于诗歌的创作和研究。结合恒仁先后主动向穆禧与沈德潜学诗来看,沈廷芳的赞誉并非是应付式的夸赞,而是真实的写照。此外,恒仁作有《月山诗话》,载录的都是他在学诗过程中的心得,这是清前期宗室诗人中唯一的一部诗话著作,由此可见恒仁对诗歌的喜好。

除了以上较为典型的诗人外,还有不少宗室诗人自诉或被他人赞誉过性好吟咏。例如,文昭借"归去无余事,把笔闲吟到夕曛"(《赋赠修庵上公》)、"琢句陶镕苦性情"(《呈修庵上公》)等诗句,夸赞德普喜好吟咏的清风雅量。恒仁在《赠熏之兄》则以"酬唱日吟讴,讴吟日唱酬。苦心勤学古,古学勤心苦"之句来描绘德沐喜好吟咏。永璥借助"诗书万卷足生涯"(《独坐》)、"酷爱清吟疑宿缘"(《自遣》)、"诗画怡情性所安"(《自题素菊居》)、"惭予也有耽吟癖"(《喜得艻婴居士诗集》)等诗句,抒发了自我对吟咏诗歌的热爱。而允禧在《花间堂诗钞自序》中则直接表明:"余才与学远不逮人,而性耽吟咏,较人癖甚。"

关于宗室诗人为何会喜好吟咏,允祁在《晓亭诗抄序》中曾云:"朝首艺林而歌风肆雅之士,正复不少,然知之不如好之,好之不如乐之,而乐之者实鲜克有尚之者矣。"[③] 此"尚之"之论不仅在塞尔赫身上适用,在博尔都、岳端、恒仁、文昭等宗室诗人身上也同样适用。这些清前期的宗室诗人们不但是知诗、好诗、乐诗者,更是尚诗之人,这个"尚"字充分揭示了宗室诗人在诗歌创作上的自觉追求。

----

① 王鹏伟:《文昭及其诗歌研究》,辽宁大学 2014 届硕士学位论文。

② (清)恒仁:《月山诗集》,《清代诗文集汇编》(第 333 册),上海古籍出版社,2010 年,第 216 页。

③ (清)盛昱辑选,马甫生等标校:《八旗文经》,辽宁古籍出版社,1988 年,第 150 页。

第二节　清前期宗室诗人相互评价与延誉的唱和自觉

以博尔都、岳端、文昭、塞尔赫为代表的清前期的宗室诗人与汉族文人有着密切的交游，对此学界已有较多的论及。除此之外，宗室诗人之间的文学宴游也较为活跃，诗歌唱和也较为频繁，彼此间的相互评价也较为丰富，已经形成了通过延誉与提携来促进宗室诗人成长，推动宗室诗歌发展的自觉。对此，学界目前的关注是较为欠缺的。因而，在此节中，将略去宗室诗人与汉族文人交游唱和的部分不谈，将重点置于宗室诗人之间的唱和与相互评价这一核心问题之上。由于清前期宗室诗人的交游唱和实践在核心人物与时段上是有变化的，故以下将根据核心人物的更迭，划分为三个时段来展开说明。

一、康熙朝中期

在此段时期，宗室诗人形成了以博尔都和岳端为核心的，以文昭、德普、吞珠、玛尔浑、经希、吴尔占等人为羽翼的宗室诗人群。他们不时在博尔都的东皋草堂、岳端的红兰室、玛尔浑的古香斋、经希的留云阁（轩）、德普的菉园等宗室诗人的书斋与别业中宴集唱和。博尔都《中秋集留云轩》《冬夜集古香斋分韵》《冬夜集红兰室小饮分韵》以及岳端《秋日过留云阁十七兄命赋》《冬夜集古香斋同问亭兄暨诸子分韵》《春日喜问亭兄过访偕侄孙昭及诸同人分韵》《秋日菉园宴集》等诗作都是这些宴集唱和之举的生动体现。在这些宴集唱和中，自然免不了相互鼓励与相互评价。这些相互评价大体又可以分为两种类型。一种是晚辈宗室诗人对前辈宗室诗人的赞赏，例如岳端《赠陈于王兼呈东皋主人》就以"如君篇什擅清新，自愧今来殿后尘"赞誉博尔都。另一种是前辈宗室诗人对后起之秀的延誉与提携，在这一点上有两个较为典型的事例。

其一是博尔都对岳端的延誉与提携。据朱襄《红兰集序》所言，康熙二十八年己巳（1689），二十岁的岳端作了一首《春郊晚眺次韵》，博尔都对其中的"东风无力不飞花"之句"见而击赏，喧传都下"，岳端于是有了"东风居士"

的盛名。① 此外，博尔都在《赠兼山》中，给与了岳端极高的评价，其诗云："一识荆州面，如封万户侯。风华无与并，萧爽亦难酬。"② 岳端之所以能够年少成名，迅速成为康熙中期诗坛上具有重要影响力的一家，原因是多方面的，但不可否认的是，前辈博尔都的揄扬在其中起着重要作用。

其二是岳端对文昭的延誉与提携。岳端《题侄孙文昭听秋斋诗后》云："吾宗孙子近能文，中晚之间拟置君。才迈李王孙一步，瘦过贾主簿三分。若非素日常为学，那得青年有令闻。诗已成家人共羡，工夫窗下倍应勤。"③ 此诗不但对文昭的诗才有很高的评价，而且站在宗室诗歌发展的层面上，将他视为承先启后的重要人物。④ 另外，岳端在《菩萨蛮·题画桂赠从孙昭》中又云："君亦天潢派，月殿非天外。折取桂花枝，秋风正及时。"结合文昭生平来看，文昭于康熙三十八年己卯（1699）参加乡试，岳端这首词或许就作于文昭应试之际。通过这首词，我们可知岳端通过他所画的桂图与所赠的词篇，寄寓了他对文昭折桂夺魁的殷殷厚望与百般信心，可惜文昭却因在后场使用了子书之语而落榜。

除了岳端的这些赞誉之言与勉励诗文外，文昭自己也曾撰文指出叔祖岳端对他的揄扬和帮助。其《古瓶集·自序》云："一日侍叔祖红兰先生分韵，有句云：'花香高阁近，书味小楼深'，先生击节赏之曰：'是儿冰雪聪明，不愧渔洋高第弟子，他日固不仅让一头地也。'自是余益肆力为诗。"⑤ 岳端"让一头"这极高的赞誉，深深地激励着文昭"肆力为诗"。

除了岳端在诗文上的赞誉外，博尔都与岳端二人还在交游实践上积极引荐文昭加入他们的文人圈，帮助文昭融入当时的诗坛。其中一个典型事例就是康熙三十六年（1697），宣城才子梅庚落第还乡，博尔都、岳端等人在海棠院送别梅庚，他们将吞珠、文昭等晚辈宗室诗人引入其中，为他们的进步与成长施以提携之

---

① （清）岳端著，陈桂英校：《玉池生稿》，天津古籍出版社，1990年，第104页。

② （清）博尔都著，黄斌校点：《清代宗室诗人博尔都〈问亭诗集〉校注与研究》，云南大学出版社，2017年，第106页。

③ （清）岳端著，陈桂英校：《玉池生稿》，天津古籍出版社，1990年，第64页。

④ 董文成主编：《清代满族文学史论》，中国文联出版社，2000年，第120页。

⑤ （清）文昭：《紫幢轩诗》，《清代诗文集汇编》（第246册），上海古籍出版社，2010年，第369页。

力，提供了进阶之途。对此，岳端《报国寺海棠院送梅庚归宣城以春草碧色春水绿波为韵得草字同王士禛士骥兄弟蒋锡仁顾卓朱襄侄珠侄孙文昭》以及文昭《侍叔祖红兰问亭两先生新城尚书公暨诸同人集海棠院送梅耦长归宣城春草碧色春水绿波分韵得绿字》都是生动的资证。

此外，博尔都曾为岳端《出塞诗》之集题诗，岳端曾为吞珠《承萼轩集》作序，通过这些题诗作序，前辈宗室诗人给与晚辈宗室诗人极高的评价，对他们的成长有着一定的延誉作用。

二、从康熙朝末期至雍正朝中期

在这一时段中，宗室诗人形成了以塞尔赫和文昭为核心①，以德普、兴尚、兴岱等宗室诗人为羽翼的宗室诗人群。他们时常在德普的香松室、文昭的茶香斋、兴尚的簧山书屋、兴岱的望庐等处宴集，分韵赋诗。对此，我们可以借助文昭《春晚过香松室》《东峰弟舍中与群弟辈观剧》《三月晦日与东峰舍弟及一二同人小饮剧谈即席漫赋》《同人饮颂酒家》等诗窥见一斑。在这些宴集唱和中，他们不仅"瓦盆浊酒好论诗"（《寄东峰即次其韵》），而且相互之间的评点与延誉也在同时展开。例如，塞尔赫在《与香松德普古瓻论诗口占》中，借"吾家大小阮，文采两翩翩。丽句逢康乐，清风接惠连"之言，对德普与文昭的诗才给与了极高的赞誉；在《题子晋河干阻雨图》中，他又将文昭赞为"香婴居士金闺客，质秀神清映冰雪。才华曹植富波澜，服食刘安得仙骨"。又如，文昭对塞尔赫有"知君到古人，得髓非受肤。曹镏通眷属，李唐随指呼"（《晓亭将军赋诗见寄奉酬一首》）的赞誉；对德普有"雅量高情自逸群，红兰逝后独推君"（《赠修庵上公》）的赞誉；对永年有"诗名白燕红兰共，宗伯挥毫莫与俦。信王马射纯君画，尽是吾家第一流"（《题纯斋君画》）的赞誉；对兴让有"弱弟继能文，琳琅堆满屋"（《廉泉簧山书屋葺成小集同限用屋字六韵》）的赞誉。对于清前期宗室诗人创作的提升与诗学自觉的形成而言，这些赞誉无疑是有着推动与促

----

① 按：虽然《晓亭诗抄》所收《松山》与《杏山》二诗没有系年，但此二诗在《民国锦县志略》卷二十四中，不但诗题改作《杏山纪事》《松山纪事》，而且都有"康熙戊寅"（康熙三十七年）的题注。果如此的话，二诗乃是塞尔赫可考的创作时间最早的诗作。据此可知，塞尔赫虽然年纪较长，但他直至康熙朝中后期才登上诗坛。

进作用的。

三、从雍正朝末期至乾隆朝初期

在此期间，宗室诗人形成了以塞尔赫和恒仁为核心，以允祁、弘晈、德沐、敦诚、敦敏等人为羽翼的宗室诗人群体。就塞尔赫而言，他与宗室诗人交游唱和的诗作有《甲子清和奉陪宝啬主人宏善寺看花》《甲子重阳后宁王招赏异菊敬赋二十韵》等。就恒仁而言，其与宗室诗人交游唱和的诗作有《上叔父定斋先生》《吾宗室柳泉先生工诗善画未获侍教先寄是诗》《寄学中诸子》《感物次熏之韵》等诗。在恒仁的诗作中，他以"论诗宗白傅，顾曲比周郎"（《寿叔父二首》）来评价其定斋叔父经照；以"抽毫高艺苑，探箧足诗篇。锐气旌麾抱，相期日勉旃"（《赠熏之兄》）来赞誉宗兄德沐，并相互勉励，共同进步；以"兄弟齐名似陆云，行年总角学能勤"（《四叠前韵示敦诚》）之语来夸奖和勉励敦敏、敦诚兄弟二人。

总之，在以上三个阶段中，分别形成了博尔都与岳端、文昭与塞尔赫、塞尔赫与恒仁这三个宗室诗人子群体的核心。围绕着这三个核心，一方面有众多的边缘性宗室诗人，横向地羽翼在他们周围，相互鼓励，相互进步；另一方面，在不同的阶段中，以岳端、文昭、敦氏兄弟为代表的宗室后起之秀，在前辈宗室诗人的延誉、勉励、提携中，得到了迅速的成长，成为下一发展阶段的核心人物，纵向地接过了宗室诗歌发展之棒。这是宗室诗歌风雅走向自觉的一种生动体现。

第三节　编选刻行宗室诗人别集与选集的文献整理自觉

当创作实践较为活跃，创作成果达到一定的数量，蕴含着一定的留存价值，具有一定的历史意义时，对这些诗作进行订正、选录、结集，便成一项水到渠成的工作了。在这其中，有由诗人自行手订或友朋代为编订的个人别集，也有关注诗人群体的选集与合集。无论是个人别集，还是选集与合集，在选择与订正时，需要耗费一定的精力；刻行出版时，需要有一定的自信力与一定的财力。这意味着，对宗室诗人的别集、选集与合集进行订正、选录与刻行等各项工作，乃是一件较为严肃和郑重的事，具有较强的主动性，在此举的背后，包孕着一种文献整理的内在自觉性。由此，我们可以通过考察清前期宗室诗歌别集、选集与合集的选录与刻行的总体情况，来窥见清前期宗室诗人在诗歌文献整理上的自觉性，进而窥见清前期宗室诗歌创作的自觉。

一、宗室诗人别集的编订与刻行

清代的第一位宗室诗人高塞虽然在顺治朝与康熙朝的初期与汉族文人有交游唱和，拉开了宗室习作汉诗的序幕，但由于早逝等方面的原因，他尚未形成整理诗作并结集的自觉意识，他现存的《恭寿堂集》乃是经流人孙旸抄录后，转由王士禛以诗话的方式载录才得以传下来的，又一直绵延至乾隆朝，再经由弘晓统筹抄录后，方才最终独立成集。在高塞之后，先后接棒登上诗坛的宗室是博尔都、吞珠、玛尔浑、岳端等人。自他们开始，宗室诗人群体逐渐形成了文学整理的自觉性。

就吞珠而言，结合张英在康熙二十五年（1686）二月所作的《承萼轩诗序》来看，他的诗作在当时就已经结集了，这是目前可知最早由宗室诗人手自编订的诗集。该集初次编成之后，一直处于家藏和不断补充的状态，并未刻行。康熙三十五年，吞珠将补充修订后的《承萼轩诗》交与岳端审定并请其作序。三十六年五月，岳端为该集作序。此后，吞珠又经由顾卓的协助，请远在江南的庞垲作序，于是便有了三十六年暮冬庞垲为《承萼轩诗》所作之序。目前，未见吞珠有名为《承萼轩诗》的诗集存世，但在山东师范大学图书馆所藏吞珠的《花屿读书堂小稿》中收录了张英与岳端之序，而且二序皆有"承萼轩诗"之言。由此看来，《承萼轩诗》应是吞珠早年的诗集名，《花屿读书堂小稿》是后来才取的诗集名。吞珠在十年之间，至少两度手自编订其个人诗集，三度请人作序，这体现了他对诗歌创作的重视与诗集文献编选的自觉性。不过，遗憾的是，身份显贵且诗作结集甚早的吞珠却最终没有刻行他的诗集，这颇让人遗憾和不解。一般说来，诗集已经编成且已有名家作序但却不付诸刻行的主要原因是经济的缘故，从吞珠较为通达的仕途与较为丰厚的家境①来看，他的诗集显然不会受到这个因

---

① 按：吞珠蓄有昆曲家班，时常在蓉园中演剧，家境自然不会差。

素的影响。结合《花屿读书堂小稿》的存诗面目来看，数量和质量上确实都不尽如人意，因而或许是他对该集收诗的数量与质量尚不够自信耽误了诗集的刻行。

就玛尔浑而言，大约也是在康熙三十五年（1696）左右，玛尔浑着手编订了他的诗集《古香斋集》，并请姜宸英作了序文。康熙三十六年十二月，毛奇龄经人请托后曾为玛尔浑诗集作了《安郡王诗集序》。可惜的是，该集现已不存，难知其详。

如果说吞珠已经有充分的结集自觉但还不够自信，玛尔浑诗集的亡佚让人遗憾的话，那么岳端与博尔都二人编订和刻行个人诗集之举，则既体现了他们在文献整理上的自觉，也彰显了他们在创作上的自信，弥补了宗室诗集在刻行与存世方面的遗憾。

先谈岳端诗集的选定与刻行。康熙二十七年七月，岳端随父亲岳乐赴苏尼特汛界驻守，防备葛尔丹，至十月，岳端驻防塞外归来，其塞外诗作后结集为《出塞诗》，博尔都等人为之题诗；另据朱襄《红兰集序》所言，康熙三十年六月，顾卓南归，向朱襄出示岳端《红兰集》。由此可知，岳端《出塞诗》大约于康熙二十七年结集，《红兰集序》的结集时间则不会晚于康熙三十年。从现在的存世面目来看，这两个集子都是岳端别集中的小集，未独立刻行。从康熙三十四年正月开始，顾贞观、林凤岗、陶煊、钱名世等人，先后为岳端诗集作序。与此同时，岳端将他的门客顾卓与朱襄的诗集附于他的诗集之后一同刻行，并作有《云笥织字轩二诗序》，云："吴江顾卓、无锡朱襄……兹刻《玉池生稿》，因取二人诗集附于后……时康熙乙亥嘉平月。"① 由此可知，大约在康熙三十四年底，岳端的诗集就已基本完成编订工作，即将进入刻印阶段。在康熙三十五年春至八月秋之间，庞垲、王源、陶之典、汪士鋐等人又先后为岳端诗集作序。因而，我们大抵可知：岳端《玉池生稿》刻成于康熙三十五年秋冬之际。

接着谈博尔都诗集的选定与刻行。从博尔都《问亭诗集自序》之"康熙丙子秋"云云，以及吴农祥《流铅集》卷九所收《博将军问亭诗集序（丙子）》来看，我们大体可知：在康熙三十五年，博尔都已基本完成其诗集的编定工作，考

---

① （清）岳端著，陈桂英校：《玉池生稿》，天津古籍出版社，1990 年，第 99 页。

虑到该集中有三首诗作可确考作于康熙三十七年春夏间①，故该集刻行的时间当在康熙三十七年秋冬之间。

若仅就岳端与博尔都二人而言，这两位宗室诗人几乎同时着手编订并刻行他们的诗歌别集，这是清代宗室诗歌史上别集刻行的开创性之举。若将吞珠、玛尔浑、博尔都、岳端这四位宗室诗人放在一起讨论的话，他们四人都曾在康熙三十五年左右编订（或刻行）他们的诗集。这些现象可以视为清前期宗室诗歌发展历程中的一座小高峰，因而它不可能是偶然的现象，而是清前期的宗室诗人形成创作自觉与价值自信的自然而然的结果。

除了以上四人之外，在康熙三十五年之前，还有一些宗室诗人有诗结集，例如，成寿有《修风楼遗稿》、福存有《云尔吟诗集》，只是这些诗集未存世，相关载录又少，难以展开讨论罢了。在康熙三十五年之后，陆续有更多的宗室诗人着手编订（刻行）个人的诗歌别集。例如，康熙三十八年夏，虚岁仅有二十岁的文昭便首次编订了他的诗稿，并作有诗作《夏日编排诗稿成示同志》抒发感怀。考虑到此时与康熙三十五年前后形成的宗室诗集编订（刻行）的小高峰在时间上较为接近，文昭此年编排诗稿或多或少会受到前述四位宗室诗人编订诗集的影响，因而我们完全可以将文昭此举视为此次小高峰绵延发展的尾声。需要指出的是，由于文昭大约是在康熙三十四至三十五年前后才开始进行诗歌创作的②，至此年编排诗作，他的诗作在数量上尚不丰富，在成就上亦有待磨炼提升，故这次编排的诗作并未正式独立成集。

康熙四十三年，岳端卒，德普随即增补刻印了岳端的诗集。康熙四十四年，博尔都将其康熙丙子自序刻本《问亭诗集》重新进行删订和补充，并在体例上将丙子刻本的分集系诗改为分体系诗，最终编订为十四卷本的《问亭诗集》。康熙五十年，文昭将其诗作编订为《古瓶集》上、中、下三卷，正式独立成集。康熙五十五年，德普将其诗作编订为《修庵诗抄》三卷，并于中秋前三日题写了自序。

----

① （清）博尔都著，黄斌校点：《清代宗室诗人博尔都〈问亭诗集〉校注与研究》，云南大学出版社，2017 年，第 349 页。

② 赵志辉：《满族文学史》（第 2 卷），辽宁大学出版社，2012 年，第 100 页。

总之，从清代第一位宗室诗人高塞尚未具有编订个人诗集的自觉意识，到康熙二十五年吞珠有编订个人诗集的意识，再到康熙三十五年前后岳端、博尔都、吞珠、玛尔浑等人几乎同时编订（刻行）个人诗歌别集盛况的出现，再到康熙朝后期岳端与博尔都诗集的进一步增补修订，以及文昭与德普诗集的编订结集，我们既可以从中清晰地看到清代宗室诗歌风雅的文献自觉是如何从无到有，从有到强的发展变化；也能够从中强烈地感受到清前期的宗室诗人勇于结集刻行并接受汉族文人评骘的自信。这是文昭以"天潢风雅盛"来抒发自豪的坚实基础。

二、清前期宗室王公诗选的辑选自觉

除了宗室诗人别集的编订与刻行之外，宗室王公诗歌选集的辑选之举也是清前期宗室诗歌风雅形成自觉与自信的一种体现。

对于清前期的宗室诗人而言，高塞的诗作曾被王士禛以诗话的形式载录于《池北偶谈》，但他的诗作并未正式被当时的诗选所收录。随着博尔都与岳端登上诗坛之后，这一情况迅速改观，他们的诗作在康熙朝就屡被时人的诗选所选录。仅以博尔都为例，早在康熙十七年（1678 年），他的诗歌就已经被邓汉仪选入了《诗观二集》。此后，陈维崧《箧衍集》、蒋景祁《辇下和鸣集》、王仲儒《离珠集》、沈坚《借题集句》、吴蔼《名家诗选》、陶煊《国朝诗的》等在康熙朝完成的诗选中，皆选录了博尔都的诗作。这是清代宗室诗歌获得清人所编清代诗选重视与选录的开端。

随着博尔都与岳端诗作被当时的诗选所收录，他们也开始尝试参与诗（词）集的编选工作。就博尔都而言，他参与了由毛奇龄主持编选的大型闺阁词集《众香词》"御"集的选辑和校订工作。此外，博尔都还曾参与了汉军旗人洪天桂《知松堂诗钞》的选录与校订工作。就岳端而言，岳端不但同样也参与了《众香词》的辑选和校订工作，而且他还独自完成了《寒瘦集》的选评和刻行工作。

如果说博尔都与岳端的选评工作尚未聚焦于清代的宗室诗人与宗室诗歌，存在缺憾的话，那么玛尔浑与文昭二人则弥补了这一遗憾。关于玛尔浑辑选宗室诗歌之举，昭梿《啸亭杂录》卷六"安王好文学"条云："安节郡王讳玛尔浑……

尝选诸宗室王公诗，为《宸萼集》行世。"① 不过，晚清恩华所编《八旗艺文编目》与徐珂所编《清稗类钞·文学类》之"安王选宗室王公诗"条皆言玛尔浑所选乃是《宸襟集》，非《宸萼集》。这些载述都较为简略，而其他正面描述这本选集的材料又特别少，因而孰是孰非难以从正面下定论。

既然如此，那么我们可以借助反推的方式来帮助我们判断孰是孰非。在文昭《紫幢轩诗》中收录有《自题〈宸萼集〉后五首》，另外雍正年间与文昭有交游的鲍钤在《裨勺》之"宸萼集"条中较为详细的载录云：

> 紫幢王孙所录天潢之诗为《宸萼集》，分上、中、下三卷，共二十八家，计诗三百七十六首，各著小传。自序一篇，撰于圣庙庚寅岁。第一卷中，世庙与焉，盖藩邸之作。余京居时，尝借归颂阅数日，手录其目并序、传藏之。龙吟凤唱，皆太平和吉之音，真足笼盖一代也。臣鲍钤恭纪。②

在鲍钤载录之后，乾嘉间的法式善在《陶庐杂录》卷一也有相关载录。③ 从文字来看，法式善的载录几乎全部抄自鲍钤《裨勺》之言，属于二手材料。再往后，陈康琪《郎潜二笔》关于《宸萼集》的载录，不但与鲍钤《裨勺》极为相近，而且还将"庚寅岁"误抄为"庚辰岁"④，属于转录之后不太可靠的文献材料。总之，综合以上文献材料来看，文昭辑选有《宸萼集》这是确证无疑的。既然《宸萼集》乃文昭所辑选，那么从反证的角度来看，昭梿《宸萼集》之言大概率是误记，应以恩华与徐珂所言《宸襟集》为是。

在确证了《宸襟集》与《宸萼集》各自的归属之后，我们还应该找找二者之间的关系。二书的集名很相近，所选对象（都是顺康间的宗室诗人）在范围上有一定的重合，这些相关性已是学界共识，但是二者在时间上的紧密连接揭示

① （清）昭梿：《啸亭杂录》，中华书局，1980年，第180页。

② （清）鲍钤：《裨勺》，《清代诗文集汇编》（第799册），上海古籍出版社，2010年，第317页。

③ （清）法式善著，涂雨公校点：《陶庐杂录》，中华书局，1959年，第9页。

④ （清）陈康祺编撰：《郎潜二笔》，《近代中国史料丛刊》（第56辑），文海出版社，1973年，第102页。

了二者具有承继关系，这是学界尚未关注到的。

据鲍鉁在《裨勺》所言，《宸萼集》成于庚寅岁（康熙四十九年），这个时间节点颇为微妙。我们需要明确的是，文昭一方面与安王府中的岳端、玛尔浑、吴尔占兄弟三人有较为频繁的交游唱和；另一方面，在玛尔浑薨逝之后，文昭与玛尔浑之子（即承袭安郡王之爵的华玘）仍保持着密切交游。因此，对于玛尔浑辑选宗室诗歌《宸襟集》之事，文昭应当知晓，因而作为晚辈的他，不会齐头并进地着手类似的辑选工作，否则会有掠美、竞胜与抢功之嫌。可让人奇怪的是，玛尔浑刚于康熙四十八年十一月十一日子时薨逝，而文昭却便在庚寅岁（康熙四十九年）完成了《宸萼集》的辑选与作序的工作，如此之神速，这显然不太正常，具体理由有三：其一，因前文所述的原因，文昭不能与玛尔浑同时展开类似的辑选工作，缺少前期的准备，故没有进展神速的合理性。其二，结合《裨勺》所载，《宸萼集》涉及的诗人与诗作数量不算少，篇幅不算小，加之文昭是无爵的晚辈宗室，其所选之人大多是身份显赫的前辈宗室，不可掉以轻心。在编成此集之后，文昭有《自题〈宸萼集〉后五首》，他以“万马奔驰荣利热，有人重下冷工夫”之言表明了此选完成的艰辛与难得，以“半世功勋托彩毫，百年文献敢辞劳”之言总结了这本选集的诗史价值，以“不是天潢风雅盛，由来四始咏振振”[①]之言表明了宗室诗歌风雅之盛。文昭的这些表述都表明如果没有前期准备的话，短期内是难以完成辑选工作的。其三，文昭辑录《宸萼集》时，虚龄年仅三十一岁而已，当时连他自己的诗集都未曾着手编订，怎会忽然心生编选《宸萼集》的兴致呢？

结合这三点疑惑，我们大抵可以推知：由于玛尔浑薨逝，其所编《宸襟集》成为“半成品”，于是文昭在玛尔浑先期辑录《宸襟集》的基础上，踵继性地完成了《宸萼集》的辑选工作。之所以由文昭来接下此任，一个重要的原因是，玛尔浑之子华玘既无心为诗也不长于作诗，难以承继并完善其父辑选宗室诗歌之业。在这样的情况下，交给与安王府熟识且长于诗歌的文昭来踵继此任乃是最佳选择。这便是《宸襟集》与《宸萼集》之间隐秘的承继关系。也正因如此，《宸

----

① （清）文昭：《紫幢轩诗》，《清代诗文集汇编》（第 246 册），上海古籍出版社，2010 年，第395 页。

襟集》不再流传，也鲜有人提及。

在此之后，文昭与塞尔赫等人继续关注宗室诗人与宗室诗集的收录与刻行工作。对此，塞尔赫《过红兰主人牧马庄》中"一剑已知无树挂"之句有注云："曾约紫幢选刻红兰、问亭诗集，至今未果。"虽然二人选刻博尔都与岳端的努力未果，但到了乾隆初年，怡亲王弘晓还是组织人手抄写了四部宗室诗人的诗集，包括：高塞《恭寿堂诗》、德普《修庵诗抄》、吞珠《花屿读书堂小稿》、博尔都《问亭诗集》（部分卷数亡佚或未抄完）。① 弘晓此举其实是踵继了文昭与塞尔赫的工作，在某种程度上弥补了他们的遗憾。总之，从以上宗室诗选的辑选之举来看，清前期宗室诗歌的文献整理自觉已经发展得颇为充分。

小　结

在清前期的宗室诗人中，固然有一些诗人（尤其是皇子诗人）是在政务之余才写诗的，诗歌对他们而言，只是闲暇时的一种寄寓而已，并非性命所系。但不可否认的是，在清前期宗室诗人群体的核心人物——如博尔都、岳端、文昭、恒仁、塞尔赫等人的身上，我们能感受到他们都是非常重视诗歌创作的，已经形成了躭于吟咏的创作自觉，他们承担起了倡起并推动"天潢风雅"的文学潮流不断向前的重任。在他们的交游唱和中，宗室前辈对晚辈有期许与鼓励之言，有延誉提携之举；晚辈对前辈有钦佩与赞赏之语以及羽翼跟随之行。由此，他们在诗坛上凝聚成一个有着特殊亲缘关系与共同志向的团体，成为一股独立的诗坛新兴力量。他们不但勇于刻行个人诗集，直面诗坛的评骘，具备了充分的诗学自信；而且他们还形成了编订个人诗歌别集与辑选宗室王公选集的文献整理自觉。这种自觉与自信，推动着他们共同创造了清前期"天潢风雅盛"这令人自豪的良好态势。总之，无论是清前期宗室诗人的数量，还是吟诗耽咏的创作自觉；无论是交游唱和的诗坛影响力，还是别集的编刻与选集的辑选，这些诸多方面都从

---

① 黄斌：《清代宗室诗学经典之选——兼论山师藏本〈白燕栖诗草〉的文献价值》，《民族文学研究》2011 年第5 期。

事实上表明：清前期宗室诗歌已经形成创作自觉与价值自信。这是清代形成"宗潢人文尤迈往古"① 之盛的内在原因。这种盛况可以进一步表明：清代宗室诗派至康熙朝中期，便已经在事实上形成。这将是本书下一章接着要讨论的内容。

---

① （清）永瑆:《诒晋斋集》,《清代诗文集汇编》（第432册）,上海古籍出版社,2010年,第2页。

第三章　清前期宗室诗歌风雅倡起的
追溯与宗室诗派的提出

在清前期，数量不少的宗室诗人登上诗坛，形成了一定的影响力，取得了一定的成就，这在无形中给清代的诗论者布置了一项重要的诗学任务——从整体上描述清前期宗室诗人群体的壮大与宗室诗歌创作的繁盛，从历时的层面去追溯这一盛况的发展过程并分析这一盛况形成的原因所在。事实上，在当时已经有一些论者意识到了这些问题，开始承担起回应这一诗学命题的任务。例如，文昭是其中较早对这一宗室诗学命题置喙者，他在《自题〈宸萼集〉后五首》的第一首中，以"天潢风雅盛"的诗句，拉开了相关讨论的序幕。此后，以鲍鉁、沈廷芳为代表的汉族诗人以及以恒仁为代表的宗室诗人，相继以"首倡风雅""先后叠起""人文迈往代"等表述追溯了清前期宗室诗歌风雅倡起的历程，以"宗潢派""松间派"等表述揭橥了清前期宗室诗派的形成。

第一节　清前期宗室诗歌风雅倡起历程的追溯与剖析

结合前章所述，文昭所编《宸萼集》成于康熙四十九年（1710），故其所言"天潢风雅盛"的时间大抵也是康熙四十九年。此后，至乾隆十一年，恒仁在《丙寅八月二十六日瀛台赐宴恭纪四首》中也有"天潢风雅盛，献赋有奇才"[1]

---

[1] （清）恒仁：《月山诗集》卷三，《清代诗文集汇编》（第333册），上海古籍出版社，2010年，第241页。

之言。乾隆十五年，永璥作《题敬一主人琼娥图》，他在诗中有"圣朝文艺超千古"① 之言。这三条材料提醒我们，大约在康熙朝中后期至乾隆朝初期之间，宗室文学形成了以诗歌为代表的风雅之盛，而且这种盛况作为一种文学现象，已经被时人清晰地感受到并进行了描述与分析。例如，在雍正年间，金埴《不下带编》卷五云：

> 皇家文藻，自昔推唐，然以较本朝，则唐万不及一。自圣祖仁皇帝与今天子，继列祖右文之洽，御制天章超绝隆古，且前后大修典籍，以弘万世文教，以是天族之彦，矫矫拔俗者，不胜平缕指。如埴所前，有红兰主人（又号玉池生）、拙斋主人，近则紫幢主人（又号茶翁）、潜室主人（即辅国公），咸擅文藻。于皇家始知天族多奇，玉林皆宝，为天下士林千秋斗山之仰去，而独恨草莽小子未获一窥其藩篱也。②

在这段论述中，金埴不但借助"天族之彦，矫矫拔俗"，以及"天族多奇，玉林皆宝，为天下士林千秋斗山之仰去"等表述，概述了清前期宗室诗歌风雅之兴，而且他还从文教的层面，以"右文之洽"与"弘万世文教"之言，概述了清前期宗室诗歌兴盛的原因。又如，乾隆十二年（1714），恒仁病卒，其师沈廷芳在《恒月山墓志》中云："国朝宗潢，人文迈往代。自红兰贝子岳端首倡风雅，问亭将军博尔都、紫幢居士文昭、晓亭侍郎塞尔赫先后迭起，远追汉河间、东平之盛。"③ 总之，文昭和恒仁所言的"天潢风雅盛"、沈廷芳所言的"国朝宗潢，人文迈往代"、金埴所言的"万不及一"，这些表述在本质上都是一样的，都概述了清前期宗室诗歌之盛。当然，相较而言，沈廷芳的表述要更有价值一些：他以"首倡风雅"与"先后迭起"为时间线，列举了岳端、博尔都、文昭、塞尔赫、

---

① （清）永璥著：《益斋诗稿》，《清代诗文集汇编》（第339册），上海古籍出版社，2010年，第182页。

② （清）金埴：《不下带编》，《笔记小说大观》（第四十四编·第10册），新兴书局，1987年，第410页。

③ （清）恒仁：《月山诗集》卷三，《清代诗文集汇编》（第333册），上海古籍出版社，2010年，第216页。

恒仁等有代表性的宗室诗人，具有更加鲜明的追溯宗室诗史的自觉意识。不过稍显遗憾的是，他的意识虽佳，总体论断也不差，但在排序先后与"首倡风雅"的论断这两个细节问题上，有不太妥帖之处。

首先，关于四人排序的问题。博尔都生年早于岳端，塞尔赫生年早于文昭，将博尔都置于岳端之后，将塞尔赫置于文昭之后，这样的排序会导致与"先后迭起"之论不相吻合。

其次，关于"岳端首倡风雅"的论断。结合前章的论述，我们可知：博尔都借康熙十七年诏举博学鸿辞的机会，与毛奇龄、姜宸英、汪琬等一干汉族文人交游，形成诗坛影响力，并且其诗为邓汉仪《诗观二集》所选，成为康熙诗坛的一位名家之时，岳端尚是初学作诗的六龄小童而已，何来岳端首倡风雅与博尔都先后迭起之说呢？据朱襄《红兰集序》所云，岳端"东风居士"的盛名，很大程度得益于博尔都的延誉，在"先后迭起"这一点上，博尔都怎么能排在岳端之后呢？"首倡风雅"之功怎能独算到岳端一人身上呢？有学者认为，岳端首倡之功的表现有二：其一，岳端既乐善、近风雅之士，又亲自为诗；其二，到岳端之后，宗室诗人才真正开始进行诗歌创作。① 这两种解释其实都说不通。首先，高塞、博尔都、吞珠等宗室诗人登上诗坛的时间都早于岳端，而且在清人的论述中，他们都被描述为乐善与亲风雅之士。其次，"亲自为诗"这一说法甚为无解。虽然学界普遍认为乾隆帝有不少诗作是由词臣代笔的，但清代绝大部分宗室诗人的诗歌都是亲自创作的，"亲自为诗"不能作为判断"首倡风雅"的理由。最后，"到了岳端之后，宗室诗人才开始真正进行诗歌创作"这个解释也说不通。铁保《选刻八旗诗集序》云："本朝自定鼎以来，文教之兴，超越前代……其时人才代兴，如敬一主人（高塞）、鄂貌图、卜三元于天聪、崇德间，究心词翰，开诗律先声。"② 虽然铁保"开诗律先声"之言主要是就八旗诗歌而言的，但若只就宗室诗歌而言，作为清代的第一位宗室诗人，谓高塞有"开诗律先声"之功也是完全确当的。在高塞之后，博尔都、福存、吞珠等人的诗歌创作

---

① 韩丽霞：《论〈雪桥诗话〉对岳端诗歌"清婉奇丽"及"首倡风雅"的评价》，《语文学刊》2015年第2期。

② （清）铁保：《惟清斋全集》，《清代诗文集汇编》（432册），上海古籍出版社，2010年，第441页。

也都早于岳端，要论"开始诗歌创作"的话，只追溯到岳端，在时间上显然要晚太多了。如果说高塞、福存、吞珠等人的诗歌成就明显逊于岳端，不符合"真正进行诗歌创作"中"真正"这一限定语的内在要求，所以将他们三人排除在"开始"之列，那么博尔都则又不存在这一情况。因为博尔都存诗 1062 首，在数量上大约是岳端的一倍，在创作水平上与岳端旗鼓相当，说他没有"开始真正进行诗歌创作"的话，显然不妥。

总之，无论如何解释，沈廷芳"岳端首倡风雅"的论断都是有问题的。可惜不少清代论诗者对这一错误不察，在化用或引申沈廷芳之论的同时，也"继承"了这一的错误。例如，道光年间，麟魁为成哲亲王永瑆《诒晋斋集》所作序文云："宗潢人文尤迈往古，自红兰贝子首倡风雅，问亭将军、紫幢居士、晓亭侍郎、月山上公先后继起，提唱宗风，代有闻人，未易更仆。"① 咸同年间，载滢《读红兰主人〈玉池生稿〉》云："天教帝胄开诗宗，一时继起如云从。想见太平启文运，百年景仰难追踪。"② 光绪年间，杨钟羲《雪桥诗话》卷六第三条云："国朝宗潢，人文迈往代，自红兰贝子岳端首倡风雅，问亭将军博尔都、紫幢居士文昭、晓亭侍郎塞尔赫，后先迭起，远追汉河间、东平之盛。"③ 清末民初，徐珂《清稗类钞》"宗潢多嗜文学"条云："宗潢颇多嗜文学者，自红兰主人岳端首倡风雅，而问亭将军博尔都、紫幢居士文昭、晓亭侍郎塞尔赫、瞿仙将军永忠、樗仙将军书诚、嵩山将军永奎，遂相继而起。"④ 以上各种表述虽因在细节上有所补充而略有差异，但从表述方式与基本观点上来看，很明显地是源自沈廷芳之论，因而在"首倡风雅"与"先后迭起"这点上，他们所犯的错误与沈廷芳如出一辙。他们的习焉不察，导致错误陈陈相因，几乎已经成为描述清前期宗室诗歌发展历程的定论，这是我们尤为需要注意辨析的。

当然，也有少数的清代论诗者在借鉴沈廷芳所言的同时，避开了其中的错误。例如，乾嘉年间，昭梿在《啸亭杂录》卷二"宗室诗人"条云："国家厚待天潢，岁费数百万，凡宗室婚丧，皆有营恤，故涵养得宜。自王公至闲散宗室，

---

① （清）永瑆：《诒晋斋集》，《清代诗文集汇编》（第432册），上海古籍出版社，2010年，第2页。

② （清）孙雄：《道咸同光四朝诗史》，上海古籍出版社，2013年，第15页。

③ （清）杨钟羲撰集，刘承干参校：《雪桥诗话》，北京古籍出版社，1989年，第249页。

④ （清）徐珂编撰：《清稗类钞》（第八册），中华书局，1986年，第3861页。

文人代出，红兰主人、博问亭将军、塞晓亭侍郎等，皆见于王渔洋、沈确士诸著作。其后继起者，紫幢居士文昭为饶余亲王曾孙，著有《紫幢诗钞》。"① 昭梿以"自王公至闲散宗室"之语限定了他是从爵位排序的层面而言的，虽然岳端最后被革去了爵位成为闲散宗室，但岳端在诗坛备受瞩目的时段一直是以贝子之爵而被人称道的，故在其所列诸人中以岳端爵位最高，如此一来，将岳端置于首便有了合理的基础。大约与此同时，赵怀玉《亦有生斋集·文集》卷三在为昭梿的《惠苏堂诗稿》作序时云："国朝之制：皇子六龄必出阁就傅，诵读稍暇，游心六艺，外逮宗室学、觉罗学，皆选择教习，立有课程，以故金桢玉干之戚，知名者先后辈出，无不亲贤礼士，以风雅相切劘，诸王宗室中若紫琼、红兰，尤为一代冠冕。"② 这段论述以一个"若"字强调了举例的特性，消解了"先后辈出"所蕴含的在时间线上的考察意图，因而即便他将后出的允禧（紫琼）置于岳端（红兰）之前，我们也都可以接受了。

从赵怀玉与昭梿二人的论述，我们看到：他们虽然受到了沈廷芳所言的影响，虽然依然强调"先后辈出"之意，但他们在表述时增加了其他元素作为考察的限定，已经不完全按照时间先后来举例论述，故而得以避免类似沈廷芳的错误。但这样一来的话，又会导致他们的评述在诗史的概括性与揭示性方面比沈廷芳之论要弱一些。这是我们要辩证对待的。

第二节　清前期宗室诗人的并称品评与
宗室诗派在事实上的形成

并称是一种人物品评的方式，即在不同的人物之间，根据他们之间的相似性，以相提并论的方式，作出肯定性评价。诗人们只要在姓名、字号、家世、籍贯、爵位、艺术风貌、诗学宗尚等任何一个方面包含着共同特质，且创作成就可

---

① （清）昭梿：《啸亭杂录》，中华书局，1980 年，第 34 页。

② （清）赵怀玉：《亦有生斋集》，《清代诗文集汇编》（第 419 册），上海古籍出版社，2010 年，第 558 页。

观，那么就有可能被赋予某个群体性称号而受到标举。诗史上的人物并称多如牛毛，诸如"曹刘""二陆""初唐四杰""公安三袁"之类的并称，可谓家喻户晓。清前期的宗室诗人大多诗、书、画兼擅，加之他们在时代、家世、身份等方面有着诸多相似性，因而在清人的品评中不时会出现涉及宗室诗人的并称现象。例如，沈德潜在为萨哈岱诗集作序时曾言："于北地得晤三诗人，首数塞尔赫，次乃及于英廉、萨哈岱。"① 有这段相提并论性的文字作为基础，后人遂以"北地三诗人"来并称塞尔赫、英廉、萨哈岱三人。又如，永瑢在《题敬一主人琼娥图》中以"诗拟二亭还独步，画增双室并三人"② 之言来夸赞高塞，其中的"二亭"与"双室"就是对清前期宗室诗人的一种并称，他们分别指博尔都（问亭）、塞尔赫（晓亭）、岳端（红兰室主人）、德普（香松室主人）。此外，永瑢在《题唐岱华岳荣秀图》中还以"东唐西柳"的并称来夸赞八旗汉军唐岱与宗室穆禧的诗画造诣。③ 在今人的论述中，李扬则将博尔都、塞尔赫、文昭并称为"宗室三诗人"。④ 这些与宗室诗人相关的并称性评价，概括性强，容易识记，便于流传，属于规范的诗人并称。

除了以上规范的并称外，在清人的诗论中，出现更多的情况是那些将不同的宗室诗人进行相提并论，但在表述上又是不够精炼简洁的评价。例如，康熙三十五年，庞垲《丛碧山房诗四集》卷四之《阅勤郡王及博将军集有赋》云："高皇原自圣，龙种各超群。王子工为赋，将军亦好文。天才同气并，艺苑大名分。再见西园体，长吟过夕曛。"⑤ 此诗的中间二联将岳端与博尔都这两位康熙朝成就最高的宗室诗人相提并论，在异同对比中进行了精到的分析。博尔都与岳端二人有密切的交游唱和，他们的诗歌成就与诗坛影响力大抵相当，是康熙中期宗室诗

---

① （清）鄂尔泰等修，李洵等校点：《钦定八旗通志》（第 3 册），吉林文史出版社，2002 年，第 2066 页。

② （清）永瑢著：《益斋诗稿》，《清代诗文集汇编》（第 339 册），上海古籍出版社，2010 年，第 182 页。

③ （清）永瑢著：《益斋诗稿》，《清代诗文集汇编》（第 339 册），上海古籍出版社，2010 年，第 249 页。

④ 李扬：《八旗诗歌史》，浙江大学 2014 届博士论文。

⑤ （清）庞垲：《丛碧山房诗集》，《清代诗文集汇编》（第 155 册），上海古籍出版社，2010 年，第 272 页。

人群中绝对的核心人物，这样的并称是合理确当的。因此，在庞垲之后，有诸多论者皆将博尔都与岳端并称。例如，文昭《自题〈宸萼集〉后五首》之五有"红兰已死问翁无"之言，呼应了庞垲的评价。启功《题红兰居士墨荷二首》有题注云："余屡获居士遗墨，而问翁之《白燕栖稿》终不可见"云云，并在第二首云："胜因稠迭红兰室，大雅凋零白燕栖。"① 总之，在清人与今人关于宗室诗人的并称性评述中，博尔都与岳端被相提并论的频率是最高的。

除了博尔都与岳端外，清前期宗室诗人的并称性评述还有多种组合。例如，塞尔赫在《与香松德普古瓻论诗口占》中，以"吾家大小阮，文采两翩翩"之句将德普与文昭并称。诗句中的"大小阮"指的是"竹林七贤"中的阮籍与阮咸叔侄二人，世人通常称阮籍为"大阮"，称阮咸为"小阮"。德普与文昭为叔侄关系，以"大小阮"来并称性地譬喻二人是妥当的。不过，需要指出的是，阮籍在各方面都强于阮咸，其"大阮"之称可谓名副其实，而德普虽然在辈分上是文昭的叔辈，但德普的年龄反而要小文昭三岁；虽然德普的官爵比闲散宗室文昭要更为尊贵，但德普的诗歌成就与诗坛影响力却远不如文昭，因而以"大阮"来评价德普，以"小阮"来评价文昭，与事实略有那么一些不贴合。

另外，在《赏雨茅屋诗集》卷二十一《赠宗室豫本》中，曾燠有"君试辄冠军，才名已卓卓。复继花间堂，渊然奏雅乐。清若香松枝，丽比红兰萼"之语，并有"《花间堂诗》慎郡王之集也，香松室主人、红兰主人皆往时宗室诗家"之注。在这一表述中，曾燠将允禧（花间堂）、德普（香松室）、岳端（红兰室）三人进行了并称。曾燠之所以如此并称，一方面是基于诗句修辞表达的需要，毕竟"花间""香松""红兰"在词义与词性上具有相似性，利于格律对仗的谐美；另一方面则是因为他们都是爵位较显、诗歌成就较高的宗室诗人。基于这些共通性，将三人相提并论是自然而然的。

当然，有的时候诗论家受个人情感与价值立场的影响，对乡贤与亲故会过度推崇，导致并称性评价并不符合诗人的实际成就，谀辞的特点较为明显。在这一点上，清前期宗室诗人的并称性评价也不例外。例如，在《赋赠修庵上公》中，文昭以"雅量高情自逸群，红兰逝后独推君"之言，将德普与岳端并举。事实

---

① 启功：《启功全集》（第六卷），北京师范大学出版社，2009年，第15页。

上，德普的成就和影响力较之岳端尚有一定的差距，"独推"之言多少有些夸誉的成分。这或许是基于推隆场合的特定需要而采取的表达策略，或许是文昭的自谦之语，或许是辈分和官爵这两大因素的加权作用要胜于年龄和成就的影响力，但不管是哪种原因，这至少提醒我们，此"独推君"之言只能部分取信。此外，文昭在《题纯斋君画》中云："诗名白燕红兰共，宗伯挥毫莫与俦。信王马射纯君画，尽是吾家第一流。"他将博尔都（白燕）与岳端（红兰）并称并无不妥，但他将吴尔占之子永年（纯斋）与叔伯辈的博尔都和岳端二人相提并论，则显然过誉了。因为无论是诗歌的成就，还是诗坛的地位，或是诗史的影响力，永年都远不如博尔都与岳端，因而此"诗名共"的评价是过誉的。

王宏林指出，诗人之间的并称性评价，是从群体的角度对相关诗人的创作成就和诗坛地位的一种肯定性描述，是诗论家关于当时（或以往）诗坛感受的真实记录，有助于后人了解当时诗坛格局的原始面貌，其中蕴含着丰富的文学史意味，往往成为后代文学史家建构大家序列、划分诗坛格局的重要依据和参考[1]。从上述所引的这些并称宗室诗人的文献材料来看，虽然在某些细部出现了不孚的瑕疵，但整体上还是较为准确地拈出了较为重要的宗室诗人。若从个体层面来看的话，这些被并称的宗室诗人代表着宗室诗歌发展史上的若干重要节点。若从宗室诗歌的总体层面来看的话，这些被并称的宗室诗人是当时诗坛格局的重要呈现。因而，这对我们认识清前期宗室诗歌的发展态势有巨大帮助。基于这一认知，我们可以认为：这些并称性的评价实际上已经帮助我们将清前期宗室诗派的核心人物标举出来了，便于我们将清前期宗室诗派的基本面目与发展脉络粗略地勾勒出来。

第三节　清前期宗室诗派的正式提出

刘跃进指出，诗人并称的现象有时候是某一时期文坛横断面的扫描，有时候

---

① 王宏林：《乾嘉诗学研究》（上），百花洲文艺出版社，2017 年，第 58 页。

是某种风格集中的呈现，有时候是某种文学流派的表现形态。① 换言之，上节所讨论的清前期宗室诗人的并称与并称性评价，是清代的宗室诗派在清前期这一特定阶段中的特殊缩影，是清代宗室诗派被诗论者识别并标举的一种支撑和倚借。与这些并称和并称性评价相生，清代的宗室诗派很快便在雍正年间被清诗论者正式提出。

一、清代宗室诗派的正式提出

如果我们翻阅历史文献与诗文作品，我们就会发现一个既与宗室相关，又与宗派相关的词汇——"天潢宗派"出现的频率较高。例如，在《大清会典·宗人府》《皇朝通志》《皇朝通典》《历代职官表》等历史文献中，都有关于"天潢宗派"的说明；在诗文与笔记作品中，铁保《选刻八旗诗集序》有"自天潢宗派并八旗满洲、蒙古、汉军、名公巨卿，绅士布衣以及闺阁能诗者"② 之言；在赵慎畛《榆巢杂识》卷上有"画多有钦训堂藏印，主人名允敬，亦天潢宗派"③ 之语。可惜的是，在以上所列的材料中，"天潢宗派"之"宗派"的含义都更偏于政治性意味，都意在强调皇族子孙后裔的特殊政治身份之意，而不太含有艺术性意味，并不是强调诗歌流派的崛起与独立。

除了"天潢宗派"这一较为正式的说法外，在诗词中，受格律与篇幅限制等方面的影响，清代的诗人词客们比较少使用"天潢宗派"这一表述，而是更偏爱使用具有缩略性质的"天潢派"这一表述。例如，岳端《菩萨蛮·题画桂赠从孙昭》所言的"君亦天潢派"；④ 陈梦星（浒江）《题紫幢主人寒斋读书图》所言的"不须更说天潢派，只此当封好学侯"；⑤ 金甡《宗室羲文编修达麟图以指头画扇索题画无奇特而扇制殊异为咏一篇》所言的"达生天潢派"；⑥ 顾八代

---

① 刘跃进编：《中国古代文学通论·魏晋南北朝卷》，辽宁人民出版社，2005 年，第 167 页。

② （清）铁保：《惟清斋全集》，《清代诗文集汇编》（432 册），上海古籍出版社，2010 年，第442 页。

③ 张小庄：《清代笔记、日记绘画史料汇编》，荣宝斋出版社，2013 年，第 209 页。

④ （清）岳端著，陈桂英校：《玉池生稿》，天津古籍出版社，1990 年，第 93 页。

⑤ （清）杨钟羲撰集，刘承干参校：《雪桥诗话余集》，北京古籍出版社，1989 年，第 171 页。

⑥ （清）金甡：《静廉斋诗集》，《清代诗文集汇编》（第 299 册），上海古籍出版社，2010 年，第102 页。

《诚王枉驾草堂》所言的"敢劳冠冕天潢派，来访蓬蒿野老家"①，以及《禁中侍读》所言的"帝子天潢派，彤宫有杏坛"②，等等。在这些表述中，"天潢派"的含义与前文所言的"天潢宗派"一样，都偏于政治与家族的层面，更强调皇族子孙后裔的身份，文学与诗歌的意味甚少，未含有"诗派"的意味。

　　当然，由于宗室皇族（尤其是帝王）在政治、权势、财富等方面有着高人一等的特权，这种特权自然带来了与众不同的风格与气度，因而"天潢宗派"与"天潢派"在清人的论述中也日渐含有风格、气度、流派之意。例如，清宫戏《法宫雅奏》的《忆汉月》一曲云："尧舜欣逢昭代，普照恩光无外，万方仁寿陟春台，四处祥烟淑霭，龙楼占瑞，端的是天潢宗派。又看兰玉苗荪枝，开到几茎蕖荚。"此处的"天潢宗派"是指皇家园林建筑所呈现的一种富贵升平的风格与气象。就诗歌层面而言，也可找到四例强调风格与流派的"天潢派"的表述，具体如下。

　　其一，鲍鉁《道腴堂诗编》卷十四《论诗绝句四十首》的第二十二首云："茶老（紫幢王孙）波澜独老成，一编宸萼聚精英，论诗亦贵天潢派，半岭鸾吟凤唱声。"③ 另外，他在同卷的《紫幢王孙五十寿宴诗》的第二首中又云："诗录宗支传大雅（王孙选宗室若干家诗为《宸萼集》），史尊同姓表诸王。"④ 鲍鉁的"亦贵天潢派"与"宗支传大雅"的评语是基于文昭编选宗室王公诗集《宸萼集》的价值与意义而下的论断，而选集或总集通常又被视为某个诗派得以形成的重要基础或主要标志之一。由此可知，鲍鉁"天潢派"之论已经含有较为浓厚的宗室诗派的表达意味，可以视为清人正式拈举宗室诗派的先声。结合文昭"五十寿"的创作背景来推考的话，鲍鉁以"天潢派"来标举宗室诗派的时间应当是在雍正七年（1729）前后。

----

　　① （清）顾八代：《敬一堂诗钞》，《清代诗文集汇编》（第154册），上海古籍出版社，2010年，第578页。

　　② （清）顾八代：《敬一堂诗钞》，《清代诗文集汇编》（第154册），上海古籍出版社，2010年，第586页。

　　③ （清）鲍鉁：《道腴堂诗编》，《清代诗文集汇编》（第267册），上海古籍出版社，2010年，第115页。

　　④ （清）鲍鉁：《道腴堂诗编》，《清代诗文集汇编》（第267册），上海古籍出版社，2010年，第144页。

其二，在《月山诗集》中，恒仁有一首《吾宗室柳泉先生工诗善画未获侍教先寄是诗》，诗云：

> 康熙诸王孙，文章一聚会。河间与东平，英声遍四海。我后二十年，诗笔有人再。泓渟柳下泉，直接松间派（松间，红兰主人诗集名。注：红兰讳岳端，原封固山贝子）日余生后时，门墙隔涛濑。死者去已远，生者犹足赖。誓将载一卷，束脩脩再拜。应念同岑草，未忍麾户外。①

这是作为"同岑草"的恒仁谋求向宗室前辈穆禧问学的一首拜谒诗。作为阿济格的后裔，恒仁因为受到诡谲政治风云的影响，获得封爵不足一年旋即又失爵，只能闭门索居读书，这导致他陷入"无人广见闻"（《题书斋壁》）的窘迫，使得他心生"吾过在离群"（《题书斋壁》）的深深遗憾。而高寿的穆禧年纪仅比岳端小六岁，他了解当年"康熙诸王孙，文章一聚会"的盛况，故恒仁以"直接"之言表达了对穆禧的尊敬与仰慕之心，希冀通过求教的方式来弥补"隔涛濑"的遗憾。此诗的诗史揭示价值是丰富的。一方面，恒仁以"康熙诸王孙，文章一聚会。河间与东平，英声遍四海"之语，概括性地指出了宗室诗人群体在康熙朝中后期的强势崛起。另一方面，在这群宗室诗人中，岳端的影响力最大，故恒仁从岳端"松间草堂"的书斋号中提炼出了"松间派"这一表述，用来概括当时已经在事实上形成的宗室诗派。这意味着，在主动向宗室前辈求教的语境下，恒仁已经在诗派标举的层面上完成了对清前期宗室诗歌发展情况进行描述和总结的历史任务。在此诗之后，恒仁作有《古诗为叔父寿》，该诗有"甲寅"的题注，可知作于雍正十二年（1734）。据此推知，恒仁这首拜谒诗也应当作于雍正十二年左右。换言之，恒仁以"松间派"倡举清代宗室诗派的时间与鲍鉁大体是相近的，他们的标举之举并不是偶然为之的个案，而是宗室诗歌发展进程的一种必要要求。

----

① （清）恒仁：《月山诗集》，《清代诗文集汇编》（第333册），上海古籍出版社，2010年，第230页。

其三，嘉庆七年（1802），法式善在《存素堂诗初集录存》卷十四《壬戌奉校八旗人诗集意有所属辄为题咏不专论诗也得诗五十首》中，有一首题为《白燕栖稿》的论诗诗，该诗云："将军爱宾客，交接尽名流。派衍红兰室，情余白燕楼。"[①] 法式善的"派衍"云云，虽然受了沈廷芳言之不谨的影响，在诗人之"衍"的先后排序这一细节上略有不确，但重要的是，其所言之"派"与恒仁所言的"松间派"一样，都含有了宗室诗派的意味。

其四，在咸同年间，载滢的《读红兰主人〈玉池生稿〉》云："天教帝胄开诗宗，一时继起如云从。想见太平启文运，百年景仰难追踪。"[②] 此诗"开诗宗"之"宗"乃是"宗派"之意。在他看来，清代的天潢诗派已经形成，而且是从岳端开始形成的。

综上所述，清代的宗室诗派最早是由鲍鉁与恒仁在雍正朝的中后期，分别以"天潢派"与"松间派"的提法，相继标举出来的。其中，鲍鉁的"天潢派"是清代宗室诗派的泛指性提法，而恒仁的"松间派"则是清代宗室诗派在康熙朝的特指性提法，它特指在康熙朝以岳端为核心人物的宗室诗派。在鲍鉁与恒仁之后，法式善在嘉庆初年，载滢在咸同年间，都以各自的方式标举了清代的宗室诗派。这四条材料表明：清代的宗室诗派不但在清前期已经正式形成并崛起于诗坛，而且已经被当时的诗论者（以鲍鉁与恒仁为代表）所意识到并正式标举出来，并且在此后（以法式善与载滢为代表）也不乏回应者。

二、关于清代宗室诗派的理解

虽然鲍鉁、恒仁、法式善、载滢等人已经意识到宗室诗派的形成并以各自的方式标举了宗室诗派，但遗憾的是，他们的表述都是以诗句的方式提出的，受诗体、格律、篇幅等方面的限制，在行文上都只能是一笔带过而已，因而他们只是完成了正式提出清代宗室诗派的历史任务而已，关于宗室诗派的理论建构——例如，风格特色、理论创获、地位作用等诸多方面的阐述，他们都未曾展开，故于

---

① （清）法式善：《存素堂诗初集录存》，《续修四库全书》（第 1476 册），上海古籍出版社，2010年，第 569 页。

② （清）孙雄：《道咸同光四朝诗史》，上海古籍出版社，2013 年，第 15 页。

此简要谈谈笔者关于清代宗室诗派的理解。

首先，就成员构成而言。由于宗室诗人有狭义与广义之分，因而清代的宗室诗派也有狭义与广义之别。狭义的宗室诗派是不包括帝王诗人与女性宗室诗人的，而广义的宗室诗派则包括。虽然狭义的宗室诗派的构成人员都是除帝王以外的男性宗室，具有一定的共通性，但受国运、时代、政治、爵位等因素的影响，不同阶段的宗室诗人在识见、气度、风神等方面还是会有较大的差别。因此，宗室诗派在具有外在一致性的同时，其内里却又是丰富的、驳杂的、差异悬殊的。

其次，就时段划分而言。清代的宗室诗派应该是一个涵盖整个清代的宗室群体的诗歌流派，它的发展历程实际上是整个清代宗室诗歌的发展历程。考虑到清代立朝将近三百年，时段甚长，故可将清代宗室诗派（宗室诗史）的发展态势划分为若干阶段。笔者倾向于划分为四个时期：清前期（以顺治、康熙、雍正三朝为主）、清盛期（以乾隆朝为主）、清中期（以嘉庆、道光二朝为主）、清晚期（以咸丰、同治、光绪、宣统四朝为主）。

再次，就发展进程而言。清前期的宗室诗派，始于"开诗律先声"的清代第一位宗室诗人高塞。由于高塞主要活跃于顺治朝末期以及康熙朝初年，且其生平的主要经历是在关外守陵，其交往的文人以流人和方外人士为主，其与清代主流诗坛的关系不太密切，存世数量较少，成就有限，知晓的人不多，故后人在论及宗室诗派时大多都忽略了他。康熙朝十七年（1678）左右，以博尔都和吞珠为代表的宗室诗人接过高塞之棒，开始登上诗坛，形成影响力，小有名气。康熙三十五年前后，博尔都与岳端成为宗室诗人群的双子星，玛尔浑、吞珠、塞尔赫、德普、文昭、恒仁等宗室诗人成为后继的中坚力量，在他们身后有数十位宗室诗人羽翼影从，展现了宗室诗人这个特殊群体的创造力与影响力，形成了清前期的宗室诗派。因而清代的宗室诗派是在康熙朝中期（康熙三十五年前后）正式成形的。

最后，清前期的宗室诗派以宗唐为主要的诗学取向，诗作以"清新"为主要风格。就水平与价值而言，这些清前期的宗室诗人的诗歌成就虽不及一流的汉族诗人，但他们在应制、题画、赠答、山水、送别、骑射等题材的书写上有较多的实践，实现了一定的开拓。虽然他们没有提出特别有影响的诗歌理论，没有撰成特别引人注目的诗学著作，但他们所倡举与追求的"有会而作""不求工"

"诗贵专诣"等创作原则，还是有着一定的现实启示意义的。受篇幅与体例之限，于此不便展开，留待下一章再细论。

三、宗室诗派与北方诗派、八旗诗派的对比分析

在清代的诗论中，有两个与"宗室诗派"相近且有交叉的概念——"北方诗派"与"八旗诗派"。为了更好地理解和把握宗室诗派，于此将这三个相近的概念进行对比性考察。

首先，就诗派名称的标举而言。"宗室诗派"早在雍正年间就已经被鲍鉁与恒仁正式提出，是三个诗派中标举时间最早的。"北方诗派"最早是在光绪年间由杨钟羲在《雪桥诗话》卷四中提出的，其云："梧门祭酒有《奉校八旗人诗集题咏》五十首，虽采葺尚未能备，评骘亦未尽允，然亦可见北方诗派之大凡。"[①]至于八旗诗派，就寓目所及而言，清人只有"八旗诗人""八旗诗歌""八旗诗话"等表述与相关著作，未正式使用"八旗诗派"这一表述，因而"八旗诗派"的正式标举是由当今学人来完成的。例如，魏中林在总结法式善的诗学成就时曾有"综合研究八旗诗派的开创者"[②]之言，可惜他只是一笔带过，没有深入展开。此后，李扬的《论"八旗诗派"之崛起——以清初诗歌总集收录八旗诗人情况作为考查点》是首篇专论八旗诗派的论文，可惜该文也只强调了八旗诗派在事实上形成与崛起的过程，并未涉及"八旗诗派"作为一个流派被标举的过程。[③]总之，就标举的时间来看，"宗室诗派"提出的时间最早，其次是"北方诗派"，最晚的则是"八旗诗派"。

其次，就诗派成员的构成范围而言。宗室诗派中的"宗室"与八旗诗派中的"八旗"都是有着鲜明政治色彩的概念，它们的内涵与外延都比较明晰。从含属关系来看，宗室群体乃是八旗群体的一部分，宗室诗人都可归属为八旗诗人，因而宗室诗派自然也可以视为八旗诗派的一个子流派。而"松间派"作为

---

① （清）杨钟羲著，雷恩海、姜朝晖校点：《雪桥诗话全编》（一），人民文学出版社，2011年，第238页。

② 魏中林：《清代诗学与中国文化》，巴蜀书社，2000年，第34页。

③ 李扬：《论"八旗诗派"之崛起——以清初诗歌总集收录八旗诗人情况作为考查点》，《满族研究》2013年第1期。

康熙朝中期以博尔都和岳端为核心的一个宗室诗派，则又是宗室诗派的一个子流派。因此，他们三者的关系是：八旗诗派＞宗室诗派＞松间派。

相较而言，北方诗派中"北方"的意涵较为含混，既包含地域（乡土）性，也包含民族性，外延最广，因而各方的理解存在着差异。总体来看的话，以张菊玲、汤晓青、张佳生、赵志忠为代表的当今学人主要从民族文学的角度切入，强调了"北方诗派"特有的满族文学流派的意涵。而韩丽霞则认为，杨钟羲《雪桥诗话》在讨论北方诗派时，一共列举了 63 位诗人，他们虽以八旗诗人为主，但又不局限于八旗，还包括了少部分的汉族文人，因而"北方诗派的范围可再扩大一些"①。韩丽霞的看法是比较契合实际的。由此，按成员构成范围大小来看，这四种提法之间的关系是：北方诗派＞八旗诗派＞宗室诗派＞松间派。若用含属图来表示的话，则如下：

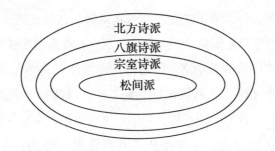

再次，就诗派意涵的阐说而言。虽然宗室诗派被标举的时间最早，但除了笔者于本章有所阐述外，尚未有人展开过专门的阐说。相较而言，"八旗诗派"与"北方诗派"则都已有学者进行过阐说。关于八旗诗派，李扬通过对清初诗歌总集中八旗诗人及作品的统计分析，认为当时的诗坛已经将"八旗诗派"纳入了研究视野，认可了八旗诗人在诗坛所占地位、创作成就以及诗坛影响。② 总体来看的话，他的论述更多的还是偏于"八旗"这个关键词，对"派"这个关键词的阐说仍不够充分。目前，关于北方诗派的讨论是最为深入的。杨丽霞总结认

---

① 韩丽霞：《论清代北方诗派在中国诗歌史上的地位和价值》，《满族研究》2020 年第 2 期。
② 李扬：《论"八旗诗派"之崛起——以清初诗歌总集收录八旗诗人情况作为考查点》，《满族研究》2013 年第 1 期。

为，光绪间杨钟羲在《雪桥诗话》正式提出"北方诗派"之说时，就以较大篇幅列举了 63 位代表性诗人与诗作，论述了北方诗派的民族、地域（乡邦）文学的风貌与特色。① 在杨钟羲之后，以张菊玲、汤晓青、张佳生、赵志忠、韩丽霞为代表的当今学人，陆续撰文阐述了他们对北方诗派的理解。因此，相较于宗室诗派与八旗诗派而言，北方诗派的理论阐说目前是展开得最充分与最深入的。

不过，话又说回来，虽然学界关于北方诗派的理论阐说已经进行得比较充分和深入，但仍有一些问题值得我们加以思考。例如，清人在评价宗室诗人时，或多或少地都会涉及"南人"与"北人"的差异性与交流融合性的话题，对这个话题加以考察的话，将有助于我们理解北方诗派的理论意涵。

先谈差异性。一些清人在论及宗室诗人时，为了强调宗室诗人的好学，通常会将宗室诗人置于与"北人"相比较的语境下去阐扬，表明这些宗室诗人有"南人"的好学之风。例如，沈季友在《红兰集序》中以"翻墨庄之目次，错呼北地词人"来赞赏岳端的谦和与好学。此外，一些宗室诗人在诗作中会论及"南人"与"北人"在文化习俗上的差异。例如，文昭的《鸾枝花同晚雷外甥范光远分韵》有"北地旧来传异种，南人乍见动新吟"之句，《黄芽菜》有"南人偏护短，只解忆丝莼"之句，《无花果二首》之二有"列种寰栽比户皆，北人兴致苦无佳"之句，《银茄》有"颜容云母似，滋味北人耽"之句，《抱鸡》有"北人重孳畜，禁忌抵吴蚕"之句。在这些诗句中，"南人"与"北人"都是指普通意义上的南方人与北方人，强调的是其中的差异性。如果说这些差异性更偏于生活习俗与社会文化的话，那么也有一些材料是偏于诗歌风貌的。例如，据《八旗通志》卷一百二十"艺文志"之"晓亭诗钞"条所载，沈德潜在为萨哈岱诗集作序时曾言："于北地得晤三诗人，首数塞尔赫，次乃及于英廉、萨哈岱。"② 此处的"北地"既有泛指北方之意，又在特定的语境中暗含着特指八旗诗人之意。另外，沈德潜在《清诗别裁集》卷三十"恒仁"条有"吐属皆山水清音，北方之诗人也"③ 的表述。此处"北方之诗人"的表述可视为杨钟羲"北

------

① 韩丽霞：《论清代北方诗派在中国诗歌史上的地位和价值》，《满族研究》2020 年第 2 期。

② （清）鄂尔泰等修，李洵等校点：《钦定八旗通志》（第 3 册），吉林文史出版社，2002 年，第2066 页。

③ （清）沈德潜选编；吴雪涛，陈旭霞点校：《清诗别裁集》，河北人民出版社，1997 年，第614 页。

方诗派"相关论述的先声与铺垫。总之，从这些差异性出发，构成"北方诗派"的"北人"确实具有较强的民族与地域色彩。

接着谈交流与融合性。文昭的《有言予诗似南人作者解嘲一绝》云："氍氀心情百不堪，独于佳句尚能耽。须知一滴曹溪水，佛性元无北与南。"这首诗提示我们：在当时，已有论者认为文昭的诗风受到了南方汉族文人诗风的影响，在他的身上，北方少数民族诗风的特点已经不那么明显和突出。对此，文昭以"佛性元无北与南"之句，强调了"南"与"北"之间除了民族与地域的外在差异性之外，在本质内里上还有着重要的交流与融合性。

总之，当我们论及"北方诗派"时，固然要在整体上强调其中的民族与地域色彩，但不能因此而将"南人（方）"与"北人（方）"对立起来，忽略了满汉诗歌交流融合的互动性，否则这会导致宗室诗歌、八旗诗歌与北方诗歌在细节性、丰富性与启示性等方面遭受到价值的贬损。

小　结

清人对"宗潢人文"的"首倡风雅"与"先后迭起"的发展历程进行了追溯，对康熙朝以来所形成的"天潢风雅盛"的发展态势进行了总结，借助并称与并称性评价来描述了当时的宗室诗坛格局。在此基础上，他们正式标举出了清代宗室诗派。虽然清人尚缺乏深入讨论宗室诗派的理论建构自觉，在关于宗室诗派理论意涵的阐说上没有什么创获，但已经是难能可贵的了。我们可以在他们的基础上，对清代宗室诗派的风貌与宗向等理论问题展开进一步的探讨。这正是本书下一章所要涉及的。

第四章　清前期宗室诗歌的风貌与宗向

虽然清前期宗室诗人的生平履历、个性气质、学识能力等诸多方面皆有不同，进而导致他们在诗歌风貌、诗学思想等方面存在差异，但基于"清前期"与"宗室"这两种共同的限定，在他们千差万别的背后，还是有一些共性特征将他们凝聚为一个有机的群体。基于此，本章将从整体上讨论清前期宗室诗歌的风貌、宗室诗人的重要诗论与诗学宗向。

第一节　清前期宗室诗歌宗唐的整体取向

"唐宋诗之争"是横贯清代的一个重要的诗学问题。总体来看，清初诗坛虽短暂出现过宗宋风潮，但主流取向还是宗唐，清前期的宗室诗歌也不例外，大体以宗唐为主，具体体现在如下几个方面：

其一，体现在成就较高的代表性诗作中。例如，沈德潜评博尔都的《雁》有"意不必深而韵远，自为唐音"① 之言；评恒仁的《玉泉禅院》有"孟山人风格"② 之言；评德普的《中秋无月》有"于无情处写情，得唐人三昧"③ 之言。沈德潜论诗宗唐，其《清诗别裁集·凡例》也明确表达了"所选风调、音节俱近唐贤"④ 的标准，这使得他比较容易看到以上这些宗室诗歌所展现的唐诗风貌。但即便如此，这些诗作本身首先也得需要体现出唐诗的风貌，蕴含着唐诗的

---

① （清）沈德潜著，吴雪涛、陈旭霞点校：《清诗别裁集》，河北人民出版社，1997 年，第382 页。
② （清）沈德潜著，吴雪涛、陈旭霞点校：《清诗别裁集》，河北人民出版社，1997 年，第614 页。
③ （清）沈德潜著，吴雪涛、陈旭霞点校：《清诗别裁集》，河北人民出版社，1997 年，第614 页。
④ （清）沈德潜著，吴雪涛、陈旭霞点校：《清诗别裁集》，河北人民出版社，1997 年，第1 页。

风神，才能入得了沈德潜的青眼，才能入选《清诗别裁集》，才能获得相关的赞誉。因此，这些被选入的代表性诗作，在某种程度上还是揭示了清前期宗室诗人的宗唐取向。

其二，体现在诗歌的取法对象上。清前期的宗室诗人大多以唐代诗人或学唐的诗人作为取法对象。关于以唐代诗人为取法对象者，岳端喜好李商隐，故取李商隐"玉池荷叶正田田"句意，自号为玉池生；沈德潜以"诗宗唐人"① 来评价允禧；恒仁《寿叔父二首》以"论诗宗白傅"来评价经照；敦诚《鹪鹩庵笔麈》对经照也有相似的评价云："先定庵公有数癖，一田猎，一昆山歌舞，一养花，一酿酒，一白香山诗。"② 关于以学唐的诗人作为取法对象者，朱襄与沈季友对岳端分别有"其诗之全体西昆"与"平日积勤西昆"的评价；③ 永瑹《叠前韵赠松月主人》对永瑢则有"渔洋衣钵许君分"④ 的评价。西昆体与王士祯都以宗唐而知名，这些推崇和学习他们的宗室诗人自然也持有宗唐取向。

其三，体现在学诗入门的取法路径中。陶之典的《玉池生稿序》在介绍岳端的学诗经历时云："时时取唐人绝句，抄写吟诵以为乐。"⑤ 文昭的《古瓶集·自序》在介绍自己的学诗路径时云："从游新城公之门，乃始取少陵、摩诘、苏州诸诗，潜心熏习之。"⑥ 此外，据冯文开考察，文昭或直接将唐诗中的诗句未加变动地引入诗歌创作中，或化用唐诗的诗句熔铸到自己的诗歌创作中，或按照唐诗的原韵、原字和用韵的次序进行和诗，或效仿唐代诗人的诗风与体貌来创作诗歌，这四个方面表明文昭受唐诗的影响极大。⑦

其四，体现在诗歌选评实践上。岳端选评并刻行了主推唐代诗人贾岛与孟郊的《寒瘦集》。文昭曾汇录王士祯的诸本唐诗选集，编成了《广唐贤三昧集》，

---

① （清）沈德潜著，吴雪涛、陈旭霞点校：《清诗别裁集》，河北人民出版社，1997 年，第613 页。

② （清）敦诚：《四松堂集》，上海古籍出版社，1984 年，第 335 页。

③ （清）岳端著，陈桂英校：《玉池生稿》，天津古籍出版社，1990 年，第 103－104 页。

④ （清）永瑹著：《益斋诗稿》，《清代诗文集汇编》（第 339 册），上海古籍出版社，2010 年，第 183 页。

⑤ （清）岳端著，陈桂英校：《玉池生稿》，天津古籍出版社，1990 年，第 105－106 页。

⑥ （清）文昭：《紫幢轩诗》，《清代诗文集汇编》（第 246 册），上海古籍出版社，2010 年，第 369 页。

⑦ 冯文开：《论满族诗人文昭对唐诗的接受》，《内蒙古大学学报》2015 年第 3 期。

依初、盛、中、晚，分前、正、续、后四编，全部手书而成；又抄选了王维、李白、杜甫、韦应物、杜牧等五家唐人之诗，合为《三唐诗管》。如此耗费精力（财力）来编选（刻行）唐人诗作（选），可见岳端与文昭的宗唐取向。

其五，体现在诗学思想的表述上。塞尔赫曾参与吕宣曾《柏岩诗集》的选定工作并作序云："诗以专诣为境，饶美为材，师匠宜高，捃拾宜博。四者未备，而诗之能事未易言也。"① 此"专诣"之论并非塞尔赫首倡，而是出自王世贞《艺苑卮言》卷一："世人选体，往往谈西京、建安，便薄陶、谢。此似晓不晓者。毋论彼时诸公，即齐梁纤调，李杜变风，亦自可采。贞元而后，方足覆瓿。大抵诗以专诣为境，以饶美为材，师匠宜高，捃拾宜博。"② 明代诗学宗唐的旗帜非常鲜明，王世贞是明代诗学的代表性人物，塞尔赫的诗学思想受到了王世贞的影响，这在某种程度上揭示了塞尔赫的诗学思想也有宗唐的取向。此外，文昭在诗中也曾多次表达过宗唐之意，例如，"明窗试墨钞唐律"（《二十九日闺中作》）、"论诗遡宋唐"（《上巳夜》）、"谈诗辩唐宋"（《郑老》）、"诗人法脉宗唐代"（《四月晦日》）、"论诗辩宋唐"（《与玉生范某露坐小饮赋诗同用凉字》）等句，这些诗句通过"辩唐宋"来强调"诗歌法脉"，体现出文昭鲜明的宗唐取向。

其六，体现在时人与今人的总体评价上。例如，岳端《冬日集古香斋同问亭兄暨诸子分韵》以"才调尽三唐"③来评价玛尔浑、博尔都等诸位宗室诗人的气质风神。又如，文昭《编次先三叔恪敏公遗稿泫然有作五首》之三以"香山居士定前身"来评价吞珠，揭示了吞珠的宗唐取向。再如，沈德潜《清诗别裁集》以"辨唐、宋之分，如渑、淄然"来评价塞尔赫。④ 关于这条评价，有学者认为：

渑、淄为山东二水名，二水味道本各不相同，但是合流后却不易分

① （清）吕宣曾：《柏岩诗集》，《清代诗文集汇编》（第276册），上海古籍出版社，2010年，第323页。

② （明）王世贞著，陆洁栋、周明初批注：《艺苑卮言》，凤凰出版社，2009年，第11页。

③ （清）岳端著，陈桂英校：《玉池生稿》，天津古籍出版社，1990年，第13页。

④ （清）沈德潜著，吴雪涛、陈旭霞点校：《清诗别裁集》，河北人民出版社，1997年，第615页。

辨其味道，比喻物极必反的一种道理。他虽然主张要分别看待唐宋之别，但是也强调不必一味关注其外在形式差异之处，应该持一种兼容并收，取其精华去其糟粕的态度，学习掌握二者之神。否则，即会像渑、淄二水，过于强调差异或者过于强调其一致性，必然会适得其反。诗歌本是主情的艺术，作品都是为了抒发主体内在的情感而已。塞尔赫在"唐、宋之辨"上所持态度是一致的。这种态度体现了塞尔赫对诗论的兼容性和科学性、进步性。从另一个层面来讲，也显示出了当时一些文人一味拘泥于唐宋诗歌朝代之分、诗体之分、风格之分等等一味强调其差异性的狭隘和疏浅鄙陋。①

笔者认为：此段分析误解了沈德潜的原意。虽然渑、淄二水味道有异，但合则难辨，故"辨渑淄"通常用来强调：在不易区分辨认的大同中辨出细微之异的独特能力与严谨追求。沈德潜此言重在"辨唐、宋之分"，其用意实际上是赞扬塞尔赫在宗唐取向上的严谨与纯然，而不是赞扬塞尔赫在唐宋诗之间的兼收并取。

当然，在强调清前期宗室诗人总体宗唐的同时，我们有两点是需要注意的。其一，即便他们在整体上宗唐，但具体到不同的宗室诗人以及不同的创作阶段，他们所宗的唐人与唐诗也会有所不同。其二，部分宗室诗人在宗唐的同时，也逐步出现了向宋人学习的新趋向。正是由于这两个方面的存在，清前期的宗室诗歌才没有因为整体宗唐而显得单调，能够呈现出一定的丰富性与多元性。

首先，我们来讨论清前期宗室诗人在宗唐取向上的丰富变化与多元性。就这一点而言，岳端是一个极佳的范本。姜宸英《玉池生稿序》云："于诸集中，有体兼浓严清逸者，义山、重光之遗调也；寄情激昂、飙驰淜发而不可遏抑者，鲍明远之宕轶、高达夫之悲壮也。"② 姜宸英此言，从横向层面指出了岳端早期宗唐的多元与丰富性。从纵向发展层面来看，岳端取法对象的先后变化也能体现出这种丰富性与多元性。岳端早年喜好李商隐，其诗集中大量的《无题诗》便是

---

① 多洛肯、刘美霞：《"以诗为性命"——塞尔赫诗歌刍论》，《大连民族学院学报》2013 年第6 期。
② （清）岳端著，陈桂英校：《玉池生稿》，天津古籍出版社，1990 年，第100 页。

效仿李商隐之作。中年开始喜好元、白之诗,其诗集中的《阅白香山集喜鸭头雁齿句因赋》《步白乐天韵五首》《步元微之韵五首》等作,便是生动体现。晚年受到削爵打击之后,岳端转而倡举贾岛与孟郊之诗,选评并刻行了《寒瘦集》。总之,岳端诗歌宗唐的总体取向虽然未变,但在不同的时期,受经历与心境的影响,他的诗歌追求会相应地发生变化,进而导致其所宗的诗人也会有所不同,呈现出丰富性与多元性。

其次,我们来讨论清前期宗室诗人开始越出唐人藩篱,向宋人学习的一面。就这一点而言,最佳的考察范本则非文昭莫属了。虽然文昭强调"唐宋之辨",但他在中晚年也有不少效仿宋人的诗作。例如,《十寒诗仿刘后邨体同老友尤玉田埰作》效仿宋人刘克庄,《石堡一首效诚斋体》效仿宋人杨万里,《寒夜拥炉效范陆体时小屋料理初毕》效仿宋人范成大与陆游。在文昭所学的宋人中,以范成大的影响最巨,具体包括如下方面。其一,他平时爱读范成大之诗,故其诗有"消夏近来无别物,宛陵诗与石湖诗"(《曳履斋消夏二首》)之言。其二,他曾以"我是当年范石湖"(《闻纯斋君出塞遇虎口占二绝以讯之》)自谓。其三,从《到邨五十余日懒不赋诗五月望后晚雷过访流连旬日遍游近邨吟兴忽发遂同拈石湖杂兴聊记一时之事时当夏日义取田园非敢效颦古人也》《廿八日谒岳庙用石湖安福寺礼塔韵》的诗题,我们可知他袭取范成大诗作的诗义与诗韵来创作自己的和诗。其四,在《雪夜》《守岁口占》等诗中,他以出注的方式,直接说明借用了范成大的现成诗句。其五,他在诗歌的体式与风貌上也有过学范成大的尝试,《寒夜拥炉效范陆体时小屋料理初毕》便是生动地体现。

需要指出的是,中晚年的文昭虽有向以范成大为代表的宋人学习的新趋势,但这并不意味着他在诗学上转向了宗宋。因为早年的范成大虽然受到了江西诗派的影响,但后来范成大出现了转向学习晚唐诗风的一面,故其诗歌平易浅显、清新妍媚,具有一定的唐人韵味。此外,文昭效仿频率较高的另一位宋人是杨万里,杨万里的"诚斋体"诗歌长于写景,清新小巧,活泼灵动,是当时宋人趋向唐音,以唐弥宋的重要代表。文昭诗集中效仿宋人的诗作大多集中在田园诗这一题材上,大多是从写景抒情的角度切入效法的,所效法的大多是这些田园诗的清新、灵动与活泼。这一取向与"以文为诗""以议论为诗""以学问为诗"为主要特点的宋诗是判然有别的。因而,文昭效仿范成大、陆游、杨万里等宋人之举，表明他在强调"辨唐宋"的同时，并不拘泥于朝代意义上"唐宋"，而是更关注诗歌体貌与风神这一诗学意义上的"唐宋"。

除文昭外，岳端、德沐等人也曾向宋人学习过西昆体诗歌。朱襄就曾言岳端"平日积勤西昆诗，故其所作，言情之什居多"（《红兰集序》）。恒仁则以"熏之边幅颇修整，作诗爱与西昆骋"（《寄学中诸子》）来评价德沐。西昆体是北宋初年以台阁诗人杨亿、钱惟演等人为代表的，沿袭学唐一路的唱和群体，他们专学晚唐的李商隐与唐彦谦，故而诗作韵律铿锵、对仗工整，辞藻华美。由此来看，岳端、文昭、德沐虽都曾跨越朝代的藩篱，向宋人学习，但他们所学的都是宋人中趋于"唐音"者，因而他们归根结底还是以唐诗为宗的。

在宗室诗人中，较早宗宋者，应当是处于清代前期与盛期交叠之际的福喜。结合第一章的考索可知，福喜生于康熙五十五年（1716），乾隆八年特赐进士，逐步登上诗坛。关于其诗，法式善《八旗诗话》云："集为丹徒赵天馥所录，取径南宋，时得隽永之致，与嘉善曹庭栋唱和甚多，宗尚可知。"[1] 曹庭栋在诗学上偏于宗宋，曾编选《宋百家诗存》，福喜与其唱和，或多或少地会受到他的影响。另外，法式善在诗学上也有较浓厚的宗宋特点，自然也容易发现福喜诗作中的宗宋特点。可即便如此，从"取径南宋"与"隽永之致"来看，福喜的宗宋取向与乾嘉之间兴起的"宋诗派"以及同光期间兴起的"同光体"所宗的宋诗（风）还是有所区别的。另外，虽然福喜诗集亡佚，诗作存世甚少，但如果我们将这些存世诗作与嘉道间宗宋的宗室诗人乌尔恭阿[2]的诗作进行比对阅读的话，还是可以发现二者的风神风貌有着较大的差别。因此，福喜的宗宋与岳端、德沐、文昭等人突破藩篱向宋诗中的"唐音"进行学习，在本质上还是一样的。

第二节　清前期宗室诗人的代表性诗论

清前期的宗室诗人虽有耽于吟咏的一面，但对于诗歌理论，他们的兴趣似乎

---

① （清）法式善著，张寅彭、强迪艺编校：《梧门诗话合校》，凤凰出版社，2005年，第470页。
② 黄斌：《从乌尔恭阿〈石琴室稿〉看清中期宗室诗歌的转向》，《民族文学研究》2020年第2期。

并不太高，因而诗论成果没有创作成就那么斐然。总体来看，清前期宗室诗人较有代表性的诗论成果有三类。其一是诗话。虽然整个清前期只有恒仁这一位宗室诗人写过一部篇幅不长的《月山诗话》，阐述过他关于诗歌的一些零星看法，理论体系并不鲜明，但对于清代宗室诗学而言毕竟有开创之功，故而值得关注。其二是诗选评点。岳端在选评《寒瘦集》时有前、后序文各一以及若干置于选诗之下的评语，这些内容有一定的理论性，也值得关注。其三是诗集序跋。这些序跋较为集中地表达了清前期宗室诗人的诗论。故本节将以恒仁《月山诗话》、岳端《寒瘦集》的选评思想以及诸位宗室诗人的序跋作为主要考察对象，讨论清前期宗室诗人较有价值的诗论。

一、"有会而作"的动因论与"吟咏性情"的本质论

博尔都在其《问亭诗集》的自序中云：

> 凡物之鸣也，各有其时。鸟虫鸣于春秋，风雷鸣于冬夏。非时有待于物鸣，亦非物自欲鸣于其时也。适值其会，不得不鸣，亦不可不鸣也。今天子当成、康、文、景之时，备尧、舜、禹、汤之德，宵衣旰食，孜孜求治，内外百职莫不克勤克慎，以仰副圣心。驯至四海乂安，时和物阜，复于万几之暇，时出御制昭示臣工，焕然如二曜列星，垂象无极，宇内翕然风化。故都得优游盛世，宴息寒窗，偶有篇章，无非歌咏升也。正如芳林气暖，花下莺啼，落木霜寒，草根虫响，风雷恒益于溽暑坚冰也。[①]

博尔都以"物鸣"为譬喻，指出了联结外在之"时"与具有内在创造性的"物鸣"之间的关键纽带是具有个体性的"会"，而让这个"会"得以发生的另一个关键点则是带有机遇性的"适"，当"会"与"适"相遇，便形成了具有勾连与汇通作用的"值"，借助"值"的勾连与汇通，"其时"中客观外在的"其"与

---

① （清）博尔都著，黄斌校点：《清代宗室诗人博尔都〈问亭诗集〉校注与研究》，云南大学出版社，2017 年，第 5 页。

"其会"中自我内在的"其"便不再是各自独立的，而是具有了相互激发的同一性，具有了不可遏止的表达力，于是乎"不得不鸣"的欲望和动机便最终形成并发生作用了。这便是博尔都强调"适值其会，不得不鸣，亦不可不鸣也"的理论逻辑。基于这一创作动因的理解，博尔都进而结合自己关于"四海乂安，时和物阜"这一"其时"的理解，将"物鸣"的性质与功用阐释为"歌咏升平，陶写性情"。这便是博尔都结合自己的诗歌创作实践所表达的关于动机论与本质论的认知。

除了这篇置于别集之首的类似于总说的序文外，在《问亭诗集》的子集中，博尔都还有其他两篇序文也表达了类似的意思。例如，他在子集《东皋杂咏》的自序中云：

> 人情以游览为乐者，为其身安而心逸耳。若以车高跋涉为乐者，似不得已也。且如退之之悬索寄书，灵运之凿山开路，此又文人一时之兴，不可以为乐也，岂可与徜徉于黄卷红蓼之间，烟波落照之际者同日而语哉？……其地多凹凸，林间秀木，苇萧夹岸，风帆沙鸟，往来不绝于目。予顾而乐之，每拜扫毕，辄登小舟，同渔人罟师随波上下。渔人罟师以捕鱼为乐，而予以观渔人罟师之乐为乐。予性喜吟，吟不可无酒，或饮数杯，或吟一篇，此又吾乐。吾之乐，而渔人罟师不能乐吾之乐也。至若四方流寓之士，倚棹来游，以洗其尘氛鞅掌之苦闷，其哦哦有声者，既延之舟中，或命觞，或分韵，未有不尽其乐而返也。此皆予身安心逸之为乐，较之车高跋涉者为何如？既以拟之古人，又岂一时之兴之不可以为乐也乎？岁月既深，得诗若干首，名之曰《东皋杂咏》，实以纪吾之乐也。东皋渔父自题。[①]

他将自己"哦哦有声"的创作动因解释为"顾而乐之"，这个"顾而乐之"中的"乐"，其实就是"有会而作"中的"会"在愉悦性情感层面上的表现，因而其

---

① （清）博尔都著，黄斌校点：《清代宗室诗人博尔都〈问亭诗集〉校注与研究》，云南大学出版社，2017年，第143页。

所言的"身安心逸之为乐"便是"陶写性情"在愉悦层面上的实现。基于此，博尔都以反问的方式，借助"一时之兴"的表达，再次强调了"有会而作"的观点；他以"实以纪吾之乐也"之言，总结其诗作结集梓行的原因与功用，实际上仍是在强调诗歌"陶写性情"的本质属性。

在另一篇子集《茫茫吟》的自序中，博尔都又云：

> 良偶既丧，内助无人，上无以慰垂白之高堂，下不获有三尺之弱息。顾此茫茫，百哀交集，又何异于扁舟入海而冲波逆浪之无所抵止哉？昔潘安仁、孙子荆既丧妇，咸有悼亡之什。予也不敏，何敢追踪前哲，然未免有情，谁能遣此？聊于神伤之余，吟成斯册，题曰《茫茫吟》，志悲也。[1]

博尔都自小丧父，中年屡遭丧妻丧子之痛，遍尝人世之无常，心头百味杂涌，当最心爱的妻子赫色里氏病故之后，他终于抑制不住，写下了诸多悼亡诗，并将之结集为《茫茫吟》。其"百哀交集""未免有情""神伤之余"之言所表达的依然是"有会而作"的动因论，只不过这个动因集中在"悲"这种特定之"会"上罢了，因此其"陶写性情"的本质论在《茫茫吟》中就体现为"志悲"了。

以上三通序文，一为诗集的总序，从整体上强调了"适值其会"的动因论与"陶写性情"的本质论；二为子集的分序，分别从喜与悲两个方面强调了"会"的不同质地类型，分别借助"纪吾之乐"与"志悲"的殊途，实现了"陶写性情"这一本质论的同归。

除了博尔都外，允礼也是持相近观点的宗室诗人，他在《春和堂诗集》的自序中云：

> 古人之有诗也，即境与事而道其中之所欲言，故曰吟咏性情，谓发于其所不能已也。余久诵经书，暇则好观诸史及汉唐以来古文，以其所

---

① （清）博尔都著，黄斌校点：《清代宗室诗人博尔都〈问亭诗集〉校注与研究》，云南大学出版社，2017年，第160页。

载者大，三才万物之理，持躬应物之宜；实散见于此，亦学者所宜尽心。而于诗，则未暇求其工，有会而作，不过率其意之所欲言而已。及荷圣恩以非材过蒙委任，典司属国晋长冬官，自念前古亲藩，虽德懋学优而得展布四体以输力于国家者甚少。况余寒劣，叨冒恩遇，虽夙兴夜寐职思其居，犹恐未克担负，则余于诗益有所不暇矣。而圣恩优渥，柏梁赐宴，得与赓歌，实先三事，其他纪恩之作、励志之篇，以及退食优游，流连景物、即境与事而不能已于言者，亦不觉成帙，乃汇为一编，以志余幸生国家重熙累洽之会，际圣主励精图治之初，而得与闻国政，自效于股肱耳目之间，乃旷世之殊遇，若览者按以诗律而校其铿锵藻绘之功于毫厘分寸，则滋愧矣。①

允礼认为，诗乃"事与境"的反映，人遇到"境与事"会有所感和有所思，当这种"感"和"思"郁积到"不能已"时，就会成为"有会"，就会让诗人发而为诗。所以他把诗看成是"道其中之所欲言"的产物，看成是"吟咏性情"的结果。由此看来，允礼所言的"即境与事而道其中之所欲言"，实际上就是博尔都所言之"适值其会，不得不鸣，亦不可不鸣也"，这是允礼将创作动因归结为"有会而作"与"率其意之所欲言"的根本原因。除了这篇诗集序外，允礼在《纪行诗序》中也有过相似的论述。其言：

> 所过名山大川、雄关重镇，俯仰诸胜，辄追念祖宗奕世之威德；抚古圣贤豪杰遗迹，则忾乎想见其为人，赋诗言志，往往流连而不能自已，其他岩崖洞壑、幽遐环谲之观，风雨晦明、物序旅怀之触，有会而作，亦间厕其中。②

在允礼看来，他之所以会有以诗纪行之举，是因为此行"所过"的外在"之

---

① （清）允礼：《春和堂诗集》，《清代诗文集汇编》（第 283 册），上海古籍出版社，2010 年，第753－754 页。

② （清）允礼：《自得园文钞》，《清代诗文集汇编》（第 283 册），上海古籍出版社，2010 年，第850 页。

观"，引发了"追念"与"忾乎"的内在"之触"，达到了"流连而不能自已"的程度，必须"赋诗言志"方能获得寄托与慰藉，这便是允礼关于"有会而作"的理论内容。由此看来，博尔都的"适值其会"以及"陶写性情"之论与允礼的"有会而作"以及"吟咏性情"之论，在外在表述和内在理论机理上都是极为相近的。

如果我们回顾中国古代诗歌理论发展的历程，就会发现：就文字表述而言，"有会而作"与"陶写性情"这两种提法，常见于古人论诗的文字中，并不新鲜；就理论阐说而言，无论是博尔都，还是允礼，他们关于"有会而作"与"陶写性情"的阐释都是通论性的阐说，没有大的突破。因而，就诗学理论的发展与创造而言，二人之论并没有特别的价值。但如果我们置于宗室诗歌的创作与发展这个特定的语境来考察的话，他们的认知与阐说就具有特殊的现实指导价值与宗室诗学理论阐扬的意义了。

首先，结合第二章的论述，我们可知：在当时的满人心中，还流行着这样一种认识——进行诗歌创作不是"壮夫"所为，如果宗室（尤其皇子）以"余事为诗"的话，这无可厚非，但如果致力于诗歌创作的话，则不是可为之道，且还有一定的政治风险与文化压力。岳端因吟咏与交游而遭削爵的事件，以及弘晓、弘昼、允禧等宗室诗人在自己诗集的自序中明确表示"余事为诗"的言论，都是这种风险与压力存在的生动体现。宗室诗人提倡"有会而作"的动因论与"吟咏性情"的本质论，能在一定程度上帮助他们化解这种政治风险与文化压力。

其次，清前期的宗室诗人虽然身份尊贵，生活优渥，但受诡谲政治风云的影响，他们不能有怨悱，只能"歌咏升平"；受宗室管理政策等方面的影响，他们不能随意走动，不便于随意交游，见识有限，阅历有限。以上这些因素将清前期的宗室诗人变成了"富贵囚徒"，这必然会导致他们的创作素材比较匮乏，题材比较狭窄。因而，在清前期宗室诗人的诗集中，描写游山玩水、嘲风弄月、物候变化、时序变迁之作比比皆是，显得比较单调，不免会给人以"无病呻吟"的感觉，让人质疑他们诗歌创作的价值。换言之，他们虽然强调"有会而作"，但这种"有会"不是一种全面意义上的情绪体验，而是一种有着特殊限定的、范围较为狭窄的情绪感受；他们虽然强调"吟咏性情"，但这种性情同样也不是全面意义上的人性与人情的随意吟咏，而是受到"升平"限定的"歌咏"。由此，当诗歌创作的价值性受到质疑的时候，"有会而作"与"陶写性情"在某种程度上就是一道"护身符"，为他们诗歌创作的价值性作出合理的"辩护"。

最后，博尔都与允礼等宗室诗人所倡举的"有会而作"的动机论与"吟咏性情"的本质论也提醒着我们：在评价宗室诗歌的价值时，若能扣住"有会"去解读的话，我们就能更加充分地在看似贫乏与单调的内容中，"看到"他们那幽微而不便于言说的情绪心理，就能更好地挖掘这些诗作的心灵史价值。

二、"根柢忠孝"的风教论与"不计工拙"的文辞论

宗室诗人的皇族血统与清王朝的政权统治有着密切的关联，因而他们（尤其是仕途比较通达与爵位比较显赫的宗室诗人）对诗歌的风教作用有着较为自觉的追求，形成了独特的"风教论"观点。基于这一观点，宗室诗人在诗歌创作上有着较为明晰的"不与诗人争短长"的自觉意识，对文采辞藻并不那么用心，故而也不太计较文辞的工拙。以下举若干例加以说明。

先看第一例。雍正八年，弘昼与弘历兄弟二人同时将各自的诗文作品结集，并相互为对方作序。当时尚是宝亲王的弘历为弘昼《稽古斋文抄》作序云：

> 天地间有大本焉，孝悌是也，有大文焉，诗书是也，有本有文，积于中而发于外，有德之言是也，孝悌以立其本，诗书以畅其支，而因发为有德之言，英华畅达而不可掩，能全此三者寡矣，至若生帝王之家，居富贵之地，子道、臣道交萃于躬，夙夜匪懈，笃念天显，尊闻行知，究极于高明光大之域，非以道自勉者，能乎哉？①

在这段论述中，弘历强调孝悌乃天地之本，自然也就是诗歌创作的根本。而弘昼为宝亲王弘历《乐善堂文抄》所作序云：

> 夫文所以载道也，自汉唐宋明以来，有道诸儒皆发为文辞以明圣贤

---

① （清）弘昼：《稽古斋文抄》，《清代诗文集汇编》（第 332 册），上海古籍出版社，2010 年，第 66 – 67 页。

之奥旨，作为诗歌以畅一己之襟怀，令后世读之者玩其词，绎其旨，称
扬效法之恐后，文之有功于后世，岂浅鲜哉……余曰：载道之文，真儒
为之。无实之文，务名者为之。务名者不求实得，真儒则本之躬以见之
言而可垂于后世。……凡之乐善无穷而文思因以无尽。凡古圣贤之微言
大义，修身体道之要，经世宰物之方，靡不发挥衍绎，娓娓焉畅所欲
言，即至一吟一咏，亦皆扬风扢雅，温柔敦厚，有合于三百篇之旨，岂
扬华擒藻、徇外忘内者所能仿佛其万一哉，又岂弟之浅识谫词所能赞
美哉。①

弘昼之论与弘历之论在本质上是一致的，都是基于"有功于后世"的目的，强
调以"真儒"的身份，而非"务名者"的身份，秉持着"孝悌之大本"与"载
道之文"的立场来进行创作，最终达成"扬风扢雅"的风教之功。

再看第二例。乾隆元年，沈景澜为弘晓《侍萱斋集》作序云："雅颂所歌，
美盛德之形容，其旨趣不离忠爱之意……笃其忠爱以辅日月之光，作为雅颂以志
太平之叶，于三百篇之旨庶有合也，宁弟争一字之工拙，号为诗人之诗也欤。"②
此论指出了宗室诗人在皇族身份与文化风教上的特殊性，决定了他们不会像普通
诗人那样"矜藻采"与"争一字之工拙"，不会追求文辞之胜而博取诗人之名。

乾隆九年，沈景澜又在为弘晓《明善堂集》所作序文中表达了相类似的
看法：

> 姿质因天而定，学问以时而新。王以天潢之贵，禀高明之姿，以诗
> 书为扃钥，以道德为藩篱，宜其行日益纯而文日益懋，诗日益工，盖其
> 情性之发摅，根柢之深厚，自有不容掩者也。夫当极盛之时，辅大观之
> 化，本其忠爱，流连风雅，当与谋猷政绩并懋一时，则其为诗也，岂独

---

① （清）弘昼：《稽古斋文抄》，《清代诗文集汇编》（第332册），上海古籍出版社，2010年，第
189－190页。

② （清）弘晓：《明善堂诗集》，《续修四库全书》（第1444册），上海古籍出版社，2002年，第
537页。

感禽鸟之和鸣，绘山川之佳丽，吟风弄月以为能事者哉。①

以上这些评述都是从"诗本性情"出发，在宗室诗人与诗歌的语境中，将"性情"的意涵"忠孝"化，以达成"黼黻太平"的文化风教之功。也正是基于这一特定功用的重视，在当时的诗论者看来，宗室诗歌的篇章文辞是不能过分逞才扬性的，否则就是"矜色相为骚坛雄"，就是不正的"矫性"之举。

乾隆十四年，允禧为弘晓《明善堂诗集》所作序文云：

> 余尝谓诗本性情，实关风教，当国家极盛之时，被圣天子大观之化，凡缀古之士，沐浴休明，然且追维正始，拟谱咸韶，况夫属在亲藩，近光日月，亲炙圣人之至教，则其为诗也，宜乎义理精纯，华采典则，足以宣扬风化，黼黻太平无疑已。②

在这段文字中，允禧将"诗本性情"的本质论与"实关风教"文化功能紧密结合起来，并在"国家极盛"的政治语境中，归结出了诗歌创作的"风教论"——以"义理精纯"之质和"华采典则"之辞来实现"宣扬风化，黼黻太平"的风教作用。

接着看第三例。乾隆十四年，允祁在为塞尔赫《晓亭诗抄》所作的序言中云：

> ……嗣闻宗室有晓亭其人者，习于诗而老焉，犹饥渴之于饮食，不可旦暮离也。其深决本根而含英咀华，譬之啖蔗得甘，有渐入之美，而非猎取之端……因跃然喜，而相与剧谈古今，穷六义之旨、风骚之变，以仿佛性情之正，皆可则而可法。复出所作，纵观之，益知其学之有

------

① （清）弘晓：《明善堂诗集》，《清代诗文集汇编》（第 350 册），上海古籍出版社，2010 年，第 6 页。
② （清）弘晓：《明善堂诗集》，《续修四库全书》（第 1444 册），上海古籍出版社，2002 年，第 541－542 页。

本，而皆非苟矜藻采者也。①

在这篇序文中，允祁借助"性情之正"的阐释，将塞尔赫树立为宗室为人与为学的典范。事实上，强调"性情之正"者，不只允祁，允禧《国朝诗选序》也是如此：

> 辟地为园，置木石，游者旷观焉。修而瘦，曲而盘，疏有逸致，蕃而华然，木之类不齐也。顽而坚，秀而古，玲珑而怪僻，厚重而润温，石之类不齐也。顺其自然而缀之，所嗜正矣。必欲矫其性，而各出其奇，乖也。嗜正者心正，好乖者心乖，物情也，而有通乎诗……我圣朝文教资治，在朝若野，悉皆橐毫囊墨，各抒其性之所发。其修者，曲者，疏而逸者，蕃而华者，顽者，秀者，怪以僻、温以润者，正耶？乖耶？正而乖耶？乖而正耶？如木如石，各秉灵气，自然不齐，彼陟其园者，游目四顾，矜色相为骚坛雄。以廓落假大方，局蹐假严密，不知雕饰早掩天真，所谓矫其性者。②

此序固然不是特别对宗室诗歌而言的，但其所强调的"正"的标准，对宗室诗歌的创作同样也具有衡定性。

总之，无论是弘历所强调的"有功于后世"，还是弘昼所标举的"扬风扢雅"，抑或是允禧提倡的"宣扬风化"，他们实际上都是强调诗歌风教作用的一种"风教论"。这种"风教论"对宗室诗人的立身与创作而言，都有着独特的要求。这种要求实际上就是弘历所言的"孝悌为本"与"有德之言"，就是弘昼所言的"明圣贤之奥旨"与"载道之文"，就是允禧所言的"拟谱咸韶"与"义理精纯"。

除了宗室诗人相互间所作序跋注重强调"义理精纯"与"性情之正"外，汉族文人在阐扬宗室诗歌时，也总离不开这一标准。例如，张照《得天居士集》

---

① （清）盛昱著，马甫生等标校：《八旗文经》，辽宁古籍出版社，1988 年，第 150 页。
② 谢正光、佘汝丰编著：《清初人选清初诗汇考》，南京大学出版社，1998 年，第 336－337 页。

之《题镇国将军塞晓亭诗集》有"不根忠孝无骚雅，若落筌蹄即诘书……由来六义流天性，岂在多方富五车"①之赞，毛奇龄《安郡王诗集序》评玛尔浑有"诗本之温厚而出入风泽"②之言，张英评吞珠《承萼轩稿》有"根柢忠孝，准则风骚"③之言，沈霖《月山诗集序》评恒仁有"其诚孝之德，忘三公之贵，爱一日之养，可歌可涕，沁人心脾。其居闲散而不忘君国，睦宗党，重伉俪，敦气谊，下抚童仆，莫不有忠厚悱恻之意洋溢楮墨间，令人心厚而气肃"④之言。

基于这一风教论的认知，清前期的宗室诗人在诗歌创作上具有"不争一字之工拙"，"非苟矜藻采"，不"扬华摘藻"，不务求"号为诗人之诗"的特点。加之清前期的宗室诗人又强调"有会而作"，因此这又进一步让清前期的宗室诗歌在文辞上具有"不计工拙"的特点。允禧在《花间堂诗钞自序》中云："每遇事触景，提笔而赋，无暇计论工拙。"允礼《春和堂诗集·自序》云："而于诗，则未暇求其工，有会而作，不过率其意之所欲言而已。"这些表述都是宗室诗人在文辞论上不计工拙的生动体现。

受民族文化等因素的影响，汉诗独特的文化内涵与精微的声律要求会形成一种巨大的隔阂，使宗室诗人在理解与掌握汉诗创作时面临更大的困难，进而导致宗室诗歌在文辞篇章等方面出现不够圆融的疵病，在工拙的追求上会力有不逮。对此，永璇在《编旧稿因成短章》中感慨云："余暇习声韵，律细殊难精。掌故缺探讨，惨淡空经营。取径岷峨山，著脚浣花庭。茅塞心渐开，敢希风雅名。"⑤另外，从恒仁《月山诗话》对文辞的关注，岳端《寒瘦集》对篇章字句之法的用心，以及以允礼为代表的宗室诗人在诗集中大量出现的"赋得体"诗作等方面来看，这些宗室诗人并不是不勤奋，也并不是真的在文辞字句的工拙上毫不计较，而是要圆融地掌握一种非本民族所原生的文化艺术样式，这确实并非一件易

---

① （清）张照著：《得天居士集》，《清代诗文集汇编》（第268册），上海古籍出版社，2010年。

② （清）毛奇龄著：《西河文集》，《清代诗文集汇编》（第87册），上海古籍出版社，2010年，第388页。

③ （清）吞珠著：《花屿读书堂小稿》，山东师范大学图书馆藏。

④ （清）恒仁著：《月山诗集》，《清代诗文集汇编》（第333册），上海古籍出版社，2010年，第214页。

⑤ （清）永璇著：《益斋诗稿》，《清代诗文集汇编》（第339册），上海古籍出版社，2010年，第164页。

事，他们需要更多的时间与实践。因此，即便在汉族诗人与诗论者看来，恒仁《月山诗话》的阐说文字与岳端《寒瘦集》的评述文字并没有什么大的创新价值，但就清前期宗室诗人学习汉诗创作的发展进程来看，这些文字实际上是他们努力尝试突破诗体、民族、文化等各方面因素所构成的巨大屏障的一种生动体现，因而是非常有价值的。

总之，受以上各方面的影响，清前期的宗室诗人在诗歌创作上已经形成"风教论"的自觉意识，对诗歌文辞的工拙则相对没有那么重视，没有争诗人之名的艺术追求；另外，受"有会而作"的创作动因以及民族文化上的隔阂等因素的影响，清前期的宗室诗人在诗歌文辞的工拙上尚不够自如，因而"不计工拙"便成为宗室诗论中的重要观点之一。

三、岳端"宁寒宁瘦"与"诗贵有章"的诗学观

岳端选评贾岛与孟郊的诗作，结集为《寒瘦集》刻行，并作有自序（前序）与后序，此二序是少有的集中呈现岳端诗学观点的文字，故详录如下：

> 自苏东坡云"元轻白俗""郊寒岛瘦"，后之论诗者多不重元、白、郊、岛。吾独以为"寒""瘦"是褒非贬。凡物莫不寒者清而瘦者古。"清""古"，诗品之极致也；"轻""俗"则鄙薄之辞也。苏之论诗，可谓得其利病矣。然苏诗尝作轻俗语有甚于元、白者，吾叹其自知之难也。郊诗刿目鉥心，神施鬼设，琢削而成；岛不欲以才气掩性情，特于事物理态毫忽体认，深者寂入，峻者迥出，非庄人雅士不能窥其藩篱。然皆以苦涩为病。元白于流便痛快中颇有佳处，而苦于浅近。吾又叹全才之难也。今吾远不及苏，虑自知之难；与其轻也宁寒，与其俗也宁瘦。因选是诗自规，集以《寒瘦》名。（《自序》）
>
> 予选郊、岛二子诗，得八十二篇，序而授之梓人。有客进曰："韩愈愿东野化龙，李洞呼贾岛为佛，其见重于当代如此。且二子诗流传至今者各数百篇，是选之外，别无佳者欤？"予曰："诗贵有章，而字句之法亚之，然亦不可少也……凡此所举，可谓佳句矣。观其全篇，则乱杂无章，故不取也。他或章法徒整，而中无佳句者，又不取。二子诗虽

数百篇，其佳者盖尽于此矣。"客退。

予后见《杨升庵外集》载孟郊"山近渐无青"等数语，贾岛"长江风送客，孤馆雨留人"一联，皆今本所无。于是知向之所谓"尽"者，非确论也。虽然，此亦片长寸美，未得见其全篇，乌知不似前之所举句佳章乱者乎？升庵博学好古，岂亦未见其全者耶？抑亦有所去取而不尽载耶？予生百年后，而博学好古又不如升庵，其不尽载者何所考问焉？呜呼！二子之于是选，尽不尽，其可量也哉。（《后序》）

岳端"后之论诗者多不重元、白、郊、岛"之言，更多的只是一种表达策略，最起码就白居易而言，清前期不少的宗室诗人还是较为推崇的。另外，岳端在"叹全才之难"的话语策略中，刻意避开了郊、岛"苦涩"之病而阐扬郊、岛二人诗歌的"寒瘦"之妙，并认为只有庄人雅士才能领略其中之妙，由此得出"与其轻也宁寒，与其俗也宁瘦"的诗歌主张，并以此作为自己诗歌创作实践的"自规"。

如果说岳端《寒瘦集·自序》更多的是从诗学理念的层面倡举"宁寒宁瘦"的话，那么《寒瘦集·后序》更多则是在操作的层面对这部选集进行说明和辩解。据金埴《不下带编》所言，岳端"尝以所纂孟、贾《寒瘦集》示青籽，而青籽谓是书选评尚未尽善"。金埴的族弟金壁（青籽）或许便是岳端《寒瘦集·后序》所言的"有客"之一。在《后序》的两段文字的第一段中，岳端通过回答"客难"的方式，阐说了他关于"佳者"的衡量去取标准——"诗贵有章，而字句之法亚之，然亦不可少也"。这是一种在整体层面突出"章法"的同时，又在具体的层面重视"诗法"，并将二者整合为一体的诗学观。如果只是就诗法层面而言，这种诗学观是比较圆融和通达的。在第二段文字中，岳端主要就选诗的"不尽载"的合理性作出了辩解。

在《寒瘦集》中，岳端借助"◎""〵""○""、"这四个基本的符号以及六种主要的组合方式所构成的批点系统，简要地阐明了他关于入选诗作的价值判断。其在《寒瘦集·凡例》中云：

选诗家原有圈、点二项，特于字句新奇、声调响亮而已。今分六项，欲观者识作者之意也。凡一首主脑，并关锁照映处，悉用"◎"；客意并转折处，悉用"丷"；一句辞意俱佳者用"〇"；次于"〇"者用"丶"；一句平妥，则于句下一"〇"；一句不妥，则于句下一"丶"。

结合凡例所言，可知他的这个批点系统是在"诗贵有章，而字句之法亚之，然亦不可少也"这个选评标准的统摄下设置的，比较简明全面，自成一体。考虑到批点符号毕竟是抽象的，只能下判断，没法作解说，因而时常需要借助评析文字才能把精妙之处说得透彻明白。例如，在《游子》这首诗之下，其有评语云：

他人以千万言不能道者，先生以二十字出之。而中间段落，次第回环照映之法莫不备。结处更饶含蓄，韩昌黎所谓"高出魏晋"者，其在于斯乎！通篇但言慈亲思子，不言游子跋涉之艰，纯是偏锋取胜。

这段评析文字对所批点的字句篇章进行了说明，使得其中的妙处得到了较为充分的阐发，便于读者的理解。

总体来看，岳端的这些评析文字有两方面的价值。其一，就单首诗作而言，比较细致地表达了岳端的解读方法与基本评价，不时地展现了独到的视角与精到的认知判断。其二，就整体层面而言，这些评析文字有时也会跳出字句章法的束缚，触及风格与审美等方面。例如：

此诗从苦吟中得来，故辞不烦而意尽。务外者观之，翻似不经意。（评《游子吟》）

乱后逢春，故语多悲壮。后段有唐初风味。（评《伤春》）

一起四句，妙处在看去最奇最险，却是寻常境界。后幅沉忧郁结之气，宛然如见。（评《病客吟》）

奇警跌荡处如连珠贯玉，磊磊落落，豪气横出。结语大见神韵。（评《自叹》）

雅正冲淡。（评《独愁》）

句怪意平，寓意处最含蓄。（评《游仙》）

雅浪仙五律多以流水句见长，而此诗首联最为深远，更兼起结，有
情。次联雄健，直追盛唐矣。（评《送杜秀才东游》）

辞浅情深，有古乐府之遗风。（评《寄远》）

后人对孟郊、贾岛之所以评价不高，多是认为二人的诗作格局促狭，且强调苦吟推敲、锤炼字句，常常给人以窘迫逼仄之感，并非高格。[①] 这便是岳端所谓的"皆以苦涩为病"，但结合《寒瘦集》中"雅正冲淡""悲壮""雄健"等评语，我们却能看到这两位晚唐诗人之诗并不全然是"苦"，也有直追盛唐气象的另一面；另外，结合"辞不烦而意尽""辞浅情深，有古乐府之遗风"等评语，我们也能看到二人之诗并非全然只有"涩"的一面。

总之，若就不足之处而言，《寒瘦集·自序》所提出的"宁寒宁瘦"的诗学观虽较为新颖，但阐发不够深入；"诗贵有章，而字句之法亚之，然亦不可少也"的标准虽较为圆融，但明清以来的诗法论者已多有类似的阐述，属于老生常谈；"不尽载"的辩解虽有客观合理性，但也不能全部解释选集的"不尽善"。若就有价值之处而言，通过选、点、评"三结合"的方式，岳端对郊、岛二人诗歌的精妙处作出了判定与阐释，跳出了"苦涩之病"的藩篱，得出了一些精妙的解读与新奇的判断，有助于对二人诗歌价值的开掘，同时也由此倡举了他"宁寒宁瘦"的诗学观诗学思想，这是颇为值得称道的。

四、恒仁关于本朝宗室诗人的成就论

恒仁的《月山诗话》是清前期宗室诗人唯一的一部诗话著作，篇幅只有一卷，收录诗话共 43 则。该书带有较强的杂记读书心得的文体特征，在体系性与理论色彩上较为薄弱，故历来不太受学界重视。不过对于宗室诗歌而言，《月山诗话》的第二条却是颇为重要的一条材料，其云："本朝宗室诗人，当以文昭子晋为第一，红兰格卑，问亭体涩，皆不及也。子晋诗凡数变，余尤爱其少壮时

---

① 徐晨阳：《岳端〈寒瘦集〉整理与研究》，上海师范大学 2017 届硕士论文。

作，清新俊逸，具体古人；晚年诗流于率易，盖自古诗人通病，免此者鲜矣。"①

在此条材料中，恒仁所言的"本朝"主要是就康雍时期而论的，其所拈举的博尔都、岳端、文昭三人确实是当时成就最高的宗室诗人。结合"红兰格卑，问亭体涩""清新俊逸""流于率易"等表述来看，他的论断具有鲜明的"以风格论高下"的特征。此外，《月山诗话》还有一条涉及岳端的评论："李白有《蜀道难》诗，陆畅反其意作《蜀道易》，其诗不传，本朝红兰主人《送陆荣登视学西川》曾拟作一篇，不知视畅何如，去谪仙人远矣。红兰又有《行路易》诗，亦鄙俚无谓。"此论中的"鄙俚"也是就风格来下论断的。除了讨论宗室诗歌外，在论及以唐代诗人为代表的其他诗人诗作时，恒仁大体亦秉持这一标准。因此，"以风格论高下"，倡举"清新俊逸"之诗，这是《月山诗话》的一大理论特色。② 恒仁这一持论标准主要受两方面因素的影响。

一方面，这与恒仁的家风及个性有关。恒仁及其父亲普照身上都富于一种进取之气。康熙五十二年（1713）十二月，普照缘事革退公爵，他没有因此而自我放逐，至雍正元年（1723）三月，便因军前效力而重新获封为奉恩辅国公，并于雍正二年（1724）七月获得了雍正帝赐予书扇的恩荣。雍正二年十一月，恒仁袭奉恩辅国公，旋即便在雍正三年（1725）十月因受普照被追革公爵之事的影响而失爵。失爵的打击固然是沉痛的，但恒仁却并不放弃，而是积极向有司具状，请入宗学学习。恒仁非常珍惜入宗学学习的机会，对此，他在《读书》中云："朝从学中去，暮从学中归。直以读书故，饮膳与亲违。"可是乖舛的命运又再一次戏弄了恒仁，入宗学仅二十五日，他又因曾经袭爵不合入学之例而被迫失学。失学固然也是痛苦的，但他依然没有放弃。对此，宜兴《先大夫诗集恭记》云："益自刻厉，曰：'吾属系天潢，受恩极渥，当守身勤学，勿负国恩，勿贻母忧，足矣。'"因而，又积极向穆禧、沈德潜学习。恒仁在《谒归愚先生归薰之有诗见示依韵和之》云："势未凌云秀，气已冲斗。相期傲雪霜，青青岁寒后。时雨日以滋，春风若相诱。有时清籁发，不异虚壑叩。沧波起微涓，崇山始培嵝。他

---

① （清）恒仁：《月山诗话》，《续修四库全书》（第 1702 册），上海古籍出版社，2002 年，第 489 页。

② 赵志辉：《满族文学史》（第 3 卷），辽宁大学出版社，2012 年，第 40 页。

年根柢深，会见龙蛇走。"这些字句不仅表达了恒仁因能够向沈德潜学诗而生发的喜悦，也揭示了恒仁努力奋发之心与学必有成之志。恒仁还在乾隆十一年（1746）参加了翻译考试，希冀能有所作为，只可惜最后还是铩羽而归，直至一年后病故，他才停下奋进的脚步。恒仁屡被命运戏弄，但每一次都不轻言放弃，看似文弱书生的他却洋溢着英豪奋进之气。英豪奋进之气决定了恒仁推崇盛唐诗歌，喜好"清新俊逸"的诗风。

与之形成鲜明对比的是博尔都与岳端。他们二人都曾遭削爵，博尔都被削爵后很快就转向了寄情山水，即便后来复了爵也无心于仕途，给人一种鲜明的闲散宗室的错觉。岳端少年得志，在遭削爵后，很快就写出了表达人生如梦幻一场的《扬州梦》传奇，选评了带有一定哀鸣特色的《寒瘦集》，倡举"宁瘦宁寒"之诗。总之，恒仁与博尔都以及岳端，他们在个性、志向、持身等方面有较大差异，这种差异导致他们对诗歌风貌有不同的追求，这也是恒仁认为"红兰格卑，问亭体涩"的一个重要原因。

另一方面，受到沈德潜诗论的影响。关于沈德潜的诗学思想，其门人王昶在《湖海诗传》卷二曾云："其时叶燮门人苏州沈德潜独持格调说，崇奉盛唐而排斥宋诗，与杭州厉鹗对峙。"沈德潜所提倡的"格调"二字，就词源而言，来自《文镜秘府论·南卷·论文意》："凡作诗之体，意是格，声是律，意高则格高，声辨则律清，格律全，然后始有调。"就诗学理念而言，则直接本于李梦阳《驳何氏论文书》："高古者格，宛亮者调。"因而，沈德潜也像明七子一样，古诗拟汉魏，近体法盛唐，强调诗歌"和性情，厚人伦，匡政治"的社会功能，宣扬"温柔敦厚"的诗教传统，要求诗歌创作"先审宗旨，继论体裁，继论音节，继论神韵，而一归于中正和平"[1]。

恒仁主动向沈德潜学诗，从沈德潜"授以《唐诗正声》，造诣日进，吐属皆山水清音，北方之诗人也"[2] 之言来看，恒仁受到了沈德潜较大的影响。张寅彭师在对《月山诗话》进行提要时言："书中对王士禛贬杜深致不满，系从其师沈

---

[1] 刘宝强：《清代文体述略》，电子科技大学出版社，2018 年，第 40 页。

[2] （清）沈德潜：《清诗别裁集》（下），上海古籍出版社，2013 年，第 1253 页。

德潜之说。"① 也印证了恒仁诗歌思想受到沈德潜诗论的影响。在恒仁《和韩秋怀诗十一首》中，有一首论诗诗，表达了他与沈德潜一样注重"格调"的诗歌追求。

> 有客过我庐，论诗至日暗。趋同调自合，辨析两无憾。汉魏难仰企，梁陈敢俯瞰。卢骆矜富丽，王韦造平淡。李杜集大成，齐名匪忝滥。钱刘格稍降，浏览亦许暂。韩公力最雄，奔舟不可缆。寒瘦讵为辜，轻俗宜免勘。子瞻如可作，罚之饮一魇。

在此首论诗诗中，恒仁推崇汉魏与盛唐，论诗重"格""力""雄"，因此，他对元轻白俗与岛瘦郊寒是极为鄙薄的。博尔都与岳端之诗与这样的持论标准有较大的距离，因而恒仁会以"体涩"与"格卑"来批评二人。

讨论完恒仁关于博尔都与岳端的批评之后，接着我们拈举三例来看看恒仁对文昭"晚年诗流于率易"的批评。

其一，在《古瓻续集》卷一，文昭有其《患痔》之诗。该诗虽写出了他痔疮发作时的坐卧不安，但"肠断西峰红树天"的比喻还是很难让读者对殷红的痔血产生审美的快感。此诗歌作于康熙五十五年（1716），当时文昭38岁，属于中晚年时期的诗作。

其二，在《艾集》的卷下，文昭有一首《看菊姥洗头》，写其贾氏妾解发洗头的生活小事，诗虽然平易，但美感缺乏，一定程度上给人一种草率为诗的感觉。该诗作于雍正八年（1730），属于晚年的诗作。

其三，文昭《瓢居草》中的《刮头》有"净刮头肤骚痒处，纷纷如雪落随梳"之句。此诗的内容主要写用梳子刮去头皮屑的情态细节与舒爽之感，是前人较少涉笔的题材，具有一定生活的平易性，也能在一定程度上表现文昭个性的直率，但多少有些恶俗之趣，与诗歌这种文艺样式的蕴藉气质相悖，更缺乏恒仁所推崇的那种高格。此诗作于雍正九年（1731）冬，时文昭52岁，距其卒年仅一年，也属于晚年诗作。

----

① 傅璇琮等主编：《中国诗学大辞典》，浙江教育出版社，1999年，第237页。

总之，文昭中晚年归田之后，确实颇有一些率意甚至是颇为庸俗的诗作，恒仁的批评是确当的。

第三节　清前期宗室诗歌的风貌与特色

清人与今人在论及单个宗室诗人之诗时，经常会出现"清"这个批评术语，这提示我们：对于考察清前期宗室诗歌的风貌与特色而言，"清"是一个重要的关键词。以下分而论之。

一、"清"作为清前期宗室诗歌整体风貌的体现

博尔都、岳端、塞尔赫等人是清前期宗室诗人的核心代表，他们的诗风诗貌在很大程度上影响着清前期宗室诗歌的整体风貌。考虑到清前期宗室诗人的诗集与诗作散佚较为严重，难以逐一置评，故于此拈举这些重要的宗室诗人为例，对清前期宗室诗歌"清"的整体风貌加以说明。

1. 博尔都诗歌之"清"

大约在康熙十八至二十年左右，邓汉仪在《诗观二集》选录了博尔都之诗，并对其《中秋迟友人不至》评云："清润而中有老气。"大约在康熙三十五年（1696），汪琬在《问亭诗集序》中对博尔都有"近体清新"的评价。乾嘉间，法式善《梧门诗话》拈举了博尔都《退谷》诗并评云："诗境可谓清绝。"

除清人外，当今学人以"清"来评价博尔都者亦不少。例如，《清诗纪事初编》认为博尔都的诗"清稳可诵"[1]。《中国少数民族文学古籍举要》认为：以《登卧月楼》《登鸡鸣山》为代表的诗作景多旷寥，显得更为清健；以《西堤》为代表的诗作景多秀美，写得较为清新雅丽。[2] 张佳生拈举《雨后坐闲园》《东皋野望》《东皋秋夜》等诗为例，认为博尔都虽袭封辅国将军，却无实职，虽怀

---

① 邓之诚：《清诗纪事初编》，《清代传记丛刊》（学林类·第28册），明文书局，1985年，第658页。

② 吴肃民、莫福山：《中国少数民族文学古籍举要》，天津古籍出版社，1990年，第121页。

壮心，无所施展，不免时感凄凉，故而诗作具有清旷而又沉着的风格。① 周芳则另辟蹊径，通过品读博尔都《茫茫吟》中的悼亡诗，得出"语悲情深、清丽凄婉"② 的评价，也很富于启发意义。

遭受打击的博尔都无心于功业，醉心于山水，故"每为乘清兴，看山爱独游"（《秋日游香山》之一），《问亭诗集》中近体模山范水诗作极多，这些诗作大多发清吟、摹清景、写清境、抒清兴、成清格，以"清"来评博尔都之诗，是甚为确当的。

2. 岳端诗歌之"清"

关于岳端诗歌之"清"，在诸位为岳端诗集作序的清人中，有各自不同的表述：姜宸英《红兰集序》有"体兼浓严清逸"之言，汪士铉《玉池生稿序》有"清婉奇丽"之语，林凤岗《无题诗序》有"清芬隽永"之谓，钱名世《蓼汀集序》有"清新俊逸为最"之评。除了清人外，今人也有以"清"来评价岳端之诗者，例如《满族文学史》认为岳端的出塞诗"清刚冷隽"③。

3. 文昭诗歌之"清"

恒仁《月山诗话》评文昭诗云："子晋诗凡数变，余尤爱其少壮时作，清新俊逸。"杨钟羲《雪桥诗话》卷三评文昭的诗"清辞隽句，超然于尘埃之表。查田目为宗室高人"。《满族文学史》认为文昭诗歌的风格之一便是"清新淡远，语气平和"④。这些清代论者都强调了文昭的诗歌风貌之"清"。

4. 塞尔赫诗歌之"清"

《八旗通志》卷一百二十"艺文志"认为塞尔赫的诗作"气格清旷，风度谐婉，而不伤纤弱"⑤。《中华文学通史》拈举《马上口占》为例，认为该诗"将北地秋景状写得可亲可感"，将塞尔赫的诗格总结为"清新壮美，充盈北方诗人

---

① 张佳生：《论八旗诗歌的主要风格及形成原因》，《辽宁大学学报》1991 年第 5 期。

② 周芳：《茫茫亭内茫茫吟——清初博尔都悼亡诗艺术浅析》，《满族研究》2011 年第 1 期。

③ 赵志辉：《满族文学史》（第 2 卷），辽宁大学出版社，2012 年，第 97 页。

④ 赵志辉：《满族文学史》（第 2 卷），辽宁大学出版社，2012 年，第 114 页。

⑤ 《八旗通志》卷一百二十艺文志，清文渊阁四库全书本。

气韵"①。《满族文学史》认为塞尔赫的诗在语言上不事雕琢，内容上多是遇事感怀与即景生情之作，有自然清新之味。②

除了以上几位代表性宗室诗人外，还有不少宗室诗人的诗风被清人和今人以"清"相评。例如，昭梿《啸亭杂录》卷九以"诗多清警"来评价高塞的诗作。岳端为吞珠《承萼轩诗》作序时评云："拙斋之诗，清旷闲肆，读之令人神远。"乾隆帝《乐善堂全集》卷十九评允禧诗云："吾叔乃诗翁，裁句清而好。"林令旭在为弘晓所作《侍萱斋诗序》评云："时有隽语，思致清颖，正复不同凡响。"永璇《索松月主人诗》以"清吟雅与将军并"之句来评价永瑢，认为永瑢的诗歌与前辈宗室诗人博尔都之诗一样"清雅"。

以上所列清前期的宗室诗人，无论是核心代表，还是边缘羽翼，他们的诗风诗貌屡被论者以"清"相评骘，故可知"清"乃清前期宗室诗歌的一大风貌特色。

二、清前期宗室诗歌呈现"清"之风貌的主要原因

清前期的宗室诗歌之所以呈现"清"之风貌，主要与宗室诗人的取法宗向、书写题材、时代风尚等方面有关，以下分而论之。

首先，宗室诗人的诗歌宗向与诗学观念。清前期的宗室诗人以宗唐诗为主，即便以文昭为代表的部分宗室诗人跨越朝代的藩篱向宋人学习，他们所学的也只是以杨万里、范成大等人为代表的、偏于清新诗风的宋人。因而，他们的诗风也更容易呈现出清新的特点。另外，清前期的宗室诗人在诗歌创作上强调"有会而作"，这使得他们的诗歌具有不雕琢、不夸饰，较为清新与自然的特点。

其次，宗室诗人的特殊的生活方式与书写题材。清前期的宗室诗人生活较为优渥，但政治上的束缚也较多，"富贵囚徒"的特点较为鲜明，这使得他们很难接触广阔的社会现实，诗歌题材更多地集中在嘲风咏月、游山玩水、物候节序等方面。弘晓在《明善堂诗序》中有过形象地说明，其云："予幼嗜声韵，性契山

---

① 张炯、邓绍基、樊骏主编：《中华文学通史》（第四卷·古代文学编·清代文学），华艺出版社，1997年，第49页。

② 赵志辉：《满族文学史》（第2卷），辽宁大学出版社，2012年，第85页。

林，每从退食余暇，亭馆清幽，陶情散步间，有所得辄发为吟咏，藉以抒写性情，流连景物。"这样的生活方式与这样的心境，自然很容易让他们的诗歌展现出"清"的风神与风貌来。

再次，盛世初开的时风与士风的影响。清王朝的前期有过一些战争，有过一些政治风波，但整个王朝是朝着日益稳定和繁荣的态势发展的，形成了盛世初开的气象，整个时代的士风都显得较为积极乐观，蓬勃向上。虽然清前期的宗室诗人或多或少都卷入过政治风波，但在他们进行诗歌创作之时，大体都属于生活较为平稳与安逸的时段，即便是像博尔都与恒仁这样被削爵革退，生活上还是有经济保障的；即便像文昭这样无爵可袭，处于归田闲居的状态，也不至于生活困难，在饮酒交游上未至捉襟见肘的程度。因而，盛世气象、时代士风以及个人生活的稳定，这些因素会促使清前期的宗室诗歌呈现出"清"的风貌来。

三、以"清"来把握清前期宗室诗歌整体风貌的启示

当我们拈出"清"这个关键词来概括清前期宗室诗歌的整体风貌时，有两个方面是我们需要注意的：其一，在这一整体性的背后，也有着丰富的差异性。其二，"清"虽是偏于褒扬的描述，但包含着一些不足。

先谈"清"的整一性背后的丰富差异性。结合前文所引各家评述可知，他们虽然都提及了"清"这个批评术语，但针对不同的宗室诗人，在具体表述上则存在着"清新""清雅""清隽"等具体的不同。即便针对同一个诗人，因题材或创作时期的不同，不同论者的表述也各有侧重与不同。总之，清前期的宗室诗风，一方面在整体上呈现出"清"的特色，另一方面又具有丰富的差异性。

再谈偏于褒扬的"清"所暗含的不足。在这一点上，关于高塞诗风"清警"之评就是一个极佳的范例。最早通论高塞诗风者乃是王士禛，他在《池北偶谈》中以"颇多警策"[1] 置评，而法式善《八旗诗话》的评价则是："体格完洁，寄兴菡远，不事摹拟，自与古合。"[2] 在二人的评论之后，昭梿才在《啸亭杂录》

----

① （清）王士禛：《池北偶谈》，收入《景印文渊阁四库全书》第 870 册，台湾商务印书馆，1984年，第217页。

② （清）法式善著，张寅彭、强迪艺编校：《梧门诗话合校》，凤凰出版社，2005 年，第466页。

卷九中将他们的观点综合为"诗多清警"①。可惜的是，关于"清警"的意涵，昭梿并没有展开申说，因而容易让人产生一种此"清警"之评乃是极高赞誉的错觉。事实上，此"清警"之评包含着委婉的批评。

关于"清"偏于褒扬的一面。高塞多与别山、道忞、函可、焦冥等方外之人交游，所写诗作多与梵宫禅僧相关，既有"寺入白云限"与"山光澄宿雾"的烟霞之气，又有"万象咸可了"与"元气浑中天"鸿蒙澄然之境，而且他"岂识天地心，物理费探讨"的立身处世态度，使其在抒写感怀时，既不强发议论，也不刻意求工。因而，高塞的诗既有菡远之思，又有高古之味。

关于"警"所暗含的不足。据《燃灯记闻》所载，王士禛认为："字法要炼，然不可如王觉斯之炼字，反觉俗气可厌。如'气蒸云梦泽，波撼岳阳城'，'蒸'字、'撼'字，何等响，何等确，何等警拔也。"② 此外，在《师友诗传续录》中，王士禛又认为："古人谓玄晖工于发端，如《宣城集》中'大江流日夜，客心悲未央'，是何等气魄。唐人起句尤多警策，如王维'风劲角弓鸣，将军猎渭城'之类，未易枚举。杜子美尤多。"③ 显然，善于以大气魄发端，这是王士禛论"警策"的要义所在。在《居易录》卷十一中，王士禛云："大年以西昆体擅名宋初，其诗在同时钱、刘诸公之上。览其全集，警策绝少，文皆骈体。"④"多骈俪"的西昆体缺乏气魄，所以缺乏警策之妙，这从反面印证了前文的概括。总之，王士禛"警策"之论既有诗法形式层面的因素，又有情感内容方面的因素。高塞之诗多写绝顶登眺的感怀，"聊纵千里目"之时，"极目辽天阔"的感受增强，器局自开，气魄自大。加之高塞善于通过数量词与形容词来凸显云、天、峰、鸟、林等意象的苍茫之感，故"云封千涧白，露濯万峰青"这类带有警策之味的诗句颇多。总之，高塞诗作兼有句法之妙与器局之大，故而赢得了王士禛"警策"的赞誉。不过，在王士禛的诗学体系中，诗歌旨趣的妙境是"神韵"之味，而"警策"更偏于法与气，并非境与味。因此，王士禛"警策"之评，一方面是赞誉，另一方面也暗暗批评了高塞之诗未臻于至善，未达神

---

① （清）昭梿：《啸亭杂录》，上海古籍出版社，2012 年，第 206 页。

② （清）何世璂：《然灯纪闻》，上海古籍出版社，1978 年，第 119 页。

③ （清）刘大勤：《师友诗传续录》，上海古籍出版社，1978 年，第 150 页。

④ （清）王士禛：《居易录》，《文津阁四库全书》（第 288 册），商务印书馆，2006 年，第 43 页。

韵妙境。关纪新指出，高塞的诗非上乘，但作为"开拓一代宗室汉语格律诗作园地的满族诗人，已实属不易"①。关纪新这一评价切中肯綮地看到了高塞的得失，可视为王士祯"警策"之评的生动注脚。

小　结

　　清前期的宗室诗歌大体以宗唐为主流，即便像文昭这样的宗室诗人偶有突破朝代的藩篱，向宋人学习，那也只是学习宋人中偏于唐诗者，并没有学习宋诗那种"以文为诗""以议论为诗""以学问为诗"的特点。清前期的宗室诗学虽然没有大的理论建树，但一些宗室诗人还是倡举了"有会而作"的动因论、"吟咏性情"的本质论、"根底风骚"的风教论、"不计工拙"的文辞论。另外，岳端《寒瘦集》所提出的"宁寒宁瘦"与"诗贵有章"的诗学观也较有价值。恒仁《月山诗话》以风格作为论诗的主要标准，首次对乾隆朝以前的宗室诗人的特点与地位进行了整体考察，得出了"以文昭子晋为第一，红兰格卑，问亭体涩"的精到总结。清前期宗室诗歌在整体风貌上的一个特点是"清"，这与清前期的宗室诗人在诗歌宗向上推崇唐诗，在创作实践上注重有会而作，在创作题材上偏于游山玩水与吟风颂月等因素有密切关联。清前期宗室诗歌整体风貌之"清"，并不是一种单调的"清"，而是有着个体差异性与整体丰富性的"清"。清前期宗室诗歌之"清"，虽主要强调褒扬性，但也暗示着某些不足，这是我们需要注意的。

---

① 关纪新：《清代宗室诗掠影》，《民族文学研究》1984 年第 4 期。

第五章　清前期宗室诗歌的文化书写

　　汉诗不仅是一种美妙的文艺样式与文体形式，更是一种蕴含着丰富民族文化意涵的媒介类型。基于天潢贵胄这个身份所赋予的特殊性以及满族这个马背上的民族所独有的个性、习俗、文化等各方面所带来的差异性，清前期的宗室诗歌便相应地饱含着文学性以外的民族、文化与历史等方面的考察价值。因此，本章将围绕长白宗风、尚南情节、燕京风景这三个方面的文化书写来展开讨论。

第一节　清前期宗室诗歌关于长白宗风的文化书写

　　与汉人喜欢以乡邦籍贯来自称一样，宗室诗人在自称时候，通常也都会在名号之前加上"长白"这一乡籍的限定，例如：博尔都《问亭诗集》每卷的题款下都自称为"长白博尔都"，岳端自称为"长白十八郎"，文昭在《述怀》中自比为"白山一株松"。虽然他们主要生活在帝都，但辽东与长白对于他们而言，依然是一种文化上的神圣存在。除他们外，不少宗室诗人都将辽东长白视为个人的文化基因，从宗风的角度对辽东长白展开了书写。

一、对长白特殊地理与风物的书写

　　以长白山为代表的辽东三省有着独特的塞外风光与风味物产，对清前期的宗室诗人而言，这是极富吸引力的创作资源，成为他们诗歌创作的重要题材之一。

　　1. 关于长白地理物候与名胜风景的书写

　　在清前期，有一些宗室诗人到访过辽东，领略过辽东的地理物候与名胜风景，留下了一些相关诗作，例如：高塞的《登医巫闾山观音阁》、吞珠的《次大凌河》、博尔都的《登别山》《望海楼》等。在这其中，塞尔赫是较为值得注意的宗室诗人，《晓亭诗抄》卷四的《出塞集》专门收录其奉使出塞的纪游、写景与怀人之作，如《次拨洛那》《重阳登玉田县城楼》《玉田县》《抚宁县》等，数量颇丰。除了数量颇丰与独立成集这两个外在特点外，这些辽东诗作内在的特色是：将地理风貌、节气物候、风景名胜、历史沿革等多个方面融合在一起书写，立体多维地描绘了一个诗意的辽东。例如，他在《次哈兰庽》中以"四月重裘走大荒，塞山昨夜有新霜"之句，写出了哈兰庽与别处殊异的、带有极大反差性的物候。在《永平府》中，他以"二水抱龙城"之句，写出了漆水与滦水环抱永平城的独特风貌。在《渡辽河》中，前半写辽河的风景，后半以"缅惟圣王作，飞龙时在天。睹物起风云，雷洛多英贤"之语，转入到辽东历史的联想与体味，做到了地、史、人的多重融合。

此外，长白辽东那广袤、瑰奇、富饶的地理，形成了满族人那渔猎结合的生活方式，濡涵了满族这个马背上的民族对山林河湖的独特依恋，养成了满族人独有的豪迈之气。因此，当清前期的宗室诗人在诗作中书写作为满族文化之根的辽东时，自然会带有一种强烈的民族自豪感，彰显出一种浓浓的壮怀之气。例如，允礽《塔山》云："朔吹盈川谷，萧萧动羽旌。草枯迷兔窟，水急脱鹰绦。箭落塞云重，山鸣画角高。承恩出关塞，跃马气逾豪。"全诗借助萧瑟枯寒的景象，反衬出满族人跃马扬鞭的威武豪壮，体现出了粗犷豪放的民族之气。在清前期，有不少汉族文人到过并书写过塞外辽东的景象，但在汉族文人的笔下较少能看到这种豪迈之情。因而，清前期宗室诗人关于辽东地理物候的书写，有着独特的揭示性与特殊的文化价值。

2. 关于长白风味物产与书写

长白辽东独特的地理提供了独特的风味物产，也造就了与江南汉族不同的饮食和生活文化习惯。清前期的宗室诗人虽然大多居于京中，但较为富裕的生活还是让他们能够较为便捷与充裕地得到来自辽东的风味物产，因而留下了不少书写辽东风味物产的诗作。

关于辽东独特物产的书写，博尔都的《松化石歌》可谓代表，该诗所写乃是主产于兴安岭康干河流域的一种由树木硅化而成的化石。另外，文昭《小王孙》中的"帽钉辽东塔纳珠"，书写的便是满族王孙孩童独特的衣着装扮。

关于辽东风味美食的书写，文昭有"辽酒入诗篇"（《上元不出二首》）、"辽果取佐食"（《二十一日与符幼鲁曾载扬椒园晚梅斩夜饮分韵》）等笼统的书写。在德普《以鹿脯遗表弟碧筠戏柬二首》、塞尔赫《子晋许馈牛酥诗以索之》等诗中，则是对鹿脯、牛酥等具体风味美食的涉笔。这些风味物产成为满族（宗室）之间用以表达馈赠，增进情感的手段。至于逢年过节，来自辽东的物产珍馐更是必不可少之物，对此用笔最多的宗室诗人是文昭。其《京师竹枝·十二月》云："催办迎年处处皆，四牌坊下聚俳谐。关东风物东南少，紫鹿黄羊迭满街。"其《关东食物初到喜赋四韵》云："东京风味到来初，门外时停薄笨车。远致重加草篓束，封题各记柳牌书。白粱明叶（菜名）花红果，细酒希饧柘绿鱼。（以上六种风味之最佳者，偶举及之，余不录）颇为中厨增物色，纷纷堆积满阶。"

在关于辽东风味物产的书写中，宗室诗人比较自觉地使用了对比与衬托的手法来加以褒扬。例如，弘晋的《人参》云："辽水乾坤见转旋，古称上党竟虚传。"《又咏人参》云："上党虽佳谁复采，三韩王气古来无。"他将上党（今山西长治地区）所产之参与辽水所产之参作对比，突了辽参所钟毓的王气。德普《诸同人即席分赋得阿津鱼》云："鳞鬣高腾波九万，松花远隔路三千。偶因隽味酬佳客，笑煞襄阳缩项鳊。"缩项鳊乃湖北襄阳的知名特产，但在德普看来，辽东松花江所产的缩项鳊比名声在外的襄阳缩项鳊还要更为美味，所以使用了"笑煞"的正衬手法来加以褒扬。与之相似的是塞尔赫的《出沈阳》，其诗云："楚人惟餍长腰米（辽阳产长腰粳米与玉泉之米相埒），辽水难忘缩颈鱼。"上句以"惟餍"之辞写出了辽东所产长腰米也成了盛产稻米的"楚人"（南方人）的挚爱，下句则以"难忘"之言写出了辽水所产缩颈鱼的鲜美是辽人的钟爱，暗含着与"楚人"的对比，这是一种带有乡愁式的对比，比的不是物的高下，而是乡情的浓烈。因此，以长腰粳米和缩颈鱼为代表的辽东物产，是塞尔赫魂牵梦绕的乡情的鲜明表征，这便是诗中"梦谙乡味"之情的根源。他们以对比衬托的方式，强调这些长白风物远胜于以物产丰富而著称的南方所产，在一定程度上改变了时人对辽东所持有的那种冰天雪地、物乏民穷的刻板印象，突出长白乡邦之盛，彰显一种民族与地方的自信。

二、对祖宗创业维艰的历程与清朝龙兴历史的文化书写

从偏居一隅的弱小部落到执掌天下九州之权柄，这是爱新觉罗家族一代代人不畏艰难困苦所换来的。清前期的宗室诗人虽然未曾亲身经历过这场崛起之战，但这一历史毕竟过去并未久远，更何况与巩固政权相伴的"三藩之乱"、平定台湾之战、剿灭噶尔丹之战等各种战事他们大多经历过，甚至直接参与过，他们对龙兴与定鼎的认知是强烈而丰富的。由此，在清前期宗室诗人的诗歌创作中，书写先祖创业的历程与开国龙兴的历史便成为一个重要的命题。总体来看的话，这一书写大致包括两大类型。

其一，主要是在巡阅、谒陵、祭祖等场合中，从较为宏观的层面，笼统性地书写先祖创业维艰的历程，在庄严肃穆的氛围中，表达感念天恩祖德的深深缅怀之情。例如，允礽《瞻仰盛京宫阙思念祖宗创业艰难恭赋》云：

> 祗命趋辽海，崔巍仰旧宫。庄严天气肃，盘踞地图雄。念昔开王业，乘时奏武功。师征方自葛，城域又迁丰。一剑风尘际，三陲指顾中。神威宣率土，求莫协苍穹。式廓弥增壮，维垣遂克崇。八门连闉域，双阙挂高空。曳佩千官入，输琛百国同。兵农旋定制，礼乐渐移风。爰及纯熙介，逾看景历融。中原欣奠鼎，故里抱遗弓。陶复追家室，春陵望郁葱。星辰咸拱北，王气本从东。幸是余休渥，还令后裔蒙。圣慈垂阆泽，敕遣谕微躬。远历关山峻，来亲祀典隆。丕基劳栉沐，奕叶荷骈繁。松槚灵祗护，枌榆社饮通。有怀长不寐，明发惕渊衷。

又如，当时尚在潜邸的雍亲王胤禛在陪父皇康熙帝东巡兴京谒陵时，也曾作有《侍从兴京谒陵二首》，其第二首云："龙兴基景命，王气结瑶岑。不睹艰难迹，安知启佑心。山河陵寝壮，弓剑岁时深。盛典叨陪从，威仪百尔钦。"再如，允祐《扈驾谒陵》云："迢遥一望郁苍苍，烟霭云冈带瑞光。万代共瞻先泽远，一人亲展孝思长。山前细听箫韶奏，松下时陈俎豆香。尽仰发祥来此地，自今永世卜遐昌。"这些诗作都属于谒陵祭祖的题材，都抒发了对祖宗和民族发祥地的

崇敬之情。

爱新觉罗家族定鼎天下后，并不忘龙兴的根本，以康熙帝为代表的皇族诗人多有吟咏以"关外三都"和"关外三陵"为代表的辽东发祥地。张佳生指出，这些诗歌，无不以热情而激昂的笔调，表现了作为宗室后人对祖先业绩的钦慕敬佩之情，同时也极为自然地流露出他们对自己民族崛起的自豪之感，这种缘起于满洲宗室内部的情感，在他们直接面对祖先故物的时候，被充分地激发了出来，组成了一曲曲缅怀先人业绩的赞歌。①

其二，带有一定程度的怀古诗的性质，对王朝龙兴历程中的重要事件与关键节点进行较为具体的书写。对此，塞尔赫的《松山歌》与《杏山行》具有一定的代表性：

锦州城南多碨磊，路入坡陇低复起。行行旷望见广原，一掌平开浑如砥。东南突兀笔高阜，行人指说松山是。松山之上一松无，风过涛声清入耳。此山得名不记年，半土半石形迤逦，汉魏北燕辽金元，有明至今一挥指。人民城郭凡几更，此山依旧苍然峙。我来山下访旧事，当年战垒无遗址。缅邈崇德五六年，神兵御敌渡辽水。弯弧洞铁气如虹，俯视将军垲羊豸。千骑转战杏山前，路隔松山十八里。战鼓惊天海浪翻，百万覆军强半死。凯旋牧马沈水阳，天助龙飞良有以。今日田园古战场，万缕炊烟墟落里。沉吟怀古向秋风，残照松山暮微紫。（《松山歌》）

杏山山石㠂嵒，杏山山下水潒㳯。山前山后沙土赤，疑是当年覆军血。忆昔将军初上马，羽檄交驰遍天下。貔貅十万出雄关，遮日旌旗隘原野。画鼓三通不交战，觱篥声中辙先乱。二千铁骑俨天人，大箭长弓一当万。霜摧败叶草偃风，血流海色波涛红。功成不坑长平卒，祗今竹帛褒元功。吁嗟摧毂竟何补，献俘解缚拜圣主。有人东望尚招魂，衣冠哭葬燕山土。（《杏山行》）

---

① 张佳生：《独入佳境：满族宗室文学》，辽宁人民出版社，1997 年，第 51 页。

这两首诗所书写的内容是"崇德六年，太宗率师破明经略洪承畴军于此"①的松锦大捷。作为清宗室，塞尔赫既以"貔貅十万出雄关，遮日旌旗隘原野""神兵御敌渡辽水""弯弧洞铁气如虹""战鼓惊天海浪翻"等豪壮之句，气势如虹地书写了清军将士的英勇，落笔慷慨，表达了一种民族自豪感。与此同时，他也以"血流海色波涛红"等悲悯之语写出了战事触目惊心的惨烈，超越了狭隘的民族自豪感与所谓的"政治正确"，既以"有人东望尚招魂，衣冠哭葬燕山土"表达了沉郁的生命之思，也以"今日田园古战场，万缕炊烟墟落里"写出了历史无情的流转变迁，最后以"沉吟怀古向秋风，残照松山暮微紫"表达了怀古无尽的情思。基于题材的特殊性，松锦大捷成为清代满族诗人所津津乐写的题材，塞尔赫这两首怀古诗，情思丰富，豪而不粗，悲而不伤，超出其他满族诗人同题材诗作。

三、对国语与骑射传统的书写

天下定鼎，满汉文化交流不断增加，在汉民族文化习俗的影响下，满族的文化习俗与传统也在日渐发生着改变，其中一个典型代表就是"国语骑射"传统的日渐荒废。康熙二十五年（1686），因"内府竟无能书、射之人"，朝廷有设立学房之议，并从内佐领与内管领下的官学生中"拣选材堪学习书、射者，令其学习。视其所学，拣选好者录用，顽劣不及者，即行革退"②。这些注重强化"国语骑射"的举措在宗室间是有一定影响的，例如文昭之父百绶就是因为不善骑射而被削爵的。在这样的大背景之下，清前期宗室诗歌关于"国语骑射"的书写，就具有独特的民族文化意味了。

（一）对国语的书写

清朝是满族人建立的政权，为了保持民族传统，统治者推行"国语骑射"的政策，其中的"国语"政策就是强化满语使用与满文书写的政策。由于汉诗创作使用的是汉语，而满语独特的符号难以与汉诗的文体形式兼容，因此，所谓

① （清）龙顾山人纂，卞孝萱、姚松点校：《十朝诗乘》，福建人民出版社，2000年，第16页。
② 顾明远总主编：《中国教育大系·历代教育制度考》（2），湖北教育出版社，2015年，第1424页。

的汉诗创作中的"国语"书写主要是指：以音译汉写的方式，将满语运用到汉诗创作中。例如，德普《诸同人即席分赋得阿津鱼》中的"阿津鱼"就是满语的音译汉写。从德普"诸同人即席分赋"的诗题来看，当时还有其他的满族（或宗室）诗人一同以满语为韵作诗，只可受材料所限，不得知其详而已。在文昭《岁暮杂咏三首》第三首中，有"薄笨车中封识满，阿嫣鹿尾阿津鱼"之句，并有注释云："国语谓马鹿为阿嫣，不呼牛；鱼为阿津。"结合此诗来看，文昭或许就是当时聚会分赋者之一。另外，文昭在《桥西看山》中有"画我桥西看鬶鳞"之句，并有"国语谓山为鬶鳞"的注释。除了文昭外，在塞尔赫的《塞外集》中，也颇有一些以满语地名和满语名号入诗的现象。例如，《次拨洛那》中的"拨洛那"，《次哈兰庞》中的"哈兰庞"，《宿半拉门》口占中的"半拉门"，等等。这些诗人以满语的音译汉写融入汉诗创作中，增加了诗作的民族色彩与地方特色，赋予了相关诗作以独特的风味。

以德普、文昭和塞尔赫为代表的清前期的宗室诗人，开创了将满语音译汉写融入汉诗创作的独特做法，这一做法为后世的宗室诗人所学习和延续。例如，乾隆四十三年左右，乾隆帝创作了《盛京土风杂咏十二首》，诗题分别是《威呼》《呼兰》《法喇》《斐阑》《赛斐》《额林》《施函》《拉哈》《霞绷》《豁山》《罗丹》《周斐》。这十二首诗所吟咏的对象都是与满族生活和习俗密切相关的事物。例如，"威呼"是指一种经由挖凿大原木的方式而制成的小舟，"呼兰"是指烟囱、烟筒，"法喇"是指扒犁和拖床。乾隆帝的这种创作方式是对清前期宗室诗人所开创的以满语音译融入汉诗创作的承继与延续。只可惜随着清盛期以后满族（宗室）对国语日渐生疏，承袭这种创作方式者甚少，因而没有发扬光大。

（二）对骑射传统的书写

相较于以田耕为主的汉人而言，骑射是满族人所特有的一种生产方式与民族文化传统。对于这一传统，我们需要从两个方面来看待。一方面，受各方因素的影响，清前期的一些宗室诗人已经出现了不擅骑射的情况。例如，从博尔都《景山御前较射恭纪》中的"微臣自愧穿杨技"之言，可知其并不善射，而且在他的诗集中与骑射相关的诗作虽然有，但数量很少，远不如题画诗作，换言之，博尔都的书画造诣远在骑射技术之上。此外，文昭也不长于骑射。虽然其在《课家人理菜畦》中有"忆昔方弱龄，学书兼学射"之言，但最终还是"忽忽无所成"，因而他在《校猎行》中有"儒冠真无缚鸡长，嗟余坐马如阑羊"的自叹。另一方面，清前期大部分的宗室诗人还是能够从事骑射的。尤其是在以康熙帝为代表的帝王的重视下，诸位皇子皇孙与一些王公宗室经常扈从参与巡视京畿、校射围猎等活动，因而这些皇子皇孙与其他王公宗室诗人大多擅长骑射。例如康熙二十年（1681）十一月，吞珠扈从康熙帝猎于米峪口，突出五虎，康熙帝射其四，吞珠射其一，可知吞珠骑射之勇。从恒仁"南屯猎骑归时（时九叔父在南屯放鹰）"之言来看，经照善于骑射。乾隆四年（1739），弘晓的《舟中射雉》写到了他在行进的舟中射中岸上雉鸡之事。因此，清前期的一些宗室诗人还有较好的骑射基础，得以留下了不少的骑射诗作。这些骑射诗作的特色与价值大体如下。

其一，就题材内容而言，清前期骑射诗作的题材书写范围较广。在事物层面而言，既包括弓、刀、鹰、马这些现实层面的事物，也包括骑射图画与满人小照等艺术层面的事物。例如，允礼的《咏鹰》《放鹰》《咏弓矢》等诗是现实层面与骑射相关的事物，从文昭《题叔济斋德沛小照》《题东峰二弟春郊步射小照》《题北谷平沙归猎图二首》《瑢鲤题枫林雪骑图二首》《题王玉生斌写真二图》（《霜天射雁图》《簪花带剑图》）则是艺术层面与骑射相关的诗作。就活动层面而言，清前期宗室诗人的骑射诗作既包括军事大阅、行围校射等具体的活动，也包括年节例行的马射习俗。例如，允礼《静远斋》诗集中的《讲武》《观射》《从猎橐驼岭》《恭拟西淀水猎应制组诗六首》是具体活动层面的骑射诗作；塞尔赫《马射行》所写的"年年此日城南端，长状儿郎颜渥丹，春服粲粲绮与纨，雕弧肖月金梁鞍"是民俗意义上的骑射诗作。就使用场合的层面而言，由于清前期时常有边塞军事活动，不少宗室王公与八旗军士需要从军入塞，因此宗室诗人还将骑射的描写融入临别赠答的场合，形成了骑射与赠答相结合的诗歌题材。例如，文昭的《赠少将》《赠端亭》《赠宗室宗元侍卫长歌》等。

其二，就人物的形象气质与诗作的风貌而言，清前期宗室诗人的骑射诗作描绘了满人精于骑射的飒爽英姿，展现出一种满族人所特有的豪迈之气。例如，允祥《试马》云："名骥来天厩，翩翩过苑门。风轻朱鬣动，沙浅玉蹄翻。纵有驰驱力，宁酬豢养恩。长嘶频顾影，矢志效腾骞。"这首诗将试马的飒飒姿态摹出，而且将"矢志效腾骞"之气进行了充分的展现。此外，允礼《观射》所言的"丈夫弧矢四方情，贯札穿杨欲擅名"洋溢着慷慨与豪迈。有论者指出，弘晓诗有标格，所作《射虎行》等数篇，崛奇豪放，间有平妥之作，以王公诗律之，尚不多得。[1]结合这一评论，我们可知弘晓的"崛奇豪放"主要是借助骑射题材的诗作而得以充分呈现的。

其三，形成了将日常性的骑射上升到国家武备这一层面的自觉意识。例如，允祉《中秋扈跸塞外校猎》云："塞垣红叶晓霜催，橐鞬严装扈跸来。满月雕弓飞鹭羽，嘶风铁骑震龙堆。晓峰云影千旗合，夜火星联万帐开。秋狝圣朝循故事，飞熊还载后车回。"诗中"秋狝圣朝循故事"之语，表明满族这种民族传统借助国家定鼎之功成了王朝定例。又如，在乾隆二年，弘晓《习射》云："中庭较射鼓声阗，武备原同文事连。志彀但求心体正，主皮何必力争穿。"十六岁的弘晓便已有"武备原同文事连"的自觉意识，诚为难能可贵。

其四，将骑射这件满族人日常生活中具体的实践活动，提升到了观德与持身的文化高度加以思考和颂扬。例如，允礼在《马射偶成》中借"观德由来垂圣史，敢夸身手竞英风"之言，赋予"骑马试弓"以"观德"的文化意义。在《得良弓》中，允礼又云：

> 昔也柳公权，以笔论心正。小道有可观，引喻岂有定。良工治角弓，愿止贯札劲。君子以类推，触处理义胜。文事与武备，两得谁与竞。表里常交养，静观明物性。充实有光辉，发越见诸行。大哉孔子云，非礼勿视听。良弓岂徒然，即此可贤圣。

该诗以良弓作为譬喻，谈君子之义与圣贤之道，带有咏物言志的性质。此外，在《稽古斋全集》中，弘晋不仅有《咏弓》《柳阴调马》《咏响箭》等骑射题材的诗作，而且他也像允礼那样，将骑射活动上升到了文化书写的层面。例如，在《春日西厂习射纪事》之末，其云："射为男子事。即此观涵养。内正外自直，审固非勉强。"又如，在《得良弓》的后半部分云："弓邪不足贵，人可不定性。

---

[1] 傅璇琮主编：《续修四库全书总目提要·集部》，上海古籍出版社，2014年，第169页。

内以正其心，外以正其行。目必以正观，耳必以正听。良弓尚为宝，良人可作圣。"在雍正十二年（1734），年仅十三岁的弘晓居然在《秋日习射》中说出了"正鹄但求身志正"之言。由此可见，对于满族人而言，骑射不只是一种具体的实践活动，更是一种具有修身观德作用的文化活动。这是清前期宗室诗人的骑射诗作所具有的一大价值。

第二节　清前期宗室诗歌对江南的想象与书写

江南乃富庶之地，山水秀丽，人文渊薮，书写江南的文学和艺术作品甚多，这自然从文化艺术的层面激发了清前期的宗室诗人关于江南的诗性想象。另外，清前期的宗室诗人所交往的汉族文人又以江南文人为主，他们在宴集闲谈时，不免会论及江南的形盛物阜与闲情雅致，这从现实层面强化了清前期宗室诗人关于江南的诗性想象。可惜的是，清代不但承继了明代对宗藩"封而不建"的做法，更是秉持着"防闲过竣，法制日增"的原则，实施"分封而不赐土，列爵而不临民，食禄而不治事"的政策。尤其是从康熙朝开始，规定了那些无外任的宗室不得离开京畿，只能在燕京一带游历，极大地限制了宗室的活动空间。因而清前期大部分宗室诗人一生都未到过江南，没有机会领略江南的诗意。只有少数皇子与王公诗人借助扈从南巡等机会，有幸目睹过江南的风光，留下过一些数量并不多的书写江南的诗篇。例如，允礽有《吴中农家多薮菜春深黄花遍野偶赋》，允礼有《金山》《小金山》《苏门晚眺》等。对此，诸多宗室诗人是怀有深深遗憾的。

最早强烈表达这种遗憾的宗室诗人是博尔都。他在组诗《题沈客子林屋山居图》的最后一首中，有"笑予癖性耽山水，其奈清时禁远游"之言。在《也红词·忆江南》之序中，他也曾表达过"躬逢盛世，四海宁静，兀坐寒窗，不克远游"的无奈。另外，姜宸英在《白燕栖诗集序》中云：

昔人评赵令穰画，生长官邸，所见唯京城外坡坂汀渚。使其浏览吴楚江山之胜，取笔就当不正，此之所谓诗人游不出五百里者也。今先生

> 禀长白之奇种，天潢之秀，朝请阙下，闲行邸墅，非有幽深汗漫瑰特之
> 观足以畅发其心志也。①

"非有幽深汗漫瑰特之观足以畅发其心志"之言，在某种程度上乃是姜宸英对博尔都心中所怀有的这种无奈与遗憾的回应。在《红兰集序》中，顾贞观也认为岳端的创作受到了寡于游历的影响，其云："居士生深宫、长朱邸，即欲缥缈其心思，寄之乎耳目之表，犹疑未尽盘礴。假令穷花月之妙丽，极山水之清微，历览古来才士文人登临聚散之处，目将成遽别，神欲往而仍留，应更有流连惝恍不能自禁者。"② 德普在《修庵诗抄》的自序中云："余少未读书，足迹所及不出畿辅数百里间，目见耳闻尤为寡略，安得溟漾之观而发其环越之思哉？"③ 在《古瓶集》自序中，文昭认为导致他的诗歌"不工"的一个很重要的原因便是"清时禁远游"的政策，其云：

> 余闻古之能诗而工者，盖未有不出于游，李、杜、韩、苏诸公其大较矣。余才不逮古人而志窃向往，重以典令于宗室，非奉命不得出京邑，故间有所游，不过效坰而外，乘一缃屦，数日辄返。夫所谓高山大谷、浦云江树之属，举足助夫流连咏叹者，而顾未尝一寓于目，诗之不工，抑又何尤耶？④

他不仅在早年的诗集序中表达了这种遗憾，在日后的诗歌书写中对此仍耿耿不能释怀。例如，在《西山下作三首》的第三首，文昭有"吾生寡游历"之言；在《秋江晚棹图》中，文昭有"我生未识江南秋"之言；在《诗魔》中，文昭有"予生乏游览，耳目守顽固。何殊人面墙，不异鸟在笯。眼既无可观，心哪得

---

① （清）博尔都著，黄斌校点：《清代宗室诗人博尔都〈问亭诗集〉校注与研究》，云南大学出版社，2017年，第5页。

② （清）岳端著，陈桂英点校：《玉池生稿》，天津古籍出版社，1990年，第102页。

③ （清）德普：《修庵诗抄》，山东师范大学图书馆藏清抄本。

④ （清）文昭：《紫幢轩诗》，《清代诗文集汇编》（第246册），上海古籍出版社，2010年，第369页。

佳句"之言。这些诗句都表达了他未能远游，不克一赴江南的遗憾。

如果我们将目光从宗室诗人的范围拓展至满族诗人这个更大的范围来看的话，就可以发现：不少满族诗人对江南也存在着积极的憧憬，其中最为明显的就是纳兰性德。对此，胥洪泉指出，纳兰性德在诗词文中，处处流露出对江南风光的喜爱，对江南文人的友好，对江南习俗的亲近，对江南文化的崇尚，表现出深深的尚南情结。① 这表明：在当时的宗室诗人与满族诗人中，一种尚南情结正在形成，一股想象和书写江南之风正悄然兴起。基于此，考察宗室诗人是如何想象和书写江南的，这就显得非常必要了。

由于大部分宗室诗人一生未曾到过江南，即便曾经到过，那也是走马观花式的短暂停留，因而激发他们憧憬与书写江南的主要场景并不是江南实景，宴集闲谈、寻幽探胜、品鉴书画、送别思念等场合才是主要的场景。

首先，宴集闲谈的场合。清前期宗室诗人在与江南文士宴集闲谈时，不免会论及江南风物，这很容易激发他们关于江南的想象与书写。博尔都《也红词·忆江南》之序云："人非草木，不能无情，登临啸咏，所以畅其情也。躬逢盛世，四海宁静，兀坐寒窗，不克远游，客有话江南之胜者，拈《忆江南》十阕，亦欲畅此情耳，观者勿哂。"博尔都之所以作《忆江南》，是受到了"客有话江南之胜"的影响，而引出"客之话"的场合又是宴集闲谈，因此与江南文人的宴集闲谈是激发宗室诗人想象与书写江南的重要场合之一。

其次，寻幽探胜的场合。清前期的宗室诗时常在京畿附近寻幽探胜，在领略北地山水美景之时，很容易形成对比性的想象，江南的美景时常会作为一种对比性的美景意象出现在他们吟咏的诗篇中，用来比喻或衬托燕京山水之胜。例如，博尔都《东皋杂咏》组诗之五云："乔木缘溪水，疏篱隔草庵。门前停画舫，风景似江南。"德普《雨宿段村》云："密树弯环上谷东，一灯孤馆雨蒙蒙。四围渔□纵横水，半幅樵帆片段风。坐久梦回芦叶响，秋深肠断蓼花红。何人解说江南胜，柳陌菱湾处处同。"塞尔赫《续曹烟庐天桥看荷花诗六绝句》之三云："银塘曲水半拖蓝，树杪飞云覆碧潭。绕屋朱华连远渡，渔庄蟹舍似江南。"文昭《初夏西山道中绝句七首》之六云："水栅山田排比处，画图分得小江南"；

---

① 胥洪泉：《清代满族词研究》，中国文史出版社，2015年，第3页。

《拾月池侍三叔父分韵三绝》之二云：“烟雨江南卵色天，判花中酒过年年（禹尚基尝至池上云：‘是中烟景大不殊江南’）。”弘晓《月夜同友人泛舟》云：“眼前好景添诗兴，聊当江南载酒游”；《园居书怀索友人和》云：“山光泼翠水揉蓝，柳影参差一镜涵。清簟疏帘消昼永，此情应已胜江南。”这些诗作都将“江南”作为一个对比性的意象，来突出北地山水之美。

再次，品鉴书画的场合。在博尔都《毛大可太史自西湖寄折枝梅花障子系以长句老友久别怆然于怀因和其韵》中，他之所以有“即今空对何郎咏，极目江南无限思”之言，就是因为毛大可从江南寄来了梅花障子，博尔都由这幅来自故人的画图而生发出关于江南的想象和书写。此外，允礼《春和堂诗集》有《题画》云：

　　我闻吴楚间，逶迤富山水。岩岫不须高，平远即可喜。烟波岂用阔，潆洄斯为美。青枫何郁郁，白石何齿齿。林密隐招提，岸回露墟里。时见粳稻畴，屡逢鱼虾市。池边略彴横，竹里茆亭峙。乌犍屋角鸣，青雀门外叙。朴但话桑麻，秀亦课书史。生计付樵渔，乐事胜园绮。我欲往从之，云山何处是。谁穷千里目，图此盈丈纸。心赏方在兹，卧游从此始。窗间一以玩，春风香研几。①

此诗乃是允礼受到一幅描绘江南山水的画作激发而创作的。又如，文昭《秋江晚棹图》云：

　　禹生作画超常伦，意到笔落如有神。……我生未识江南秋，碧浪溶溶花片片。但见岭岈巀嶭数百寻，石棱松鬣多萧森。就中便已隔尘世，白云当昼长阴阴。何处箫声连月起，一曲渔歌聊尔耳。兰桨轻摇燕尾船，飘然撑出苹洲里。有客欹眠船上头，掀然意态凌凫鸥。青衫击楫欲何往，高唱远引无人酬。遥望前村隔江树，夕阳一带清溪路。茆亭数架

------

① （清）允礼：《春和堂诗集》，《清代诗文集汇编》（第 283 册），上海古籍出版社，2010 年，第 767–768 页。

户不扃，莫是先生读书处。我疑此境纵有非人间，岩峦幽胜终难攀。风过草木觉香气，神游置我方壶山。禹生三径依隋苑，故写乡山托平远。试为更作笠屐图，我亦平生慕嵇阮。①

乾隆七年，弘晓《题西湖图》云："山绕烟云水绕堤，万株花柳望中齐。六桥楼阁明如画，一席壶觞醉似泥。月朗风清游客散，红稀绿暗晓莺迷。披图我亦移情久，何日栖迟灵隐西。"② 弘昼的《和题西湖韵》在"览卷怀佳胜"的赏鉴中，细致描绘了西湖那"缤纷处处同"的湖光山色以及"鹤翁留故迹，丹叟有遗风"的人文历史，并在"披图如已到，吟眺兴无穷"③ 中完成了图画的欣赏与诗歌的写作。

总体来看，清前期宗室诗人所书写的江南景色，大多是整体描绘，较少聚焦于具体的景点。即便像弘晓《题西湖图》《西湖十景诗》这些书写西湖具体名胜的诗作，风景描写大多也都不是写实性的，不是细致化的。一方面，这是因为诸多宗室诗人没到过江南，未曾真正见到江南风景，缺少细致描写的现实基础。另一方面，宴集闲谈、书画鉴赏等场合都是带有文人化气息的唱和，比较容易导向一种文人化的诗意追寻，江南风景通常只是一个开端和由头，是为了引出他们所向往的开怀适情与悠然终老的生活方式所作的铺垫。例如，在博尔都的十阕《忆江南》中，虽然先后写到了杭州、扬州、南京等地，但都是一笔点染风景之美后，分别导向了抒发"处处可留连""无日不开怀""终老不知愁""何幸得徜徉"的向往情感。在博尔都另外一题由三阕词组成的《忆江南》中，他所表达的情绪分别是"风景属渔溪""策杖任逍遥""偏趁野人家"。

最后，送别与思念江南友人的场合。博尔都《春日送别邵培风》三首之一云："苏堤烟柳白堤花，日暖风恬兴未赊。若到六桥行乐处，莫忘征雁一行斜。"

----

① （清）文昭：《紫幢轩诗》，《清代诗文集汇编》（第246册），上海古籍出版社，2010年，第400页。

② （清）弘晓：《明善堂诗集》，《清代诗文集汇编》（第350册），上海古籍出版社，2010年，第40页。

③ （清）弘昼：《稽古斋全集》，《清代诗文集汇编》（第332册），上海古籍出版社，2010年，第266页。

博尔都在送别其亡儿成寿的业师邵培风南归的场合中，论及了江南风景，并将"六桥"作为想象"江南"这个行乐之处的典型意象，进行了对比性的书写。此外，博尔都在《送睢阳南游兼寄汪钝翁》中云：

> 张掖门前柳千行，垂垂绿荫红亭傍。驻马红亭饮君酒，送君南下古余杭。余杭三月桃花放，春云满山溪水涨。此时乘舟趁好风，相忆天涯空惆怅。西湖风月自古今，知君乘兴还相寻。湖心皓月映华发，湖面清风吹素心。有时倚棹吴门树，落花深覆尧峰路。尧峰老叟若相遇，道余日日常思慕。

在送汤斌典试浙江的离别场合中，博尔都以想象的方式，描写了江南的山水意境。

总之，清前期的宗室诗人虽然大多未曾到过江南，对诗性江南之美缺少足够的感性认识，但在他们的心中已然形成了一种"尚南情结"，这一情结鼓动着他们在宴集闲谈、书画鉴赏、离别赠答、燕京山水游历等场合中展开对江南的想象与书写。

第三节　清前期宗室诗歌对燕京风景的书写

清前期宗室诗人的生活相对比较优渥，爵位承袭有定则，仕途与功业的压力并不大，生活较为闲适，但却不能远游，只能在京畿一带活动。于是乎，以西山为核心区域的燕京山水便成为他们经常登眺吟咏之处，由此，清前期绝大部分的宗室诗人都留下了吟咏燕京附近山水与风景名胜的诗作。天潢贵胄身份的特殊性、生活方式与心态的特定性、创作热情上的高涨性与创作上的丰富性，这些特性综合在一起，奠定了清前期宗室诗人书写燕京山水的独特考察价值。

一、清前期宗室诗人在京中园林别业的造景活动与诗歌书写

清前期宗室诗人那天潢贵胄的特殊身份使得他们在政治与经济等多个方面拥

有较为便捷的条件与较为雄厚的实力，获得京城中与其周边的风景佳处。同时，清前期的宗室诗人大多诗、书、画兼擅，具有较高的文化修养与艺术造诣，通常会对他们处于风景佳处的园居进行画龙点睛式的改造，命以一个诗意的景点名称，加以赋诗吟咏。由此，清前期的宗室诗人在京畿各处开始了大规模的造景运动并掀起了景点游览与赋诗吟赏的高潮。例如，博尔都在京中修建了东皋草堂，其《东皋草堂》诗有自注云："在都城东郊庆丰闸东里许，高柳数百株，荫而围之，南临惠河，东枕浣溪，漕艘渔艇络绎往来。"在东皋草堂附近，博尔都营造了若干景点并有诸多吟咏，相关诗作见于康熙丙子刻本《问亭诗集》的子集《东皋杂咏》中的《东皋草堂》组诗。对此《雪桥诗话》三集卷四云："博问亭将军园林东皋草堂，曰浣溪、曰香界庵、曰怀远堂、曰一枝阁、曰晕香亭、曰竹坞、曰红蓼滩、曰啸堂、曰川上、曰杏墅、曰北濑、曰蕊泉、曰老是庵。项霜田皆有诗咏之。"项霜田即项溶，因其《耘业堂遗稿》散佚严重，故未见收录吟咏博尔都东皋草堂的诗作。不过，王原祁《麓画集》卷二《题博将军园林十四首》、庞垲《丛碧山房诗》四集之《户部稿》卷五"丙子京集"《博尔都园林题咏十四首》所题写的景点，与博尔都《东皋草堂》组诗全同。另外，沈季友《学古堂诗集》卷四有《白燕栖主人索题园居三首》，分别为《香界庵》《怀远堂》《啸台》，也是博尔都东皋草堂景点的一部分。除此之外，岳端、文昭、吞珠、孔尚任、陈奕禧、蒋进等大量的清初诗人都曾过东皋宴集和吟咏。由此可见，博尔都所营建的东皋草堂的诸多景点，是清初满汉诗人交游唱和的重要场所之一。更为重要的是，在博尔都卒后，塞尔赫、文昭、敦诚等宗室诗人还时常到博尔都的东皋草堂游玩凭吊并留下了吟咏诗作。由此可见，博尔都所造东皋之景与所写的东皋之诗具有诗歌史与文化史的多重价值。

此外，在雍乾年间，多位皇子都曾获得过皇帝赐园，这也激发了他们题写和吟咏园中景点的创作动力。例如，雍正帝即位后，便开始大规模扩建西郊御园圆明园，用于驻跸办公。雍正三年（1725）三月，雍正帝不但将御园圆明园附近的西南一隅赐予果亲王允礼构建园林宅邸，而且建造经费还全由内务府来承担。园邸建成后，雍正帝不但为允礼御笔亲题"自得园"之名，而且还为园中的四座主要建筑分别题写了"春和堂""静观楼""心旷神怡""逊志时敏"四块匾额。皇恩如此优渥深重，自然激发了允礼对自得园景点的题咏之情，写下了《静观楼成咏》《自得园成咏》《春和堂》等多首诗作。乾隆朝初期，允禧将其红桥别墅中的风景佳者，分别命名为杏花庵、云渡桥、鱼乐亭、芙蓉洲、来禽坞、烟月汀六景，并作有《红桥别墅六景诗》。允禧卒后，乾隆帝于乾隆二十八年将允禧的红桥别墅园林赐予弘晓，弘晓入住后又有《追和紫琼廿一叔红桥别墅六景诗即呈经畬主人》。

总之，清前期的宗室诗人不但在京城之中与京郊构建了不少的园林、别业、宅邸，而且还大批量地将园邸中风光佳胜者进行景点命名与题诗吟咏。在这些园邸与景点中，宗室诗人们开展了大量的交游唱和活动，这又进一步带动了京中满汉诗人对这些园林与景点的吟咏和题写，使得空间意义上的京中园林景点成为文化与诗学意义上的名胜，提升了文化北京的艺术底蕴。

二、清前期宗室诗人对京畿风景的题写与吟咏

由于清代第一位宗室诗人高塞主要的诗歌活动是在关外，因而清前期宗室诗人关于京畿风景的题写和吟咏，是从博尔都开始的。在博尔都《问亭诗集》中，吟咏以西山为代表的京畿风景的诗作有逾百首之多，数量非常可观。这些吟咏诗作，例如《和游白塔》《万柳堂》《游放生池》《壁经阁》《瓮山》《西堤》等等，几乎遍及京中的主要景点。在博尔都之后，其他宗室诗人陆续跟进展开对京畿风景的吟咏与题写，在题材、内容、数量等方面皆取得了可观的成就，成为书写京师风景大军中的一股新兴而独立的力量。

借助清前期宗室诗歌关于京畿风景的书写，我们可以窥见京师景点的变化历程。例如，博尔都在《瓮山》中以"耶律风标何处问，唯余荒冢锁烟霞"之句写出了位于颐和园昆明湖东岸边元代名臣耶律楚材的祠墓因颐和园的修建而被土山覆盖荒颓的状况。此外，博尔都《于少保祠》所写的是原先位于崇文门内的于谦祠堂，《五花阁》所写的是一座位于樱桃沟外普福庵近旁半里处的金代庙宇，这些景点现今都已毁不存，无由得见，只能通过博尔都的吟咏来窥见这些景点的依稀侧影。另外，文昭《正月十九日过白云观作歌》有题注云："观在西便门外一里余，即长春宫旧址，丘真人尝羽化于此。每岁正月十九日，游人甚盛。相传为遇仙，盖其诞辰也。"此诗以"长松半偃白鹤去，老桂倒挂苍藤枯。缘崖陟阪似蚁集，轮蹄动地黄尘粗"等诗句描写了白云观周围的自然环境与人文景

观。此诗既指出了白云观的地址，又记载了当地百姓于每年正月十九日庆祝长春真人丘处机诞辰的风俗，具有一定的文献价值。因此，清前期宗室诗人吟咏京师风景的诗作，不时被援引作为京师舆地志（例如《盘山志》）的相关材料。

此外，清前期宗室诗人关于京畿景点书写的一大特色便是赋予了这些景点以鲜明的皇家气派与盛世气象。关于这一点，我们可以借助宗室诗人以"八景""十六景""三十六景"等命名方式对京畿风景的统摄性书写来窥见。

康熙三十年（1691）前后，博尔都曾经题咏过"燕京八景"，只不过出于诗集编订的艺术标准性，其刻本《问亭诗集》在《太液晴波》之下特别标注了"录四"而已，其他三首分别是《玉泉垂虹》《西山霁雪》《居庸迭翠》。关于"燕京八景"，不同的时代在"八景"的入选景点与具体称呼上皆有不同。乾隆年间，乾隆帝还特地重新命名过"燕京八景"，因此博尔都所题写的"燕京八景"在表述上与乾隆帝的命名就有差别。例如，博尔都所题写的《太液晴波》《玉泉垂虹》《西山霁雪》后来就被乾隆帝分别改为"太液秋风""玉泉趵突""西山晴雪"。

在博尔都之后，弘昼、永璥等宗室诗人都曾以组诗八首的形式吟咏过"燕京八景"。弘昼在《琼岛春阴》中有"瑞气缤纷瑶草绿，祥烟缭绕玉芝"之句，在《西山晴雪》中有"千岫参差帝阙西，银屏一派素辉齐"之句，在《卢沟晓月》中有"极目帝城佳气绕，千村灯火尚辉煌"之句，在《居庸叠翠》中有"居庸万仞势峥嵘，地设天开巩帝京"之句，这些诗句都是站在天潢贵胄的立场与视角来审视京师的风景，因而洋溢着浓浓的王者气派与皇家气息，一般的文人墨客在吟咏京师风景时极少有这种气质风貌，这是清前期宗室诗歌京畿风景书写的一大特色。

康熙四十九（1710）年，康熙帝为热河行宫题写了"避暑山庄"的匾额，撰文确定了避暑山庄三十六景的名称且逐景题诗，诸多宗室诗人随后亦各有吟咏诗作。例如允礼有《热河三十六景诗》，允禄虽然没有像允礼那样把三十六景逐一题写，但他所写的《泉源石壁应制》则是对承德避暑山庄三十六景之一的"泉源石壁"景点的书写。

乾隆十年（1745）二月十九日，乾隆帝驻跸盘山，命允禧绘《盘山十六景图册》，并有御制诗《命慎郡王写盘山山色口占诗以赠》《题慎郡王田盘山山色

图十六帧》等，允禧不但完成了画作，而且对乾隆帝此组题画诗逐一有恭和之作。①

总之，燕京八景也好，盘山十六图景也好，承德避暑山庄三十六景也好，这种系列性景点的统一性发掘与组合，展现了一种盛世的气象。换言之，在以康熙帝为代表的清前期帝王的勤政治国的基础上，盛世气象来临，借助康熙帝与乾隆帝的推动而创生的"八景""十六景""三十六景"，实际上就是这种盛世气象在吟咏风景名胜这一文化层面上的具体展现。弘昼《燕山八景序》云："皇都佳丽，尤为大业所覆焘，王气所郁蒸之地，而八景竞秀，万状争新，其令人畅怀寄兴，极目逍遥者，更有无穷之美哉……凡此八景，列于京畿，甲于天下，巍巍崇崇，实皇都之胜，概宇宙之奇观也。"② 此序中的"王气""大业""皇都"云云，恰是通过清前期宗室诗人在京畿山水风景的吟咏与题写中，将盛世气象与皇家气派融入才真正得以呈现的。

小　结

清前期的宗室诗人虽然受到了汉文化的影响，但在他们的诗歌创作中仍然彰显了一定的民族文化特色，在长白宗风的文化书写上取得了一定的成就。清前期宗室诗人对江南的想象与书写展现了宗室诗人的"尚南情结"，烙上了较为鲜明的"富贵囚徒"的印记。清前期宗室诗人在京中构建园林与别业，积极主动地展开景点命名活动并在不断的交游唱和中题写和吟咏这些景点，赋予京畿的风景名胜以文化艺术的意涵。因此，清前期的宗室诗歌除了具有艺术层面的价值外，还具有丰富的民族与文化价值。

----

① 伏冲：《笔下能生万汇春——从慎郡王允禧书画作品看乾隆朝宗室书画的文人元素》，《紫禁城》2019 年第 3 期。

② （清）弘昼：《稽古斋全集》，《清代诗文集汇编》（第 332 册），上海古籍出版社，2010 年，第192 页。

第六章 清前期宗室人的名号的
心灵史与文化史价值

以汉文化为主体的中华文化颇为讲究名字之道，不但有"名以正体，字以表德"之说，而且文人雅士通常还会借助斋（室）名与个人别号来表现自我的志趣、抱负和个性等。作为曾经在中华文化史上有过灿烂辉煌的民族，满族在铁骑入关前的取名方式迥异于汉人，有着自我特征鲜明的姓氏。在入关后，满族人在保持着取满语之名这一民族和文化传统的同时，也日渐受到了汉族名字文化传统的影响，取汉人之姓以及取字号与别号的风气开始悄然流行。对此，金陵生总结云："八旗诗人字号好取亭字，尤以满洲为多……是殆亦满人之风气也。"[1]

这种风气的流行，很快引起了乾隆帝的重视。乾隆五年（1740）四月二十七日谕云："今见满洲名字单写者甚多，此摺内宗室文新名字理宜联写，而二字联写竟似汉人名字。至于宗室望瑞名字，不但不可联写，且竟成汉人名字矣。"[2]乾隆二十五年（1760）六月，乾隆帝谕言："八旗满洲、蒙古皆有姓氏，乃历年既久，多有弃置本姓沿汉习者。即如牛呼鲁氏或变称为郎姓，即使指上一字为称，亦当曰牛，岂可直呼为郎，同于汉姓乎？姓氏者乃满洲之根本，所关甚为紧要，今若不整饬，因循日久，必各将本姓遗忘不复有知者。"[3]乾隆三十一年（1766）五月，乾隆帝看到皇子永琰手中扇上的题画诗句颇佳，询问得知出于永瑆之手并看到"兄镜泉"的落款是时，批评云："以别号为美称，妄与取字，而

---

① 金陵生：《八旗诗人喜取亭字为字号》，《文学遗产》1999 年第 5 期。

② （清）鄂尔泰等纂修，李洵等校点：《钦定八旗通志》（第 1 册），吉林文史出版社，2002 年，第239 页。

③ （清）奕赓著，雷大受校点：《佳梦轩丛著》，北京古籍出版社，1994 年，第 94 页。

不知其鄙俗可憎"。①

　　就宏观层面而言，乾隆帝对这种风气的批评，是满汉文化的交流与冲突在名字文化层面上的一种折射，它是一个具有文化史意义的命题。可是如果我们回到宗室诗人这一微观个体层面来看的话，他们之所以选取特定的字号与别号，是为了展现自我心灵的旨趣，是诗人情感世界的外化，因而字号与别号不只是一种简单的称谓，而是一个具有心灵史的命题。此外，不同时段的不同心境会让一个宗室诗人在不同的时期选取多个不同的别号与斋室名号，这意味着，考察宗室诗人关于字号的选取与替换的变化过程，能生动地揭示他们心灵的变化轨迹，这是一个具有心灵史意义的命题。对于清前期的宗室诗人而言，"清前期"这个限定语意味着：他们处于这种文化交流与冲突的最初阶段，是相关矛盾的缘起；"宗室"这个限定语意味着：天潢贵胄的特殊身份使得他们很容易成为关注的焦点，是这一风尚变化的重要引领者；"诗人"这个限定语意味着：他们对政治、权势、历史、人生等多方面有着细腻而丰富的感知却又有诸多不便于言说之处，因而他们更为迫切地需要字号来作为一种持身的勉励或规诫。总之，清前期宗室诗人的名、字、号具有丰富的考察价值。因此，本章将就这一问题展开讨论，以期揭示其中所蕴含的心灵史、文化史、诗学史的价值与意义。

第一节　清前期宗室诗人满语之名的汉写

　　一方面，清前期的皇族较好地秉持着以满语来取名的传统；另一方面，无论是处理政务，还是吟诗作赋，汉语又是最通行的语言。这意味着：皇族宗室经常需要用汉字来书写自己的满语名字，于是多出了一个音译转换的环节。如果音译转换时用字不统一的话，必然会出现同名异写的情况。从清前期的各种文献载录来看，同名异写的情况极为常见。其中最为典型者，莫过于高塞了。高塞之名在顺康雍乾之间的不同文献中有多种写法，一直到嘉庆年间，经法式善郑重提出之后，才定写为"高塞"。为了更好地说明问题，于此先按时间顺序，将高塞之名

① 李治亭：《爱新觉罗家族全书》，吉林人民出版社，1997 年，第 215 – 216 页。

的异写嬗变轨迹描述如下。

在顺康之间，与高塞有交游的禅师多用"郭子公"来称呼高塞。例如，道忞《布水台集》第二十二卷有一封写于康熙元年题为《柬敬一主人郭子公》的书信，请求高塞援手营救因"通海案"而受牵连的钱价人与钱缵曾的家人。① 所谓"公"者，高塞封辅国公，故用以表尊称。所谓"郭子"者，乃是高塞满语之名的汉译写法。此外，文廷式《纯常子枝语》卷十一收录了顺治帝所作《御制解惑篇》一篇。在这篇长文中，顺治帝对别山、慧枢、笻溪等僧人口中屡屡夸奖的郭子公，给予了严厉的批评。②

康熙九年（1670），高塞薨，而作于康熙十年（1671）九月的《果色墓碑》则称其为"果色"。"果色"的发音与"郭子"相近，可见这又是高塞满语之名在汉写时的一种不通行的写法。对此，刘小萌指出，在碑刻中，满人的名字不仅满汉对应，而且是汉名在先，满名只是汉名音译，已折射出满人取名受汉文化影响特点。③

在康熙朝中期，王士禛在《池北偶谈》卷十五"敬一主人诗"条中将高塞的满语之名写作"国赖"④。"郭子"与"国赖"读音相同，仅声调有细微差别。基于王士禛在清代的特殊地位，于是乎"国赖"遂成为此后高塞较为通行的满名汉写。例如，雍正间伊福纳所编的《白山诗抄诗人小传》⑤ 以及乾隆间吴长元《宸垣识略》⑥ 卷十四等文献，都写作"国赖"。

此外，在康熙朝编写的《康熙实录》中，高塞之名兼有写作"高塞"与"高色"两种写法，并且以"高色"为多。

在乾隆年间，由冯仙等人修纂的《图绘实鉴续纂》卷二云："国则王公号霓庵，乃太宗第五子，博雅好古，书画诗词以及奕琴图篆，无一不善。所写山水，

----

① （清）道忞：《布水台集》，《禅门逸书·初编》（第10册），明文书局，1981年，第206页。

② （清）文廷式：《纯常子枝语》，《续修四库全书》（第1165册），上海古籍出版社，2002年，第1206页。

③ 刘小萌：《清代满人的姓与名》，《吉林师范大学学报》2014年第1期。

④ （清）王士禛：《池北偶谈》，《文渊阁四库全书》（第870册），商务印书馆，1984年，第217页。

⑤ （清）伊福纳：《白山诗抄诗人小传》，抄本，国家图书馆藏。

⑥ （清）吴长元辑：《宸垣识略》，北京古籍出版社，1982年，第297页。

法云林、子久，秀润天钟，无一点尘市气。"① 在这条材料中，"国则"与"第五子"这两处表述值得细辨。清太宗皇太极第五子为硕塞，"国则"的发音与"硕塞"相去较远，与"国㟥""高塞""高色"的读音较为相近，加之"霓庵"又是高塞之号，因而"国则王公"之言显然是指皇太极第六子高塞，而非硕塞，与之相应，"第五子"实乃"第六子"之误。清人彭蕴璨《历代画史汇传》卷首在转引《图绘实鉴续纂》时云："承泽裕亲王名硕塞，号霓庵，太宗文皇帝第二子，山水法倪、黄，秀润天种，无尘市气。"此言不但以讹传讹，而且还将"第五子"误抄为"第二子"。由此看来，《清代宫藏书画集》将清宫所藏的《夏山图》归为硕塞所绘②是有误的，该图应是高塞的存世画作。总之，《图绘实鉴续纂》所使用的"国则"这一写法虽不流行，但"国则"与"国㟥"的读音相近，还是满汉音译转写过程中的合理现象。

乾隆五十二年（1787）《皇朝文献通考》编成，在这部具有权威性的文献中，已经开始将高塞之名统一写为"高塞"。不过由于这部典籍较为厚重，鲜有人关注到高塞满语之名已经统一定写为"高塞"这一细节性的问题。

一直到嘉庆七年（1802），在《存素堂诗初集录存》卷十四《壬戌奉校八旗人诗集意有所属辄为题咏不专论诗也得诗五十首》第一首尾联"独诧渔洋老，称名讹误沿"中，法式善有注云："《池北偶谈》载公名国㟥，查《通考》，公名高塞，今正之。"③"奉校八旗人诗集"云云，是指法式善曾经作为铁保的重要副手，承担了编订《熙朝雅颂集》的大部分工作。高塞是清代第一位宗室诗人，是《熙朝雅颂集》绕不开的诗人，由于高塞存世资料较少，因而王士禛《池北偶谈》中关于高塞诗歌的辑录与生平的介绍，自然便成为法式善重点审阅的文献。当他发现《皇朝文献通考》关于高塞之名的写法与《池北偶谈》不同时，颇为兴奋，故有"独诧"之语，并在注释中用"今正之"加以强调。总之，通过法式善郑重其事地指出王士禛这一名人在高塞满名汉写上的"讹误沿"并进行"今正之"的考述之后，"高塞"这一原本并不太通行的写法，遂取代原先较

① （清）冯仙等纂，于安澜整理：《图绘实鉴续纂》，上海人民美术出版社，1963年，第13页。
② 孙国庆、白燕萍：《清代宫藏书画集·清代卷》，中国书店，1998年，第223页。
③ （清）法式善著，刘青山校：《法式善诗文集》（上册），人民文学出版社，2015年，第349页。

为流行的"郭子"与"国甯",成为后世通行的定写。

虽然法式善对高塞满语之名的汉文定写有宣扬与推动之功,但他的拘泥也使之苛责了王士祯,理由有二。其一,清前期满人取名的依据是满语,非汉语,因而在书写时多出了一个音译汉写的环节,导致同名异写或一名多写的情况是极为常见的。对此,《八旗文经·作者考》云:"镇国悫厚公高塞,《池北偶谈》作国甯,《白山诗介》作国甯,先八世祖讳讨塞,《氏族通谱》卷七十书作陶色,译音无定字也。"[①] 这一现象除了在高塞身上有体现外,在清前期其他的宗室诗人中,也有颇多生动的体现,具体可见下表。

常用名	异写之名以及文献出处
伊都礼	伊都里(《宗谱》)、伊尔立(《天咫偶闻》)、伊都立(《梧门诗话》)
塞尔赫	塞尔赫(《养吉斋丛录》)、色尔赫(《雪桥诗话三集》)
经　希	景熙、岳希(《圣祖仁皇帝实录》)、京喜(《世宗宪皇帝上谕八旗》)
岳　端	蕴瑞(《宗谱》)、蕴端(《八旗诗话》)、袁端(《清史稿》)
玛尔浑	马尔浑(《清史稿》)、玛尔珲(《皇朝通志》)
吞　珠	屯珠(《宗谱》)
穆　禧	穆僖(《历代画史汇传》)
福　静	福靖(《宗谱》)
恒　仁	恒新(《宗谱》)
德　沐	德穆(《宗谱》)
九　如	九成(《宗谱》)

由此可见,清前期宗室诗人同名异写的情况非常常见,法式善忽略了这一特殊性,苛责了王士祯。

其二,虽然目前未见能够确证王士祯与高塞有交游的文献材料,但二人在时空上有交集,是存在着交游的可能性的。更为重要的是,王士祯关于高塞的载录乃是从与高塞有密切交往的孙旸处所得,因而在文献性质上属于一手的原始文

---

① (清)盛昱著,马甫生等标校:《八旗文经》,辽宁古籍出版社,1988年,第455页。

献，而《皇朝文献通考》是迟至乾隆朝后期才集成的文献，属于后出的二次转引文献，以后出的二次文献来否定前人的一手文献，这在论证方法上欠妥。

另外，李芳认为，铁保主持的《白山诗介》与《熙朝雅颂集》之所以将高塞之名写作"国鼐"，都是因为"满文音译转写"之故。李芳并未具体说明二书的版本情况。据笔者所见，国家图书馆所藏刻本《白山诗介》与上海师范大学图书馆所藏刻本《熙朝雅颂集》都写作"国鼐"，而非"国鼐"。另外，今人李雅超所校《白山诗词》中的《白山诗介》① 以及赵志辉所校《熙朝雅颂集》② 也都写作"国鼐"，非"国鼐"。退一步说，即便在别本中有将高塞写作"国鼐"者，也不能将其视为合理的满文音译的转写。因为"鼐"与"鼐"字形虽相近，但读音相去较远，而且在乾隆朝之前的文献只有写作"鼐"者，无写作"鼐"者，显然这是后人因字形相近而导致的误抄，并非满汉音译的合理性转写。清末盛昱《八旗文经》与杨钟羲的《雪桥诗话》皆言王士祯的《池北偶谈》将高塞之名误写为"国鼐"③，事实上，王士祯《池北偶谈》就是写作"鼐"，而非"鼐"，并没有错误，是盛昱与杨钟羲不慎以讹传讹，进一步冤枉了王士祯。

当我们使用"高塞"这一汉文书写的方式来音译他的满语之名后，一个问题也随之而来：当初皇太极给高塞所取的满语名的本来写法是什么，这个满语名的特定含义是什么？对此我们已经很难明确查考了。朱学渊认为，清代前期宗室遵循北方诸族以族名和部落名为人名的传统，皇太极有三子之名带有"塞"字，分布是硕塞、高塞、韬塞，此三人对应的部落名分别为库狄、兀者、突厥。④ 果如此言的话，高塞满语之名所对应的"兀者"部族，是一个通古斯语系部族，主要分布于辽阳一带。在满语中"兀者"乃森林之意⑤，那么皇太极给高塞所取的这个满语发音的名字，是否寓含着希望高塞能像森林那样生机蓬勃呢？是否包含着皇太极对满洲部族历史的敬谨追慕呢？这是难以确考但值得我们深思的。另外，有学者指出，硕塞、高塞、韬塞三人的取名特点都是满汉结合：第一字

---

① （清）铁保辑、李雅超校：《白山诗词》，吉林文史出版社，1991 年，第 191 页。
② （清）铁保辑、赵志辉校：《熙朝雅颂集》，辽宁大学出版社，1992 年，第 3 页。
③ （清）杨钟羲：《雪桥诗话》，北京古籍出版社，1989 年，第 77 页。
④ （美）朱学渊：《中国北方诸族的源流》，中华书局，2004 年，第 301 页。
⑤ 陈得芝主编：《中国通史》（第 8 卷·上册），上海人民出版社，2013 年，第 264 页。

"硕""高""韬"所取的都是汉文之意，第二个共同的"塞"字所取的则是满文之意。"塞"字在满文中写作 ᠰᡝ，转译为"色"，其含义是年岁、寿命。因而将"高塞"的满汉意义结合起来理解的话，便是"年岁多"与"长命百岁"之意。[①] 果如此的话，说明皇太极不但对满汉文化的融合持积极的态度，而且已经颇谙其道。但从乾隆帝的态度来看，这样的取名方法是甚为不可取的，是被批判的。这两种解读，究竟谁是谁非，或者二者其实也有可能是兼可的，并不矛盾。因为，"兀者"所寓含的"森林"之意，其实就是多草多木的意思，与满语"塞"的含义并不相悖。总之，得益于满汉文化结合过程中的多元冲突，才有了如此多样的解释。

作为天潢贵胄，高塞王公的身份是显贵的，作为清代的第一位宗室诗人，高塞在八旗诗史、满族诗史、宗室诗史等多个维度上，都是"开诗律先声"的重要人物，但他的满名汉写一直到法式善郑重提出之后才确定下来，这不得不说是一种遗憾。这种遗憾是满汉文化交流与冲突的生动折射，具有丰富的意义可供我们品味。总体来看，"高塞"与"高色"主要见于政治性的文献，这些写法所载录的是高塞的生卒年与封赠经历，偏于政治意味；而"国耑"与"国鼐"主要见载于讨论文学与艺术的文献，这些写法所描绘的高塞则是一位爱好吟咏的诗人，更偏于诗学意味；"郭子"的写法主要见于僧人的文字中，这些文字描述了高塞的虔诚、谦和、好学，是一代帝胄风范的极佳范本，带有理想化的意味。这些不同写法、不同意味的高塞组合在一起，才是一个完整而丰富的高塞。因此，高塞满名汉写的多样性又是他个人所享有的一种民族文化交流上的幸运。这种遗憾与幸运，就像硬币的两面一样，是一体的。

第二节　清前期宗室诗人之字

在满族的起名传统中并无取字的习俗，入关后，满族的文人雅士受汉文化的影响，取字之风日渐盛行，宗室诗人也不例外，在取字与号上郑重其事。对此，

---

① 张淑媛、张淑新：《金銮殿朝夕——八旗·太狮·嚎丧鬼》，中国社会出版社，1998 年，第 48 页。

永瑢《取善园为字赠福庆》云："人生宇宙内，精灵造物钟。岂独名字号，命意无不工。号虽犹自定，字必要名从。此是自然理，说解学坡翁。"① 诗中的"命意无不工"与"字必要名从"精要地揭示了名与字二者之间存在的关联文化。总体来看，宗室诗人在取字上，大多借助汉文化的经典著作来阐释其字与其满语名之间的特殊意义，具有文化层面的考察价值。此外，宗室诗人所取之字在某种程度上也折射了他们的处事心态与持身标准，具有一定的激励、规箴或警醒的作用，具有心灵层面的考察价值。

一、以汉文之义来注释满语之名

在汉族的姓名文化中，一般情况下，姓是受家族的制约而固定下来的，只有名字是可以自由择取的。虽然现今国人在名字上已不作刻意区分，但在古代，名与字的差别是鲜明的。就来源方式而言，名一般由最为亲近的长辈（一般是父亲或祖父）所取，字则可自取或由交谊较好的长辈亲朋相赠。就先后顺序而言，一个人一般先有名，后有字。就地位作用而言，字对名要有一定的揭示或注释作用，以彰显所取之名的独特意涵。清前期的宗室诗人在取字时，基本都遵循了"以字释名"的原则。我们可以拈举博尔都作为案例，窥见这一点。

博尔都字"问亭"，又字"问真""大文"等。"博尔都"的发音在满语中含有"韬略"之意，只有不停地勤学好问，才能富有韬略。可见博尔都受汉文化影响而取的"问亭"之字很好地注释了"博尔都"这个满语之名的含义。更为重要的是，博尔都为自己取"问亭"字，并不是为了附庸风雅，而是将之作为为人处世的标准来规箴自己。关于这一点，我们可以从以下若干条材料来窥见。

康熙十七年，李因笃被强征入京应博学鸿儒时，博尔都作《赠李天生》以迎；李因笃坚决不受官而离去时，博尔都作《送李天生归养》以送。在《赠李天生》中，博尔都有"读书万卷不识字，苦未达本穷其源。我尝三复邮侯书，格心补阙非迂疏"之句。"不识字"与"未达本"之语乃是自谦，从反面说明了

---

① （清）永瑢：《益斋诗稿》，《清代诗文集汇编》（第 339 册），上海古籍出版社，2010 年，第214 页。

博尔都的好学；"万卷"与"三复"之言虽是虚指，但也从正面揭示了博尔都的勤学。[1] 此外，博尔都在为岳端《出塞诗》作题记时，有"君不见儒生不读万卷书，含毫吐辞终迂疏"[2] 之语，可见博尔都对读书问学的重视。据冯辰《李恕谷先生年谱》卷三所载，康熙三十九年九月，博尔都曾向学者李塨问格物理论。[3] 汪琬在为博尔都《问亭诗集》作序时，以"先生则尤王家之卓尔者也。其学贯穿经传，错综典故，而又深研性命之旨，博求天人之源。先生之于道也，琬诚愚陋，不足窥测其所至"之言，对博尔都的"杜门勤学"给予了极高的评价。[4] 以上诸条材料都证明了博尔都的好学，表明了博尔都取"问亭"与"问真"之字是为了将之作为持身的标准进行自我规箴，极佳地注释了"博尔都"的满语之意。

二、取汉族文化经典来注释其满文之名

清前期的宗室诗人大多有较为优渥的生活条件，有较好的学习环境，对文化经典的阅读与学习也较为丰富和深入，受此影响，他们会从文化经典著作中取字来注释自己的满语之名。关于这一点，恒仁与岳端是较为典型的个案。

恒仁，字育万，又字月山。宋代周敦颐《通书·顺化》云："天以阳生万物，以阴成万物。生，仁也；成，义也。故圣人在上，以仁育万物，以义正万民，天道行而万物顺，圣德修而万民化，故天下之众，本在一人。"恒仁的"育万"之字当取自此处。一方面，取"以仁育万物"中的"育万"之意来注释其名中的"仁"字之义；另一方面，月乃"阴"的代表，恒仁"月山"之字与"以阴成万物"相契合。《通书》是周敦颐读《易经》心得的辑录，从取字来看，恒仁受到了易学的影响。恒仁《咏老少年三首》"恰称闲居人读易"之句便是极佳佐证。

---

① （清）博尔都著，黄斌校点：《清代宗室诗人博尔都〈问亭诗集〉校注与研究》，云南大学出版社，2017 年，第 19 页。

② （清）岳端撰、陈桂英点校：《玉池生稿》，天津古籍出版社，1990 年，第 111 页。

③ （清）冯辰、刘调赞著，陈祖武校：《李塨年谱》，中华书局，1988 年，第 79 页。

④ （清）博尔都著，黄斌校点：《清代宗室诗人博尔都〈问亭诗集〉校注与研究》，云南大学出版社，2017 年，第 3 页。

　　基于"岳端"的满语发音之名，也有人将之音译为"蕴端""袁端"等，不过岳端自己选择了"岳端"这一汉文写法。那么为何岳端会选择这一写法呢？我们通过岳端自己所取之字的注释作用，大概能够窥见其中缘故。岳端为自己取了两个字，分别是"正子"与"兼山"。首先，就字面含义而言，"岳"者，山之大而秀也。"端"者，极点也。岳之端，即名山之峰也，峰乃山上之山，故"岳端"可用"兼山"来说解和注释。从这一点来看，以"兼山"之字来释满语"岳端"之名，含有一种出类拔萃的自我期许。其次，就文化含义而言，"兼山"之字与《易经》有内在的关联。在《易经》中，"兼山"是艮卦的一种卦象，两山重叠，象征抑止，含有"思不出其位"之意，要求君子守本位之正，不做非分之想，这与岳端的"正子"之字形成了很好的互释作用。在《蓼汀集》卷一《春日蓼汀集即事》中，岳端有"莺迁灌木原知止，蛙噪方塘岂为公"之句，句中"知止"之言可视为岳端为自己取"兼山"与"正子"之字的一个生动注脚。由此看来，岳端所取之字既包含着自我期许，也包含对自我持身行事的一种规箴。

　　在与岳端交游的宗室诗人中，博尔都是与其关系最为密切，也颇为值得关注的一位。如果我们对博尔都诗集中关于岳端字号称谓的变化情况进行考察的话，就可以发现一个很有意思的现象：在康熙三十五年丙子博尔都自序刻本《问亭诗集》中，博尔都早期与岳端的交游诗作主要以"红兰主人"之号来称呼岳端，到后期的交游诗作则改为以"兼山"来称呼岳端；在康熙四十四年乙酉，由晚年的博尔都自己重新整理补充并由毛奇龄作序的抄本《问亭诗集》中，博尔都将刻本中以"红兰（主人）"称呼岳端的诗作全部改为以"兼山"相称。这一称谓处理方式的转变是很有心灵史的考察价值的。岳端少年成名，爵高名盛，"红兰主人"之号较为昂扬外放，富有少年的冶艳之气。可是后来随着岳端接连遭受训斥、降爵甚至是削爵的重大打击，"红兰（主人）"这个略显少不更事的别号已经不能满足其心灵慰藉的需求，含有抑止与端正之意且具有规箴作用的"兼山"和"正子"之字才能满足其心灵的需求，故而岳端自己不再以别号来行世，改为以字行世。因此，博尔都诗集中关于岳端称谓使用的变化，具有揭示岳端心灵史的独特价值。

　　除此之外，岳端的"兼山"之字还有一定的文学史考察的价值。在马长海

《雷溪草堂集》中有一首五律《游兼山水居》云："淮王鸡犬去，寂莫兔园空。花坞冥冥白，霞溪滟滟红。夕阳生石发，乔木吊东风。玉轴留仙笔，萧闲写菊丛。"对于此诗，李澍田主编的《白山诗词》注云：

> 兼山：在四川剑阁县东南一百二十里。宋学士黄裳曾居此。兼山水居应是谢兼山宅。
>
> 淮王句：淮王指汉高祖之孙，淮南王刘安。相传刘安得道，白日飞升，鸡犬皆升天。
>
> 兔园：园名，汉梁孝王所筑，当时为文士集宴之所，故址在今河南商丘县东。①

此注释有误。马长海所题之兼山水居，乃是岳端的水居别业，并非谢兼山之宅。在《玉池生稿》中，岳端有不少题咏其水居的诗作。另外，据查礼《榕巢词话》所载，八旗诗人阿金曾因"壬辰重九偕林吉人、杨陶甫、钱丹士过兼山水居，登高有感"而作了一首《贺新郎》，该词云："喜城南、风光佳处，更携佳客。秋水蒹葭人何在，惟剩兼山旧迹。请看取、而今岑寂。曾是常年行乐地，叹风流已散难追觅。"② 阿金与马长海、塞尔赫等人皆有交游，其所言之"惟剩兼山旧迹"亦是岳端的旧居。总之，马长海《游兼山水居》中的"淮王"之句是用以比喻兼山的早逝，"兔园"之句是用以比喻岳端园林别业的荒颓，"玉轴留仙笔，萧闲写菊丛"之句是指岳端工于绘画，尤善画菊。在清人的著述中，有诸多诗作是以"兼山"来指谓岳端的，这对我们考索和注释相关诗作的创作本事而言，具有重要的文学考察价值，值得留意。

第三节　清前期宗室诗人之号

如果说清前期宗室诗人通常从文化经典中择取名句警言来释其名，具有比较

---

① 李澍田主编：《白山诗词》，吉林文史出版社，1986 年，第41 页。

② 杨传庆整理：《津门诗话五种》，天津古籍出版社，2018 年，第143 页。

正式与谨严的特点的话，那么他们在别号的选择上就显得比较随性，比较灵活多样了。清前期宗室诗人的别号与斋室号数量繁多，风格多样。这些灵活多样的别号与斋室号为我们考察清前期宗室诗人的心灵史与宗室诗歌的文化史提供了丰富的样本。以下拈举高塞、岳端、塞尔赫等人为个案加以论述。

一、高塞之号

高塞最为通行的别号是"敬一主人"。道忞《布水台集》卷四有一首《上庶兄敬一主人于朝罢时间从问道终日无倦容短章以赠嘉其好善忘势敏而嗜学有贤士之风无贵人之习焉》，该诗在后来由道忞弟子真朴禅师所编的《北游集》的目录中，诗题改作《赠东来堂敬一主人》，这一个"赠"字表明此诗乃是二人初识不久之后，用于订交的相赠之作。那么二人结识于何时呢？考虑到高塞奉命出关守陵，长期不在京城，因而二人应当结识于高塞出关之前。在顺治帝《御制解惑篇》中有"今年伍月初旬，特谕议政王大臣金同推举。众议以为守陵重任，固宜于宗室慎择其人……其一则为郭子公"之语，提及选派高塞出关守陵之事，并有"犯监吴良辅等数人，粗涉文义者，彼皆深相援引，委以腹心"云云，[1] 这处文字有助于我们考证高塞出关守陵的时间。在《顺治实录》卷一一五"顺治十五年三月"条中，载录了吴良辅等人"交通内外官员人等作弊纳贿"等罪责。据此可知，高塞当于顺治十五年左右拟被选派担任出关守陵之职。而恰在顺治十五至十六年间，道忞被召人京，次年道忞南归。此后，二人一南一北，无缘再见。因而，二人当于顺治十五至十六年之间结识。二人相识之初，道忞以"敬一主人"称呼高塞，可见此号乃高塞在顺治十五年之前就已取有。法式善《八旗诗话》将高塞之号写作"静一主人"，"静"与"敬"读音虽相近，但其中的意涵相去较远，显然是误抄，丢失了后文我们将会论及的丰富的心灵史与文化史意涵，不妥。

除"敬一主人"之号外，高塞另有"霓庵"之号。在高塞所作两通《答弘觉禅师书》的第一通中，高塞云："蒙师不弃顽钝，更示以方便法门，教其善自

---

① （清）文廷式：《纯常子枝语》，《续修四库全书》（第 1165 册），上海古籍出版社，2002 年，第 1206 页。

回光，总未能批却道款，庶几迷津一筏乎？赠号'霓庵'，六如妙谛，以一蔽之，师意更深远矣。"① 弘觉禅师即道忞，由此可知"霓庵"之号乃是高塞与道忞有深入交流之后，由道忞所赠。因而，高塞"霓庵"之号晚于"敬一主人"之号。《清代东北流人诗选注》将孙旸《七哀诗·镇国公霓庵》中的"霓庵"写作"灵庵"，② 乃是因"霓"字与"灵"的繁体"靈"字在字形上有些相近而不慎误抄所致。从"六如妙谛，以一蔽之"之言可知，高塞受道忞之教后，觉路大开，已能深切领会此赠号的寓意，接受了佛法思想。由此来看，《熙朝雅颂集》卷一在抄录王士禛《池北偶谈》时，将高塞"敬一主人"抄为"敬一道人"，这与高塞接受佛学思想的事实龃龉，也不妥。诚然，高塞除了与释家禅师道忞有交往外，与盛京三元观焦冥道士苗君稷也有交往，还作有《赠御院焦冥道士》诗一首，而且高塞还有"东来堂"之书斋号，这个书斋号很容易让人想到老子过函谷关之前，关令尹喜见有紫气从东而来的典故，但是这些材料都不能成为法式善将高塞"敬一主人"写作"敬一道人"的充分依据，理由有二。

其一，与道士有交游并不能说明高塞信奉道家学说。高塞出关守陵前，与别山、慧枢、筇溪等僧人交往密切，还深受道忞禅师的启发，出关守陵后，继续与道忞书信往来，从"霓庵"之号便可知其受佛法影响之大。而高塞赠给焦冥道士的诗作仅一首而已，能有力论证高塞受道家思想影响的材料稀见，因而将"敬一主人"写作"敬一道人"不妥。

其二，"东来堂"虽有可能与老子的典故有关，但该书斋号乃是由道忞禅师所赠，这大大地降低了"东来"之号的道家意味。高塞在第一通《答弘觉禅师书》中言："近于盛京构楼三楹，尚未定名，乞吾师选二三字，以为楼额。"从道忞《布水台集》卷五《寄怀东来堂敬一主人》可知"东来堂"是道忞为高塞构筑于盛京的书院所题写之号。霓者，紫气也，恰与"东来"相契合，显然道忞所题"东来堂"之书院名与"霓庵"之号有关。因而"东来堂"之号的主要作用是阐释"霓庵"之号的含义，不具有证明高塞信道的作用。张佳生援引《老子》"圣人抱一为天下式"与《淮南子·诠言训》"一也者，万物之本也，无

---

① 天童寺志编纂委员会编：《新修天童寺志》，宗教文化出版社，1997年，第422页。
② 张玉兴选注：《清代东北流人诗选注》，辽沈书社，1988年，第167页。

敌之道也"为例，得出这样一个结论：高塞"敬一道人"之号"一"的含义极深，实质上指的是"道"。① 这个"道"指的是天地之根本，是广义的"天道"之"道"，而非狭义的"道教"之"道"。在道忞给高塞的诗作中，有"间从问道，终日无倦容"之语，在高塞第一通《答弘觉禅师书》中有"总未能批却道款"之语，两人两段文字中所提及的"道"都是指"天道"，而不是道家思想之道。因此，笔者认为：高塞并无"敬一道人"之号，此号乃是法式善误抄所致。

那么"东来堂"之书院名（书斋号）是道忞何时所题赠的呢？在两通《答弘觉禅师书》中，第一通有"十载离怀，用是少展"之言，第二通有"居东十载，去秋奉召还京。既叨晋阶，复蒙赐第"之言，故两通书信都作于二人别后第十年。结合前文所考，二人结识于顺治十六年左右，后推十年则是康熙八年。该年九月，高塞由辅国公晋封为镇国公，恰与"晋阶"所言相契合。因而，高塞"东来堂"之号当是康熙八年由道忞所题赠。由于构堂在先，后来才有高塞写信请道忞题写书院名，中间有一段时间差，在此期间，高塞与诗友需要先定一个书院号，以便于唱和交游。在焦冥道士的《焦冥集》中，有《中秋夜从辅国游东园得东字》《辅国公去城东数里植柳种菊白屋中起绕以垣曰东平书院》两首诗，流人孙旸《孙蔗庵先生诗选》中也有《立秋镇国公东园宴》一诗。以上诗题中的"东园"与"东平书院"应当都是"东来堂"的别称。

"东园"之"东"者，一方面与该书院的位置"去城东数里"有关，另一方面也或与该书院所在的盛京（沈阳）位于辽东有关。"东园"之"园"者，一方面与该书院"植柳种菊白屋中，起绕以垣"的自然环境有关，另一方面也与这些方外之士和塞外流人在高塞的书院中获得了生活上的庇护与心灵上的慰藉有关。孙旸《十月十四日召至行在即事二首》将西汉梁孝王刘武的"梁园"与高塞的"东园"作比，揭示了"东园"之"园"在情感上与文化上的特殊性。

至于"东平书院"的"东平"，存在着三种解读的可能性。其一，与东平王刘苍有关。刘苍乃东汉光武帝刘秀第六子，喜好经书，明习礼仪，辅佐明帝尽心竭力，对章帝亦多有建言，乃"光武十王"中之佼佼者。高塞仕途不通达，与刘苍有异，但高塞勤学好问，与刘苍相同。书院取"东平"之名，既契合高塞

---

① 张佳生：《独入佳境：满族宗室文学》，辽宁人民出版社，1997年，第40页。

帝胄王公的身份，也契合其好学之本性。从留存的文献来看，大部分材料所取的都是这种理解。例如，苗君稷《归自都门向辅国言淡园海棠》有"狂歌竟日难为别，为报东平旧主人"① 之句。又如，康熙朝后期王晫所著《今世说》卷七云："镇国公精白纯谨，乐善小心，愿以汉东平自期。"② 考虑到这些材料大多是汉族文人为了赞扬高塞身有国公之贵却能礼贤下士，故此说通行自然不足为怪。但如果我们站在高塞独特的民族与贵胄身份来看的话，"东平"之号背后或许仍有另外两种申解的可能。

一方面，与古渤海国的东平府有关。公元 8 世纪中叶，由靺鞨族建立的渤海国设置了东平府，该府领伊、蒙、沱、黑、比五州，府治所在伊州（今黑龙江密山市），高塞守陵之盛京（沈阳）乃渤海国东平府辖地。靺鞨通常被视为女真之源，如此理解的话，"东平书院"带有对满洲民族历史文化的追慕之意，这与高塞出关守陵、卫护宗脉文化的任务是互为表里的。

另一方面，与山东东平府有关。自北宋以来，东平府形成了"郓学"之盛，并在金章宗泰和年间聚集了众多名儒，府学兴盛，获得了长足发展，一直延续至元代初年，拥有长达七十年左右的辉煌。清代的国号曾用"后金"之名，取名为"东平书院"与金章宗那段学术繁荣的时期相呼应，显然也含有追慕民族历史文化之意。

总之，高塞书院的"东平"之名，无论是取自古渤海国，还是取自金代，或者兼而有之，其中都有深深的民族文化意涵。这与前文所言"高塞"之名是对"兀者"部族的追慕，形成了相互的印证。这也说明，高塞作为第一位宗室诗人，并非一边倒地接受汉文化，而是在对汉文化的吸收中，包含了延续民族文化传统的意味。如果说"东来堂"之号偏重于表现个人的立身旨趣的话，那么"东园"则更多的带有安顿心灵家园的诗学意味，"东平书院"则更带有对金国文化传承的意味。

另外，孙旸《七哀诗·镇国公霓庵》云："诗如摩诘画云林，十载边庭结纳深。每到花时思设醴，常从月夜想行吟。平生知己原无偶，草野酬恩但有心。华

---

① （清）苗君稷：《焦冥集》，沈阳出版社，2017 年，第 144 页。

② （清）王晫：《今世说》，古典文学出版社，1957 年，第 93 页。

蓴楼空猿鹤散，千秋谁识广陵琴。"除此诗提到的"华蓴楼"之外，孙旸另有《华蓴居盆梅次镇国公韵》之诗，由此可知华蓴楼（居）乃高塞居辽东时的邸宅之名，取的是兄弟友爱之意。① 可惜的是，高塞之弟顺治帝福临出于维护政治权势的需要，从文化、政治、人品等多个方面斥责高塞，鲜有表现兄弟友爱之情，这是非常具有讽刺意味的。

综上所述，高塞先有"敬一主人"之号，后有"霓庵"之号，赴盛京守陵后，有"东园""东平书院""东来堂"等书斋（院）号以及"华蓴楼（居）"之斋室名。这些名号既可考索高塞的唱和交游，具有诗史价值；又可窥知其对佛法以及满族历史文化的认知态度，具有文化史的考察价值。

二、岳端之号

岳端是康熙朝中期名声最盛的宗室诗人，其别号众多，最知名者乃"红兰主人""东风居士""玉池生""长白十八郎"这四个别号，以下分而论之。

首先，"红兰主人"之号。岳端有红兰室、就树堂、水居、蓼汀、桃坂、读画斋等别业，其"红兰主人"之号便源自红兰室这一书斋名，其首部诗集《红兰集》的取名也正源于此。对此，蒋景祁《红兰集序》云："筑所居室曰红兰室，因自号红兰主人。"这是岳端早年所用之号。对此，钱名世《蓼汀集序》云："集名《蓼汀》，称'红兰'，从初号也。生贵甚，不欲书爵，'红兰'名最盛，故称之曰'红兰'云。"结合钱名世所言，岳端使用此号有两个层面的含义值得我们关注。其一，与人交游时，不欲书爵来彰显自己贝子身份的尊贵，而是以别号在友朋间相称，展现了一种礼贤下士的谦和姿态。对此，姜宸英《玉池生稿序》有"尤爱礼文士，与叙布衣之交，见者无不餍心而去"② 之评，沈季友《红兰集序》有"势可忘而群士托"③ 之语，柯煜《蓼汀集序》有"襟袖修闲，对客则自呼居士"④ 之赞。其二，此号虽是岳端年少时所用，但在当时已经名动京师，为江南文人所称道。在清前期宗室诗人的诗集中，汉族文人作序最多者，

---

① 张玉兴选注：《清代东北流人诗选注》，辽沈书社，1988 年，第 154 页。
② （清）岳端著，陈桂英校：《玉池生稿》，天津古籍出版社，1990 年，第 101 页。
③ （清）岳端著，陈桂英校：《玉池生稿》，天津古籍出版社，1990 年，第 105 页。
④ （清）岳端著，陈桂英校：《玉池生稿》，天津古籍出版社，1990 年，第 110 页。

便是岳端的诗集，总计有十六通序之多，此号在当时之盛，可见一斑。

其次，"东风居士"之号。岳端《春郊晚眺次韵》有"西领生云将作雨，东风无力不飞花"之句，博尔都读后大为赞赏，将之宣传于都下，故岳端有"东风居士"之号。得益于博尔都的延誉，岳端此号与"红兰主人"之号一样名动京师。顾贞观《红兰集序》云："贞观三载前一游都亭，即闻东风居士学问之勤，礼贤爱士之笃。"[①] 据朱襄《红兰集序》所言，《春郊晚眺次韵》作于康熙二十八年己巳，时岳端年仅二十岁，因而此号也是岳端早年得名之号。此号展现了清前期宗室诗人之间的相互提携与延誉。在此之后，岳端也曾延誉过文昭，恒仁延誉过敦诚、敦敏兄弟二人。因而，此号是清前期宗室诗歌发展进程具有自觉性与连续性的一种生动表征。

再次，"玉池生"之号。程斯庄《玉池生稿序》云，岳端"少喜吟咏，尤好西昆体，因取玉池'荷叶正田田'句，自号玉池生，并自名其诗集曰《玉池生稿》。"此号揭示的是岳端的诗学宗向，具有文学层面的考察价值。

最后，"长白十八郎"之号。此号的得名，源于岳端乃岳乐第十八子，而长白又是满族人兴起之地，是满族文化根系之所在。岳端用此号自称，一方面模仿了汉族文人以郡望自称的文化习惯，另一方面也彰显了自己的民族与身份特色。此号是满汉民族文化交融在岳端这个微观个体上的生动呈现，具有民族文化的考察价值。

除了以上四个知名的别号之外，岳端的一些斋室名，如"就树堂"，也独具诗史的考察价值。岳端《就树堂集》第一首为《将移居别庭楸用昌黎庭楸诗韵》有"清楸树两株，红兰室三间"之句，《松间草堂集》卷二《就树堂小饮同余宾硕江弘文诸子分韵二首》则有"无位无名一野夫"与"双楸叶上夕阳明"之句。由此可知，就树堂其实就是原先的红兰室。同一居所换用不同的名字，与其所言之"无位无名"有关。康熙三十七年四月，岳端因"与在外汉人交往饮酒，妄资乱行"而被革黜，成为"无位无名"的闲散宗室。岳端《沈翀然过就树堂雨中小饮同顾卓朱襄分韵》中的"久谢交游事典坟"之句，所折射的也是被革黜的影响。在《闲居示侄文昭》中，岳端有"万事销沉晓梦中"与"日近斗期先

---

① （清）岳端著，陈桂英校：《玉池生稿》，天津古籍出版社，1990年，第101页。

戒酒"之语，诗社同人约定斗诗日期将近，但岳端却戒了酒，结合"闲"与"销沉"之言，可推知此诗也与遭革黜相关。由此来看的话，"就树堂"这一斋室号折射了岳端被黜革的特殊经历，具有一定的心灵史与诗史考察价值。

三、塞尔赫之号

塞尔赫字晓亭，又字栗庵，或有写作"慄庵"与"楝庵"者，又自号"北阡"或"北阡季子"，书斋号为"樊雁书屋"。

"塞尔赫"的发音在满语中含有"平安吉祥"的寓意，那么塞尔赫为何会自取"慄庵"与"晓亭"的字号呢？"栗"是最通行的写法，通常包含着两层意思，其一是栗树与栗果；其二是寒冷清溧与哆嗦战栗。写作"楝庵"者，取的是第一层含义，但这层含义与塞尔赫满语发音中的含义以及"晓亭"之号的含义很难关联，应当不是塞尔赫取字的初衷与本意，写作"楝庵"应当是不妥的，故此写法只是偶见，并不通行。写作"慄庵"者，取的是第二层意思，含有敬畏与谨醒之意，结合"晓亭"之号中的"晓"字乃了解、明白、精通之意来看，塞尔赫通过这个字号传达出了这样一种认知：只有通晓世事人情，又谨敬持身，方可保全平安，葆有吉祥。在清初的帝序更迭中，权势的争斗异常激烈，政坛的盛衰沉浮异常诡谲，塞尔赫身为天潢贵胄，惯见政坛风云，其字号背后的意义包含了他对人生、世事、政治、历史等多方面的理解与认知，具有心灵史的认知价值。

塞尔赫又自号"北阡（季子）"。据《三余集》之《春日北阡偶作》，可知北阡位于京郊沙河河曲，乃风景秀美之胜地，其母葬于此。取号"北阡"，一方面乃是表达其对孝道的理解，另一方面表达的是他对山林隐逸的向往。在《春日北阡偶作》中，塞尔赫有"心常爱止水，每去狎闲鸥"与"感时看旅雁，生计问耕牛"之句，抒写的是一种归隐自耕之情。季子者，有两层含义。其一，兄弟排序之"季"，即伯仲叔季中的"季"，塞尔赫乃泰穆布禄的第四子，故自谓"季子"。其二，文化意义上的"季"，即季札之谓也。季札乃春秋时吴王寿梦第四子，他为避王位而"弃其室而耕"之举为人所称颂。就这层意思而言，"北阡季子"之号抒写的是一种为宗室之身所羁绊的苦恼，表达的是意欲归隐自耕以获得自由闲适的情感。不过由于种种原因，塞尔赫虽有"弃其室而耕"之心，却未能真正施行，至多也是如其《山房春事》中所记的那样，做到了"山田手自锄"而已。因而在雍正六年，当他听说知己唐岱做到了这一点时，由衷高兴地作了一首《戊申仲春与以仁表侄夜话闻唐静庵骠骑尽付祖业与弟率妻子别居喜成长句》，以"同心今喜得吾徒"之句表达了他心中"弃其室而耕"的向往。

至于塞尔赫的书斋号，《雪桥诗话》言塞尔赫"酷嗜读书，早岁及见渔洋，于唐爱杜樊川，于元爱萨雁门，因颜其斋曰樊雁书屋"。[①] 塞尔赫之子鄂洛顺有《樊雁书屋诗》，家学渊源有自，《雪桥诗话》言鄂洛顺"能绍其业"，此言甚为确当。

小　结

张佳生云："姓名字号对中国人来说是一种浓缩了的文化，表现出在一定社会环境中人们的一种心理，它不是一种简单的文字符号，它集中表现了一个人的希望与追求、志趣与崇尚，它甚至可以表达自己的人生态度、处世哲学，因此姓名字号的意义非同寻常。"[②] 清前期的宗室诗人绝大部分都遵循着以满语发音取名的传统，因而在交流与书写时多出了一个汉文音译的环节，这导致大部分清前期的宗室诗人都出现了"一名多写"的情况。这种"一名多写"的情况直到清盛期之后才日渐少见。当我们考订这些宗室诗人的身份与交游时，这一特点增加了考索的困难，也提醒我们在查阅《宗谱》《康熙实录》等历史文献时，不可拘泥于文字的表述和写法，需要结合"一名多写"的情况，在音近与形近等方面进行灵活处理，从而推动考订工作的深入。虽然清前期宗室诗人之名体现出了鲜明的满文取名的民族文化传统，但他们所取的字号已经受汉文化的深刻影响，因而考察清前期宗室诗人在名、字、号三者之间的内在关联，可以发现满汉交流的某些独特侧面，可以窥见其中蕴含的文化史、心灵史、诗歌史等方面的价值。

---

① （清）杨钟羲撰集，刘承干参校：《雪桥诗话三集》，北京古籍出版社，1991 年，第 123 页。

② 张佳生：《独入佳境：满族宗室文学》，辽宁人民出版社，1997 年，第 40 页。

结　语

　　清前期可确考有诗歌创作实践的宗室诗人多达 66 人，他们以天潢贵胄的身份，不仅与汉族文人有密切的交游唱和，融入了清初的诗坛，而且产生了一定的影响力，成为清代诗坛上一股新兴而强大的创作力量。此外，清前期的宗室诗人之间也有着频繁的唱和，相互延誉与提携，形成了自觉的诗歌创作意识与文献整理自觉。在清前期宗室诗人的努力下，清前期的宗室诗歌形成了一个创作上的小高峰，促成了"天潢风雅盛"的繁荣态势。这是清代宗室诗派在事实上形成并具有独立性的基础，是清代宗室诗派先于八旗诗派与北方诗派而被倡举的重要原因。清前期的宗室诗歌在整体取向上以宗唐为主，在诗歌风神与风貌上以"清"为主。清前期的宗室诗人虽然在诗学理论上创获不大，但也提出了"有会而作"的动因论、"吟咏性情"的本质论、"根底风骚"的风教论、"不计工拙"的文辞论、"宁贵宁寒"的风格论等主张。清前期的宗室诗歌对长白宗风进行了文化书写，对诗性江南进行了想象与书写，对燕京的山水风景进行了大量的书写，这些题材与内容不仅有诗歌艺术的价值，也有着丰富的文化考察价值。清前期宗室诗人的满语之名在汉文书写的过程中大多数都存在着一名多写与同名异写的情况。清前期的宗室诗人受汉文化的影响，有数量丰富、类型多样的字号，通过考察清前期宗室诗人的名、字、号，我们能揭示其中蕴含着的丰富的诗歌史、心灵史与文化史的价值与意义。当然，若单从文学性与艺术性来看，清前期的宗室诗人在诗歌创作上存在的问题还是比较明显的。例如，在博尔都、允礼、弘昼等宗室诗集中，收录有数量不一的以"赋得体"为代表的日课诗作，这些诗作在本质上是更为注重诗法训练的习作，在整体意境上多有不足，将这些诗作收入诗集就显得在艺术标准的把控上不够严格。另外，天潢贵胄的身份虽然为宗室进行汉诗创作提供了很多便利，但在很大程度也限制了他们的诗歌创作，这导致他们在题材与视野、精力与思想等方面都有极大的局限，制约了他们在汉诗创作上的成就。但无论如何，清前期的宗室诗人拉开了整个清代宗室诗歌创作的序幕，为后继宗室诗人的诗歌创作探索提供了诸多的可能，可惜限于篇幅与体例，只能留待他日另行再述了。

附录：清前期宗室诗歌年表

【说明】

1. 关于载录内容。本表主要载录清前期宗室诗人可编年的重要生平行实、交游唱和、诗作本事等。凡与宗室诗歌无关或不重要者，以及虽然重要（或有关）但却无法确考系年者，皆不载录。

2. 关于论断出处的标注方式。（1）论断源自清人原始文献材料者，直接在相关条目之末，以括号的方式标注出处；（2）由笔者考订所得出的论断，以另起按语的形式，说明立论理由；（3）引用他人研究成果者，以脚注的形式加以说明。

3. 关于排序。（1）总体上按年、月、日的先后顺序，依次排列。（2）若时间只能考订到季节这一层面者，则按春、夏、秋、冬四季之序，置于相关节序的节点月份之后：春季置于三月之后，夏季置于六月之后，秋季置于九月之后，冬季置于十二月之后。（3）若只能笼统考订到年这一时间层面者，则置于最末。

4. 表中所涉及的知名人物，例如王士禛、施闰章、张英等，为避赘疣，不再交代其生平，只叙述与诗歌创作有关之事；不太知名者，例如王追琪、徐锡我、刘含书等，则简要交代其生平。

5. 为避赘疣，《爱新觉罗宗谱》统一简称为《宗谱》。

崇德二年丁丑（1637）

二月十六日子时，清太宗皇太极第六子高塞生。（《宗谱》）

按：受满汉音译的影响，高塞之名又写作"郭子""果色""国塞""国则""高色"等，其有《恭寿堂集》存世。

168

顺治九年壬辰（1652）

九月，高塞封辅国公。（《宗谱》）

顺治十年癸巳（1653）

十一月，高塞与别山禅师结识并有书画相赠。

按：顺治八年秋冬间，顺治帝到河北遵化行猎，结识了在景忠山石洞内修行的别山法师，遂请其入觐弘法，但别山此次入觐仅一月便还。对此，道忞《奉旨还山留别别山普应禅师》之序云："禅师之遇王于巷也，会上出狩蓟州，登景忠山之石室，时禅师在焉，因命陛见。爱其住山枯槁，嘉叹之久。后上改椒园为禅室，特自景忠起。师至即抗疏还山，上益嘉叹，与假一月。"① 后来，顺治帝又再诏别山入觐。对此《民国迁安县志》云："释性在，居景忠山知止洞。顺治十年十一月，世祖章皇帝手札召入万善殿，未几乞还山寺，帝赐号慧善普应禅师。"②

又按：顺治帝《御制解惑篇》有"曾于别山所，见郭子公所赠画幅颇善"③云云，据此可知高塞与别山有交游。考虑到别山第一次入觐时间太短，二人未有充分的交游时间，故二人交游当始于此年十一月别山第二次入觐之后。

顺治十二年乙未（1655）

正月二十四日寅时，拔都海第三子博尔都生。（《宗谱》）
按：博尔都，字问亭，号东皋渔父，有《问亭诗集》存世。

顺治十五年戊戌（1658）

三月，内监吴良辅因作弊纳贿而获罪，高塞因与之交往而遭顺治帝斥责。

---

① （清）道忞：《布水台集》，《禅门逸书·初编》（第10册），明文书局，1981年，第37页。
② 滕绍周修，王维贤纂：《民国迁安县志》，《中国地方志集成·河北府县志辑》（第20册），上海书店出版社，2006年，第683页。
③ （清）文廷式：《纯常子枝语》，《续修四库全书》（第1165册），上海古籍出版社，2002年，第1206页。

按：顺治帝《御制解惑篇》云："如犯监吴良辅等数人，粗涉文义者，彼（笔者按：即高塞）皆深相援引，委以腹心。"① 另，《顺治实录》卷一一五"顺治十五年三月"云："谕吏部内监吴良辅等，交通内外官员人等作弊纳贿，罪状显著，研审情真，有王之纲、王秉乾结交通贿，请托营私，吴良辅等已经供出，即行提拏，其余行贿钻营，有见名帖书柬者，有馈送金银币帛等物者，若俱按迹穷究，犯罪株连者甚多，姑从宽一概免究官员人等。"两条史料结合，可知事件原委。

四月初九日子时，彰泰第三子吞珠生。（《宗谱》）

按：吞珠又写作"屯珠"，字拙斋，晚号髯翁、菉园主人等，有《花屿读书堂小稿》（又名《承萼轩集》）藏于山东师范大学图书馆。

顺治十六年己亥（1659）

九月道忞抵达京师，即将出关守陵的高塞与道忞结识并交游。

按：道忞，字木陈，号山翁、梦隐，广东潮阳人，俗姓林，乃临济宗杨岐派僧人。顺治十六年闰三月，顺治帝慕名下诏浙江天童寺，请其进京。对此，道忞《上赐御画山水图》之序云："己亥闰三月，上传敕天童，召忞赴京。"② 另，五月初，经议政王大臣所推选，拟派高塞出关守陵。对此，顺治帝《御制解惑篇》云："今年伍月初旬，特谕议政王大臣佥同推举。众议以为守陵重任，固宜于宗室慎择其人……其一则为郭子公。"③ 九月道忞抵达京师，即将出关守陵的高塞与道忞结识并交游。对此，道忞《布水台集》卷四《奉旨还山留别别山普应禅师》之序云："岁在己亥凉秋九月，予奉诏来京。"因此，高塞当于顺治十六年（1659）与道忞结识交游。另，同卷又有《上庶兄敬一主人于朝罢时间从问道终日无倦容短章以赠嘉其好善忘势敏而嗜学有贤士之风无贵人之习焉》等交游诗，该诗在后来由道忞弟子真朴禅师所编次的《北游集》的目录中，题作《赠东来

----

① （清）文廷式：《纯常子枝语》，《续修四库全书》（第 1165 册），上海古籍出版社，2002 年，第1206 页。

② （清）道忞：《布水台集》，《禅门逸书·初编》（第 10 册），明文书局，1981 年，第 34 页。

③ （清）文廷式：《纯常子枝语》，《续修四库全书》（第 1165 册），上海古籍出版社，2002 年，第1206 页。

堂敬一主人》，这个"赠"字也表明此诗乃是二人初识之作，故可知高塞与道忞当于此年九月后结识交游。不过，因高塞旋即奉旨出关守陵，加之道忞于顺治十七年五月获准出京还山，故此后二人仅有书信往来，未再聚首。

十一月二十七日，函可卒，高塞有《悼剩和尚》

按：函可，字祖心，号剩人、罪秃、正寓等，俗名韩宗騋，广东博罗人，卒于顺治十六年十一月二十七日，年四十九岁。[①] 高塞《恭寿堂集》有《赠正寓》诗，诗题的"赠"字以及末句"邀君整杖藜"的"邀"字，都表明这是二人初次相识高塞的订交赠诗。结合前文所考，此年九月，高塞尚在京中与道忞交游，故其出关与函可结识的时间当在九月之后。可惜二人交游不足两月，函可便逝世，故函可《千山诗集》未收录与高塞交往的诗作。

另，函可在关外组织了冰天社，李芳对"隐居于医巫闾山的高塞是否有可能是冰天诗社其中一员"的问亭存有疑惑，认为"如今难以确凿证实"[②]。从以下四方面来看，高塞不可能是冰天社的成员。其一，《千山诗集》卷二十"同社名次"中载录了包括函可在内的社员共33人，未见高塞之名。其二，该卷收录了参与冰天社集会的各人诗作，也未见有高塞诗作。其三，该卷载录冰天社的集会前后共两次，第一次为"庚寅（顺治七年）至后二日"，第二次集会的时间虽未明言，但从与会的北里禅师"去年已见西方曙，今岁仍亲大海澜"之语推考，应是顺治八年。[③] 高塞迟至顺治十六年九月方至关外守陵，无从与会。其四，高塞是宗室，函可是流人，身份的对立以及二人仅仅两月的相识，这是高塞入会的巨大障碍。

顺治十七年庚子 （1660）

四月初九日巳时，博尔都之父拔都海卒，谥恪僖。（《宗谱》）

按：此时博尔都年仅六岁，故其《茫茫吟·自序》有"总角失怙"云云。

七月，高塞封镇国公。（《宗谱》）

① （清）函可：《千山诗集》，《续修四库全书》（第1398册），上海古籍出版社，2002年，第6页。

② 李芳：《清抄本〈恭寿堂诗〉与清初满族诗人高塞》，《文献》2015年第1期。

③ （清）函可：《千山诗集》，《续修四库全书》（第1398册），上海古籍出版社，2002年，第155页。

十月，博尔都袭封三等辅国将军。（《宗谱》）

此年，高塞与流人孙旸结识并唱和。

按：孙旸，字赤崖，祖籍江南常熟，顺治十四年举人，与其兄孙承恩（顺治十五年状元）齐名，著有《蔗庵集》（又名《孙蔗庵先生诗选》），因卷入"顺天科场案"而"遭谤见收，下刑部狱"，遣戍尚阳堡。康熙二十年，兵部尚书宋德宜等人捐金将之赎还。[①] 考虑到孙旸赴戍所需要时间，加之顺治十六年九月高塞尚在京中与道忞交游，故二人结识的时间当在顺治十六年冬至十七年春之间。在孙旸《七哀诗·镇国公霓庵》中，有"十载边庭结纳深"[②] 之语，高塞薨于康熙九年，前推十年，正是顺治十七年。

此年，高塞与苗君稷结识交游。

按：苗君稷字有邰，号焦冥。高塞有《赠御院焦冥道士》诗，而苗君稷《焦冥集》卷一有《上辅国公三十韵》，经刘刚考证，该诗作于此年。[③]

此年，顺治帝在《御制解惑篇》中，对高塞的文学交游活动提出了严厉批评。

按：高塞礼贤下士，在京中与别山、道忞等人交游，甫一出关又便与函可、孙旸、焦冥等流人订交，故昭梿称"其爱才也如此"。在赢得赞誉的同时，高塞的交游也招致了顺治帝的斥责。在《御制解惑篇》中，顺治帝一方面以"学书画，竞虚名"来批评高塞诗书画篆的艺术实践；另一方面又以"性情浮夸，语言失实"来斥责高塞的品性，而更为严厉的斥责则来自政治方面。顺治帝认为高塞"交通近侍，结纳朝臣"之举是"密通款曲，巧结人心"，认为高塞对"获谴拘、系桁杨、惩责之罪人"也都"必潜致馈问，慰以温言"，实际上是"示彼宽慈之意，彰朕用罚之严，树党比昵，将使人人乐为之用"。在顺治帝看来，高塞的交游是"蓄狂狡之计，布蜚腾之词，一唱百和，淆讹相仍"，顺治帝甚至得出了"盛植羽翼，其党复兴造诬词，归贤能于彼，诿过端于朕，摇动群众，志趣非

---

① 李兴盛：《吴兆骞年谱》，黑龙江大学出版社，2014 年，第 264 页。

② （清）孙旸：《孙蔗庵先生诗选》，国家图书馆藏清抄本。

③ 刘刚：《顺治朝东北贰臣流人和方外流人研究——以陈之遴和苗君稷为个案的考察》，东北师范大学 2014 届博士论文。

常"的论断。①

康熙元年壬寅（1662）

此年，道忞作《柬敬一主人郭子公》，请高塞救援因"通海案"而受牵连的钱缵曾家人。

按：该柬有"岁在壬寅"以及"价人、缵曾二钱子为最惨，今两家妻孥与其弟虞仲、方叔，咸远配遐天，流离琐尾，殊可恻怆"② 之言。

康熙二年癸卯（1663）

十一月二十九日丑时，岳乐第十五子玛尔浑生。（《宗谱》）

按：玛尔浑，号古香主人，尝选诸宗室王公诗为《宸萼集》，有《敦和堂集》，惜皆未存世。

康熙四年乙巳（1665）

正月十一日戌时，敦达次子普贵生。（《宗谱》）

按：德普《花屿读书堂小稿》有《柬侄镇国公朴斋》诗，并有"名普贵"之题注。

又按：德普比普贵小 18 岁，但德普乃第六代宗室，普贵是第七代宗室，故德普对普贵还是以侄相称。

四月十六日亥时，傅喇塔第五子福存生。（《宗谱》）

按：福存有《云尔吟诗集》，未存世，《熙朝雅颂集》收其诗 4 首。

康熙五年丙午（1664）

七夕恰逢立秋，节序重叠，高塞有《丙午七夕立秋》诗。（高塞《恭寿堂诗》）

----

① （清）文廷式：《纯常子枝语》，《续修四库全书》（第 1165 册），上海古籍出版社，2002 年，第 1206 页。

② （清）道忞：《布水台集》，《禅门逸书·初编》（第 10 册），明文书局，1981 年，第 206 页。

按：在明末清初朱一是的《梅里词》中，也有一首《黄河清慢·丙午七夕立秋》①，可与高塞之诗互为印证。

中秋，高塞作《丙午中秋》诗。（高塞《恭寿堂诗》）

康熙七年戊申（1668）

三月二十一日子时，岳乐第十七子经希生。（《宗谱》）

按：经希字省斋，室号为留云轩（阁），与博尔都、岳端等有唱和，无诗存世。

春，高塞游独乐寺，作《戊申春日行次蓟门登独乐寺》。（高塞《恭寿堂诗》）

康熙八年己酉（1669）

五月，博尔都受其伯父巴穆布尔善谄事鳌拜之罪牵连，遭削爵革退。②

九月，高塞晋为镇国公。（《宗谱》）

九月，高塞致信道忞（弘觉禅师），请其作自画像一幅相赠，以慰相思之苦。

按：信中有"奉旨入觐"与"十载离怀"以及"冀得吾师一行乐图，俾瞻尊像"云云。③

十二月十四日辰时，博尔都长子成寿生。（《宗谱》）

按：成寿有《修凤楼遗稿》，未存世，仅有残句为博尔都《问亭诗集》所引用而存世。

康熙九年庚戌（1670）

暮春，道忞托纯拙禅师寄送书信以及自画像给高塞，高塞有《答弘觉禅师书》一通。

按：书有"纯拙禅师至，接读手教"以及"展阅法像，不啻躬承色笑"云

---

① （明）朱一是：《梅里词》，收入《续修四库全书》（第 1724 册），上海古籍出版社，2002 年，第 26 页。

② 黄斌：《清代宗室诗人博尔都〈问亭诗集〉校注与研究》，云南大学出版社，2017 年，第336 页。

③ 天童寺志编纂委员会：《新修天童寺志》，宗教文化出版社，1997 年，第 422 页。

云，又有"居东十载，去秋奉召还京。既叨晋阶，复蒙赐第"以及"春事将阑，熏风迎序，南方溽暑，珍摄为佳"云云。①

七月二十二日子时，高塞卒，年三十四岁，谥曰悫厚。（《宗谱》）

按：高士奇《青吟堂集》之《城北集》卷三有《挽镇国公霓庵（四首）》，孙旸《怀旧集》有《七哀诗·镇国公霓庵》。

十二月二十一日戌时，岳乐第十八子岳端生。（《宗谱》）

按：岳端，字兼山，号玉池生，别署红兰主人，有《玉池生稿》存世。

康熙十一年壬子（1672）

正月，吞珠封镇国公。（《宗谱》）

康熙十二年癸丑（1673）

十二月，博尔都为长子成寿作《书小儿扇》诗，并有"时方四岁"的题注。②

康熙十三年甲寅（1674）

五月初三日巳时，康熙帝第七子允祐生。（《宗谱》）

按：允祐无诗集存世，《熙朝雅颂集》收其诗 24 首。

康熙十五年丙辰（1676）

二月十七日亥时，玛喀纳第六子穆禧生。（《宗谱》）

按：穆禧字柳泉，号熙庵，室名晚闻（问）堂，无诗存世，但恒仁《吾宗室柳泉先生工诗善画未获侍教先寄是诗》有注云："柳泉先生工诗。"

康熙十六年丁巳（1677）

二月二十日午时，康熙帝第十子允祹生。（《宗谱》）

---

① 天童寺志编纂委员会：《新修天童寺志》，宗教文化出版社，1997 年，第 422 页。
② 黄斌：《清宗室博尔都〈问亭诗集〉校注与研究》，云南大学出版社，2017 年，第 55 页。

按：允祉无诗集存世，《熙朝雅颂集》收其诗8首。

九月十七日未时，泰穆布禄第四子塞尔赫生。(《宗谱》)

按：塞尔赫字栗庵，一字晓亭，号北阡季子，有《晓亭诗抄》存世。

康熙十七年戊午 (1678)

十月三十日寅时，康熙帝第十一子胤禛生。(《宗谱》)

按：胤禛未登基前以雍亲王的身份作有《雍邸集》，登基后有《四宜堂集》，总集为《世宗宪皇帝御制文集》。

康熙十八年己未 (1679)

正月，清军败吴三桂叛军，复长沙、岳州。二月二日，清廷宣布岳州大捷，博尔都闻讯有《喜长沙岳州捷音踵至》。

按：《清史稿》卷六《圣祖本纪一》云："十八年己未春正月戊申……贝勒察尼督水师围岳州，……复岳州。上御午门宣捷。……甲子，岳乐复长沙。"[1]

春，施闰章过访博尔都，有《过博问亭》一首，博尔都有《答施愚山过访见寄》一首。

按：由于清代特殊的制度，宗室无外任者，不得擅自出都，故二人当于京中结识。从施闰章行历看，施闰章于顺治六年中举后，虽曾在京中任刑部主事，但大部分时间都放外任，加之博尔都生于顺治十二年，时年尚幼，故二人结识的可能性甚小。康熙六年 (1667)，施闰章又因裁缺而罢归，二人无结识的可能性。康熙十八年，施闰章举博鸿，中间蹉跎十年略多，故博尔都答诗有"十年栖隐"云云。由此可知二人结识的时间应当是施闰章入京应博鸿之时。另外，在施闰章《学余堂诗集》卷三十三"己未"有《过博问亭》一首，二诗韵脚全同且都蕴含着初次结识的赠答之意，故应当是同一次相过与相答之作。

初春，梅庚至京，施闰章作《梅耦长至都下》，博尔都、王士禛等人皆有和诗，博尔都的和诗为《和施愚山喜梅耦长至》。

按：施闰章《学余堂诗集》卷三十二有《梅耦长至都下》一首，诗体、韵

---

[1] (清)赵尔巽等撰：《清史稿》(第二册)，中华书局，1976年，第199页。

脚皆与博尔都和诗皆同，由此可推知博尔都所和之诗便是此诗。虽然施闰章此诗未标具体时间，但此诗之前为《京邸立春》，之后为《人日阮亭山长见过同耦长小集》，故可知博尔都的和诗也应当作于此年初春。另外，其他旁证材料尚有三条。其一，梅文鼎《绩学堂诗钞》卷一《寄方位白》（五首）之第一首注云："戊午秋与舍侄耦长晤位白乔梓……是岁耦长游燕"，可知梅庚于康熙十七年入京，故才有己未年初春施闰章、梅庚、王士禛等人的宴集。其二，王士禛《渔洋续诗集》卷十二"己未京集"有《和愚山喜梅耦长至》一首，亦可证三人宴集在己未年春。其三，孙枝蔚《溉堂集·后集》卷一有《喜梅耦长至次施尚白使君韵》，诗后附有施闰章《梅耦长至都下》的原诗。

春，李因笃被迫进京应博学鸿辞，博尔都作《赠李天生》。

按：诗有"遴英儒"云云，可知此诗作于李因笃入京应博鸿之时。

秋，李因笃坚决辞官，离京归养老母，博尔都作《送李天生归养》。

按：此年李因笃举博学鸿辞，授翰林院检讨，李因笃以母老丁孤，无所依托为由，屡次呈疏陈情。康熙帝感其孝，恩准其归养，于同年秋起行。离京之日，京师士大夫数百人为其送行。博尔都此诗当作于此时。

秋，施闰章病旬余，博尔都有诗问病。

按：施闰章《学余堂诗集》卷四十有《病中答问亭善长见示原韵》，诗有"秋声昨夜到阶除"云云。同卷之后有《王侍读答耦长饷木瓜酬唱至再属和元韵》一首，而王士禛《渔洋续诗集》卷十二乙未京集《谢耦长送木瓜》有"秋林寒叶满寒烟""留伴疏梅小雪前"等句，据推知王士禛之诗作于己未秋冬间。而王、施二人诗作的本事与韵脚相同，故可进而推知博尔都问病施闰章的大体时间。

秋，博尔都作《和王阮亭题偶长画》诗。

按：在王士禛《带经堂集》中，涉及梅庚之画者，凡三题：卷三十四《初秋索耦长画》（一首），卷三十五《为尤展成检讨题耦长画二首》《题耦长画寄千峰转运二首》。在这三首中，唯《初秋索耦长画》诗体与韵脚与博尔都诗作全同，故博尔都所和应当是《初秋索耦长画》。另外，严绳孙《秋水集》卷六之"诗六"有《为阮亭前辈题梅耦长画次韵》，该诗的诗体、韵脚与《初秋索耦长画》亦同。施闰章《学余堂集·诗集》卷五十有《王侍读以诗索耦长画扇兼属和》一首，并有题注云："有'只写澄江与北楼'之句"，此题注所引之句正是王士禛《初秋索耦长画》中的最后一句。邵长蘅《邵子湘全集》之《青门旅稿》卷一有《阮亭以诗索耦长画次韵》，并附有王士禛《初秋索耦长画》原诗。由此可见，王士禛以诗索梅庚之画后，曾遍请同仁题诗，博尔都和诗亦当是其一。因《初秋索耦长画》收录于己未稿，故博尔都的和诗亦当作于此时。

秋，博尔都作《读阮亭谢愚山敬亭绿雪茶作诗以索之》。

按：绿雪茶又名敬亭茶，或合称敬亭绿雪，因产于安徽宣城敬亭山而得名，乃明清时期的贡茶。据现有文献统计，施闰章赠王士禛茶至少有 3 次。最早是在康熙十四年乙卯，诗见《渔洋续诗集》卷八乙卯京集《谢愚山寄敬亭绿雪茶著书墨四首》。第二次是在康熙十八年己未，诗见《渔洋续诗集》己未京集卷十二《愚山侍讲送敬亭茶》一首。关于此次赠茶与答谢，还有后事。在陈维崧《湖海楼诗集》卷六有《阮亭先生有谢愚山侍读赠绿雪茶诗翼日余亦赠先生岕茶一器侑以此作并索先生再和》，次日王士禛告知陈维崧因有事缠身，未能当即和诗，后来才奉上了和诗《陈其年简讨见和绿雪之作复遗岕茶一器索赋诗》一首，收录在王士禛《渔洋续诗集》己未京集卷十二。陈维崧收到和诗后，又作了一首《送茶次日阮翁语我又得一事乃迟迟不遽出昨始示我仍迭来韵》。最后一次在康熙十九年庚申，此次赠茶王士禛无诗，但施闰章诗集有《以绿雪饷王侍读阮亭及邵子湘陆冰修却枉佳句索和》，施念曾《愚山先生年谱》庚申条亦云："以绿雪茶饷王阮亭及邵子湘。"

十二月初四日申时，康熙帝第五子允祺生。（《宗谱》）

按：《熙朝雅颂集》收允祺诗 15 首。

此年，博尔都与汪琬结识。

按：博尔都《赠汪钝翁》有"今日始逢君"与"东观传经罢"之语，东观乃东汉洛阳藏书室与史学馆，意指汪琬举博鸿后入馆修《明史》之事。

此年，徐林鸿应博学鸿辞落选南归，博尔都作《送徐大文南还》。[1]

此年，王追骐进京补道官，博尔都作《喜王雪洲至并忆郢中诸子》。

按：王追骐字锦之，号雪洲，湖北黄冈人，顺治十四年丁酉科礼经第一，十

---

① 黄斌：《清代宗室诗人博尔都〈问亭诗集〉校注与研究》，云南大学出版社，2017 年，第 35 页。

五年会试中式，十六年殿试二甲十三名进士，选翰林院庶吉士，外转山东武德道，以忤直忤时罢官。康熙十七年被推选应征博学鸿词，但以病未与试，后奉旨仍以道官补用。有《居侯楼集》《雪洲诗钞》《吴越行吟》等。博尔都诗中有"滞南国"云云，当是指王追骐以忤直忤时罢官之事；有"金殿传呼"云云，当是指其奉旨补用之事。

康熙十九年庚申（1680）

三月，博尔都复授为三等辅国将军，作《纪恩诗》一首。

按：该诗有"特蒙天赐还冠冕"云云。康熙八年五月，康熙帝擒鳌拜，博尔都受其伯父班布尔善诌事鳌拜之祸牵连，与从兄弟萨木布、巴尔善等一同遭削爵革退，成为闲散宗室。康熙十九年正月十五日，有奏本提及巴尔善、博尔都等叩阍讼冤，原议覆不准，但康熙帝认为：班布尔善事觉时，巴尔善等尚幼，且伊等原系宗室，故推恩加封，彼时一并黜革，似属冤抑，着再议。① 借此机由，博尔都于同年三月复爵。

五月十二日辰时，成寿卒，年十二岁，博尔都作《哭亡儿成寿》。（博尔都《白燕栖诗草》卷八）

夏，周履坦为陈其年画《洗桐图》，博尔都作《题陈其年洗桐图》。

按：冒广生《小三吾亭诗》卷三《得陈其年洗桐图辄题四绝句》注云："图作于康熙庚申，在填词图后二年。"另，冒广生《云郎小史》又云："检讨举鸿博日，有填词图，释大汕画。官翰林日，有洗桐图，周道画。……洗桐图今藏余家，陈奕禧隶书。引首有冯溥、张烈、李澄中、博尔都、梁清标、王泽宏、王又旦、林尧英、叶封、林鳞焻、徐喈凤、李基和、翁方纲、张埙、蒋士铨、潘奕隽、王延年、李英诸题。"② 该图现藏上海博物馆。

七月二十五日子时生，康熙帝第十五子允祐生。（《宗谱》）

按：《熙朝雅颂集》收允祐诗8首。

十月，杰书讨平福建耿精忠并将郑经逐回台湾后返京，康熙帝亲率群臣至卢

---

① 中国第一历史档案馆整理：《康熙起居注》（第1册），中华书局，1984，第483页。

② 张次溪编：《清代燕都梨园史料续编》，中国戏剧出版社，1988，第965页。

沟桥劳军，吞珠作《大将军康亲王荡平闽逆旋师扈驾劳军卢沟桥恭纪》。（吞珠《花屿读书堂小稿》）

十二月二十五日巳时，百绶长子文昭生。（《宗谱》）

此年，岳乐从长沙邀请陶之典入都担任岳端之师，时岳端甫十岁，取唐人绝句抄写吟咏以为乐。（陶之典《玉池生稿序》）

康熙二十年辛酉（1681）

二月初十日未时，康熙第十五子允禑生。

按：《万寿盛典初集》收其诗3首。

二月，在博尔都即将东行归葬祖母之际，成寿生前的业师邵培风亦将南归，博尔都作《春日送别邵培风》三首。

按：博尔都诗有"长安二月春风寒"之语。另，汪琬《钝翁续稿》卷五《和问亭韵送邵培风处士南归四首》的后三首与博尔都的三首诗作韵脚相同。另，《钝翁年谱》将《和问亭韵送邵培风处士南归》订于康熙辛酉年。[①]

二月，博尔都即将东行归葬祖母之际，汪琬亦辞去明史馆之职，将南归，博尔都作《送别汪钝翁》。

按：该诗之题注云："时予有辽东之行。"另，王敬源所编《续修文清公年谱》之辛酉条云："公自戊午秋应征入京至本年二月始归。"

二月，博尔都东行辽阳归葬祖母，作《东行留别阮亭钝翁愚山其年大可蝶园诸子》《再呈诸子》《宿烟郊寄京中诸友》《五里桥寄京中诸子》等留别诗。

按：毛奇龄《西河集》卷一百八十一《奉送觉罗博问亭归满洲和其留别原韵》注云："时问亭有迁葬之役。"施闰章《学余堂诗集》卷四十一《答博问亭留别》注云："时送祖母太夫人榇归葬辽阳。"

春夏间，汤斌出任浙江乡试主考官，博尔都有《送睢阳南游兼寄汪钝翁》。

按：汤斌举博学鸿词后，曾两次出都就职：康熙二十年充浙江乡试正考官，二十三年出任江苏巡抚并殁于任上。博尔都诗有"送君南下古余杭"与"余杭

---

① （清）汪筠撰：《钝翁年谱》，《北京图书馆藏珍本年谱丛刊》（第76册），北京图书馆出版社，1999年，第366页。

三月桃花放"云云，故知作于汤斌典浙江春闱出都之前。另，汪琬已经于二月先行辞归，故有"兼寄"云云。

十一月，吞珠扈从康熙帝围猎于永平府米峪口，当时突然跳出五虎，康熙帝亲射其四，命吞珠射其一，吞珠有诗纪事。（吞珠《花屿读书堂小稿》）

冬，孙旸敕还，将高塞部分诗作抄还，这些诗作后经王士禛转录于《池北偶谈》而得以幸存。

按：李兴盛据徐乾学《憺园集》卷三十三《宋文恪公行状》等材料考知，康熙二十年冬，兵部尚书宋德宜等人"捐金赎之还"。①

康熙二十一年壬戌（1682）

上元节，康熙帝赐宴，吞珠参与其中并有《壬戌之日侍宴恭赋八韵》。（吞珠《花屿读书堂小稿》）

按：此年正月壬戌之日恰逢上元节，康熙帝"赐外藩科尔沁、巴林、苏尼特、阿霸垓、吴喇忒、杜尔伯特、土默特、翁牛特、郭尔罗斯、王、贝勒、贝子、公、台吉、及内大臣、大学士、上三旗都统、副都统、尚书、侍郎、学士、侍卫等宴"。

五月，陈维崧以头痛卒于官，博尔都有《吊陈其年》。（博尔都《白燕栖诗草》卷一）

康熙二十二年癸亥（1683）

五月十一日子时，福存次子德普生。（《宗谱》）

按：德普号髯翁，有《修庵诗抄》藏于山东师范大学图书馆。

闰六月十三日丑时，施闰章卒于邸斋。病卒前，博尔都有诗问病。

按：施念曾《施愚山先生年谱》云："有《病中答博问亭》七绝……盖绝笔也。"② 另，《病中答博问亭》见于《学余堂诗集》卷五十，但《问亭诗集》未

---

① 李兴盛：《吴兆骞年谱》，黑龙江大学出版社，201 年，第 268 页。

② （清）施琮撰：《施愚山先生年谱》，《北京图书馆藏珍本年谱丛刊》（第 74 册），北京图书馆出版社，1999 年，第 412 页。

见博尔都问病之诗。

八月二十七日子时，康熙第十八子允祄生。

按：《万寿盛典初集》收允祄诗3首。

十月十一日亥时，康熙第十九子允禑生。

按：《万寿盛典初集》收允禑诗3首。

康熙二十三年甲子（1684）

正月，岳端封多罗勤郡王。（《宗谱》）

十一月，沈荃卒，吞珠作《挽沈绎堂》。

按：沈荃字贞蕤，号绎堂、充斋，江南华亭（今上海）人。顺治九年成进士，康熙六年任直隶通蓟道，累迁国子监祭酒等职，卒于官，谥文恪，著有《一砚斋诗集》。

康熙二十四年乙丑（1685）

十二月二十四日寅时，康熙第十二子允祹生。（《宗谱》）

按：《晚晴簃诗汇》收允祹诗1首。

康熙二十五年丙寅（1686）

二月初一日辰时，康熙第十三子允祥生。（《宗谱》）

按：允祥有《交辉园遗稿》存世。

二月，张英为吞珠《承萼轩稿》作序。

按：该云："岁壬戌，英游京师，获谒亲藩镇国公拙斋主人风仪，言论蔼然可亲，遂出其《承萼轩稿》以示。讽咏……根柢忠孝，准则风骚……康熙二十五年如月东海张英拜首谨撰。"

又按：张英此序未见于张英的诗文集，只见载于山东师范大学图书馆所藏由弘晓组织抄录的《花屿读书堂小稿》。"岁壬戌"即康熙二十一年，而此年正月张英告假离京回籍营葬父亲，至康熙二十五年方才入京还朝，[1] 不可能与吞珠交

----

① 张体云：《张廷玉年谱》安徽人民出版社，2016年，第19页。

游，故"岁壬戌，英游京师"之语与事实抵牾，不知是张英记忆有误，还是弘晓组织抄写时误抄所致。结合张英生平来看，张英于康熙六年考取二甲第四名进士，后改授内弘文院庶吉士。后其父病故，回籍守制，但未正式营葬父亲，便于康熙十一年初返回了京师。康熙十一年乃壬子年，与壬戌年相近，由此推测，"壬戌"可能是"壬子"之误。另外，吞珠正好于康熙十一年封镇国公，在身份上有较多的机会与康熙重臣张英结识。总之，综合各方面来看，"岁壬戌"应是"岁壬子"之误，张英与吞珠当于康熙十一年结识并交游。

康熙二十六年丁卯（1687）

十月，汤斌卒，博尔都作《悼睢阳》。（博尔都《白燕栖诗草》卷三）

康熙二十七年戊辰（1688）

正月初九日酉时，康熙第二十三子允禵生。（《宗谱》）

按：允禵的诗作在后人整理时，不慎阑入其孙永忠《延芬室集》中。①

二月，吞珠以为人庸懦，革去镇国公，降为镇国将军。（《八旗遹志·宗室王公列传·吞珠传》）

七月，岳端随父岳乐赴苏尼特汛界驻守，防备葛尔丹，岳端临行有《留别同社》诗，沿途有感怀、纪事、怀人等诸多诗作。（岳端《出塞诗》）

按：博尔都《白燕栖诗草》卷八有《兼山自塞外以缭绫手帛子书怀予诗二首见寄漫成二绝》《怀兼山出塞》等诗，皆是怀想岳端出塞之作。

十月，岳端驻防塞外归来，其塞外诗作后结集为《出塞诗》，博尔都等人为之题诗。

按：博尔都《白燕栖诗草》卷八有《题兼山出塞诗后》《再题出塞诗后》。此外，庞垲、王源等人也都为岳端《出塞诗》作序。

十月，从塞外归来的岳端与潘钟麟等友人小集，作《归自塞上小集同潘钟麟施彦恪余璞诸子》。（岳端《蓼汀集》）

----

① 齐心苑：《允禵诗作新发现——永忠〈延芬室集〉无编年诗实为其祖父允禵作品》，《红楼梦学刊》2015 年第 1 期。

十一月十六日辰时，诺罗布四子锡保生。

按：《词林典故》收录锡保与雍正帝等人的唱和联句。

康熙二十八年己巳（1689）

正月，康熙二次南巡，博尔都随驾南游，于扬州结识石涛，后觅得仇英《百美争艳图》，请石涛代为摹写，并力邀石涛入京。

按：令人奇怪的是，博尔都《问亭诗集》中并无一首与此行相关的诗作，只能从他为石涛《仿周昉百美图》所作题跋中的"向随驾南巡，觅得仇实父《百美争艳图》"云云找到些许信息。

二月初二日卯时，绰克都第七子兴绶生。（《宗谱》）

按：兴绶字静庵，有《孟晋斋稿》，未存世。

春，二十岁的岳端作《春郊晚眺次韵》，诗中"东风无力不飞花"之句为博尔都所赏，博尔都为之宣传于都下，岳端遂有"东风居士"之号。（朱襄《红兰集序》）

康熙二十九年庚午（1690）

二月，玛尔浑袭封安郡王，岳端降为固山贝子。

按：《康熙实录》卷一四四云："查定例，亲王一子封世子，其余子封贝勒；郡王一子封长子，其余子封贝子；又亲王庶出子授为辅国将军，郡王庶出子授为奉国将军。岳乐所封之亲王并非世袭之爵，其子岳希原封僖郡王，袁端原封勤郡王，吴尔占原封贝勒，塞冷额、塞布礼原授辅国将军，塞冷额之子僧额原授奉国将军，俱照岳乐亲王之爵封授，似属太过。令马尔浑既袭封为多罗郡王，应照定例将岳希、袁端、吴尔占封为固山贝子，塞冷额、塞布礼应授为三等奉国将军，僧额应授为奉恩将军。"

春，刘献廷南还，博尔都作《送刘继庄南旋》。

按：王源《居业堂文集》卷十八《刘处士墓表》云："留京师四年，有奇遇而讫不见用。庚午复至吴。"另据杨凤苞评注《鲒埼亭集·刘继庄传》所推考，刘继庄入都，寓居徐乾学邸中；康熙二十七年戊辰，徐乾学解职，但仍领史志各馆总裁；二十八年庚午春，徐乾学带书局归里，刘继庄亦于是时还吴。由此可推知博尔都此诗当作于此年春。

六月，吞珠袭镇国公。（《宗谱》）

冬，石涛应博尔都之邀，北上京师。①

康熙三十年辛未（1691）

正月，福存袭固山贝子爵。（《宗谱》）

二月，石涛为博尔都写墨竹，王原祁为补石，二人合作完成《兰竹图轴》。

按：《兰竹图轴》（又称《坡石墨竹图》）由石涛墨书兰竹，王原祁补石。图有石涛跋云："风姿雪艳之中，随意点缀，何物不成清赏，所既有寒木，又发春花，新尚书亦应笑而首可。时辛未二月，寄上问翁老维摩。清湘石涛济道人。"下有苦瓜和尚、僧元济、石涛诸印。画之左侧有王原祁"麓台补坡石"短跋，并有"王原祁"印。再下有博尔都"问亭鉴赏图书"印，左下有"辅国将军博尔都号问亭之章""何可一日无此君"二印。

三月，博尔都称赞王翚《夏麓晴云图》，王翚慨然赠之。

按：王翚《夏麓晴云图》跋一云："康熙岁次辛未二月既望，仿关仝笔。耕烟山人王翚。时在燕山邸舍。"跋二云："是岁三月十日，问翁老先生枉过寓斋，谬赏此图，辄此奉赠，幸教之。王翚又识。"

春，王原祁仿吴镇笔意为博尔都作《山水图》，博尔都为之题《题董北苑万壑响松风百潭度流水图》诗。

按：王原祁此图款署"辛未春日，仿梅道人似问翁老先生正。"博尔都此诗题于此图上。②

五月初八日辰时丹臻第六子衍潢生。

按：《词林典故》收其参与乾隆四年的柏梁联句。

六月，顾卓南归，向朱襄出示岳端《红兰集》。（朱襄《红兰集序》）

十月初七日寅时，绰克都第八子普照生。（《宗谱》）

------

① 罗家伦：《伟大艺术天才石涛》，《北京图书馆藏珍本年谱丛刊》（第80册），北京图书馆出版社，2010年，第558页。

② 胡瑶：《博尔都疑年及交游考》，《中国国家博物馆馆刊》2016年第8期。

按：普照字尧年，有《乐轩集》，未存世。

康熙三十一年壬申（1692）

春，博尔都将其父迁葬于东皋。（博尔都《茫茫吟序》）

六月四日，沈季友为岳端《红兰集》作序。（沈季友《红兰集序》）

八月十三日，朱襄为岳端《红兰集》作序。（朱襄《红兰集序》）

秋，石涛买舟南下，博尔都至码头送行，有《送苦瓜和尚南还》。（博尔都《问亭诗集》卷六）

十二月，蒋景祁刊行《辇下和鸣集》十三卷，收录博尔都与岳端诗作各一卷。

按：蒋景祁《辇下和鸣集》自序云："康熙岁壬申之嘉平，客宣武门外古藤树屋，汇抄诸名家诗选刻之，名之曰《辇下和鸣集》。"

冬，博尔都与王原祁、华琨、索芬等人在听风轩雅集①，博尔都有《雪中同麓台闲园素庵子千集听枫轩》。（博尔都《白燕栖诗草》卷六）

此年，黄元治出任云南，岳端绘《牡丹》图并题诗赠行。

按：黄元治，字自先，一字涵斋，号樵谷钝夫，清代黟县黄村人，为王士禛门人，善书。康熙三十一年任云南大理县通判，四十一年任云南澄江府知府。

康熙三十二年癸酉（1693）

三月十八日，康熙四十寿辰，博尔都作集唐诗《圣寿无疆词》（博尔都《白燕栖诗草》卷三）。

十一月二十八日子时，康熙帝第二十五子允禑生。（《宗谱》）

按：《晚晴簃诗汇》收其诗 1 首。

冬，博尔都送根洁上人之杭州，有《送根洁上人南还并柬伟载上人》。

王仲儒《离珠集·选红兰集序》云："根洁禅师自北来，遇仲儒旅舍。讯其近游于孰？谁新诗有几？亦曾箧衍中寓诸公诗未也？根公出一卷相示曰：'是吾家伟载法叔祖之山主，勤郡王之所著也。'仲儒伏读，称叹者久之。"这说明岳

----

① 万新华：《试论王原祁仕途与画业的关系》，《中国书画》2011 年第 3 期。

端诗集是根洁禅师自京师带给王仲儒的。因《红兰集》收入《离珠集》在康熙三十三年，加之博尔都诗有"策杖返柴关，寒风正苦颜"之句，故知根洁上人于此年冬南还。

冬，蒋进卒，年四十五岁，博尔都有《哭蒋度臣》。（博尔都《白燕栖诗草》卷七）

按：蒋进字度臣，号退庵，江苏金坛人，有《退庵稿》。

康熙三十三年甲戌（1694）

春，博尔都送华鲲南归，有《送华子千南归和元少韵》诗。

按：据孔尚任《长留集》卷四《送华子千南旋》之系年，可知博尔都此诗当作于此时。

春，孔尚任作《燕台杂兴》四十首，其中第十九首写玛尔浑与岳端，第二十四首写博尔都。

按：孔尚任《燕台杂兴》序云："甲戌春，坐舆人肩上，偶触时事，怀时人，辄吟断句，归书条纸于榻屏，久之屏且满。无体无格，不伦不理，闲作注解，以当诗话云。"

五月，杨瑄自塞外赦还，博尔都作《喜杨玉符奉诏归田》以贺。

杨瑄，字玉符，一字玉斧，号楷庵，华亭（今上海松江）人。康熙十四年中举，此年联捷成进士，授庶吉士。十七年七月授翰林院编修，八月住持顺天乡试。二十九年，康熙舅父佟国纲随抚远大将军福全征葛尔丹战死，杨玉符在为其所撰祭文中误用五代王彦章典故，被革职流放沈阳。三十三年五月赦还。[1]

八月，蒋景祁为岳端《红兰集》作序。（蒋景祁《红兰集序》）

此年，王仲儒辑刊《离珠集》七种，其中收录博尔都与岳端的诗选集各一种。

按：王仲儒《离珠集·选白燕栖诗序》云："余既选《红兰诗》已，从吾友张子山来所读《辇下和鸣集》，见将军博公问亭之作，击节吟赏而叹。"博尔都《白燕栖诗草》卷八有《寄题王景州草堂》，二人并未谋面，他们的交往乃是因

---

① 李兴盛：《增订东北流人史》，黑龙江人民出版社，2008年，第321页。

选诗而结缘。

此年，博尔都与张潮有诗文往来。

按：张潮《尺牍偶存》直接寄给博尔都的信有三通。

第一通是卷四的《与博问亭将军》："大将军阁下：天潢贵公族懿亲，华国有文章允矣。望隆宗室，传家唯典策，伟哉！名播寰区，顾乃忘分下交，锡珠玑于蓬荜，推诚卑牧，颁锦绣于衡茅，拜赐则喜。溢须□诵诗而感深肺腑，传示同人，无不惊为异数。藏诸琼笈，永宜留作家珍，先布谢忱。嗣容赓和，临缄悚仄，不知所云。"

第二通是卷五的《寄辅国将军博问亭先生》："仲夏一函寄候新禧，并集唐奉和东皋渔父大作原韵，又拙刻统呈台教，想已久投记室矣。友人自都门来者，询知福履胜常，喜慰弥甚。兹值便鸿，近刻三种邮呈台政，仰祈教，定为祷。临风驰企，曷胜主臣。"

据"仲夏一函寄候新禧，并集唐奉和东皋渔父大作原韵"之言，可知张潮以集唐诗回赠博尔都，以补先前"临缄悚仄"，不能赓和之憾。除了回赠诗作之外，张潮信中还提及"又拙刻统呈台教""近刻三种邮呈台政"，结合同卷《与朱赞皇》所云之"客岁一缄寄根洁上人处，想已达左右矣……拙选《昭代丛书》呈教。外六本并书寄上主人（笔者按：指岳端）。又绫字一副寄博问亭将军，统希代领"之言，可推知张潮寄给博尔都的是新近刊行的《昭代丛书》。另，在卷六《寄复根洁上人》中，张潮云："四月廿六日语松师来，得接手教，兼悉近祉，次日始于徐公祖处领到台翰。又红兰殿下绫画二幅，诗稿一本，又博问亭先生诗稿暨镇国公拙斋先生字并诸斗方，各各领到，敬谢诸公大教。"由此推知根洁禅师托语松上人将博尔都、吞珠、岳端的诗稿寄给了张潮。

第三通是卷八的《寄辅国将军博问亭先生》，张潮云"曩岁会集唐人句敬和大作东皋渔父七律绫字一幅奉寄，想久呈记室矣。……兹以黄山僧人之便，肃候崇禧，拙选一部恭呈台览"。"拙选"云云，即康熙三十八年左右，张潮曾托一位黄山僧人将《昭代丛书》乙集带往京师赠给博尔都、岳端等人。

康熙三十四年乙亥（1695）

正月，顾贞观为岳端《红兰集》作序。（顾贞观《红兰集序》）

春，博尔都妻赫色里氏亡，博尔都有悼亡诗集《茫茫吟》。（博尔都《茫茫吟序》）

六月十八日，康熙帝第二十六子允禄生。（《宗谱》）

按：允禄号爱月居士，《熙朝雅颂集》收其诗 5 首。

夏，林凤岗为岳端《无题诗》作序。（林凤岗《无题诗序》）

秋，博尔都与孔尚任等人集东皋草堂分韵赋诗。

按：《长留集》卷一有《过东皋草堂同庞雪崖叶季良分赋》，徐振贵《孔尚任全集辑评校注》将此诗系于此年。[①]

重阳节，孔尚任与吴启元等友人登慈仁寺阁，博尔都有《九日闻孔东塘招友人登慈仁寺阁予在东皋舟中寄此诗》。

按：孔尚任《长留集》有《同人登慈仁寺毗庐合望远东皋主人送诗索和》，吴启元有《同人九日登慈仁寺楼用博问亭将军韵》诗。

十月，陶煊为岳端《蓼汀集》作序。（陶煊《蓼汀集序》）

十月十七日未时，塞尔赫长子伊都礼生。（《宗谱》）

按：伊都礼字立斋，有《鹤鸣集》存世。

秋，博尔都与孔尚任等友人在东皋雅集。

按：孔尚任《长留集》卷三有《东皋雅集即事》《同人集杏墅》《过东皋草堂同庞雪崖叶季良分韵》等雅集唱和诗。

十二月，钱名世为岳端《蓼汀集》作序。（钱名世《蓼汀集序》）

十二月，岳端《玉池生稿》印行，包括《红兰集》《蓼汀集》《出塞诗》《无题诗》等集，该集附有岳端门人顾卓的《云笥诗》、朱襄的《织字轩诗》，且岳端为二人的诗集作序文。

按：岳端《云笥织字轩二诗序》云："馆于予忽忽五六年而欢然无所间者，有两人焉，曰：吴江顾卓、无锡朱襄……兹刻《玉池生稿》，因取二人诗集附于后……时康熙乙亥嘉平月。"

----

① 徐振贵：《孔尚任全集辑评校注》（第 3 册），齐鲁书社，2004 年，第 1384 页。

康熙三十五年丙子（1696）

二月，康熙帝为《耕织图》作序。

按：此图由焦秉贞绘制，分"耕目"与"织目"，每目二十三幅图，共四十六幅图。康熙帝在每幅图上皆题诗一首，是为《御制耕织图诗》，前有总序一篇，是为《御制耕织图序》。图成之后，诸多宗室诗人都有恭读和诗，例如允祥有《恭读御制耕织图诗敬成二律》，胤禛有《耕图二十三首》《织图二十三首》等。

二月初三日，庞垲为岳端《出塞诗》作序。（庞垲《出塞诗序》）

二月三十日至五月中旬，玛尔浑、吞珠、吴尔占等宗室扈从康熙帝征噶尔丹。

吞珠《花屿读书堂小稿》有《丙子春奉命督师北过长安岭遇风》《出古北口》《凯旋入独石口》等纪事诗。博尔都的《送拙斋随驾北巡》《送古香出塞》以及岳端的《送十五兄出镇归化城》《送十九弟占随征》都与此行相关。

春，王源为岳端《出塞诗》作序。（王源《出塞诗序》）

三月初三日，陶之典为岳端《玉池生稿》作序。（陶之典《玉池生稿序》）

三月，岳端等人在博尔都杏墅雅集。

按：岳端《春日偕姜宸英陈奕禧汤右曾查昇宫鸿历冯念祖顾卓朱襄沈坚集问亭兄杏墅》之诗有"康熙丙子春三月"之言。

春夏间，刘世重官直隶行唐知县，岳端有《送刘世重之任行唐》。（岳端《松间草堂集》卷二）

五月，玛尔浑奉命由归化城前往爱必罕西喇穆伦汛界暂驻，以便畋取厄鲁特部之逃窜投降者。（《康熙实录》卷一七四）

八月，汪士鋐为岳端《玉池生稿》作序。（汪士鋐《玉池生稿序》）

十月二十日未时，允礽第三子弘晋生。（《宗谱》）

按：弘晋有《钦训堂文存稿》存世。

十二月，王原祁为博尔都作《仿古山水图册》。

按：在此山水册之第十帧有王原祁题识云："寒林烟岫。丙子嘉平仿宋元十帧似问翁老先生教正。"册后有跋文云："问亭先生于余画有癖嗜，此册已付三年，而俗冗纷扰，无暇吮毫泼墨，所得十幅。"可知博尔都三年前嘱咐王原祁作画，今年始得。

此年，吴农祥为博尔都作《博将军问亭诗集序》。（吴农祥《流铅集》卷九）

此年，姜宸英为玛尔浑作《古香斋集序》。

按：玛尔浑驻守归化城归来之后，手辑其近诗而成此集，该集将其"自出居庸关至边外忆友诸什为《出塞诗》，附以还京后诸作，合之共为一卷"。[1]

康熙三十六年丁丑（1697）

三月初二日寅时，康熙帝第二十七子允礼生。（《宗谱》）

按：允礼号自德居士、春和主人，有《春和堂纪恩诗》《静远斋诗集》《奉使纪行诗》等存世。

春，石涛开始着手为博尔都仿写《百美争艳图》。

按：石涛有题识云："盖唐人仕女悉尚丰肥浓艳，故周昉直写其习见，实父能尽其神情，纤悉逼真，不特其造诣之工，彼用心仿古，亦非人所易习也。丁丑春月摹写，至秋始克就绪，幸得其万一也。大涤子石涛阿长。"

清明节前后，梅庚下第出都，岳端、吞珠、文昭等人于报国寺海棠院以"春草碧色春水绿波"分韵，送其归宣城。

按：岳端有《报国寺海棠院送梅庚归宣城以春草碧色春水绿波为韵分得草字同王士禛士骥兄弟蒋锡仁顾卓朱襄暨侄珠侄孙文昭》、吞珠有《集海棠院送梅耦长南归分得春字》，文昭有《侍叔祖红兰问亭两先生新城尚书公暨诸同人集海棠院送梅耦长归宣城以春草碧色春水绿波分韵得绿字》。另，文昭《闻渔洋先生讣为位哭之二首》之二有注云："丁丑春侍先生分韵慈仁寺海棠院今十六年矣。"

五月，岳端为吞珠《承荨轩诗》作序。

该序云："拙斋予之从子也，长于予数岁。予幼时，拙斋即有能诗声。昨岁始出其所为《承荨轩诗》请予删定……今复录存若干篇，请曰：'愿赐以序。'拙斋之诗，清旷闲肆，读之令人神远……康熙丁丑夏五月玉池生岳端书于红兰室。"

立冬后一日，石涛在大涤堂为博尔都摹写《后赤壁赋图》轴。

---

① 姜宸英著，雍琦整理：《姜宸英全集》（第1册），浙江古籍出版社，2016年，第266页。

按：石涛有题识云："摹得石田翁东坡先生后游一图，寄上问亭先生索笑。时丁丑立冬后一日，清湘遗人瞎尊者广陵大涤堂下。"

十一月二十一日寅时，明瑞次子兴岱生。（《宗谱》）

按：兴岱号东峰，室名望庐，与文昭唱和，无诗存世。

十二月，塞尔赫袭封奉国将军。（《宗谱》）

十二月，毛奇龄为玛尔浑作《安郡王诗集序》。

按：毛奇龄《西河集》卷四十九《安郡王诗集序》云："丁丑嘉平某医痹杭州，僦居仁和义同里，忽有客从长安来，叩门而入，出所携书授之曰，此古香主人教今也，主人以近所为诗抄誉一卷，令校次而叙论之。"

岁暮，岳端于卧室之侧，别构小室并图以老梅，室名取为"疑香广"，有《自题疑香广画梅三首》。（岳端《松间草堂集》卷二）

冬尽，庞垲为吞珠诗集作序。

按：《丛碧山房文集》卷一《承萼轩诗序》云："丁丑夏，门人顾卓过寓，数称亲籓镇国公拙斋主人有东平乐善之风，善书法，工诗，与时之所为诗不同……冬尽，卓再过相约，乃晋接于书室，体貌谦和，一见如故，谈论之下，出所为初集示之，红兰主人序首……而公复出次集命序……"

此年，文昭拜入王士祯门下。

按：文昭《古瓶集·自序》云："岁丁丑，从游新城公之门。"林佶《广唐贤三昧集序》云："茶翁及师门为丁丑岁。"

此年，博尔都与庞垲多有交游唱和。

按：《丛碧山房诗》四集《户部稿》卷六"丁丑京集"有《问博将军疾》《博问亭将军游西山见示遂用来韵》《博问亭招同人集东皋花下分韵二首》《东皋花下用沈方舟所分韵再成二首》；卷七"丁丑京集"有《首秋博问亭招孔东塘陈健夫叶季良东皋小集效齐梁体》《博问亭再招饮东皋同金素庵陈健夫三首》等交游唱和诗。

康熙三十七年戊寅（1698）

四月，岳端被革去贝子爵。

按：《圣祖实录》卷一八八云："固山贝子袁端，各处俱不行走，但与在外汉人交往饮酒，妄恣乱行，着黜革。"

四月二十日，王石谷为索芬画《载竹图》，博尔都有《题载竹图》诗。

按：吴嵩梁《香苏山馆诗集》卷十六《题王石谷载竹图卷》之序云："图为素庵太仆索芬作。素庵性爱竹，其友黄尊古自江南买竹数千竿，以船载入京师，石谷图此记之，盖在康熙戊寅四月。"

夏，辇下诸名人为徐兰合写《芝仙书屋图》，博尔都、吞珠、岳端、吴尔占、文昭等宗室诗人与会。

按：陈康祺《郎潜三笔》卷二云："康熙戊寅之夏，辇下诸名人合写芝仙书屋图，画者三十人……诗者六十人……"

七月，王翚南还，博尔都作《送王石谷宋声求杨子鹤诸子南还》。

按：王石谷于康熙二十九年经宋骏业等人推荐，入京主理《南巡图》，图成后，于此年七月自水路离京。

十月二十一日，岳端得一子，次夜旋亡，有《丧子》诗。（岳端《松间草堂集》）

按：岳端有一子名经廉，康熙三十六年六月初二日子时生，三十八年己卯正月初八日亥时卒，年3岁。岳端《丧子》注云："余于戊寅之十月廿有一日，得一子，至次夜旋亡。"可知此乃岳端第二子，或因此子一日而亡，未报宗人府，故《宗谱》未见载录。

十一月初三日午时，绰克都第九子经照生。（《宗谱》）

按：经照号定庵，诗学白居易，与恒仁有唱和，有《西园诗钞》，但未存世。

十二月，普照封辅国公。（《宗谱》）

冬，黄鼎为博尔都作《渔父图》，博尔都、孔尚任等人有诗纪之。

按：黄鼎有"戊寅嘉平三日画并书"的题识，博尔都有《东皋杂咏》有《自题东皋渔父图》，孔尚任《长留集》卷四有《和东皋渔父图原韵》。

此年，塞尔赫作《杏山纪事》《松山纪事》各一首。（《民国锦县志略》卷二十四）

按：此二诗在《民国锦县志略》都有"康熙戊寅"的纪年，在《晓亭诗抄》中诗题改作《杏山行》《松山歌》，文字略有出入，且没有纪年。

康熙三十八年己卯（1699）

春，曹寅过白燕栖，博尔都请其为石涛所摹仇英《百美争艳图》作跋。

按：曹寅跋文云："此巨卷百美图，乃大涤子所制，今为问亭先生藏玩。己卯仲春过白燕堂始得一观，见是卷中人物山水、亭阁殿宇，风采可人，各出其意表，令观者不忍释手，直石老得意笔也，于是乎跋其后。"

夏，文昭首次完成自己诗稿的编排工作。

按：文昭《古瓶集》中卷开篇第一首为《夏日编排诗稿成示同志》，故其所编成之诗稿应当是《古瓶集》上卷。由于《夏日编排诗稿成示同志》之后是《下第遣怀呈玉池先生》，文昭于康熙三十八年参加科考落第，故可知《古瓶集》上卷收诗当止于康熙三十八年春，中卷始于康熙三十八年夏。

又按，《古瓶集》上卷所收倒数第三首《重九后一日集紫幢轩分韵》有"三十飞光日半斜"之句，《古瓶集》上卷编成之时，文昭虚岁二十岁而已，"三十飞光"之言颇与事实相抵牾。这种抵牾可能有两个原因。其一，抄写或刻行时不慎将"二"误写为"三"。其二，文昭在康熙五十年编订《古瓶集》上、中、下三卷时，不慎将作于三十岁的诗作阑入了上卷。综合该诗歌的内容风格等方面来看，第一种可能性较大。

七月初七日巳时，拜察礼第三子蕴著生。（《宗谱》）

按：蕴著有《悼亡诗存》，未存世。

秋，文昭应乡试，因后场用子书语而被放。

按：文昭《下第遣怀呈玉池先生》之序云："己卯宾兴，特命宗室子孙愿应乡试者听赴。余七艺已呈堂，乃以后场用子书语被放，感而作诗。"

又按，康熙三十六年，鉴于"宗室子弟日益繁衍，除已授爵秩人员外，闲散子姓素无职业，诚恐进取之途未辟，向学之意渐隳"，康熙帝特颁上谕："国家乐育人才，振兴文教，将使海内英隽之士，靡不蒸蒸蔚起。矧宗室子弟，系托天潢岂无卓越之姿，足称令器？允宜甄陶奖励，俾克有成……嗣后八旗宗室子弟，有能力学属文，奋志科目，应令与满洲诸生一体应试，编号取中。如此，则赋质英异者，咸服习于诗书，而学业成就者，不沮抑于仕进，凡属宗支，人人得以自效。"于是，在宗人府、礼部的组织下，宗室子弟于三十八年己卯科首次参加乡试。文昭便是首次参加乡试的宗室之一。不过，后来因为"不肖之徒营私舞弊而令停止"，故允许宗室参加的科举考试在康熙朝只推行了己卯一科而已。①

秋，允礽托允祉转赠陈梦雷诗作一首，并请其和诗，故陈梦雷有《七月十五日蒙东宫以睿诗一首赐示恭纪》。

九月，允祉在敏妃丧百日中剃头，由郡王降为贝勒。

按：《康熙实录》卷一百九十五云："敏妃丧未满百日，诚郡王允祉并不请旨即行剃头，殊属无礼，着收禁宗人府，严加议罪……应革去郡王爵……从宽免革郡王，授为贝勒。"

十月，岳端编成《寒瘦集》一卷并作自序。

按：该集依次选录孟郊诗44首，贾岛诗38首，凡82首，每首诗皆有圈点与评价。②

十月，岳端传奇剧《扬州梦》成，尤侗为之作序。

按：尤侗《扬州梦序》署为"康熙己卯冬十月长洲鹤栖老人尤侗谨序"。

康熙三十九年庚辰（1700）

正月，五贝勒允祺命侍臣来索徐锡我平时著述。

按：徐锡我，字我纯，江苏常州人，撰有《声中诗》，选评有《我侬说诗》。徐锡我《声中诗》卷九《禁园红杏和五殿下教》自注云："庚辰春正月，命侍臣来索锡平时著述。"

二月，徐锡我奉允祺之命，和作《禁园红杏和五殿下教》七律一首。（徐锡我《声中诗》卷九《禁园红杏和五殿下教》之自注）

五月，顾卓携岳端所作《扬州梦》传奇给洪昇审阅，洪昇为之作序。（洪昇《扬州梦序》）

秋雨初霁，康熙帝作《禁园秋霁》，命众皇子和诗。

按：当时胤禛未能恭临这个小小的诗会，不过后来还是补和了《禁苑秋霁应制》，且有序云："康熙庚辰秋七月十九日……皇父听政之暇，亲洒宸翰，制禁

---

① 李世愉、胡平著：中国科举制度通史（清代卷·下），上海人民出版社，2017年，第476页。
② 徐晨阳：《岳端〈寒瘦集〉整理与研究》，上海师范大学2017届硕士论文。

苑秋霁诗一章，命诸昆弟分赋应制。臣未及与。向晚趋庭，荷蒙颁示天籁琳琅……又命臣补赋。伏念臣才学弇浅，初研声律，未涉藩篱……谨呈芜句，用博天颜一笑云尔。"①

秋冬之际，博尔都招同人宴集渡影轩送孔尚任。

按：此年三月，孔尚任罢官，遂生出都之意，但迟滞至康熙四十年暮冬（1701）方始离京归乡。在离京前，博尔都等诸同人多次与孔尚任宴集。孔尚任《长留集》有《饮东皋渡影轩座客金素公朱翠亭僧呆山赋诗送予予亦分韵留别》，《孔尚任全集辑评校注》将之系于此年秋。

九月初三日申时，福存薨，年三十六岁。（《宗谱》）

九月，博尔都向李塨问格物理论。（冯辰《李恕谷先生年谱》卷三）

九月，徐锡我作《九日东皋主人见招即事分得竽字二首》。

按：诗有"五载瞻云客，今秋始识韩"云云，徐锡我于康熙三十五年入都，故可推知此诗作于此年重阳，亦可知徐锡我与博尔都当于此年结交。

秋，王原祁仿黄公望《晴峦叠翠图》，博尔都有《题黄子久晴峦叠翠图》

按：康熙三十九年王原祁作《晴峦叠翠图》，款署："晴峦叠翠，康熙庚辰秋日仿黄子久笔。"此图博尔都钤有"问亭鉴赏图书""辅国将军博尔都号问亭之章"二印。② 故可推知乃是博尔都藏有黄公望《晴峦叠翠图》，因喜爱此图而嘱托王原祁仿成《晴峦叠翠图》。

仲夏，毛奇龄为岳端《就树堂集》作序。（毛奇龄《就树堂集序》）

十二月，德普袭封镇国公。（《宗谱》）

十二月，已故安郡王岳乐因贝勒诺尼母子事，被追革亲王爵，降为郡王。除玛尔浑宽免外，吴尔占等子皆被降爵。（《清史稿·列传四·诸王三·太祖诸子二》）

此年，石涛"出佛入道"，博尔都不胜惊讶，其《霁后怀清湘道士》有"之子今黄冠"之语。（博尔都钞本《问亭诗集》卷二）

① 张宝章：《康熙帝皇子在西花园》，《曹雪芹研究》2021 年第 1 期。

② 胡瑶：《博尔都疑年及交游考》，《中国国家博物馆馆刊》2016 年第 8 期。

康熙四十年辛巳（1701）

二月，徐锡我因父亡故而南归奔丧，五贝勒允祺数问侍臣徐氏返燕京否。

按：徐锡我之父亡于康熙三十九年十一月左右。① 另，徐锡我《禁园红杏和五殿下教》之自注云："辛巳春二月，锡南归，数问侍臣徐某来未。"

三月，石涛在扬州为博尔都装潢《百美争艳图》。图成，博尔都有题诗与跋文，且请李光地、曹寅、王士祯等人题咏。

博尔都跋文云："向随驾南巡，觅得仇实父《百美争艳图》，内宫中物也。余得时，恐为本朝士大夫所妒，是以索清湘先生写之。余即以旧藏官帧一机，邮寄临摹，三载始成。比归，我即求在朝诸公题咏，无不赏识者。欲装潢时，则鲜有其人。岁在辛巳春三月，复寄索以代为装潢，并求一题，则成全璧矣。东皋主人博尔都问亭氏藏识。"

三月，岳端传奇剧《扬州梦》在吴地刊行，是为启贤堂版的《扬州梦》，朱襄为之作跋文。

按：该跋文云："命诸伶播以管弦，一时名士之在京师者，咸相与咏歌其盛，后三年，吾友顾砚山携其稿归吴门，将镂板行世，而新安俞君瑶章欣然焉为董其役……康熙辛巳春三月既望无锡朱襄拜跋。"

暮春，岳端与孔尚任等人小集。

按：岳瑞《玉池生稿·松间草堂集》有《弘善寺偕余宾硕孔尚任翁必选程万荣吴世标徐兰看杏花分得中字》，孔尚任《长留集》有《吴赤霞徐芝仙邀韦公寺看杏花同余鸿客翁尹若程禹三沈颒亭酒次与玉池生话旧》。

仲夏，禹之鼎过访岳端，展示徐渭画。

按：岳端《题画蒲桃寿禹之鼎尊人》云："前年岁辛巳，时序当仲夏。过我红兰室，展我青藤画。"

七夕，岳端与胡介祉、何百钧、徐兰、文昭等人集红兰室分韵赋诗。

秋，徐锡我南还奔丧后入京访博尔都，有《南来过问亭即席同赋》《秋霁东皋分得凉字》等诗。（徐锡我《声中诗》卷八）

----

① 黄斌：《徐锡我〈我侬说诗〉研究》，云南大学出版社，2017年，第248页。

冬，徐锡我养病圆音寺，博尔都屡有问病，曾携两家伎为其弹筝解忧。

按：徐锡我有《养病圆音寺》《博问亭过访病夫》《戏作寄问亭》《博问亭携馔至圆音寺书以谢之》等诗。另，徐锡我《我侬说诗》卷八《箜篌引》之说解文字云："辛巳冬，侬作《病夫闻筝起舞歌》毕，座客有誉侬者，以《琵琶行》相比。"

冬，岳端得徐渭画卷，卷中梅竹兰石皆极幽致，时顾卓、何百钧、徐兰在座，故四人仿梅竹兰石，各任一品，徐兰任兰，何百钧任竹，顾卓任石，岳端任梅，仿玉川子（卢仝）《萧宅二三子赠答诗》分赋，岳端自己有《梅竹兰石赠答诗》并附收了其余三人的赠答诗作。（岳端《松间草堂集》）

岁暮，喻成龙访岳端，岳端以诗送其赴安徽巡抚任。

按：岳端《松间草堂集》卷二《辛巳岁暮喜喻成龙相过兼送之任》有"新年执节临江北"之语，喻成龙任安徽巡抚的时间是康熙四十一年二月，故系于此。

此年，博尔都与孔尚任多有交游唱和。

按：《长留集》卷三有《过饮东皋同刘绰然余鸿客叶桐初吴镜庵王昆佩孙思九洪秋岩涂幼清张柱客儿衍谱分韵》，此次宴集，张景苍有《春日博问亭将军邀同孔东塘吴镜庵叶桐初王昆佩孙思九陈健夫游东皋次东塘韵》，收于《清诗大雅》。另，孔尚任又曾与博尔都在东皋宴集，《长留集》卷四有《九日东皋宴集》。徐振贵《孔尚任全集辑评校注》及袁世硕《孔尚任年谱》均将此二诗系于此年。

康熙四十一年壬午（1702）

四月初，朱襄入都，向岳端出示其所收藏古钱币，岳端有诗纪事。

按：岳端《松间草堂集》之《古钱歌赠朱襄》有"今年壬午四月初，飘然远来自南国"之语。

除夕，康熙帝作《赋得爆竹声中一岁除是日微雪》，允禵有《赋得爆竹声中一岁除应制》。①

---

① 齐心苑：《允禵诗作新发现——永忠〈延芬室集〉无编年诗实为其祖父允禵作品》，《红楼梦学刊》2015 年第 1 期。

康熙四十二年癸未（1703）

正月十六日至三月十五日，康熙帝第四次南巡，命允礽、胤禛、允祥随驾。

按：允禵有《恭送圣驾南巡》之诗。[1] 南巡经山东济南时，允礽看到前次南巡时遭受水灾的百姓因父皇蠲免钱粮赈灾而得以恢复生活，作《入山左境见流移归复宿麦被垅喜而有作》。[2] 另，齐心苑考证认为：允禵《南巡回銮日恭同诸兄迎驾》作于"康熙四十一年十月癸卯（1702 年 10 月 26 日）南巡归来之时"，与事实不符，应当系于此年三月十五日为是。

三月，宗人府停给闲散宗室博尔都云骑尉品级、俸禄。[3]

四月，杨瑄以"学问甚优"再次被起用，博尔都作《喜杨玉符被诏来京》。（博尔都抄本《问亭诗集》卷五）

五月初五日，博尔都与王瑛集东皋草堂。[4]

五月初七日，博尔都与王瑛等人集岚影阁分韵赋诗。

按：王瑛《写忧集》有《重五后二日集岚影阁分赋得十灰》。另，宋健《王南村年谱》言岚影阁乃博尔都之楼阁，[5] 从十四卷钞本《问亭诗集》卷十二《日夕坐岚影阁迟其主人不至》来看，岚影阁另属他人所有，非博尔都楼阁。又，十四卷钞本《问亭诗集》卷六有《雨后集岚影阁分韵》诗，或为此次小集唱和之作。

五月二十一日，允祉第七子弘璟生。（《宗谱》）

按：《词林典故》卷五收录弘景（璟）参与唱和的联句。

秋，岳端画葡萄并作《题画蒲桃寿禹之鼎尊人》为禹之鼎之父古稀之寿祝贺。

按：诗有"云父介古稀""前年岁辛巳""今年癸未秋"云云。

----

① 齐心苑：《允禵诗作新发现——永忠〈延芬室集〉无编年诗实为其祖父允禵作品》，《红楼梦学刊》2015 年第 1 期。

② 赵志辉：《满族文学史》（第 2 卷），辽宁大学出版社，2012 年，第 117 页。

③ 赖惠敏：《清皇族的阶层结构与经济生活》，辽宁民族出版社，2011 年，第 235 页。

④ 宋健：《王南村年谱》，天津古籍出版社，2017 年，第 278 页。

⑤ 宋健：《王南村年谱》，天津古籍出版社，2017 年，第 278 页。

重九日，博尔都与王瑛等人集东皋草堂。①

十月康熙帝西巡，允礽、允祉、允祥等人随驾，允禧有《恭送圣驾西巡》诗。②

康熙四十三年甲申（1704）

二月十三日子时，雍正第四子弘时生。（《宗谱》）

按：《词林典故》收录弘时与雍正帝等人的唱和联句。

三月初四日亥时，岳端卒。（《宗谱》）

九月十三日，博尔都与王瑛、张霖、赵执信等友人登天津篆水楼分韵赋诗。

按：王瑛有《重九后四日张鲁莽方伯招同博问亭将军赵秋谷赞善登篆水楼对月分赋时问亭返东皋秋谷亦将归青州》，博尔都十四卷钞本《问亭诗集》卷六有《秋夜同友人集直沽篆水楼赏月即席分韵是夜予先北上》。

冬，康熙帝作《乏良医》，允禧有《恭和圣制乏良医原韵》。③

康熙四十四年乙酉（1705）

寒食节，博尔都与王瑛、丁克戣等人小饮赋诗志别。

按：博尔都有《寒食王南村丁筠雪两观察偕过白燕栖小饮时王将赴昌平任即席各赋四律志别得七阳四首》，王瑛有《丁筠雪观察将之昌平余将之永嘉寒食偕遇问亭将军白燕栖小饮即席各赋四律志别》。

又按：宋健《王南村年谱》将此诗系于康熙四十二年，误，理由有二：一方面，王瑛《蕉鹿吟》此诗之前有《除夕遣兴（甲申）》；另一方面，王瑛于康熙四十四年夏补浙江按察使司按察副使分巡浙江温处道。

四月初三日午时，明瑞第四子兴让生。（《宗谱》）

按：兴让号廉泉，室名簣山书屋，与文昭有唱和，无诗存世。

----

① 宋健：《王南村年谱》，天津古籍出版社，2017年，第279页。

② 齐心苑：《允禧诗作新发现——永忠〈延芬室集〉无编年诗实为其祖父允禧作品》，《红楼梦学刊》2015年第1期。

③ 齐心苑：《允禧诗作新发现——永忠〈延芬室集〉无编年诗实为其祖父允禧作品》，《红楼梦学刊》2015年第1期。

四月初三日寅时，允禵次子弘明生。（《宗谱》）

按：《词林典故》收其参与乾隆四年的柏梁联句。

七月，毛奇龄为博尔都十四卷抄本《问亭诗集》作序。（毛奇龄《东皋诗集序》）

七月十八日子时，椿泰长子崇安生。（《宗谱》）

按：崇安号友竹道人，有《友竹轩遗稿》（又名《友竹轩诗》）存世。

十二月，萨布素卒，塞尔赫作《送德处士芳卿扶父萨将军枢归葬祖茔》。

按：萨布素为首任黑龙江将军，康熙四十年二月因事免职，降为京城镶黄旗佐领，十月又被降为平民。四十四年卒。

康熙四十五年丙戌（1706）

正月二十四日，博尔都五十二岁寿辰，同人宴集庆贺。

按：王瑛《蕉鹿吟》有《博问亭将军初度席上分赋牡丹六韵》。

二月，玛尔浑为玉牒纂修总裁官。（《宗谱》）

六月二十七日申时，保绥第三子广禄生。（《宗谱》）

按：《词林典故》收其参与乾隆四年的柏梁联句。

十一月十六日子时，允祥长子弘昌生。（《宗谱》）

按：弘昌字九思、云在，与弘晓有唱和，无诗存世。

秋冬间，博尔都与王瑛有诸多交游唱和。

按：《蕉鹿吟》有《东园有访不遇次和问翁》《重阳后七日集东皋偕问翁入朝阳门逢黄金台遗址因登焉见日月东西对照盖适当望时也顷之皓魄升云端而红轮已沉濛汜矣追慕古人低徊感叹归途上马率尔有作》《东皋主人招看红叶余薄暮始至主人已入城矣》等诗作。

康熙四十六年丁亥（1707）

春，石涛为博尔都摹写《蓬莱仙境》长卷，博尔都有题识并邀友朋赏玩。

按：在长卷首端，石涛用隶书题云："摹内府官鉴造《蓬莱仙境》卷轴，丁亥春分前于大涤堂中，靖江后人石涛极。"左端用隶书题"旸谷东升"四个大字，并有跋云："此卷幅乃宋内宫刻丝《蓬莱仙境》。旸谷东升景象外，真天孙之技也，虽一代画家亦不能摹写。余仿其大意，得此并报友人之索也。大涛极并识。"石涛将此卷幅寄赠博尔都后，博尔都有题诗和跋文，并邀曹寅等友朋赏玩题识。博尔都跋文云："右此卷，乃清湘石先生摹北宋刻丝《海日初升卷》轴也。其宋刻山水尽致，展卷耀目。此清湘先生所摹，更得笔墨点染之妙，亦复不相甲乙，识者自知之耳，何需余多赘也。今幸与友人赏玩，喜为书此。东皋主人博尔都。"

暮春，塞尔赫游盘山，有《丁亥暮春游盘山访拙庵上人》。（塞尔赫《晓亭诗抄》卷二）

五月，王瑛和博尔都《枫庄杂咏》组诗二十四首。（王瑛《蕉鹿吟》）

七月二十八日亥时，博尔都卒。（《宗谱》）

康熙四十七年戊子（1708）

六月二十六日卯时，纳尔苏长子福彭生。（《宗谱》）

按：福彭号葵心主人，《熙朝雅颂集》收其诗 10 首。

十月初二日，允禩因张明德案被革去贝勒，降为闲散宗室。同月，又被康熙帝斥为"处处沽名，欺诳众人，希冀为皇太子"，玛尔浑、景熙、吴尔占等岳乐诸子牵连受斥。

按：允禩嫡妃郭络罗氏乃岳乐外孙女，故玛尔浑等人乃其舅。

十二月，蕴著袭封三等奉国将军。（《宗谱》）

此年，侍卫内大臣一等公福善薨，文昭作《故太子太保兼太子少师领侍卫内大臣一等公舒木鲁公挽诗十六韵》。

康熙四十八年己丑（1709）

十月，胤禛封雍亲王。

十月，椿泰卒，崇安袭为康亲王。

十一月十一日子时，玛尔浑薨，谥曰"悫"。

冬，梅庚入都，文昭出示十一年前与王士禛、岳端、博尔都等人在报国寺海棠院以"春草碧色春水绿波"为韵，送别梅庚时所拈得的"绿"字韵诗作，此时王士禛遭弹劾已归田，而岳端、博尔都皆已亡故，感慨之余，梅庚作《觉罗子晋曩从红兰主人饯别海棠院新城先生以春草碧色春水绿波分韵见送子晋得绿字己丑冬来都下始蒙惠示大篇荏苒十有一年红兰久捐馆新城亦投劾归田矣奉次来韵时悼往情见乎辞》）。

康熙四十九年庚寅（1710）

二月，华玘袭安郡王。（《宗谱》）

按：文昭集中有《安郡王送鸡冠花》《陪安郡王南溪泛舟》等与华玘交游的诗作。

五月初六日酉时，兴绥长子九如生。

按：九如字锡畴，号拙庵，与恒仁、敦敏等有唱和，无诗存世。

八月十一日，文昭作《少年行》。

按：诗有题注云："八月十一日偶感作。"

十一月十三日酉时，允祯第六子弘晙生。（《宗谱》）

按：弘晙号冷吟居士，有《冷吟集》，未存世，《熙朝雅颂集》收其诗8首。

此年，文昭录天潢之诗为《宸萼集》。（鲍鉁《神勺》"宸萼集"条）

此年，康熙帝为热河行宫题写了"避暑山庄"的匾额，撰文确定了避暑山庄三十六景的名称，并且逐景题诗，允禄等臣僚各有吟咏和应制诗作。

按：允禄有《泉源石壁应制》。

康熙五十年辛卯（1711）

正月十一日戌时，玄烨第三十一子允禧生。（《宗谱》）

按：允禧字谦斋，号紫琼、紫琼道人、垢庵、春浮居士等，有《花间堂诗钞》《紫琼岩诗钞》《紫琼岩诗钞续刻》等存世。

五月，文昭整理《古瓶集》上、中、下三卷并作自序。序云："辞俸多暇，乃因禽戏之余，出瓶中稿排次一过……康熙五十年蕤宾月芟婴居士文昭自述于紫幢轩。"

按：该集中卷第一首为《夏日编排诗稿成示同志》，第二首为《下第遣怀呈玉池先生》作于康熙三十八年，临近卷末的《迟友人不至》有"澄泓秋意静"之言；下卷第三首《元日试笔》有"三十今朝是"之句，文昭至康熙四十八年虚岁三十。结合这些时间节点可知：《古瓶集》上卷收诗止于康熙三十八年春；中卷收诗起于康熙三十八年夏，止于康熙四十七年秋；下卷收诗始于康熙四十七年冬，止于康熙五十年五月（蕤宾月）。

又按：《古瓶集》下卷有《七夕紫幢轩小集用东坡与客饮杏花下韵》，文昭在《桧栖草》的《余辛卯七夕次坡仙韵书壁迄今十八年矣二月十八日玉生同卓哉饮桃花下迭前韵余复和之》中追记了此事，但从《古瓶集》编成于康熙五十年蕤宾月（五月）的事实来看，不可能收录七月的诗作，而应当是上一年（康熙四十九年）的七月，故文昭"辛卯"云云，应是误记。

五月十一日，王士禛卒，年七十八，文昭作《闻渔洋先生讣为位哭之二首》。（文昭《松风塵余集》卷上）

八月十九日寅时，阿扎兰第六子德沐生。（《宗谱》）

按：德沐字薰之，与恒仁有唱和，无诗存世。

十一月二十七日未时，胤禛第六子弘昼生。（《宗谱》）

按：弘昼有《稽古斋集》存世。另，因雍正帝次子弘昐年仅两岁而夭殇，不列入齿序，故时人通常将弘昼称为皇五子，而非皇六子。

冬，文昭作《秋江晚棹图》。（文昭《松风塵余集》卷上）

按：诗有"禹生作画超常伦"云云，知此图乃禹之鼎作。另，德普有《侄子晋写寒斋兄秋江晚棹图》。

康熙五十一年壬辰（1712）

一月至二月间，康熙帝作《咏自鸣钟》《赋得禁城春色晓苍苍》《赋得时人不识予心乐》，允禵有《咏自鸣钟应制》《赋得禁城春色晓苍苍应制》《赋得时人不识余心乐应制》。①

夏秋间，文昭作《柬伊尔根觉罗寄斋西山》。

按：该诗题注云："寄斋名巢可托，以刑部尚书去位。"该题注所指之事乃是康熙四十八年十二月，巢可托受王懿三年前弹劾其儿女亲家陶合气之事牵连，

---

① 齐心苑：《允禵诗作新发现——永忠〈延芬室集〉无编年诗实为其祖父允禵作品》，《红楼梦学刊》2015 年第 1 期。

被草去刑部尚书之职。

七月初四日丑时，允礽第六子弘曒生。（《宗谱》）

按：弘曒字思敬，有《石琴草堂集》，未存世，《熙朝雅颂集》收其诗 4 首。

此年，文昭写成《松风塵余集》卷上。

按：该集的第二首为《闻渔洋先生讣为位哭之二首》，可知该集收诗约始于康熙五十年五月，中部有《雪中次坡公清虚堂韵柬高亭》《雪中读辋川集》《灯市节》等涉及冬春交替的诗作，故可知《灯市节》之前的诗作作于康熙五十年五月至年底，《灯市节》以后的诗作至卷末的《除夕》乃是康熙五十一年一整年的诗作。

康熙五十二年癸巳（1713）

三月十八日，康熙帝六十大寿，诸皇子、宗室、文武百官数千人入朝叩祝。

按：《万寿盛典初集》卷六十一"歌颂一"收录诚亲王允祉、恒亲王允祺、淳郡王允祐、八贝勒允禩、九贝子允禟、敦郡王允䄉、十二贝子允祹、皇十三子允祥、十四贝子允禵、皇十五子允禑、皇十六子允禄、皇十七子允礼等人的贺寿诗各三首。另，文昭也作有《万寿恭纪乐府十章》。

四月，康熙帝召诸王公至畅春园之露华楼看花，分题赋诗，吞珠、德普等宗室与会。

按：德普《修庵诗抄自序》云："癸巳四月，蒙恩召诸王公至畅春园之露华楼看花，命题赋诗，普以菲材获与。"另，康熙帝命吞珠作诗，吞珠以荒拙推辞，故由康熙帝代作。因吞珠年长于康熙但辈分却是侄辈，故康熙帝在代作时以"老侄儿"称吞珠。

五月二十五日辰时，允祥第四子弘皎生。（《宗谱》）

按：弘皎号芝轩、药园、秋明等，与塞尔赫、弘晓唱和，《熙朝雅颂集》收其诗 1 首。

六月十九日申时，允禄次子弘普生。（《宗谱》）

按：《熙朝雅颂集》收弘普诗 2 首。

夏，康熙帝作《赐将军吴英》，追念福建水师提督吴英战功，允礼有《恭和圣制赐将军吴英七言律诗》，允禵有《恭和圣制赐提督潘育龙吴英七言律二首应制》。

按：吴英，字为高，福建莆田人，在平三藩和收复台湾的战斗中多次立功，康熙五十一年七月二十四日卒，年七十六。又按，齐心苑结合《圣祖仁皇帝实录》《康熙起居注》的考订，认为康熙帝《将军潘育龙久任封疆故存问赐诗》《赐将军吴英》皆作于康熙五十一年夏秋间，故允禵《恭和圣制赐提督潘育龙吴英七言律二首应制》应当作于同时。① 但李光地《诰授威略将军福建水师提督吴公墓志铭》云："癸巳夏，上于热河行宫御制七言律诗一章，将以锡公，命诸王以下大学士扈从诸臣皆属和。"结合李光地之言来看，允礼与允禵之诗应当都是此次嘱和之作，故系于此。

九月二十四日丑时，普照长子恒仁生。（《宗谱》）

按：恒仁字育万，一字月山，有《月山诗集》《月山诗话》存世。

十月，吞珠授宗人府左宗人。

暮秋，文昭编成《松风尘余集》卷下。

按：《松风尘余集》卷上收诗止于康熙五十一年除夕，故卷下开篇的《岁首》当作于康熙五十二年正月初一。卷下前半部分的《万寿恭纪乐府十章（癸巳）》作于三月十八日，倒数第二首为《秋柳》，而紧接《松风尘余集》卷下的《蛰吟》，开篇为《冬暖》，故可知《松风尘余集》卷下收诗始于康熙五十二年正月初一，止于此年暮秋。《满族文学史》言"《松风尘余集》约写于康熙五十三年"② 的说法并不够准确。

十一月二十八日卯时，康熙帝第三十三子允祁生。（《宗谱》）

按：允祁字东山，号宝菑（斋）主人，与塞尔赫等人唱和，无诗存世。

十二月，普照缘事革退辅国公爵，改由其弟经照袭辅国公爵。（《宗谱》）

康熙五十三年甲午（1714）

春，文昭编成诗集《蛰吟》。

---

① 齐心苑：《允禵诗作新发现——永忠〈延芬室集〉无编年诗实为其祖父允禵作品》，《红楼梦学刊》2015 年第 1 期。

② 赵志辉：《满族文学史》（第 2 卷），辽宁大学出版社，2012 年，第 106 页。

按：《蛰吟》开篇为《冬暌》，末有《人日》《卖花声》等诗，故知此集作于康熙五十二年冬，止于康熙五十三年春。因冬春之季乃昆虫蛰伏的时间，故取名"蛰吟"。

四月十六日申时，塞尔赫第四子鄂洛顺生。（《宗谱》）

按：鄂洛顺字厚斋，有《樊雁书屋集》，未存世。

五月，文昭初至赵村，将村居所作诗歌编入《东屯集》。

按：《满族文学史》云："康熙三十四年，文昭开始写诗，第一年就编成三个集子。二月起写《东屯集》，五月起写《在告集》，十一月起写《交春集》各一卷"；又云："《东屯集》《在告集》《交春集》"。三个集子是文昭于康熙三十五年一年所写，当时诗人仅只十七岁。① 此言有误。理由有三。首先，在《交春集》中文昭有《为女婉择婿》诗，年仅十七岁的文昭居然其女儿就已经到择婿的年纪了，这显然也不合常理。其次，《东屯集》之前的《蛰吟》收诗时间为甲午年，《东屯集》开篇第一首为《五月三日携家往赵村道上偶作》，而《东屯集》之后的《在告集》开篇为《五月十二日宗人府给假养疾赵村》，由此可知：《东屯集》只收录了康熙五十三年五月三日至十一日文昭初到赵村这八天的诗作而已，因而该集所收诗歌数量不多。最后，紧接《东屯集》的《在告集》收诗时间始于此年的五月，终于十月，时间较短，收诗数量也不多。而《交春集》的时间虽始于此年十一月，但却终于康熙五十五年丙申，三个集子并非一年所写。

夏秋间，康熙帝作《涌翠岩观瀑赏白莲》《莲花岩松牡丹》，允禵有《恭和御制涌翠岩观瀑赏白莲诗》《露华楼应制咏莲花岩松牡丹》。②

八月，康熙帝作《浙闽总督范时崇陛见来京朕每念祖为开创宰辅父乃忠义名臣所以待之优重今因回任特书御诗饯送》，允禵有《恭和御制赐浙闽总督范时崇》。③

十一月，康熙帝巡临翠微山，文昭随行有《康熙五十三年十一月温泉应制二

---

① 赵志辉：《满族文学史》（第2卷），辽宁大学出版社，2012年，第100页。

② 齐心苑：《允禵诗作新发现——永忠〈延芬室集〉无编年诗实为其祖父允禵作品》，《红楼梦学刊》2015年第1期。

③ 齐心苑：《允禵诗作新发现——永忠〈延芬室集〉无编年诗实为其祖父允禵作品》，《红楼梦学刊》2015年第1期。

首》，具体为《赋得灵泉启圣明》《赋得恩光日边来》。（文昭《交春集》）

此年，厉鹗南归，允礼有《题赠学士厉南湖小照》。（允礼《静远斋诗集·甲午》）

按：该诗有序云："侍讲学士厉南湖与余最善，每朝夕讨论经史歌诗染翰，资益良多，偶以事归静海，留其小照，置之座右，聊申相契之情。"

康熙五十四年乙未（1715）

正月初一恰逢立春，文昭有《岁朝立春（乙未）》。（文昭《交春集》）

春，康熙帝作《赋得三十六宫都是春》，允禵有《赋得三十六宫都是春应制》。①

六月，李光地以母丧未葬请为休致，康熙允假二年，八月，李光地启程，允礼有《送李安溪归闽中》。（允礼《静远斋诗集·乙未》）

九月二十日寅时，纳尔苏第六子福静生。（《宗谱》）

按：福静字乐山，《熙朝雅颂集》收其诗1首。

十二月二十二日，文昭与永年往西山游玩，有《腊月廿二日同纯斋叔逛西山夜宿法海寺》。（文昭《交春集》）

此年，由康熙帝御纂、李光地总裁、多人编写而成的《周易折中》二十二卷刊行。

按：允礼有《读周易折中》诗，弘昼有《恭跋周易折中》文。

康熙五十五年丙申（1716）

正月四日，文昭与李石仙道士小饮，有《丙申正月四日画屏斋偕石仙小饮试笔》。（文昭《交春集》）

正月，文昭作《自题停车问酒图》。

按：在文昭此诗之后又有《赋赠修庵上公》，德普《修庵诗抄》卷三有《题停车问酒图》，则德普的题诗亦应当作于同时。

----

① 齐心苑：《允禵诗作新发现——永忠〈延芬室集〉无编年诗实为其祖父允禵作品》，《红楼梦学刊》2015年第1期。

二月，郭元釪南还奔丧，文昭作《挽郭母吴宜人送于宫南还》。（文昭《交春集》）

春，文昭编成《交春集》。

按：《交春集》开篇所收之诗为《康熙五十三年十一月温泉应制二首》，之后又有《岁朝立春（乙未）》，后半有《丙申正月四日画屏斋偕石仙小饮试笔》，故知《交春集》收诗起于康熙五十三年十一月，终于五十五年春。

四月十一日申时，赫摄讷第五子达麟图生。（《宗谱》）

按：达麟图字玉书，号羲文、毓川，存诗2首。

五月十六日巳时，康熙帝第三十四子允祕生。（《宗谱》）

按：《熙朝雅颂集》收允祕诗5首。

五月十八小暑，允禶作《五月十八日小暑节蒙恩自热河乘传赐御园朱樱一盘恭纪述怀》。①

七月初七正逢处暑，允禶作《七夕处暑》。②

七月十五日未时，弘晋第三子永璥生。（《宗谱》）

按：永璥号益斋，别号素菊道人，有《益斋集》存世。

夏秋间，允禶作《秋日楼居述怀》《妃母恩赐小筐一枚恭纪述怀》。③

中秋前三日，德普自序其《修庵诗抄》。（德普《修庵诗抄序》）

十一月，经希授宗人府右宗正。（《宗谱》）

十一月十九日未时，海林长子福喜生。（《宗谱》）

按：福喜字损亭，有《学圃堂集》《存旧集》，未存世，《熙朝雅颂集》收其诗6首。

秋杪，塞尔赫与平弼侯、李元戎过圃上草庐夜话，有诗纪事。

塞尔赫舅祖七十岁，塞尔赫作《松鹤老人歌》祝寿。

----

① 齐心苑：《允禶诗作新发现——永忠〈延芬室集〉无编年诗实为其祖父允禶作品》，《红楼梦学刊》2015年第1期。

② 齐心苑：《允禶诗作新发现——永忠〈延芬室集〉无编年诗实为其祖父允禶作品》，《红楼梦学刊》2015年第1期。

③ 齐心苑：《允禶诗作新发现——永忠〈延芬室集〉无编年诗实为其祖父允禶作品》，《红楼梦学刊》2015年第1期。

此年，查慎行为文昭《紫幢诗抄序》。该序云："曩余在京师，同年王楼邨、同学郭双邨数数称述先生之高雅。时方内直，晨入昏归，无缘一奉色笑。迨衰废归田，十三年于兹矣。同邑戚友杨晚雷久游太学，假馆先生贤弟廉泉家，书来致先生意，寄示《紫幢轩诗抄》八卷，属余为之序。"[1]

按：查慎行于康熙四十二年中进士，特授翰林院编修，入直内廷，康熙五十二年乞休归里。结合"时方内直"与"十三年于兹"之言推考，该序当作于此年。

又按：文昭《紫幢轩诗》在《古瓶续集》之前有郭元釪题诗二首。结合"续"字的特定含义以及郭元釪的题诗来看，文昭有意将《古瓶续集》之前的六个小集合订为相对独立的一集。这一点可以从《古瓶续集》卷一所收的《自题诗集后》《晚晴气爽灯火可亲偶翻近诗甲乙编次得五十六字》二诗得到具体印证。这六个小集分别是：《古瓶集》上、中、下三卷，《松风尘余集》上、下两卷，《蛰吟》一卷，《东屯集》一卷，《在告集》一卷，《交春集》一卷，共九卷。由此来看，查慎行所言之"《紫幢轩诗抄》"云云，应该就是指由这六个小集所组成的阶段性诗集，至于"八卷"云云，有可能是他在卷数统计上失误所致。

此年，文昭写成《古瓶续集》卷一。

按：文昭《交春集》收诗止于此年春，紧接《交春集》的《古瓶续集》卷一的前半部分有《五月四日初至草堂》，末首为《除夕》。由此可知《古瓶续集》卷一收诗始于此年夏，终于此年除夕。

康熙五十六年丁酉（1717）

三月十二日戌时，弘晋卒，年22岁，照辅国公品级殡葬，其子永璥刚出生七个月。（《宗谱》）

按：永璥《与晴岚张阁学书》云："璥生不辰，甫七月而先公见背。"[2] 永璥

---

[1] （清）查慎行撰，张玉亮，辜艳红点校：《查慎行集》（第7册），浙江古籍出版社，2014年，第79页。

[2] 永璥：《益斋集》，《清人诗文集汇编》第339册，第259页。

《钦训堂文存稿》云："吾（笔者按：永璥生母太福金）于康熙庚寅岁蒙天恩不遗葑菲，命奉箕帚……讵丁酉三月十二日汝父既早逝。"[①]

春，文昭得知康熙帝以"宗室文昭诗学甚好，可惜身有残疾不能行走"等语过问被废之事，有《传闻天语下咨废弃敬赋一章以志荣感》。（文昭《古瓶续集》卷二）

四月初九日，吞珠虚岁六十，文昭有《三叔父六袠初度称觞诗六首》。（文昭《古瓶续集》卷二）

七月二日立秋，文昭在赵村的棉花庵完成了《五朝诗管》中苏轼诗作的选抄工作。（文昭《手抄诗管跋尾》）

按：《五朝诗管》共八卷，只收录苏轼、黄庭坚、陆游、元好问、虞集、刘基、高启、王士祯八人的诗作，现藏于中国社会科学院文研所。

八月初五日巳时，经希卒，年五十岁。（《宗谱》）

九月，文昭在说饼斋完成《五朝诗管》中元好问诗作的选抄工作。（文昭《手抄诗管跋尾》）

十月，吞珠授礼部尚书，文昭有《送家三叔除授礼部尚书奉诏视牲南郊》。（文昭《古瓶续集》卷二）

十一月，允裪署内务府总管。

按：《清史稿》列传第七云："孝庄皇后崩，允裪署内务府总管，大事将毕，乃罢。"[②]

十二月二十四日，文昭完成《五朝诗管》中明代高启诗作的选抄工作。（文昭《手抄诗管跋尾》）

康熙五十七年戊戌（1718）

年初，文昭为王斌写真图作《题王玉生斌写真二图四首》。

按：该诗收入《古瓶续集》卷二，在此诗之前是《赤城道士约往城南看风氏园松（以下戊戌年诗）》，故知此诗作于戊戌年初。另，王斌的两幅写真图分

---

① 永璥：《益斋集》，《清人诗文集汇编》第339册，第240页。

② 赵尔巽等撰：《清史稿》，吉林人民出版社，1995年，第7276页。

别为《霜天射雁图》《簪花带剑图》。

三月初八日子时，弘晫次子永瑃生。（《宗谱》）

按：永瑃号松月主人，能诗善书，与永璥有唱和，无诗存世。

三月，巢可讬与屈复访塞尔赫，塞尔赫及其子伊都礼与二人论诗分韵。塞尔赫有《戊戌三月寄斋前辈悔翁处士枉驾论诗》，伊都礼有《戊戌三月巢寄斋屈悔翁隐居夜坐樊雁书屋论诗即席分韵》。不久，塞尔赫有上都监牧之役，交游未尽兴，只能惜别，塞尔赫有《戊戌春杪郊城屈悔翁自千七百里辱访颇遂平生余寻有上都监牧之役须殷遇殊可胜扼腕赋此志别兼订后期》。

四月镇国公景熙（经希）以行止悖乱革退，不准承袭，其所属十一佐领由其弟镇国公吴尔占管辖。

闰八月十三日巳时，镇国公吞珠卒，年六十一岁，赠贝子品级，谥曰恪敏。（《宗谱》）

按：吞珠薨逝后，文昭代编其遗稿，有《编次先三叔恪敏公遗稿泫然有作五首》。

重九日，塞尔赫作《戊戌重九日寿王鲁传二首》。

按：诗有"王与余俱生于九月，余后八日而长王七岁"之注，塞尔赫生于康熙十六年，则王鲁传生于康熙二十三年，此年 34 岁。

十二月，文昭第三子逢信过继吞珠之子安詹为嗣，于当月降袭奉恩将军。（《宗谱》）

长至后三日，文昭完成《五朝诗管》中王士禛诗作的选抄工作。（文昭《手抄诗管跋尾》）

按：此工作始于此年三月元巳，至此方才完成抄录。

此年，文昭写成《古瓶续集》卷二。

按：《古瓶续集》卷二开篇第一首为《丁酉元日》，其中有《赤城道士约往城南看凤氏园松（以下戊戌年诗）》，末首为《守岁口占》，故可知《古瓶续集》卷二收录了康熙五十六年元日至康熙五十七年除夕这整整两年的诗作。

康熙五十八年己亥（1719）

正月，王斌请文昭修改诗作，文昭有《玉生以近诗求改口占一绝书于卷

尾》。（文昭《龙钟集》）

三月，文昭完成《三唐诗管》中王维诗作的选抄工作。（文昭《手抄诗管跋尾》）

按：《三唐诗管》凡五卷，收录唐代王维、李白、杜甫、韦应物、杜牧五家诗。

春夏间，文昭与华圯同游南溪泛舟，文昭有诗《陪安郡王南溪泛舟》。

按：该诗有"癸巳夏从先恪敏避暑园中恍惚七年矣"的自注，"先恪敏"即恪敏贝子吞珠，癸巳即康熙五十二年，至此恰好七年。

春夏间，文昭妾王氏卒，文昭作《后悼亡诗十首（哭王孺人作）》。

按：王氏乃王武之女，逢信生母。因此前文昭嫡妻巴林博尔基吉特氏亡故时，文昭已写过《悼亡诗十首》，故此次为"后悼亡诗"。另，在《飞腾集》卷下，文昭有《悼鸿宝兼示玉生》，可知王氏名鸿宝。

四月，康熙帝命允禵驻西宁，允禵有《万寿节西宁即事》《日月山碑》《西宁喜雨》等诗。

五月，文昭补录《五朝诗管》中黄庭坚的诗作。（文昭《手抄诗管跋尾》）

按：此工作从三月开始补录，至五月方才录完，抄录字迹有些毛躁。

五月十七日，文昭录完《五朝诗管》中陆游的诗作。（文昭《手抄诗管跋尾》）

八月二十一日，文昭录完《五朝诗管》中明代刘基的诗作。（文昭《手抄诗管跋尾》）

按：此工作从中元节后四日开始，至中秋节后六日始成。

九月初八日亥时，华圯卒，年三十五岁，谥曰节，文昭有《安节郡王挽歌辞二章》。

十月初九日午时，富宏次子阿敏图生。（《宗谱》）

按：阿敏图，字觉斋，号五峰，与永忠有唱和，无诗存世。

十月，文昭完成《三唐诗管》中李白诗作的选抄工作。（文昭《手抄诗管跋尾》）

冬，文昭完成《三唐诗管》中杜甫诗作的选抄工作。（文昭《手抄诗管跋尾》）

是年，文昭编成《龙钟集》。

按：是年文昭虚岁四十岁，故《龙钟集》开篇第一首《新年》有"从此四十岁来人"之谓，这是该集取名为"龙钟集"的原因。该集之末有《岁晚纪事》《二十六日》等诗，可知该集所收乃是此年一整年的诗作。

康熙五十九年庚子（1719）

正月，允禵移军穆鲁斯乌苏，有《金沙江》诗。

按：穆鲁斯乌苏位于青海和西藏的交界，境内有木鲁乌苏河，乃金沙江上源，此诗所谓之"金沙江"当指金沙江上游——穆鲁斯乌苏河。①

三月，文昭完成《三唐诗管》中韦应物诗作的选抄工作。（文昭《手抄诗管跋尾》）

小暑前二日，文昭完成《三唐诗管》中杜牧诗作的选抄工作。（文昭《手抄诗管跋尾》）

六月，文昭开始《古诗管》的选抄工作。（文昭《手抄诗管跋尾》）

按：《古诗管》仅一卷，只收录曹植、陶潜、陈子昂、张九龄四家的诗作。

除日，允礼与众兄弟于乾清宫祝酒恭贺康熙帝勤政六十年，允礼作《除日同诸兄弟进酒恭贺宝历六十年大庆于乾清宫》。（允礼《静远斋诗集·庚子》）

是年，文昭写成《飞腾集》卷上。

按：该集第二首为《人日雪晴有怀双村》，末首为《守岁》，故可知《飞腾集》卷上收录的是此年整一年的诗作。

康熙六十年辛丑（1721）

夏，文昭编《广唐贤三昧集》，耗时数月而成。

按：该集前有林佶之序云："其合渔洋师所选五七言古诗及《唐贤三昧集》与《唐人选唐诗》十种，并《万首绝句》统录之，总定为《广唐贤三昧集》，凡四编……其前编则初唐也，其正编则盛唐也，续编、后编则中、晚也。于是乎全

---

① 齐心苑：《允禵诗作新发现——永忠〈延芬室集〉无编年诗实为其祖父允禵作品》，《红楼梦学刊》2015 年第 1 期。

唐之诗得渔洋师之选为开生面，得茶翁四编之集成，而三昧集之境界又一别矣。"

闰六月十一日，王斌喜得子，文昭作《闰六月十一日贺玉生举子》。(《飞腾集》卷下)

八月王斌授护军校尉，并改名三来，文昭作《八月二十六日喜王玉生新除护军校》。(文昭《飞腾集》卷下)

是年，文昭编成《飞腾集》下卷。

按：《飞腾集》卷下有《辛丑除夜》诗。

康熙六十一年壬寅 (1722)

正月初三日，康熙帝大宴于乾清宫，允礼有《皇上御极六十一年春正月初三日于乾清宫命八旗六十五寿以上千人宴于乾清殿前九十以上及有德者皇上亲赐御酒衣帽其余我诸兄弟及王公宗室等将酒食颁赐欢声遍于丹陛似此盛典千古未闻》。(允礼《静远斋诗集·壬寅》)

四月，文昭辑成《广唐贤三昧集》。

按：此集文昭从去年夏即开始着手抄辑，迄今年四月方才抄成，凡四编十卷。

沈宗敬《广唐贤三昧集序》云："王孙紫幢主人汇渔洋山人诸选本合为一编……然则是编也，非止合涣为萃，聚腋成裘，诚欲使观者融会贯通，因是编而得渔洋之金针，即以通唐贤之奥妙，为风雅功臣，其关系岂浅鲜哉。壬寅清和下瀚。"

林佶《广唐贤三昧集序》云："康熙壬寅岁暮春……见案上有手抄书一巨帙，翻之，则知其合渔洋师所选五七言古诗及唐贤三昧集与唐人选唐诗十种并万首绝句统录之，总定为《广唐贤三昧集》，凡四编。……去夏辑此编，亦经数匝月而成书。其前编则初唐也，其正编则盛唐也，续编、后编则中、晚也。于是乎全唐之诗得。……因思渔洋师以诗名天下几四十年，当其盛时，及门受业者无虑百千人，身后一纪余，诸弟子星流云散，或名他师者有之，或反唇操入室戈者有之，不意拈瓣香尸而祝之者，乃出于天潢宗室中之一老。"

另，孙琴安《唐诗选本六百种提要》将该集抄成的时间系于康熙元年的壬寅，[①] 时文昭尚未出生，不妥。

初夏，赛尔登、塞尔赫、岳礼、唐岱等人游丰台看芍药分韵。

按：赛尔登《绿云堂诗集》有《壬寅初夏同奉国色晓亭孝廉岳蕉园参领唐静岩游丰台看芍药同人分赋得十灰》。

四月初九日丑时，允祥第七子弘晓生。（《宗谱》）

按：弘晓字秀亭，号谨斋，别号冰玉主人，有《明善堂诗集》存世。

十一月十三日戌时，康熙帝崩，在位六十一年，年六十九岁。

十一月二十日，胤禛即位，是为雍正帝。

十一月，允祥封和硕怡亲王，总理事务。

此年，文昭编成《知田集》。

按：该集第一首为《田间二首（庚子）》，中有《雨后过赵村（辛丑）》，后半有《赵村七夕（壬寅）》，故可知此集收录的是康熙五十九年至康熙六十一年这三年文昭在赵村闲居时所作的田园诗作，故名"知田集"。

雍正元年癸卯（1723）

二月，允禄奉旨过继与和硕庄靖亲王博果铎为嗣。（《宗谱》）

三月，吴尔占父子、经希之子、色享图父子等安王后人因事被发往盛京，限定只能在城区五十里范围内活动。

三月，普照因军前效力，封奉恩辅国公。

四月十六日，允祐封淳亲王、允礼封果郡王。

五月，普照署西安将军事。

七月，德普授宗人府右宗正，文昭有《闻修庵公除右宗正喜而赋诗》。（文昭《雍正集》卷上）

八月，文昭写成《雍正集》卷上"邺集"。

按：《雍正集》卷下"京集"第一首为《癸卯九月廿八夜同王书圃杨晚雷弟东峰廉泉王玉生茶声馆对菊分韵》，故可知上卷收诗止于此年八月。结合内容来

---

① 孙琴安：《唐诗选本六百种提要》，陕西人民教育出版社，1980年，第284页。

看，《雍正集》卷上所收皆是赵村田园村居生活之诗，故取名为"邨集"。

九月二十八日，文昭与其弟兴岱、兴让以及王书圃、杨晚雷、王斌（玉生）等友人在茶声馆小集夜话，文昭作《癸卯九月廿八夜同王书圃杨晚雷弟东峰廉泉王玉生茶声馆对菊分韵》。（文昭《雍正集》卷下）

九月，文昭与同人集兴岱望庐分赋斋中诸物，文昭作《集东峰望庐分赋斋中诸物得月几》。（文昭《雍正集》卷下）

九月，文昭弟兴让簧山书屋茸成，同人小集，文昭作《廉泉簧山书屋茸成小集》。（文昭《雍正集》下）

十月，德普因病告退公爵。（《宗谱》）

十月二十四日，文昭与郑世元、王斌分韵赋诗，文昭作《十月廿四日喜亦亭至留宿同玉生分韵》。（文昭《雍正集》下）

按：在文昭的分韵诗之后，附收了郑世元与王斌的唱和诗作。

十月二十七日戴永朴访文昭，文昭在茶声馆举办消寒会，并作《二十七夜喜戴孝廉素岑永朴至茶声馆同举消寒第十集以竹林七贤名为韵得籍字》。（文昭《雍正集》卷下）

按：戴永朴拈得"伶"字，其分韵诗附收于文昭之诗后。

十一月，文昭为戴永朴作《题戴素岑天都采药图二首》。（文昭《雍正集》卷下）

十一月三日，李琯置酒邀文昭等人集会赋诗，文昭作《子月三日李琯置酒邀余辈赋诗》。（文昭《雍正集》卷下）

十二月，宗人府劾允祹治事不能敬谨，请夺爵，上命在固山贝子上行走。（《清史稿》列传第七）

岁末，文昭写成《雍正集》卷下"京集"。

按：《雍正集》卷下收诗始于此年九月，终于此年岁末。结合内容来看，《雍正集》卷下所收皆是文昭京中生活之诗，故取名为"京集"。

此年，雍正帝先后命张廷玉、朱轼等人教授弘历、弘昼诸子。

按：朱轼《稽古斋文抄序》云："轼于雍正元年奉命侍皇子讲席。"张廷玉《稽古斋集序》云："我皇上御极之元年，廷玉奉命随侍皇四子、皇五子读书。"

雍正二年甲辰（1724）

正月十五，文昭招柯煜、戴永朴、王斌等人集紫幢轩观灯赋诗，文昭作《元夕招柯南陔煜戴素岑王玉生集紫幢轩观灯》。（文昭《松风支集》卷一）

二月，允祹因圣祖配享仪注及封妃金册遗漏舛错，降镇国公。

三月三日有雨，雍正帝作《三月三日得雨》宣示群臣，诸位宗室诗人有和诗。

按：弘昼有《恭和御制三月三日得雨元韵》，文昭有《伏读圣制三月三日得雨诗恭赋一律》。另，《雍正起居注》卷一八七下云："三月初四，上御太和殿，诸王、贝勒、贝子、公、文武官员、衍圣公、祭酒第表行礼，赐茶毕，回宫。是日，以御制《三月三日得雨诗》七律一首宣示。"

三月，文昭与王斌、王藻等人游城南，作《城南纪游同素岑晚雷赤城王载扬藻书囿玉生》。（文昭《松风支集》卷一）

三月十八日丑时，兴绥卒，年三十六岁。（《宗谱》）

春，塞尔赫与同人至博尔都东皋故园游玩，有《春日同人东皋看杏花得鹅字》诗。

按：该诗有"十七年应多拱墓，五千字换群鹅（博将军善行书）"之句，结合博尔都卒年后推十七年即此年。

闰四月，塞尔赫因品学兼优，荐补宗学正教长，有《初视宗学有作》诗。

闰四月，雍正帝命开馆续修《大清会典》，塞尔赫以内阁学士兼礼部侍郎任总裁官。

闰四月，德沛与文昭同游上方山北砦红螺崦诸胜，美景应接不暇，故未曾有诗纪游。

五月，宗人府荐举宗室七人出仕，文昭名在列，后固辞不受，得免。

七月，雍正帝赐书扇一柄与普照，上书刘桢《赠从弟》诗一首。（恒仁《月山诗话》）

九月十三日戌时，普照卒，年三十四岁。（《宗谱》）

十一月，恒仁袭辅国公爵。（《宗谱》）

十二月十四日戌时，允礽幽死，年五十一岁。后追封为和硕理亲王，谥曰密。

是年，文昭写成《松风支集》卷一。

按：《松风支集》卷一第一首为《甲辰新正五日约诸同人会饮》，末首为《守岁行》，故知此集所收乃是雍正二年整一年的诗作。

雍正三年乙巳（1725）

二月初二日，出现日月合璧五星贯珠的天文异象，被视为祥瑞之兆，允禵有《日月合璧五星贯珠》，文昭有《二月二日灵台官奏称云云上谕云云某生逢盛世获睹嘉祥捧诵温纶追思前政谦德孝思尤为亘古未有恭纪一律》。（文昭《松风支集》卷二）

三月初五日巳时，伊都礼卒，年三十一岁。（《宗谱》）

三月十七日，文昭探望德沛之病后与同人宴集，作《十七日探济君病归适晚雷玉生刘含书玉麟范甥昼饮各用东坡小饮公瑾舟中韵因观众作亦复效響》《前诗成后泥晚雷再饮同迭前韵》《醉后归寝三迭前韵》。（文昭《松风支集》卷二）

三月二十一日，雍正帝于圆明园西苑旁赐园允礼。八月十九日，园成，雍正帝亲书"自得园"之名，并为其题写春和堂、静观楼等处楼台。允礼有《自得园成》等诗纪事并有诸多诗作吟咏园中楼景。

三月二十九日，文昭与杨晚雷过访查嗣庭，由查嗣庭转寄文昭诗稿给查慎行，文昭作《二十九日偕晚雷过访查学士横浦以拙稿寄呈令兄悔余先生九叠前韵》。（文昭《松风支集》卷二）

七月初一日未时，经福长子德满生。（《宗谱》）

按：敦诚有《同子明兄访虚斋德满宗侄于南溪村居即次其壁间韵》[1]，可知德满字虚斋，与敦诚有唱和。

又按：德满在辈分上虽是敦诚的侄子，却年长敦诚九岁。另，该诗在《四松堂集》抄本系于庚子年（乾隆四十五年），刊本则系于甲辰年（乾隆四十九年），由于该诗有"虚斋近日总管予告"之注，结合《宗谱》所载，德满于乾隆三十四年正月授宗学副管，四十八年十月授宗学总管，五十二年四月二十二日寅时

---

① （清）敦诚：《四松堂集》，上海古籍出版社，1984年，第243页。

卒，年63岁。因庚子年时的德满只是宗学副管，而且后来还晋升为总管，不可能"予告"，故应当以刊本的系年为是。

九月二十四日，文昭子逢信娶妻舒穆鲁氏，文昭作《九月二十四日子逢纳妇》。（文昭《松风支集》卷二）

按：该诗有注云："子逢初订六妹黄颜女，寻夭，妹亦下世，今娶舒穆鲁氏女。舒穆鲁，余同祖妹也。"

又按：逢信嫡妻舒穆鲁氏乃英诚公海金之女。

十月，普照缘事追夺辅国公爵，其子恒仁袭爵未足一年便因此而失爵。

按：恒仁《古诗为叔父寿》所言"帝命世其爵，坐废岁未周"便是指此事。

十月，文昭与尤埰唱和，文昭作《十寒诗仿刘后邨体同老友尤玉田埰作》。（文昭《松风支集》卷二）

按：尤埰，字玉田，江南长洲人，著有《担云集》。

冬，文昭新营建的茶舍落成，取名笙庐，文昭作《笙庐落成喜赋四韵》。（文昭《松风支集》卷二）

是年，文昭编成《松风支集》卷二。

按：该集卷二的第一首为《乙巳新正三日庭中晚步》，卷三的第一首为《新年懒不赋诗直至十七日试笔时方醮十致斋（丙午）》，故可知《松风支集》卷二所收乃是雍正三年一整年的诗作。

雍正四年丙午（1726）

正月初三日，雍正帝编成《悦心集》并作自序。

正月初五日，雍正斥责廉亲王允禩狂悖，开除其宗籍。二十八日，允禩之妻被革去福晋，休回外家拘管，吴尔占等人亦受牵连，被革去黄带子，由宗人府除名，削除宗籍。

正月二十日，文昭与郑世元、王斌、马中骏等人宴集赋诗，文昭作《二十夜亦亭来复点灯沽酒招玉生千里共赏用放翁芳华楼赏梅韵》。（文昭《松风支集》卷三）

二月初九日，雍正帝书赐理藩院匾额，允礼于内阁衙门捧接，有诗纪事。

春，王藻归吴江，文昭作《送王载扬归吴江》。（文昭《松风支集》卷三）

五月，允裪封多罗贝勒。

七月，福彭袭多罗平郡王。

七月初八日，康亲王崇安和果郡王允礼一同稽察国子监事务。

七月八日，文昭与郑世元、古典、王斌等人小集赋诗，文昭作《后一日亦亭偕古慎五典过访喜而有作同玉生》。（文昭《松风支集》卷三）

七月二十八日戌时，兴尚次子平泰生。（《宗谱》）

按：《宗谱》《八旗通志》等书皆写作"平太"。《熙朝雅颂集》收其诗一首。

另，平泰，字调玉，号郎轩，工诗好客，所居在东江米巷，周元木尝主其家。戊辰馆选，散馆改宗人府理事官。万柘坡己巳同坤一访元木即次元韵兼简调玉吉士……调玉尝和柘坡芍药诗。（杨钟羲《雪桥诗话续编》卷五）

九月初三日，允禵卒。（《宗谱》）

按：一说为九月初八日。

九月，崇安管理镶红旗汉军事务。

重阳节，雍正帝以政教备修，吏肃民安，百嘉恪遂，敕命诸王宗室大臣暨卿尹侍从，以重九赐宴于乾清宫用柏梁体联句唱和。三日后，联句诗作由允礼负责缮写勒石，雍正帝亲作诗序，允礼作《恭跋御制柏梁体诗序后》。

按：参与此次唱和的宗室有诚亲王允祉、恒亲王允祺、怡亲王允祥、庄亲王允禄、果郡王允礼、皇四子弘时、皇五子弘昼、顺承郡王锡保、镇国公德普。

十二月初九日，黄河西自陕州以下，东至虞城县，澄清一千余里，被视为祥瑞之照，当时的诸多文人皆有诗赋题咏。

按：弘昼作《河清恭纪》诗，又有《圣治光昭瑞应河清颂》，该颂之序云："雍正四年十有二月，黄河清二千余里。"又按，"二千余里"应当是弘昼笔误。

十二月，文昭妾贾氏四十岁寿辰，文昭作《菊姥四十初度》。

按：文昭有王氏与贾氏二妾，贾氏乃贾齐之女。王氏亡于康熙五十八年，故知贾氏便是菊姥。

是年，文昭编成《松风支集》卷三。

按：该集第一首为《新年懒不赋诗直至十七日试笔时方醮十致斋丙午》，末二首为《自画岁朝图》和《二十七日送长女归钮祜卢氏俗姓郎》，故可知《松风支集》卷三所收乃是雍正四年一整年的诗作。

雍正五年丁未（1727）

三月初三日午时，德实长子吉元生。（《宗谱》）

按：吉元号复斋，与敦诚有唱和。

五月二十一日，雍正帝于勤政殿特授塞尔赫监察御史，塞尔赫有《雍正丁未五月二十一日引见勤政殿特授监察御史恭纪》。（塞尔赫《晓亭诗抄》卷一）

五月，查慎行赐还，文昭珍重留别。

按：查慎行因牵涉其弟查嗣庭在雍正四年发生的文字狱一案而被捕入京，后得皇帝特许释还返乡。其《敬业堂诗集》之《生还集》（起丁未五月尽六月）有《为紫幢主人留半日一晤即别别后以诗寄之》。此诗作于查慎行归家之后，故当时文昭并未得见，直至雍正六年十一月十七日，经沈廷芳转述后，文昭方得见此诗，不胜感慨，作《十七日椒园以查他山先辈留别诗见示诗系他山抵家所作未及简寄而殁年余始睹遗草不胜存殁之感因次其韵》，见《桧栖集》下卷。

六月，塞尔赫监牧塞外，有《出门》诗。

八月十四日卯时，崇安次子永恩生。（《宗谱》）

按：永恩字惠周，号兰亭主人，有《敬谨斋初稿》《兰亭诗余》《鹤唳长吟》《诚正堂稿》等。

八月，屈复自郯城至京师访塞尔赫，塞尔赫因监牧塞外未归，故屈复转食他人。

是年，文昭编成《松风支集》卷四。

按：该集第一首为《丁未王正上旬琉璃厂买灯并国初诸家全集戏成四韵》，末首为《除夕前三日作》，故可知《松风支集》卷四所收乃是雍正五年一整年的诗作。

又按：文昭《松风支集》共分四卷，每卷卷首依序标有"甲集""乙集""丙集""丁集"的字样，结合《松风支集》卷四最后一首《除夕前三日作》中"诗囊自检编"之言来看，文昭这次检编的乃是雍正二年迄今以来的诗作，这次所编成的诗集就是《松风支集》。

雍正六年戊申（1728）

正月十二日丑时，海福第五子敏诚生。（《宗谱》）

按：敏诚在《宗谱》中写作"明成"。另，敏诚字寅圃，与敦诚等人有交游唱和。

仲春，塞尔赫与表侄永贵夜话，有《戊申仲春与以仁表侄夜话闻唐静岩骠骑尽付祖业与弟率妻子别居喜成长句》。（塞尔赫《晓亭诗抄》卷二）

按：永贵字心斋，一字以仁，号目耕，拜都氏，满洲正白旗人，提督布兰泰之子，巡抚伊江阿之父，塞尔赫之表侄。

春，文昭于宅西隙地结庐，名曰"桧栖"。

按：据文昭《桧栖吟》可知，此庐之旁有双桧树挺然，环境优雅，宜于幽栖，故颜其额曰"桧栖"，这也是文昭此年诗作结集为《桧栖草》的缘由。

二月初五日，果郡王允礼晋为果亲王。

二月十一日酉时，允禧长子弘昂生。（《宗谱》）

按：弘昂字据庵，《熙朝雅颂集》收其诗二首。

三月，弘曣封奉恩辅国公。

五月二十八日午时，乾隆帝弘历长子永璜生。（《宗谱》）

按：永璜与沈德潜等人有诗歌唱和，据沈德潜《归愚诗抄余集》卷五《赐游香山纪恩诗》中"定安亲王、皇三子诗文有待镌刻"之注，可知永璜有诗，但因英年早逝，故诗未正式刻行。

六月，允祉坐贪利降诚郡王。

夏末，文昭写成《桧栖草》上卷。

按：该集第一首为《戊申上日》，倒数第三首为《残暑》，故可知《桧栖草》上卷所收乃是雍正六年上半年的诗作。

八月，擢塞尔赫为都察院左副都御史。

八月末，文昭请邢鄂作《秋成图》，并有《自题秋成图次韦江州观田家诗韵》。（文昭《桧栖草》下）

按：诗歌有"邢子吾所好，于画佳山水。倩为图秋成，见猎心先喜"之言。

秋，因临街小室能听到柝声，故文昭将之命名为"枕柝斋"，并作有《枕柝

斋二首》。（文昭《桧栖草》下）

九月，塞尔赫以都察院左副都御史兼内阁学士行走，充经筵讲官。

九月，文昭为其弟兴德的画作题诗。

按：该诗为《题三弟得之画》，收入《桧栖草》下卷，前有《九月初旬余修延算斋止酒卓哉写秋山图索饮抚倪迂笔迂画多墨作卓哉淡着青绿色益觉秀远其殆得迂之神韵者乎辄题小句以志鉴赏》，故可知该诗作于九月前后。另，由于百缓只有文昭一子，故此三弟乃文昭从弟。由于彰泰除长子百缓和五子明瑞外，其他诸子皆无嗣，故文昭此三弟乃明瑞之子无疑。由于明瑞长子兴昌夭折，故其第三子兴德便是文昭三弟无疑。兴德生于康熙三十九年三月初五日亥时，乾隆十八年十月初八日卯时卒，年54岁。

九月二十一日，文昭与沈廷芳、宋和、古典等人茶话。

按：文昭《桧栖草》下卷有《廿一日喜宋介山和沈椒园古慎五过访》，沈廷芳《隐拙斋集》卷三有《偕宋介三处士过紫幢轩与宗室茶翁茗语戊申》。此次交游，古慎五有事先行离去，沈廷芳与宋和留宿。

又按：宋和字介山，安徽歙县人，有《雪晴轩集》《桥西草堂文集》《历侯诗》等。

十月三十日，雍正帝五十大寿，文昭有《二十九日晨起赴宗学叩祝圣诞》诗。（文昭《桧栖草》下）

岁末，文昭写成《桧栖草》下卷。

按：该集第一首为《立秋》，末首《待旦》有"检点一年事"之言，当是守岁之作，故可知《桧栖草》下卷所收乃是雍正六年下半年的诗作。

雍正七年己酉（1729）

正月初八日，崇安第三子永奎生。（《宗谱》）

按：永奎，字嵩山，有《神清室诗稿》存世。

二月，翻译乡试举行，鄂尔奇任副考官，塞尔赫有《棘围阅翻译卷次鄂少宗伯季正登明远楼韵》。（塞尔赫《晓亭诗抄》卷三）

按：《世宗实录》卷七八云："以内阁大学士尹泰为翻译乡试正考官，礼部左侍郎鄂尔奇、通政使司左参议吴山为副考官。"

又按：鄂尔奇字季正，号癯客、复庵，大学士鄂尔泰之弟。

三月，塞尔赫署理仓场事务，授经筵讲官，擢任议政。

三月，文昭作《赠刘吏部仲圭之璋》。（文昭《画屏斋稿》）

按：刘之璋字德园，别号大翮山人。汉军旗人。

三月二十一日，文昭与邢鄂、刘玉麟、王斌一同过访张琳，作《三月廿一日同卓哉含书玉生过张蕴辉》。（文昭《画屏斋稿》）

按：在此诗之前，文昭有《赠张秀才蕴辉琳》，可知二人刚结识不久。

五月，刘玉麟南归，文昭作《送含书归里席上口占六言一首》。（文昭《画屏斋稿》）

按：诗有"临行赠以诗集，吾道已至饶阳"之言，可知刘玉麟乃今河北衡水人。又按，刘玉麟乃文昭门人，故有"吾道已至饶阳"之言。

五月十六日申时，德普卒，年四十七岁，文昭作《故宗人府右宗正入八分镇国公修庵公挽诗二首》。（文昭《画屏斋稿》）

六月，文昭与马湘结识，作《赠马芷乡湘兼寄椒园蕴辉和卓哉韵》。（文昭《画屏斋稿》）

按：马湘，字芷乡，浙江秀水（今嘉兴）人，曾知四川郫县，历署宜宾、富顺、内江及打箭炉同知，著有《就园诗草》。

七月，塞尔赫以左副都御史署工部右侍郎。

七月初，文昭写成《画屏斋稿》。

按：该集第一首为《己酉正月初二日招同人年饮》，后半有《七月三日晚凉悦晴》，紧接《画屏斋稿》的《槐次吟》有"起己酉秋"之注且第二首为《七月十四日次卓哉立秋诗韵》，故可知《画屏斋稿》收录了此年正月至七月的诗作。

八月，塞尔赫暂理吏部右侍郎事。

八月十一日，文昭在其子逢信家与邢鄂等人观演杂剧，作《月夜西邸观演杂剧》。

按：吞珠喜好戏曲，经常在蓉园上演堂戏，岳端、文昭等人时常参与其中，文昭之子逢信过继吞珠并承袭爵位之后，仍经常在邸中演剧，故诗有"阿团尚沿宗伯好，笙歌小部梨园工"之言。

225

中秋，塞尔赫与曹勉仁、李壮猷小饮，塞尔赫有《己酉中秋夜与曹三勉仁李二壮猷小饮醉漫成》。（塞尔赫《晓亭诗抄》卷三）

九月三日，塞尔赫作《重阳前六日寄怀蕉园舅氏兼呈钝庵方伯》。（塞尔赫《晓亭诗抄》卷三）

按：诗有注云："戊申九日方伯约同人德胜门外招提看菊，余以黄花山之役不过，转瞬已三易寒暑矣。"

九月六日，德沛游房山，文昭作《九月六日送济斋君游房山》。（文昭《槐次吟》）

按：德普之子恒鲁（即德沛之侄）于此年五月袭奉恩辅国公，故该诗有"遗孤儋爵喜承先"之言。又按，据文昭《补作游红螺岭诗并记》可知，其与德沛在雍正二年四月曾游房山红螺诸胜，故诗中有"寻山问水续前缘"之言。

九月初七日丑时，务尔能①第四子良诚生。（《宗谱》）

按：良诚，《宗谱》写作"良成"，字瑶圃，正蓝旗人，《熙朝雅颂集》收其诗二首。

九月中旬，己酉科乡试榜发，张琳中榜，沈廷芳落榜，文昭分别有《喜张蕴辉秋捷》《榜后寄沈椒园二首》。（文昭《槐次吟》）

十月，塞尔赫授工部右侍郎。

十月初十日丑时，德秀次子恩昭生。（《宗谱》）

按：恩昭字松溪，善画。结合敦诚《为松溪跋金明吉画册》以及《九日宜闲馆置酒松溪恩昭宗兄矇仙懋斋即子明兄贻谋见过以香山诗歌笑随情发分韵得歌字兼有感怀》，可知恩昭与敦诚等人有诗歌唱和交游。

十月二十日子时，祜玖长子敦敏生。（《宗谱》）

按：敦敏，字子明，号懋斋，有《懋斋诗钞》存世。

十一月，文昭诗作被讥，作《闻有评予自遣诗者以为颇有怨意自白一章遣寄晓亭宗教长即次其与某少宰登明远楼诗韵》。

按，文昭所谓"自遣诗者"，当是《槐次吟》中的《初秋闲居胸次未畅检读天随子自遣绝句三十首即郊其体更次其韵亦足以持吾性情较之元唱殊觉形秽也》。

----

① 按：《熙朝雅颂集·首集》写作"奉恩将军务尔能"，《宗谱》写作"务尔图"。

十一月二十一日，雍正帝御书"立身以至诚为本，读书以明理为先"赐予弘昼，弘昼作《己酉冬十一月二十一日皇父亲至尚书房御书立身以至诚为本读书以明理为先一联赐挂书斋以寓训诲至意恭纪》。（弘昼《稽古斋全集》卷八）。

秋冬间，峻德入秦，塞尔赫作《和韵紫峰员外送峻克明之西安三绝句》。（塞尔赫《晓亭诗抄》卷三）

按：峻德，姓纳兰，字克明，号慎斋，有《云笈藏稿》《使秦集》。紫峰员外即胡星阿，字紫峰，著有《春芜集》。

岁末，文昭写成《槐次吟》。

按：《槐次吟》有"起己酉秋"之注，紧接《槐次吟》的《艾集》第一首为《庚戌新正初七夜同载扬玉生范君天街步月》，可知《槐次吟》所收为雍正七年秋至岁末的诗作。

此年，易宗瀛以优行贡成均，大司成荐入慎郡王藩邸，甚见礼遇。[①]

雍正八年庚戌（1730）

元宵，塞尔赫访赛尔登，有《庚戌元宵后冒雪过芝园青眼山房》诗。（塞尔赫《晓亭诗抄》卷三）

正月二十一日，文昭与符曾、王藻、沈廷芳等人夜饮分韵，作《二十一日与符幼鲁曾载扬椒园晚梅斩夜饮分韵》。（文昭《艾集》上）

按：诗有"沈王皆旧游，符子新相识"之言，可知文昭与符曾乃是初识。符曾字幼鲁，号药林，浙江钱塘人，乾隆元年（1736）举博学鸿词，著有《春凫小稿》《半春唱和诗》。

二月初五日，文昭与邢鄂、王藻、王斌等人观剧并分韵作诗，文昭作《二月初五日招卓哉载扬椒园范甥玉生范君西邸观剧诸君用竹垞先生观倒剌四首韵余亦补作》。（文昭《艾集》上）

二月十一日，薄聿修过访，文昭作《十一日喜薄聿修读士过访》；十五日，文昭回访，作《十五日答候薄勺庭》。（文昭《艾集》上）

按：薄聿修乃大兴人，故文昭有"燕山老名宿"之谓。

----

① 李翠平、寻霖编著：《历代湘潭著作述录》（湘乡卷），湘潭大学出版社，2019年，第169页。

二月，允祉复晋诚亲王，允祹晋封多罗愉恪郡王，允禧封贝子，允祁封奉恩镇国公。

三月二十一日，文昭与邢鄂、王藻、沈廷芳等人连日宴游，文昭作《二十一日约同卓哉载扬椒园范甥玉生范君过生藏大儿置酒南台泥饮诸君各醉次日分韵余亦属句》。（文昭《艾集》上）

春末，文昭作《紫幢轩杂植十二首》。（文昭《艾集》上）

按：鲍鉁有和诗《咏紫幢轩杂植十二首》。

春夏间，文昭作《题鲍冠亭鉁双溪诗话图》。（文昭《艾集》上）

按：鲍鉁任长兴令时，"构一舫，取唐张志和语，题以圖曰'往来苕霅间'，闲暇日数与钱唐诗人金寿门褰裳临泛，啜茗清谈，命工写为双溪诗话图，邑人啧啧，传为佳话"。（徐珂《清稗类钞·舟车类》之"鲍西岗欲制坐吟舟"条）

又按，文昭诗有"于今已十年"之言，由此可推知鲍鉁此图当绘于康熙五十九年左右。

春夏间，查克念落第还乡，文昭作《送查惟圣克念下第南还》。（文昭《艾集》上）

按：查克念，字惟圣，号双峰，查慎行幼子。

四月，塞尔赫兼吏部右侍郎。

四月初二日辰时，允祐薨，年五十一岁，谥曰度。（《宗谱》）

五月，允祉论罪八款，遭削爵并被拘禁于景山永安亭。

五月初四日午时，允祥薨，年四十五岁，谥曰贤。（《宗谱》）

按：弘昼有《怡贤亲王叔父挽词》，文昭有《大司农怡贤亲王哀挽八韵》。

五月初四日，永贵招饮，塞尔赫作《庚戌端午前一日目耕主人招饮迟琛亭不至二首》《是夕花下柬琛亭》。（塞尔赫《晓亭诗抄》卷三）

五月端午，塞尔赫与曹勉仁等人宴集，塞尔赫作《五日与周炼师曹勉仁宴集》。（塞尔赫《晓亭诗抄》卷三）

五月初八日，显亲王衍潢四十寿辰，文昭作《赠显亲王一首用老杜赠汝阳王诗韵》。

按：衍潢乃显密亲王丹臻的第六子，康熙三十年五月初八日辰时生，四十一年八月袭和硕显亲王，雍正八年三月管理雍和宫事务，雍正十三年十二月解管理雍和宫事务，乾隆元年二月总管镶白旗觉罗学，三十六年十二月二十九日子时薨，年81岁，谥曰谨。又按，结合诗中"逢也蒙垂爱"与"四十正飞腾"之言来看，衍潢在政事上对文昭之子逢信多有提携，且恰逢衍潢四十寿辰之时，故文昭以此诗相赠。

伏日，塞尔赫作《庚戌伏日把岚堂主人招集湖山避暑》。（塞尔赫《晓亭诗抄》卷三）

六月，文昭写成《艾集》上卷。

按：该集卷首有注释云："起庚戌正月，尽六月，计诗一百三十二首。"

七月，文昭有《补作游红螺岭诗并记》。（文昭《艾集》下）

按：该记云："雍正二年龙集甲辰夏四月，余在赵村，济斋君约游上方山红螺岭，留山中十日，展迹所过辄心识其处，缘以胜境，争奇竞秀，应接不暇，竟至无诗。去秋，济君复续旧游，归作路程记，既曲状山林面目之真，复详志路所从入，远近岐分之处，可作游者指南，第详于上方，而于红螺多略焉。余欲为济君补遗。"

八月，弘晈封为宁郡王。

八月十三日，文昭之女卒，文昭有《哭女诗并序》。出殡时又恰逢京师地震，文昭房屋被毁，文昭作《二十一日余女发引时亦有出殡者询之云夫妇方合卺猝值地震牵缘不出以致房压双毙余悲其事为纪二绝乃知抱痛者感触倍多也》《自丧女后随值地震庐居后圃两月无诗今十月念有一日料理房舍粗毕卓哉归自外城留住枕柝轩叙怀》等诗。（文昭《艾集》下）

九月初五日子时，恒仁子卓立生。（《宗谱》）

按：恒仁《和韩秋怀诗》有"有子曰卓立，七岁赋高轩"以及"读书满数筐，有作成一编"之言，惜其早逝，未见此编存世。

九月十三日，塞尔赫奉使辽东，曹烟庐携儿辈送至三家店话别，塞尔赫此行有诗多首。

按：塞尔赫《晓亭诗抄》卷四从《庚戌重九后四日奉使辽东曹烟庐偕儿辈送至三家店话别》至《出沈阳》的二十首诗应当都是此行所写。

九月，弘昼与弘历同时编选了各自的诗文集，弘昼之集题名为《稽古斋文钞》，弘历之集为《乐善堂集》，而且二人还互相为对方的诗文集作了序文。此外，允礼、允禄、允祕、鄂尔泰、张廷玉、朱轼、蒋廷锡、福敏、蔡世远、邵基、胡煦、顾天成等人先后为《稽古斋文钞》作序。

按：乾隆帝之序在《稽古斋全集》中写作《御制原序》，该序云："八年秋九月，吾弟汇订其序论杂文诗赋凡若干卷，而属序于余。"弘昼《恭序乐善堂文钞》云："八年秋九月，汇订序论诗赋杂文若干卷二命余序。"

又按，关于弘昼《稽古斋文抄》，张廷玉之序云："我皇上御极之元年，廷玉奉命随侍皇四子、皇五子读书……于今八年矣。"朱轼之序云："《稽古斋文钞》，皇五子自订其比年所作文若诗也。轼于雍正元年奉命侍皇子讲席，九载于兹矣。"蒋廷锡之序云："岁在上章阉茂之嘉平月，皇五子类集所著各体文若干篇，诗若干首，汇为一帙，曰《稽古斋文钞》。""上章阉茂"即庚戌年，"嘉平月"即十二月，"上章阉茂之嘉平月"即雍正八年十二月。爱月居士允禄、自德居士允礼、诚亲王允祕、鄂尔泰、福敏、蔡世远、邵基、胡煦、顾天成等人之序，虽未明确说明作序时间，但从这些序文中"稽古斋文钞""皇四子""皇五子"等提法来看，应当也是在此年前后为《稽古斋文钞》而作之序。另，胡煦言其"得取稽古斋之文与诗千有余首从容读之"，可见弘昼诗歌创作量颇大。

秋，雍正帝命林令旭为弘晓师。

按：弘晓《明善堂诗集初刻自序》云："雍正庚戌秋，蒙世宗宪皇帝恩命，俾晴江林师教之以诗书并与讲论通鉴、古文、唐诗等类。"

十一月一日，文昭与邢鄂、马千里等人夜话，作《十一月朔同卓哉千里范君夜坐时予检阅近年诗集》。（文昭《艾集》下）

十二月，文昭辑录汤斌集外逸诗成卷，有《汇集汤少宰西崖前辈逸诗漫书二绝于卷尾》。（文昭《艾集》下）

岁末，文昭写成《艾集》下卷。

按：该集卷首有注释云："起庚戌七月，尽十二月，计诗六十六首。"

雍正九年辛亥（1731）

正月，文昭因喜爱房山最胜处北柴，故仿王士祯自号渔洋山人之例，自号"北柴山人"，自署印章，作《自署印章为北柴山人口占解嘲》；又，此年文昭改茶声馆为斋宿之所，颜之曰"斋斋"。

按：鲍鉁《道腴堂诗编》卷十六有《北峗大房山最胜处人罕知之惟竹垞先生有题名记一篇茶翁游赏不忘今年五十矣举新城爱渔洋之例自称北柴山人赋诗赠之》。

二月初一日巳时，允禊薨，年三十九岁，谥曰恪。（《宗谱》）

春，塞尔赫与莘开等同人宴集论诗，作《春日集鹤巢卧云堂同载谷雷门论诗待琛亭不至》。（塞尔赫《晓亭诗抄》卷三）

按：莘开，字芹辅，自号方载谷山人，临安人，工书画篆刻。

春，德龄入蜀，塞尔赫作《春日送德松如使蜀》。（塞尔赫《晓亭诗抄》卷三）

仲春，马璞等人访塞尔赫，塞尔赫有《辛亥春仲方载谷司马授畴王少堂见过留饮授畴倡议酿资往迓屈悔翁喜而有作》。（塞尔赫《晓亭诗抄》卷三）

按：马璞，字授畴，长洲人，磐庄先生子也，有《卮斋诗抄》。

三月三上巳日，文昭检校内室西庑为眠食之所，取名"曳履斋"。

六月，塞尔赫授内阁学士。

中秋前八日，塞尔赫等人集挹岚堂，塞尔赫有《中秋前八日挹岚堂剥枣烹羊看红蓼三绝句》。（塞尔赫《晓亭诗抄》卷三）

八月，文昭编成《台溪集》。

按：该集卷首有自注云："起辛亥正月，尽八月。"

九月，文昭修葺旧宅，成后以"瓢居"名之。

按：《瓢居草》卷首自注云："起辛亥九月，尽十二月。"该集前二首分别为《修理宅舍讹示儿子》《瓢居落成口占一首》。由此可知《瓢居草》之名与"瓢居"之落成有关。另，文昭《紫幢轩诗》中的诸个子集基本上都按时间先后来排列的，奇怪的是，此集的排序上却比后出的《石盂集》《盘山纪游草》还要后置，处于全集中倒数第二的位置，或为后来的整理者编排失当所致。另，塞尔赫有《题子晋瓢居》。

重阳节，邢鄂、符曾二人约文昭陶然亭登高，文昭因有醮事未与，九月二十九日，文昭陶然亭登高补作一首，诗为《补登高》。

霜降日，塞尔赫将再奉使辽东。临行前，阿琛亭病，塞尔赫作《辛亥暮秋留别阿琛亭》；出行时，曹勉仁送别，塞尔赫有留别诗，一路有诗多首纪行。

按：塞尔赫《晓亭诗抄》卷四从《辛亥霜降日再往东京曹勉仁走送潞阳赋别》至《浮桥》的十八首诗应当都是此行所写。

十月，阿琛亭擢副都统，奉使辽东的塞尔赫闻讯作《旅邸喜闻阿琛亭擢副都统》。（塞尔赫《晓亭诗抄》卷四）

十一月底，文昭在"瓢居"之西修筑小屋两间，署为"说饼斋"，有《瓢西筑小屋二间颜曰说饼斋为菊姥内室》诗。（文昭《瓢居草》）

十二月三日，文昭过访表叔拏剌琛亭叠树西轩夜话，有《腊月三日过拏剌表叔琛亭叠树西轩夜话二首》。（文昭《瓢居草》）

十二月九日，文昭邻居兼酒友李赤城道士卒，文昭作《挽李赤城》。（文昭《瓢居草》）

按：在雍正七年所作《画屏斋稿》之《十三日贺赤城举子》中，文昭有"赤城今年四十三岁"之言，在《瓢居草》中有《廿六日李尊师初度同潘道士紫霞晚饭其家》且该诗之后有《十一月一日》，故可知李赤城道士生于康熙二十五年十月二十六日，卒年四十五岁。

此年，崇安驻归化城，有《归化城偶成》诗。

此年，允祥葬于水东村，弘昼有《奉命送十三叔父怡贤亲王安葬水东村感赋》。（弘昼《稽古斋全集》卷八）

按：水东村位于涞水县城西北二十里许。

雍正十年壬子（1732）

三月末，文昭写成《石盂集》。

按：该集第一首为《壬子正月初一夜》，倒数第四首为《谷雨日庭前丁香碧桃都放饮其下》，故可知《石盂集》所收乃雍正十年壬子正月初一至三月底的诗作。

四月十六日，文昭出游盘山，至五月方出山，游山诗作结集为《盘山纪游草》。

按：该集第一首为《四月十六日挈家往盘山道上作》，倒数第二首为《五月初九日北门登舟二首》。另，文昭的其他诗集皆署为"艻婴居士"，唯该集署为"艻婴老人"。

闰五月十九日丑时，允祉薨，年五十六岁，照郡王例殡葬。（《宗谱》）

闰五月十九日丑时，允祺薨，年五十四岁，谥曰温。（《宗谱》）

六月，经照缘事革退辅国公爵。

按：恒仁《古诗为叔父寿》有"谁知萧墙变，飞冤起逆囚"之语。对此，宜兴注云："雍正壬子，家人班达尔什状讼，先叔祖坐废，公爵从伯璥公讳达承袭。"

六月二十一日，怡贤亲王允祥祠堂落成，允礼作《户部公建和硕怡贤亲王祠堂碑记》。

十月十二日午时，文昭卒，年五十三岁。（《宗谱》）

按：《病榻吟》第一首《山游》有"山游归后息劳肢"之言，故可知《病榻吟》所收乃文昭游山归来后至病逝前的诗作。

雍正十一年癸丑（1733）

正月，弘昼封和亲王。（《宗谱》）

二月，福彭充玉牒馆总裁。（《宗谱》）

三月，果亲王允礼为《古文约选》作序。

六月十一日亥时，雍正帝第十子弘瞻生。（《宗谱》）

按：弘瞻号经畬主人，有《鸣盛集》四卷。其《鸣盛集》自序云："托体天家，何必以骋妍抽秘与书生竞其短长，惟是不忍玩愒时光，荒弃旧业，以自附于盛化和鸣之美，故颜曰鸣盛集。"

六月，允礼自序其《春和堂诗集》。

按：该集乃是允礼自编而成，只有允礼自序，收诗二百五十二首。允礼之序署为"雍正十一年季夏六月吉旦"，但在书名题款之下却有"丙午至乙卯"的说明，丙午即雍正四年，乙卯即雍正十三年，这与允礼自序所署的时间有龃龉，不解其故。

八月，福彭授定边大将军，兵驻乌里雅苏台。

八月，允禧授镶黄旗满洲都统。

九月初七日丑时，崇安卒。

冬，塞尔赫奉使热河。

雍正十二年甲寅 (1734)

正月初一，恰逢寅年寅月寅日寅时立春，祥瑞之照，塞尔赫作《甲寅元日立春瑞雪》。（塞尔赫《晓亭诗抄》卷一）

二月，塞尔赫授仓场侍郎，塞尔赫作《雍正十二年春蒙恩补授仓场侍郎再赴潞署舟中恭纪》。

三月初一日亥时，瑚玖次子敦诚生。（《宗谱》）

按：《宗谱》写作"敦成"。敦诚，字敬亭，号松堂，别号闲慵子，有《四松堂集》存世。

四月，鄂洛顺封奉恩将军。（《宗谱》）

四月，永恩封多罗贝勒。（《宗谱》）

六月，允礼编成《恩旨汇纪》并作自序。

按：《恩旨汇纪》主要收录雍正间允礼所得的有关授爵、任官、锡命等方面的圣旨。允礼自序云："故备述所怀，弁诸卷端且锓之板，俾世世子孙，不忘圣恩之高厚，而自勉于忠孝也。"

秋冬间，允礼奉旨赴四川泰宁会见七世达赖喇嘛格桑嘉措并将之送回西藏，弘昼有《恭送十七叔父奉命往蜀》。

此年，弘晓为弘晈书室题诗，有《题敬斋四兄留云书屋》。（弘晓《明善堂集》卷一"甲寅"）

此年，弘晓新筑书屋，取名"侍萱斋"并有《题侍萱斋》诗。（弘晓《明善堂集》卷一"甲寅"）

雍正十三年乙卯 (1735)

四月二十七日，恒仁嫡妻纳喇氏亡故，恒仁作《悼亡》。

按：纳喇氏乃笔帖式富兴（恒仁写作"福公"）之女，恒仁长子卓立（肇礼）的生母。

五月十一日巳时，弘明长子永忠生。（《宗谱》）

按：永忠，字良辅，号㿟仙、渠仙、臞仙、栟榈道人、延芬居士等，有《延芬室集》存世。

五月二十五日午时，乾隆帝第三子永璋生。（《宗谱》）

按：永璋与金甡、永忠等人有唱和。另据沈德潜《归愚诗抄余集》卷五《赐游香山纪恩诗》中"定安亲王、皇三子诗文有待镌刻"之注，可知永璋有诗，但因英年早逝，故诗未正式刻行。

七月左右，允礼编成《奉使纪行诗》上、下二卷并作自序。

按：该序云："雍正十二年冬，余奉使泰宁，计程凡五千九百余里，往返仅六阅月……返役逾月，偶检前稿，编而录之，因为序其崖略如此。"

八月二十三日子时，雍正帝胤禛崩，在位十三年，寿五十八岁。

九月初三日，弘历即位，是为乾隆帝。

此年，浙江温岭复设松门巡检，易祖榆被选任此官，允禧作《送易祖榆之官松门巡检》。

按：允禧此诗见收于《太平县志》。

此年，塞尔赫与吕宗华、吕宣曾结识交游。

按：塞尔赫《柏岩诗集序》云："岁乙卯，蒙恩莅仓场，获交新安吕少司农宗华老先生暨令弟招坪观察。"

乾隆元年丙辰 （1736）

二月上旬，德沛刻行《易图解》并作自序。

三月，乾隆帝命沈景澜为弘晓师。

按：弘晓《明善堂诗集初刻自序》云："乾隆丙辰，余年十有五，蒙皇上赐翰林溶溪沈师，与林师协同课读，日为余讲解。"

五月四日，甘汝来为德沛《易图解》作序。

五月十六日，李绂为德沛《易图解》作序。

季夏，弘晓首次汇集其诗作，取名为《侍萱斋诗集》，该集虽未刻行，但弘晓有自序，弘晓之师林令旭、沈景澜、赋峥三人皆有序。

按：弘晓自序云："每于诵读之暇，间习韵学，所有因物成咏，汇而录。虽风雅之道全然未究，以一时心思之所用，不欲弃去，且验将来之功力与时俱进与否，是亦自勉之一助也，乾隆元年季夏下浣书。"林令旭序云："《侍萱斋诗》为髫年初学之作，而时有隽语，思致清颖……是为《侍萱斋诗序》，乾隆元年丙辰夏日林令旭谨稿。"沈景澜序云:"侍萱主人年方舞象,占毕之暇学为歌诗,下笔辄得佳句……乾隆元年丙辰夏日沈景澜谨稿。"赋帻之序云:"帻以樗材,幸随讲席……乾隆元年孟秋月赋帻谨识。"

六月,李锴为德沛《易图解》作序。

十一月,允禵获释。

长至日,塞尔赫与岳礼、屈复等人宴集,塞尔赫有《丙辰长至兰雪堂限韵四首》。(塞尔赫《晓亭诗抄》卷三)

此年,易宗瀛举博学鸿辞,寻授曹娥盐场大使,允禧有《送易岛民之越赴任》。

按:易宗瀛之弟易宗涒亦于同年举博学鸿辞,其兄赴任后,易宗涒接续其兄在慎邸充教习,长达七年。

乾隆二年丁巳 (1737)

正月初八日(谷日),屈复年七十,塞尔赫作《寿屈悔翁七十》。同日,阿琛亭召集塞尔赫等人在澄岚书屋宴集,塞尔赫作《丁巳谷日琛亭都统招集澄岚书屋喜晤邺先完颜郎中》。(塞尔赫《晓亭诗抄》卷三)

正月,福静授封奉国将军。

二月十六日卯时,功宜布第三子如松生。(《宗谱》)

按:吴庆坻《蕉廊脞录》卷五写作"如嵩",该书言如嵩有"辅国公如嵩印""怡情书室图书""素心人怡情书室珍藏书画"等图章。另,如松别号素心道人,有《怡情书室诗抄》《丁香亭诗稿》,不存世;有《竹窗雅课》存世,《晚晴簃诗汇》卷八选录其诗三首。

三月,允禵封奉恩辅国公。

春,马长海六十岁,塞尔赫作《寿马汇川隐居六十》。(塞尔赫《晓亭诗抄》卷三)

六月,塞尔赫于潞河舟中见到龙挂现象,有《潞河龙挂》。(塞尔赫《晓亭诗抄》卷三)

秋,诚贝勒允祁于潞河得见塞尔赫并其畅谈诗文,二人遂订交游。

按:允祁《晓亭诗抄序》云:"然终不得幸见之也。岁丁巳之秋,余旅次潞河，而仓场侍郎入见余寓，询之则晓亭也，因跃然喜，而相与剧谈古今，穷六义之旨，风骚之变，以仿佛性情之正，皆可则而可法，复出所作，继观之，益知其学之有本而皆非苟矜藻采者也。由是，往还靡间，日以相深，有矩矱之觌矣。"

十月，塞尔赫随乾隆帝拜谒东陵，有《丁巳十月上谒东陵驻跸烟郊恭纪》。（塞尔赫《晓亭诗抄》卷一）

十月，尹继善入觐，以父老请留京并续弦，向塞尔赫索赠诗作，塞尔赫有诗《表弟尹五元长索赠兼为续弦催妆》。

冬，弘昼奉使谒泰陵，结交赵弘恩并为其《玉华集》作序。

按：该序云："丁巳冬，奉命两次恭谒泰陵，途次联镳素不谋面而猝然相遇者为赵司空，遂而剧谈数日，乃出其《游峨摩寺》一律，披咏之余，具见风雅，虽未窥全豹，而已见其一斑。复以所著《玉华集》一编就余览焉。"又按，弘昼所读之《玉华集》刻行于雍正十二年，故未收弘昼之序。

乾隆三年戊午（1738）

正月，恒仁具状请入宗学，三月得入，恒仁欣喜之余有诗数首。

按：恒仁先后有《戊午正月余具状请问业于宗学以三月十一日得入书呈同志》《上孙载黄沈椒园两先生》《赠薰之兄》等诗作。

二月初二日，允礼卒，年四十二岁，谥号毅。本月，弘曕奉旨过继允礼为嗣，袭封和硕果亲王。（《宗谱》）

四月底，恒仁入宗学仅二十五日，便因曾经袭辅国公爵，不符合入宗学的相关规定而被迫出学。

按：恒仁出学后，有《寄孙载黄沈椒园两先生》《椒园先生以诗见慰仍用前韵奉答》《寄学中诸子》等纪事感怀诗作。

乾隆四年己未（1739）

元旦，乾隆帝作《己未元旦》，诸位宗室诗人有和诗。

按：弘昼有《己未元旦次日恭和御制元韵》，塞尔赫有《恭和御制己未元旦韵》。

正月二日，乾隆帝作《赐宴柏梁体诗》，显亲王衍潢、庄亲王允禄、怡亲王弘晓、裕亲王广禄、履亲王允裪、諴亲王允祕、和亲王弘昼、平郡王福彭、慎郡王允禧、贝勒允祐、贝勒允祁、贝勒弘明、贝子弘景、贝子弘普等宗室诗人参与联句。（鄂尔泰《词林典故》卷五）

按：弘晓除参与联句外，另有《恭和御制新正二日集廷臣仿柏梁体赋诗后复作七律一首原韵》。

正月十四日卯时，乾隆帝第四子永珹生。（《宗谱》）

按：永珹别号寄畅主人，有《寄畅斋诗稿》。

正月，乾隆帝亲耕耤田，弘晓随从，有《随驾耕耤奉命登舟至瀛台》《恭纪从耕耤田得雨》。（弘晓《明善堂诗集》卷六"己未"）

正月，乾隆帝将雍正帝诗文集恩赐给弘晓，弘晓作《蒙赐世宗皇帝文集恭纪二首》。（弘晓《明善堂诗集》卷六"己未"）

二月十六日丑时，弘曕次子永恚生。（《宗谱》）

按：永恚，字道静，从永忠《和十二弟道静秋夜杂咏原韵六首》可知二人有诗歌唱和。

春，弘晓修复交辉园中流杯亭，并作《流杯亭记》。

按：该亭乃弘晓之父允祥所修，乃允祥与友人觞咏赋诗之处，在雍正八年的地震中被损坏。

季春，塞尔赫为吕宣曾《柏岩诗集》作序，吕宣曾有《答塞总制晓亭寄赠拙诗序文五十韵》致谢。

三月二十一日，弘晋次子永璹卒，年26岁。

按：永璹亡后，永瑺先后有悼亡诗作《吾兄捐馆忽逾两月难以为怀因成五律》《忆兄八首》《正月初九日先兄初度之辰感成长句壬戌》等。

又按：因弘晋长子夭折，未取名，故永璹实以永瑺长兄之排行行世。据《宗谱》所载，永璹生于康熙五十三年正月初九日子时，五十四年十二月初十日过继给履亲王允裪抚养，乾隆二年六月授三等侍卫，四年己未三月二十一日卒，年二十六岁。但《益斋诗稿》卷一将《吾兄捐馆忽逾两月难以为怀因成五律》《忆兄八首》系于乾隆六年辛酉，而且《正月初九日先兄初度之辰感成长句壬戌》"自别音容俄一载"之言也进一步印证了永璹卒年是乾隆六年。如此一来，要么是《宗谱》载录有误，要么是《益斋诗稿》排序有误，存疑待考，暂系此。

五月，弘晓整理其父允祥遗稿成，作《怡仁堂诗稿跋》。

按：该跋文云："晓髫龄失怙，自王考薨逝追己未之春，于故箧中获睹怡仁堂诗一帙，手泽如新，盥读之余，益增感怆，其致君泽民仁心爱物之意溢于行间，不独流连光景之词尔，且风格雄畅，不求工而自工，是知后人不可及已。"

五月八日，允禧为唐岱《绘事发微》作序。

夏，弘晓翻阅旧作，作《观旧作戏成六韵》。

按：弘晓于雍正十年开始赋诗，迄今六年，故诗有"六年如一瞬"之言。

冬，弘晓整理旧作，作《冬夜观旧作有感》。

按：结合乾隆五年二月弘晓初刻其《明善堂集》之举来看，此次有感乃是其整理诗稿初成之后的感想，是其刻行诗集的重要内因之一。

此年，恒仁赋诗贺母寿，有《寿母四首》。

按：诗有"己未"的题注。另，恒仁生母为普照庶妻陈氏，桑格之女。

冬，乾隆帝南苑大阅并行围，塞尔赫有《驾南苑大阅恭纪二首》，弘晓有《皇上大阅礼成恭纪》《扈从南海子随围恭纪》等诗。

此年，恒仁业师凌砚斋南归省亲，恒仁作《送凌砚斋先生归嘉禾二首》《赋得檇李耆英会重送砚斋先生还乡省亲》等诗送行。（恒仁《月山诗集》卷二）

按：凌砚斋任宗学教习三年，候补外放未得，于此年离京返乡。[①]

乾隆五年庚申（1740）

正月，乾隆帝将御书"明善堂"等匾额，赐予弘晓及其母，弘晓分别有诗与文纪事谢恩。

按：其诗有《蒙御赐臣母退龄养福匾额恭纪》《蒙御赐忠孝为藩匾额恭纪》《蒙御赐明善堂匾额恭纪》，其文有《恩赐御书明善堂匾额恭纪》《庚申正月蒙恩赐臣忠孝为藩明善堂二额越日又蒙恩赐臣母退龄养福额殊锡自天感戴无地不揣荒陋谨拜手稽首而献颂》。

二月，弘晓整理并首次刻行其《明善堂诗集》并有自序。

----

① 江慰庐：《曹雪芹与右翼宗学》，载《红楼梦研究集刊》（第5辑），上海古籍出版社，1980年，第363页。

按：弘晓《明善堂诗集初刻自序》云："近者蒙恩管理诸务，于笔墨渐疏，回念从前，尤深日月易迈之感，因汇刻十之四五，以庶几自勉……乾隆五年庚申二月下浣，冰玉主人自序。"

五月初四日，允祥十周年忌辰，弘晓作《先父王十周忌辰感赋》。（弘晓《明善堂诗集》卷七"庚申"）

六月十八日申时，恒仁长子卓立亡，年十一岁。（《宗谱》）

七月，林令旭升侍讲学士，弘晓作《贺晴江林师升授侍讲》。（弘晓《明善堂诗集》卷七"庚申"）

九月二十八日酉时，恒仁次子宜孙生。（《宗谱》）

按：宜孙，字贻谋，与敦诚、敦敏等有唱和，无诗存世。

乾隆六年辛酉（1741）

正月，庆泰授北路军营参赞大臣，塞尔赫作《云溪参赞将赴北路招集西斋话别命歌儿侑觞十日时雨大沛》。（塞尔赫《晓亭诗抄》卷三）

二月初七日丑时，乾隆帝弘历第五子永琪生。（《宗谱》）

按：永琪与永瑢有唱和。

三月初七日寅时，璐达卒，恒仁有《过大兄旧堂有感》。

按：璐达乃隆德次子，而隆德又为绰克都第三子，故恒仁之子宜兴对此诗有注云："先伯讳璐达，先三伯祖子。"另，因隆德长兄所生素严、法粲诸子以及隆德长子璐巴皆夭折，唯璐达成人，故恒仁称之为大兄。璐达生于康熙四十四年十二月十二日戌时，雍正十年十二月袭奉恩辅国公，乾隆六年三月初七日寅时卒，年三十六岁，谥曰恭简。

三月，塞尔赫与马长海等人宴集，塞尔赫作《辛酉三月暮雨与马汇川曹烟庐访廲青李君于古藤新竹山亭李君作长句见示次韵答之》。

秋，弘晓因病请假在交辉园中休养，登交辉楼远眺，作《登楼赋》。（弘晓《明善堂文集》卷一）

十一月初三日，恒仁作《寿叔父二首》为经照五十三岁贺寿。（恒仁《月山诗集》卷二）

小寒，塞尔赫与布颜图等人宴集，塞尔赫作《辛酉小寒后同人集西斋听布啸山都统弹琴》。

按：布颜图，字啸山，号竹溪，官至绥远城副都统，有《画学心法问答》存世。

此年，永瑢业师常云山五十岁，永瑢作《寿云山先生五十》。

乾隆七年壬戌（1742）

新正，允祁召集塞尔赫等人宴集，塞尔赫有《壬戌新正宝啬斋招同人宴集得约字》。（塞尔赫《晓亭诗抄》卷三）

元日，恒仁作《壬戌元日叔父命赋春雪诗得飞字》。（恒仁《月山诗集》卷二）

人日，经照在南屯放鹰，瑚玠游报国寺，恒仁有诗《人日即事有怀叔父八兄》。（恒仁《月山诗集》卷二）

春，永瑢次韵弘曒《燕山八景诗》。（永瑢《益斋诗稿》卷一）

春，郑燮辞允禧将赴范县任，允禧与郑燮辞互有离别诗。

按：允禧有《送板桥郑燮为范县令》，郑燮有《拜辞紫琼崖主人》。

六月二十五日，郑燮刊刻允禧《随猎诗草》《花间堂诗草》并撰跋文。

该跋文云："紫琼崖主人者，圣祖仁皇帝之子、世宗宪皇帝之弟、今上之叔父也。其胸中无一点富贵气，故笔下无一点尘埃气。专与山林隐逸、破屋寒儒争一篇一句字之短长，是其虚心善下处，即是其辣手不肯让人处。……琼崖主人读书好问，一问不得，不妨再三问，问一人不得，不妨问数十人，要使疑窦释然，精理迸露。故其落笔晶明洞彻，如观火观水也。……紫琼道人深得读书三昧，便有一种不可羁勒之处。试读其诗，如岳鹏举用兵，随方布阵，缘地结营，不必武侯八阵图矣。……紫琼道人读书精而不骛博，诗则自写性情，不拘格，有何古人，何况今人……主人之年才三十有二，此正其勇猛精进之时。今所刻诗，乃前矛，非中权，非后劲也。执此为陶谢复生，李杜再作，是谄谀之至，则吾岂敢……英伟俊拔之气，似杜牧之；春融澹泊之致，似韦□□；□□清远之态，似王摩诘；沉□□□□□，似杜少陵、韩退之。种种境地，已具有古人骨干。不数年间，登其堂、入其室、探其钥、发其藏矣……乾隆七年六月二十五日，板桥郑燮谨顿首顿首。"①

八月，徐炎受聘康邸为永恩师。

按：徐炎《诚正堂稿序》云："乾隆壬戌岁秋八月。朱邸敦聘主西席……勉应教，维时王年始及冠。"

九月十一日，乾隆帝有《今年直隶秋收倍常凭舆有喜因示接驾乘官》，塞尔赫有和诗《恭和御制今年直隶秋收倍常凭舆有喜因示接驾众官之作元韵》。（塞尔赫《晓亭诗抄》卷一）

九月二十六日亥时，弘昂卒，年十五岁。（《宗谱》）

此年，彭廷梅禀承允禧之意，辑成《据经楼诗选》十四卷。

此年，弘晓作《题西湖图》并作《西湖十景诗》。（弘晓《明善堂诗集》卷九"壬戌"）

此年，永瑢作《题柳泉万壑松风图》。

按：该诗系于《益斋诗稿》卷一壬戌年。永瑢又有《题柳泉万壑松风图》跋文一篇云："晚闻堂主人以妙绘知名海内四十余年，余旧藏其画数轴，笔颇清妍。兹偶于庙市得此幅……展玩间，适晴岚居士枉过，极为称赏，点笔续题，余趁余墨亦漫识数语……丙寅上巳后一日素菊主人题于葆真书屋。"据此可知永瑢得《万壑松风图》并题诗的时间是乾隆七年，作题跋的时间为乾隆十一年。

乾隆八年癸亥（1743）

元宵前一日，乾隆帝赐宴西苑与近臣联句，塞尔赫有《恭和御制乾隆癸亥元宵前一日雪赐宴西苑与近臣联句元韵》。（塞尔赫《晓亭诗抄》卷一）

春，乾隆帝有《御园仲春》，塞尔赫作《恭和御制御园仲春元韵应制》。（塞尔赫《晓亭诗抄》卷一）

三月，宗人府考试宗学，拔取佳卷，达麟图、福喜二人在列，钦赐进士。《乾隆实录》卷一六八云："宗人府议请合试左右翼宗学生，拔取佳卷，准作进士。得旨：考取之宗室玉鼎柱、达麟图、福喜，俱准作进士，与乙丑科会中式之人一体殿试引见。"

----

① 党明放：《郑板桥年谱》，首都师范大学出版社，2009年，第116–117页。

按：此次乃是由宗人府组织的对宗室学生进行的考试，因其由宗学考取，不经乡举，只是"准进士"，故称为"特赐进士"。

三月二十一日酉时，弘普卒。（《宗谱》）

九月三十日寅时，允祕次子弘旿生。（《宗谱》）

按：弘旿，字仲升、卓亭，号恕斋、醉迂、一如居士等，别号瑶华道（主）人，有《瑶华诗抄》。

秋，弘晓扈从出塞，归来后，将平日诗作删订汇编成《明善堂集》，张纯熙、范槭士、张衡等人先后为之作序。

十月十六日，乾隆帝自盛京还，道入榆关，登澄海楼望海并有诗，弘昼有《扈从登澄海楼望海恭纪》。

十二月十四日酉时，乾隆帝弘历第六子永瑢生。（《宗谱》）

按：永瑢号九思主人、西园主人，有《九思堂诗抄》。

乾隆九年甲子（1744）

正月，永瑆作《跋介庵书程子四箴及朱子五铭》。

按：该跋署为："甲子新春益斋识于钦训堂。"

正月十四日子时，经照卒。（《宗谱》）

四月上浣，弘晓再次编订并刻行其诗作，名之以《明善堂诗》。

按：弘晓《明善堂诗序》云："予幼嗜声韵，性契山林，每从退食余暇，亭馆清幽，陶情散步间，有所得则发为吟咏，藉以抒写性情，流连景物，非敢自矜雕虫小技以夸耀于世也……将少作就两师订定，刊成小集，今又四五年，齿日益长，于学业未克精进，然夙习未除，候鸣时响，检箧中又得如干首，汇而镌之，前后参观，可以考镜历时进退……时乾隆九年四月上浣，秀亭冰玉主人自序。"

另按，除弘晓有自序外，弘晓六姨丈伊都立及其师沈景澜、张纯熙等人皆有序。张纯熙之序署为"乾隆九年岁次甲子季春中浣"，沈景澜之序署为"乾隆甲子清和上浣"，伊都立之序署为"乾隆甲子长至"。

四月，福喜袭奉恩将军。

四月，永瑆作《跋临李蔡篆隶小帖后》。

春夏间，塞尔赫与允祁往宏善寺看花，塞尔赫有《甲子清和奉陪宝蔷主人宏善寺看花》。

夏，恒仁向沈德潜学诗。

按：恒仁《上沈归愚先生二首》之一有"应似渔洋叟，从游有紫幢"之语，表明了他欲追仿当年文昭向王士祯学诗之举，剖明了向沈德潜学诗的心迹。另，沈德潜《清诗别裁集》卷三十"恒仁"条云："乾隆甲子岁，月山以韵语来学，授以《唐诗正声》，造诣日进，吐属皆山水清音，北方之诗人也。"恒仁谒见沈德潜归来后，德沐有诗见赠，恒仁答诗为《谒归愚先生归薰之有诗见示依韵和之》。

七月中元，沈景澜为弘晓《明善堂诗》作序。

八月，敬斋主人弘皎为马长海《雷溪草堂集》作序。

秋，沈德潜以少詹事典试湖北，恒仁作《送归愚先生典试湖北》。（恒仁《月山诗集》卷三）

九月，塞尔赫为马长海《雷溪草堂诗集》作跋文。

按：该跋文云："余与汇川先生之交也以诗，汇川深思好古，而以诗终其身也。其身后无长物，惟有遗稿若干卷，惧其散失不传，而宁王殿下乃收而付之梓。……当其存时，每一诗成，必先驰示，而余有所作，亦多就质，于是往还莫逆，而于诗之外无所短长也……乾隆九年岁次甲子秋九月谷旦同学弟宗室塞尔赫顿首拜跋。"①

重阳节后，宁郡王弘皎招塞尔赫赏菊，塞尔赫有诗《甲子重阳后宁王招赏异菊敬赋二十韵》。

十月，新葺翰林院官署告竣，乾隆驾幸，赐宴送大学士鄂尔泰、张廷玉进署，与会者三十八人，非由翰林入仕者不得与，塞尔赫非其伦，乾隆帝特诏与焉，荣殊异常。

按：塞尔赫有《乾隆九年十月重葺翰林院成车驾临幸赐宴送大学士掌院鄂尔泰张廷玉进署非由翰林入仕者不得与而臣塞尔赫叨蒙特恩参越命各赋诗分张说东壁图书府一律为韵臣得天字应制》《恭和御制驾幸翰林院赐宴分韵联句后复得七言律诗四首并示诸臣元韵应制》《恭和御制翰林院宴毕驾幸贡院七律四首元韵应

---

① （清）马长海撰，杨开丽校注：《雷溪草堂》，吉林文史出版社，1991年，第91页。

制》《侍宴翰林院纪恩诗并序》等诗。另，裘曰修《裘文达公诗集》卷四有《和宗室塞晓亭阁学翰林院赐宴纪恩诗四首》，钱琦《澄碧斋诗钞》卷五有《宗室塞晓亭尔赫阁学特赐趵翰林柏梁之宴恭次纪恩诗二章原韵》，沈德潜《归愚诗钞》卷三有《题塞晓亭阁学翰林院侍宴恩荣图》。

十月，沈廷芳任山东道监察御史，巡漕山东，恒仁作《送椒园先生巡漕河东》。（恒仁《月山诗集》卷三）

秋，藏山僧于西甘涧向永璇出示拙庵和尚小照画卷。

按：永璇《题拙庵和尚小照卷》云："乾隆甲子秋，于西甘涧晤其法嗣藏山，曾出此卷，缘行路匆匆，未及遍读，题语至今为歉。"

长至日，伊都立为弘晓《明善堂诗》作序。

按：伊都立乃伊桑阿之子，福增格之父，字学庭，弘晓在诗集中称其为"学庭六姨丈"，故《八旗诗话》谓其乃"怡邸仪宾"。

十二月十六日，永璇编订其父弘晋诗稿卒业，作《钦训堂文存稿后》。

按：永璇云："甲子之冬嘉平既望，永璇恭录先公诗文遗稿既卒业。"

十二月二十四日，允祹六十岁寿辰，弘昼作《恭祝十二叔父六袠华诞》。（弘昼《稽古斋集》卷八）

十二月，永璇作《跋介庵书申瑶泉格言二十二则》。

此年，永璇将允礽所书《心经》册子装裱并作《敬跋先王祖书心经册子》。

按：该文云："先王祖……于《心经》一卷，犹加敬持，每于朔望日必书一卷，岁月既久，遂积有百十余章。乾隆甲子春，侧妃祖母亲将此经给诸叔父、诸姑与璇……遂捧归装潢成册，更属画者为补慈云大士像五幅于右。"

此年，允禧有《送韩佐唐主簿粤中》《送韩钦甫自洞庭之官粤中二首》《韩钦甫之任八桂别将匝月拟其舟抵巴陵作此怀之》。

按：韩佐唐乃湖南湘潭人，乾隆九年任广西柳州府象州县主簿。诗有"扬帆百桂水"之句，可知"粤中"乃今广西。

乾隆十年乙丑（1745）

二月十三日，塞尔赫侍从乾隆帝谒东陵，有《乙丑二月十三日雪侍从车驾敬谒东陵恭纪》。

二月十九日，乾隆帝驻跸盘山，命允禧绘《盘山十六景图册》，允禧与乾隆帝皆有题诗。

按：乾隆帝之诗为《命慎郡王写盘山山色口占诗以赠》《题慎郡王田盘山山色图十六帧》，允禧对乾隆帝此组题画诗作逐一有恭和之作。①

三月，达麟图中进士，成为首位科举中试的宗室。

三月，塞尔赫与允祁唱和，有《次韵宝啬杨花二首》。

四月，鄂尔泰、张照等重臣去世后，乾隆作《落花诗》，颇多感慨，② 塞尔赫有《恭和御制落花诗元韵应制》。（塞尔赫《晓亭诗抄》卷一）

春夏间，永瑢先后请俞玉局、张廷玉、德沛等人为《钦训堂文存》作序。

按：俞玉局之序云："有韵若古近诸体苍润秀洁，无一凡猥语，无韵诸偶笔亦复浩浩落落，只语不袭人牙慧。"张英之序云："诗则言言出于性灵，字字本于温厚，而清新俊逸，蕴藉风流，有芙蕖出水之姿，无镂金错彩之习……国家景运昌隆，宗贤辈出……辅国公砥行勤修，承先启后，振宗风于勿替，绵圣泽于无穷，岂非文治之庥光，天潢之盛事也哉。"

初夏，塞尔赫与刘纶等人同游白潢别业，塞尔赫有《乙丑初夏同人泛舟看白相国别墅牡丹四首》，刘纶有《次韵宗室塞晓亭阁学泛舟看白相国别墅牡丹之作》。

按：塞尔赫还曾与同人至白潢别业看芍药，塞尔赫有《同人宴集白园看芍药》，马长海有《白园看芍药诗同塞晓亭李眉山石东村易淑南傅凯亭曹勉仁暨公子》等交游唱和诗。

又按：白潢字近微，汉军镶白旗人，官至兵部尚书、文华殿大学士，世称白相国，卒于乾隆二年。塞尔赫与白潢之孙白筠（松斋）有交游，其集中有《和白松斋菜园三首》。

十月初三日，塞尔赫与其子鄂洛顺、李锴等人赴宁郡王弘晈府邸赏菊。

按：李锴有《东园赏菊宴记》，塞尔赫有《乙丑十月宁王招集东园观异种秋

---

① 伏冲：《笔下能生万汇春——从慎郡王允禧书画作品看乾隆朝宗室书画的文人元素》，《紫禁城》2019 年第 3 期。

② 张体云：《张廷玉年谱》，安徽人民出版社，2016 年，第 260 页。

菊并演新剧敬赋七律二首》。

此年，乾隆帝寻得元代"渎山大玉海"，移至团城，赐名"玉瓮"并作《玉瓮歌》纪事，群臣赓和，塞尔赫亦有《玉瓮歌应制》。（塞尔赫《晓亭诗抄》卷一）

乾隆十一年丙寅（1746）

正月，永璥之母纳喇氏五十寿，永璥作《丙寅正月慈母五十称觞之期恭纪一首》。

按：永璥之母纳喇氏乃元保之女，弘晋之妾。

闰三月，永璥编次旧日诗稿，作《编旧稿因成短章》。（永璥《益斋诗稿》卷二）

春，郑燮从范县调任潍县，有书寄允禧，允禧作《喜得郑板桥书自潍县寄到诗》。

按：此诗有"二十年前喜晤公"之言，则二人结识当在雍正三年前后。又按：雍正三年郑燮第二次游京师，则二人当于此时结识并交游。

四月，弘昼在雍正八年所编成的《稽古斋文抄》的基础上，请施炳炎、常卫都删订后，编成《稽古斋全集》并作自序。对于该集，乾隆帝、施炳炎、常卫都三人皆作有诗集序。

按：弘昼《稽古斋全集自序》云："于雍正八年秋，汇录自作论序杂著诗赋若干卷，当时皇上赐有序文，而诸叔父暨诸师亦皆有序以冠于首，尚未付之剞劂。至雍正十三年间，课业日密，文较前集益伙，恭遇皇上御极元年，刊成《御制乐善堂全集》《日知荟说》颁赐诸臣……或咏吟寄兴，皆散漫不成卷帙，何敢上登梨枣，爰录送大学士毅庵鄂先生分别瑕瑜，先生缘燮理无暇，复尔溘逝，以故未得成书，乃取回原集，嘱余诸子之师江宁施生炳炎、常生卫都同为校对，复命严加删削其不必录者，外将新旧所作合订为一，厘为八卷，于今年夏初告竣。"乾隆帝《新刻稽古斋文集序》有"乾隆丙寅四月望日御笔"的落款。施炳炎之序署为"乾隆十一年岁次丙寅夏月江宁施炳炎谨序"。常卫都之序署为："乾隆十一年岁次丙寅仲夏江宁常卫都谨叙。"

七月，永璥作《跋傅雯指画十六应真图卷》。

247

按：该跋文署云："乾隆丙寅中元前一日益斋跋。"

七月十五日午时，乾隆帝弘历第八子永璇生。

按：永璇与永瑢有唱和，无诗存世。

八月二十六至二十八日，乾隆帝用康熙二十年七月康熙帝赐宴瀛台故事，连续三日在惇叙殿设宴。

二十六日，乾隆帝瀛台赐宴得诗四首，恒仁有《丙寅八月二十六日瀛台赐宴恭纪四首》，塞尔赫有《恭和御制瀛台赐宴得诗四首元韵应制》。

二十七日，乾隆帝赐宴西苑并与群臣仿柏梁体联句。永璇作《丙寅八月二十七日赐宴西苑恭纪盛典》。

二十八日，乾隆帝与翰林三十八人用唐臣李峤《甘露殿侍宴应制》为韵分韵唱和。乾隆帝御制起讫二章，其余诸人各赋一诗。塞尔赫第二次以非翰林进阶而得与其中，分得"醑"字韵，有《乾隆丙寅秋八月赐宴瀛台仿驾幸翰林院事用唐臣李峤甘露殿侍宴诗分韵赋诗臣赫得醑字应制》。

八月，恒仁参加翻译科考试落榜，与正红旗宗室杜兰泰一同被放，有《试后偶述呈一二知己》《黄去非见慰再叠前韵奉答》《三叠前韵示敦敏》《四叠前韵示敦诚》等诗。（恒仁《月山诗集》卷三）

按：敦敏《敬亭小传》云："十三随余从叔父月山公学，为叔父所喜，故有'兄弟齐名似陆云，行年总角学能勤'之句。"敦诚生于雍正十二年，此年正好十三岁。敦敏所引恒仁诗句出自《四叠前韵示敦诚》。

九月二日，乾隆帝下谕管理宗人府事务的履亲王允裪和庄亲王允禄，在阅瀛台赐宴王公进呈的纪恩诗中，有宗室名为"永琼"者，与刚出生不久的七阿哥重名，故命其改名"永瑞"。（《国朝宫史》卷四）

九月，弘晈编成《菊谱》。（亦名《东园菊谱》）

按：弘晈自题小引云："今所汇菊，有天秩者、淡逸者、媚者、缄而丽者、傀异而离其本类者，凡百种。庸材旧品，概置不录。其貌、其色、其态，举状而出之，而菊之性情与韵与神，宛有在矣……乾隆岁次丙寅秋九月朔秋明主人识。"又按，该书卷后附《菊表》，将百种菊列表评次，分为上、中、下三等，神、妙、逸、俊、妍、韵六个品级，共有神品上上二十八种，妙品上中十五种，逸品上下九种，隽品中上十二种，妍品中中十五种，韵品中下二十一种。此年所刻之

《菊谱》为初刻本，乾隆二十二年又复刻《菊谱》并有慎郡王允禧之序。①

再按：李锴、塞尔赫等人为初刻本《菊谱》作有序跋与题识。李锴《秋明主人菊谱序》云："宁王殿下雅好菊，购南中种数十百品，植东园。南中暖，与朔气戾，菊每不滋。乃辨土味水，阃阴辟阳，调其燠寒，节其燥湿，求所以顺适其性者多方，菊竟茂。当九、十月之交，清霜乍行，天宇如水，芳草报衰，木叶初下。而此君缤纷，丛若错绣。于是开长筵，列广坐，命客赋诗，引酒酹花。花若有酬，投以瀋香。一时都下，传以为胜……欲永其传，著之谱与表，且命琅邪王延格貌以图。"② 塞尔赫之跋云："今宁王殿下独爱之，求其尤异者，罗植东园数十百本，第为六品。朝请之余吟赏之，且为之谱以表之。菊亦荣幸矣哉。《群芳谱》列异名者三百，而东园之六品百种，复超乎三百，中之上选矣。"

十月十五日戌时，长钦次子书达生。（《宗谱》）

按：《宗谱》写作"舒达"。据敦诚《九月三十日与蒹仙访筠园书达宗弟延之云栖堂看菊复约郭澄泉至相与共饮蒹仙入斋先去翌日作此寄三君》，可知书达字筠园，别号梦鹤道人。

十一月八日，永璥于素菊居与介庵禅师、傅雯等雅集。

按：永璥《雪中傅香嶙携介庵枉过小斋为余作十六应真指画介庵书坡仙赞于后适郊茗诗老亦至因用聚星堂诗韵纪事时十一月八日也》。

十一月十七日，内阁学士张若霭卒，年四十九岁。

按：永璥《挽晴岚居士》有"暂住人间四九年"之语。

冬至前三日，永璥作《恭跋御书临米芾行书挂幅》。

冬至前一日，永璥作《跋华相野古木寒鸦图》。

此年，介庵禅师五十岁，永璥有《寿介庵上人五十》。（永璥《益斋诗稿》卷二）

此年，达麟图以指画赠金姓，金姓有《宗室羲文编修达麟图以指头画扇索题画无奇特而扇制殊异为咏一篇》。（金姓《静廉斋诗集》卷三）

----

① 苏晓君纂：《苏斋选目》，中国经济出版社，2013年，第48页。

② （清）李锴著，柴福善校注：《李锴诗文集》，民族出版社，2017年，第562页。

乾隆十二年丁卯（1747）

正月十一日，塞尔赫与英廉等人宴集，作《丁卯新正十一日英梦堂檀栾草堂宴集即赠》。（塞尔赫《晓亭诗抄》卷三）

二月初八日，塞尔赫扈从驻跸烟郊，与庆泰、德保等人夜话。（塞尔赫《晓亭诗抄》卷三）

三月二十九日辰时，恒仁第三子宜兴生。（《宗谱》）

按：宜兴，字桂圃，恒仁卒后，由其编订并刻行《月山诗集》。

四月十九日，恒仁与宗兄九如、妹夫天爵游盘山，有纪游诗多首。

按：《月山诗集》卷四所收皆是此次盘山之行的纪游诗作。

五月十一日申时，恒仁卒。（《宗谱》）

按：其子宜兴《先大夫诗集恭记》云："宜兴生四十有二日而孤。"

五月，蕴著授盛京兵部侍郎，本月管理镶黄旗满洲副都统事务。

六月，允禵封授贝勒。

夏，永瑢整理所收集的扇面屏风，作《题集扇面屏风》。

按：该诗之小引云："检点昭代名人摺扇，略加选择，得完善者七十有奇，用集于屏，时供浏览，因赋小诗四章，时丁卯暑伏前一日。"

七月初六日亥时，永璜长子绵德生。（《宗谱》）

按：绵德与金甡有唱和，无诗存世。

八月十四日辰时，永璜次子绵恩生。（《宗谱》）

按：绵恩与金甡有唱和，无诗存世。

十一月，永瑢作《沈南田踏月枉过为余作烟月修篁图适陈供奉士俊亦至仲白有诗题画因记其事时丁卯葭月望漏下五鼓也》。

此年，永瑢业师常云山卒，永瑢有《挽云山先生》诗。

按：挽诗有"一在门墙十七年"之语，故可知常云山大约在雍正八年担任永瑢业师。

九月，蕴著授漕运总督。

十月二十二日卯时，塞尔赫卒，年七十一岁。（《宗谱》）

按：此年十月，塞尔赫授兵部右侍郎，然未到任便病卒。

此年，永璇作《题香松主人画屏八幅》。

按：该诗有"丁卯"之题注，另有小引云："以未见香松主人遗墨为憾，兹乃从无意中得之，欣赏之余，辄为各赋诗一首志喜。主人讳德普，字修庵，简仪亲王胞兄也。"

参考文献

一、宗室（广义）诗文集类

（清）爱新觉罗·博尔都著，黄斌校点：《清宗室博尔都〈问亭诗集〉校注与研究》，云南大学出版社，2017 年。

（清）爱新觉罗·淳颖：《虚白亭诗钞》，《清代诗文集汇编》第 466 册。

（清）爱新觉罗·德普：《修庵诗抄》，山东师范大学图书馆藏。

（清）爱新觉罗·敦诚：《四松堂集》，上海古籍出版社，1984 年。

（清）爱新觉罗·敦敏：《懋斋诗抄》，上海古籍出版社，1984 年。

（清）爱新觉罗·高塞：《恭寿堂诗》，山东师范大学图书馆藏。

（清）爱新觉罗·恒仁：《月山诗集》，《清代诗文集汇编》第 333 册。

（清）爱新觉罗·弘历：《御制诗》，《清代诗文集汇编》第 319－332 册。

（清）爱新觉罗·弘晋：《钦训堂文存》，《清代诗文集汇编》第 278 册。

（清）爱新觉罗·弘晓：《明善堂诗集》，《续修四库全书》1444 册。

（清）爱新觉罗·弘昼：《稽古斋全集》，《清代诗文集汇编》332 册。

（清）爱新觉罗·如松：《怡情书室诗钞》，《清代诗文集汇编》第 391 册。

（清）爱新觉罗·塞尔赫：《晓亭诗抄》，《清代诗文集汇编》第 238 册。

（清）爱新觉罗·吞珠：《花屿读书堂小稿》，山东师范大学图书馆藏。

（清）爱新觉罗·文昭：《紫幢轩诗集》，《清代诗文集汇编》第 246 册。

（清）爱新觉罗·玄烨：《圣祖仁皇帝御制文集》，《清代诗文集汇编》第 191－194 册。

（清）爱新觉罗·胤禛：《世宗宪皇帝御制文集》，《清代诗文集汇编》第 240 册。

（清）爱新觉罗·伊都礼：《鹤鸣集》，《四库未收书辑刊》第 10 辑 18 册。

（清）爱新觉罗·允礼：《静远斋诗集·春和堂诗集·纪恩诗·奉使纪行诗·奉使行纪·自得园文钞》，《清代诗文集汇编》第 283 册。

（清）爱新觉罗·允禧：《花间堂诗钞》，《四库未收书辑刊》第 9 辑 22 册。

（清）爱新觉罗·允祥：《交辉园遗稿》，辽宁图书馆藏。

（清）爱新觉罗·永璥：《益斋诗稿·文稿》，《清代诗文集汇编》第 339 册。

（清）爱新觉罗·永忠：《延芬室集》，上海古籍出版社，1990 年。

（清）爱新觉罗·岳端著，陈桂英点校：《玉池生稿》，天津古籍出版社，1990 年。

二、其他清人诗文集类

（清）鲍钤：《道腴堂诗编》《道腴堂诗续》，《清代诗文集汇编》第 267 册。

（清）道忞：《布水台集》，《禅门逸书·初编》（第 10 册），明文书局，1981 年。

（清）鄂尔泰等撰，多洛肯点校：《鄂尔泰文学家族诗集》，上海古籍出版社，2018 年。

（清）法式善著，刘青山校点：《法式善诗文集》，人民文学出版社，2015 年。

（清）高士奇：《青吟堂全集》，《四库未收书辑刊》第 7 辑第 26 册。

（清）顾嗣立：《秀野草堂诗集》，《清代诗文集汇编》第 214 册。

（清）函可：《千山诗集》，《续修四库全书》第 1398 册。

（清）姜宸英著，陈雪军、孙欣点校：《姜宸英文集》，浙江大学出版社，2015 年。

（清）金甡：《静廉斋诗集》，《清代诗文集汇编》第 299 册。

（清）孔尚任著，徐振贵主编：《孔尚任全集辑校注评》，齐鲁书社，2004。

（清）李锴著，柴福善校注：《李锴诗文集》，民族出版社，2017 年。

（清）林佶：《朴学斋诗稿》，《四库全书存目丛书》集部第 262 册。

（清）马长海撰，杨开丽校注：《雷溪草堂集》，吉林文史出版社，1991。

（清）毛奇龄：《西河集》，《四库全书》集部第 1320－1321 册。

（清）苗君稷著，姜念思校注：《焦冥集》，沈阳出版社，2017 年。

（清）屈复：《弱水集》，《清代诗文集汇编》第 223 册。

（清）沈德潜：《沈归愚诗文全集》，《清代诗文集汇编》第 235 册。

（清）沈荃：《一砚斋诗集》，上海图书馆藏。

（清）孙旸：《孙蔗庵先生诗选》，国家图书馆藏。

（清）铁保：《惟清斋全集》，《清代诗文集汇编》第 432 册。

（清）庞垲：《丛碧山房诗集·文集》，《清代诗文集汇编》第 155 册。

（清）赛尔登：《绿云堂诗集》，《清代诗文集汇编》第 269 册。

（清）王士禛著，袁世硕主编：《王士禛全集》，齐鲁书社，2007 年。

三、清代诗歌选集与总集类

（清）蒋景祁编：《莘下和鸣集》，中国科学院国家科学图书馆藏。

（清）沈德潜编：《清诗别裁集》，上海古籍出版社，1984 年。

（清）阮元等辑，夏勇等整理：《两浙輶轩录》，浙江古籍出版社，2012 年。

（清）铁保、法式善辑，赵志辉等点校补：《熙朝雅颂集》，辽宁大学出版社，1992 年。

（清）铁保辑，李雅超点校：《白山诗介》，吉林文史出版社，1991 年。

（清）徐世昌辑：《晚晴簃诗汇》，中华书局，1990 年。

（清）爱新觉罗·岳端选批：《寒瘦集》，国家图书馆藏。

四、清人笔记、史料、档案类

（清）爱新觉罗·盛昱、杨钟羲辑，马甫生等标校：《八旗文经》，辽沈书社，1988 年。

（清）爱新觉罗·恒仁：《月山诗话》，《续修四库全书》（第 1702 册），上海古籍出版社，2002 年。

（清）爱新觉罗·恩华纂辑，关纪新点校：《八旗艺文编目》，辽宁民族出版社，2006 年。

（清）爱新觉罗·奕赓著，雷大受校点：《佳梦轩丛著》，北京古籍出版社，1994 年。

（清）鄂尔泰、张廷玉等编纂：《词林典故》，中国书店出版社，2018 年。

（清）鄂尔泰等修，李洵等校点：《钦定八旗通志》，吉林文史出版社，2002 年。

（清）鄂尔泰，张廷玉等编纂：《国朝官史》，北京古籍出版社，1994 年。

（清）法式善著，张寅彭、强迪艺编校：《梧门诗话合校》，凤凰出版社，2005 年。

（清）杨钟羲撰，雷恩海、姜朝晖校点：《雪桥诗话全编》，人民文学出版社，2010 年。

（清）李放：《八旗画录》，《清代传记丛刊》（第 80 册），明文书局，1985 年。

（清）王原祁、马齐等纂修：《万寿盛典》，北京古籍出版社，1996 年。

（清）昭梿撰，冬青校点：《啸亭杂录》，上海古籍出版社，2012 年。

（清）震钧：《天咫偶闻》，北京古籍出版社，1982 年。

五、今人著作类

党明放：《郑板桥年谱》，首都师范大学出版社，2009 年。

柯愈春：《清人诗文集总目提要》，北京古籍出版社，2002 年。

董文成：《清代满族文学史论》，中国文联出版社，2000 年。

关纪新：《多元背景下的一种阅读：满族文学与文化论稿》，辽宁民族出版社，2013 年。

高兴璠：《爱新觉罗诗说》，中国人民文化出版社，2013 年。

刘小萌：《爱新觉罗家族史》，中国社会科学出版社，2015 年。

李治亭：《爱新觉罗家族全书》，吉林人民出版社，1997 年。

故宫博物院编：《大清国史宗室列传》，海南出版社，2001 年。

宋健：《王南村年谱》，天津古籍出版社，2017 年。

苏晓君纂：《苏斋选目》，中国经济出版社，2013 年。

徐雁平编著：《清代家集叙录》，安徽教育出版社，2017 年。

严迪昌：《清诗史》，浙江古籍出版社出版，2002 年。

张佳生：《独入佳境：清代满族宗室文学》，辽宁人民出版社，1997 年。

张佳生：《清代满族文学论》，辽宁民族出版社，2009 年。

张菊玲：《清代满族文学概论》，中央民族学院出版社，1990 年。

张慧剑：《明清江苏文人年表》，人民文学出版社，2008 年。

赵志辉主编：《满族文学史》，辽宁大学出版社，2012 年。

朱眉叔等选注：《满族文学精华》，辽沈书社，1993 年。

朱彭寿编著，朱鳌、宋苓珠整理：《清代人物大事纪年》，北京图书馆出版社，2005 年。